बेटिकट मुजरिम से अरबपति बनने की कहानी

राजीव सिंह 20 वर्ष से अधिक के कॉरपोरेट अनुभव के साथ सार्वजनिक क्षेत्र में इंजीनियर हैं। कई वर्षों तक कंपनी की पत्रिकाओं और जर्नल्स में तकनीकी लेख, निबंध, कविताएँ, तकनीकी राइट-अप लिखने के बाद उन्होंने अपने सपनों को पंख देने का निर्णय लिया और इस उपन्यास की रचना की। राजीव की पत्नी का नाम अलका है और उनके दो बच्चे हैं—मल्लिका और अर्जुन। लेखक तक dontdiebeforedeath@ymail.com पर मेल करके या उनकी वेबसाइट www.rajivsingh.net द्वारा पहुँचा जा सकता है।

बेटिकट मुजरिम से अरबपति बनने की कहानी

राजीव सिंह

प्रभात पेपरबैक्स
www.prabhatbooks.com

प्रकाशक

प्रभात पेपरबैक्स

4/19 आसफ अली रोड, नई दिल्ली–110002

फोन : 23289777 • हेल्पलाइन नं. : 7827007777

इ–मेल : prabhatbooks@gmail.com ❖ वेब ठिकाना : www.prabhatbooks.com

संस्करण

प्रथम, 2018

अनुवाद

श्वेता भट्ट

मूल्य

दो सौ पचहत्तर रुपए

अ.मा.पु.स. 978-93-5266-536-5

मुद्रक

आर–टेक ऑफसेट प्रिंटर्स, दिल्ली

★

BETICKET MUZRIM SE ARABPATI BANNE KI KAHANI
by Rajiv Singh
(Hindi translation of 'THE UNSOLICITED BILLIONAIRE')

Published by **PRABHAT PAPERBACKS**
4/19 Asaf Ali Road, New Delhi-110002

ISBN 978-93-5266-536-5

₹275.00

पवित्रता, धैर्य और दृढता सफलता के
तीन अनिवार्य सूत्र हैं और
सबसे ऊपर प्रेम है।

—स्वामी विवेकानंद

FOREWORD

The book is riveting and one feels like watching a Hindi movie. It has all the ingredients, if by some chance it comes to the notice of any Bollywood producer. The story may be imaginary but the setting makes it very real which is what makes it engrossing. The book demonstrates deep understanding of forces at play in society, especially the Indian society. For example it captures the caste hierarchical relations very vividly. At the same time the author doesn't restrict his hero to commonly exhibited victim syndrome but allows him to take a very unusual upwardly mobile path. The author is able to move him back and forth between two worlds-traditional, feudal, simple, where values like love and loyalty are central to market driven, complex, cut throat or bullet shooting competition, manipulation, treachery, etc.

—Sandeep Pandey
Social Activist
Awarded with Ramon Magsaysay Award

प्रस्तावना

18 सितंबर, 2007

जब गोदन राम लखनऊ के जिला एवं सत्र न्यायालय के असहाय मुवक्किलों और सौदेबाजी कर रहे वकीलों की भीड़ से भरे गलियारे से गुजर रहा था, तो उसे बिल्कुल भी अंदाजा नहीं था कि जस्टिस मनोहर श्रीवास्तव उससे अपने चैंबर में क्यों मिलना चाहते थे। अपने सामने हथकड़ी लगे एक विचाराधीन कैदी को देखकर उसे वर्ष 1989 का एक दिन याद आ गया। 48 वर्षीय जस्टिस मनोहर श्रीवास्तव उत्तर प्रदेश के सबसे वरिष्ठ जिला न्यायाधीशों में से एक थे और अब उच्च न्यायालय में नियुक्ति के दावेदार थे। अरबपति गोदन राम 15000 करोड़ रुपए के इंफ्रास्ट्रक्चर और माइनिंग कंपनी के निदेशकों में से एक था और कंपनी में उसकी 24% की हिस्सेदारी थी। वह संसद् में ऊपरी सदन (राज्यसभा) का सदस्य भी था।

''मि. राम, मैं बहुत देर से याद करने की कोशिश कर रहा हूँ कि मैं आज से पहले आपसे कब और कहाँ मिला था?'' जस्टिस श्रीवास्तव सामान्य प्रारंभिक अभिवादन के आदान-प्रदान के बाद खुले।

राज्यसभा का सदस्य बनने के बाद से जब भी गोदन राम राज्य के दौरे पर आता था, लोग उससे किसी-न-किसी पुराने परिचय का हवाला देते हुए मिला करते थे। गोदन राम को भी बिल्कुल याद नहीं आ रहा था कि वे पहले कब मिले थे। उसे तो लगा था कि जज साहब सलेमपुर गोलीबारी (शूटआउट) के केस पर चर्चा करेंगे, जिसकी वे सुनवाई कर रहे थे।

''न्यायिक सेवा के अपने 18 वर्षों कार्यकाल के दौरान मेरी पोस्टिंग

कानपुर, बरेली, बस्ती और लखनऊ में हो चुकी है। क्या आपका इनमें से किसी शहर से संबंध रहा है?''

''आपने बस्ती का नाम लिया क्या?'' गोदन राम ने पूछा।

''हाँ, मेरी पहली पोस्टिंग बस्ती में सेकंड क्लास, ज्यूडिशियल मजिस्ट्रेट (द्वितीय श्रेणी, न्यायिक मजिस्ट्रेट) के पद पर हुई थी।''

''और वह वर्ष 1989 था।'' गोदन राम को याद आ रहा था, ''अब याद आया। मुझे बिना टिकट रेल में सफर करने के अपराध में आपकी अदालत में पेश किया गया था।''

''और आपने गुहार लगाई थी कि आपके पास ट्रेन का टिकट खरीदने के लिए पैसे नहीं थे। आपने कहा था कि आप सिविल सेवाओं के इंटरव्यू में भाग लेने के लिए नई दिल्ली जा रहे थे।''

''लेकिन आपने हमारी बात नहीं मानी और हमें 3 महीने की सजा सुना दी।''
''क्या मेरा फैसला गलत था? अपने आपको देखिए; आप एक आई.ए.एस. ऑफिसर से कहीं अधिक संपन्न हैं।''

''जी सर, आप गलत थे,'' गोदन राम ने अपना फैसला सुनाया और खड़ा हो गया। हैरान जस्टिस श्रीवास्तव कुछ नहीं बोले; बस उसे चैंबर से बाहर जाता देखते रहे। वे नहीं जानते थे कि उन्होंने गोदन राम की दुःखती रग पर हाथ रख दिया था।

1

वर्ष 1978

वह वर्ष 1978 की एक सर्द सुबह थी। हर रोज की तरह, सुबह उठकर अपना दैनिक कामकाज खत्म करने के बाद साढ़े ग्यारह वर्ष का गोदना अपना नाश्ता लेने हवेली की ओर दौड़ पड़ा। उत्तर भारत की दिसंबर महीने की कड़कड़ाती ठंड के बावजूद वो सिर्फ एक नेकर और घिसी हुई पुरानी कमीज में नंगे पाँव था। उसे ऐसे रहने की आदत थी। उसकी पहले से साँवली त्वचा ठंड से और साँवली हो गई थी। उसके बाबा और माई पहले ही हवेली जा चुके थे। जब वह वहाँ पहुँचा, तो उसने देखा कि वह सुबह हवेली की आम सुबहों से अलग थी। हवेली में बहुत हलचल थी। हवेली के प्रवेश पर बना 15 फीट ऊँचा लोहे का फाटक गेंदे के फूलों और आम के पत्तों से सजाया जा रहा था। फाटक इतना भारी था कि उसका एक पल्ला हिलाने में चार लोगों की जरूरत पड़ रही थी। असल में वह फाटक हाथियों के लिए बना था; इनसानों के लिए, मुख्य फाटक में सात फीट का एक छोटा फाटक था। हवेली में एक हाथी हुआ करता था, जो दो साल पहले मर गया था। दो लोग विलिस जीप को, जो आमतौर पर फाटक के सामने खड़ी रहती थी, धक्का देकर एक किनारे कर रहे थे। वह पुरानी जीप अधिकतर खराब ही रहती थी। यदि उसमें और कोई खराबी नहीं होती थी, तो कभी-कभार ही इस्तेमाल होने के कारण उसकी बैटरी डिस्चार्ज हो जाती। ठाकुर साहब के पिता ठाकुर मंगल देव सिंह ने यह जीप 20 साल पहले खरीदी थी। ठाकुर मंगल देव सिंह सरकार के रिकॉर्ड में दर्ज एक स्वतंत्रता सेनानी थे। वे 1942 में 'भारत छोड़ो' आंदोलन के दौरान एक दिन के लिए जेल गए थे। तीन ट्रैक्टर, जो एक

दिन पहले बेतरतीबी से खड़े थे, आज बरगद के पेड़ के नीचे पंक्ति में करीने से खड़े हैं। यह दिखाने के लिए कि हवेली में एक घोड़ी है, उसे अस्तबल से बाहर लाकर एक चबूतरे के पास बाँध दिया गया था। हवेली के विशाल फाटक के दोनों ओर दो आयताकार सममित चबूतरे थे और दोनों ही 20–20 लोगों को समायोजित कर सकते थे। घोड़ी खुशी से हिनहिना रही थी, क्योंकि उसे इतनी सुबह नहलाकर खाना खिला दिया गया था।

गोदना ने अपने पिता को पुकारा, जो फाटक के बाहर का विशाल द्वार बुहारने में व्यस्त थे। हवेली में उनका मुख्य काम था गाय–भैंसों का गोबर साफ करना और हवेली की गाय–भैंसों को नहलाना। हवेली में आठ जर्सी गाएँ, तीन भैंसें और प्रजनन के उद्देश्य से उनके दो नर समकक्ष थे। अपने आसपास इतनी विभिन्न गतिविधियाँ होते देख गोदना अपने नाश्ते के बारे में भूल गया। उसने अपने बाबा से पूछा, लेकिन उन्होंने उसे झिड़क दिया और अपना काम करते रहे। सुमेसर काका, जो टोले में गोदना के पड़ोसी थे, चारों तरफ पानी छिड़क रहे थे। गोदना दौड़कर उनके पास चला गया। लेकिन वह उनसे कुछ पूछता, उससे पहले नारायण बाबू ने सुमेसर को बुला लिया। नारायण बाबू हवेली में मुंशी और मैनेजर थे। गोदना उनके चिड़चिड़े स्वभाव से परिचित था। निराश गोदना दौड़कर फाटक के अंदर चला गया।

फाटक के अंदर जाते ही दो कमरे थे, दोनों तरफ एक–एक। बाईं ओर का कमरा ठाकुर साहब का था और दाईं ओर का ठाकुर मंगल देव सिंह का। ये कमरे बैठक कहलाते थे। इसके आगे का क्षेत्र गाय–भैंसों के रहने के लिए था। हवेली का हाथी भी, जब जिंदा था, इसी क्षेत्र में रहता था। मवेशियों के आवास के पार, आम की लकड़ी के भारी दरवाजे द्वारा संरक्षित, हवेली का अंदरूनी हिस्सा था, जहाँ ठाकुर साहब के परिवार के अन्य सदस्य उनकी माँ, पत्नी, बेटा और बेटी रहते थे। गोदना, उसके माई–बाबा और टोले के अन्य लोगों को आम के दरवाजे के आगे जाने की अनुमति नहीं थी, क्योंकि उन्हें अछूत समझा जाता था। भाई–बहन के नाम पर ठाकुर साहब की सिर्फ एक बड़ी बहन थीं, जिन्हें सब प्यार से दिदिया कहकर बुलाते थे। ठाकुर साहब के कोई चचेरे भाई–बहन भी नहीं थे, क्योंकि उनके पिता की भी सिर्फ एक ही बहन थी, जिनकी शादी कई साल पहले हो चुकी थी। दिदिया की शादी कुँवर रणविजय सिंह से हुई थी, जो नई दिल्ली

में सी.आई.एस.एफ. में कमांडेंट थे। अपने बेटे की गरमी की छुट्टियों में जब वह अपने ससुराल जातीं, तो कभी-कभी सुहागपुर भी आ जाती थीं। कुँवर रणविजय सिंह का गाँव सुहागपुर से 75 किलोमीटर की दूरी पर एक पड़ोसी जिले में था।

सुहागपुर गोदना के गाँव का नाम है, जहाँ वह पैदा हुआ और बड़ा हुआ। हिंदी में सुहाग शब्द का प्रयोग पतियों के संदर्भ में किया जाता है। एक शादीशुदा औरत सुहागिन तभी कहलाती है, जब उसका पति जीवित होता है। ऐसा कहा जाता था कि सुहागपुर के इतिहास में कभी किसी औरत ने अपना सुहाग नहीं खोया था। इसका मतलब यह है कि सुहागपुर में कभी कोई औरत विधवा नहीं हुई। हर औरत की मृत्यु उसके पति के पहले हो गई। इसीलिए उस गाँव का नाम सुहागपुर पड़ा। सुहागपुर बारह पड़ोसी गाँवों के समूह में से एक था, जिनमें अधिकतर ठाकुर समुदाय के लोग रहते थे।

निराश, लेकिन अभी भी उत्सुकता से भरा गोदना अपनी माई को ढूँढ़ने लगा। अब सिर्फ एक जगह उसे ढूँढ़ना बाकी था; बैठकों के ऊपर के दो मेहमानों वाले कमरे। वो दौड़ते हुए सीढ़ियाँ चढ़ने लगा। माई वहीं थी, एक कमरे में झाड़-पोंछ करती हुई। गोदना ने पूछा, ''माई, क्या हो रहा है? सब लोग इतनी भाग-दौड़ क्यों कर रहे हैं? बाबा ने मुझे डाँट दिया। फाटक पर सजावट हो रही है। हवेली में कोई शादी है क्या?''

''तुम्हारे मतलब की बात नहीं है; तुम अपना नाश्ता करो और स्कूल जाओ,'' माई ने भी उसे झिड़क दिया। वह स्टूल से उतर गई और पीपल के पत्ते में लपेटी हुई चार रोटियाँ और प्याज के टुकड़े उसे पकड़ा दिए। हवेली की रसोई से रात की बची हुई रोटियाँ और प्याज के टुकड़े उनका लगभग रोज का नाश्ता और खाना होता था।

''बताओ, नहीं तो हम नाश्ता नहीं करेंगे।'' उसने अपनी माई को धमकी दी।

माई उसकी जिद के आगे झुक गई।

''कलेक्टर साहब अपने गाँव के दौरे पर आ रहे हैं। वे पहली बार इस गाँव में आ रहे हैं। वे मालिक से मिलने हवेली में आ रहे हैं, क्योंकि मालिक 12 गाँवों के मुखिया हैं। वे मेहमानों के इस कमरे में रात भर रुकनेवाले हैं। अब हमें कमरे की सफाई करने दो, नहीं तो मालिक गुस्सा हो जाएँगे। तुम रोटी खाकर स्कूल जाओ।'' मजदूर लोग ठाकुर साहब को मालिक कहकर बुलाते थे।

''माई, हमें कलेक्टर को देखना है।''

''कलेक्टर साहब कहो, वे बड़े आदमी हैं।''

''कितने बड़े हैं वे?''

''इतने बड़े,'' माई ने अपना दाहिना हाथ ऊपर उठा दिया, जितना ऊँचा वह उठा सकती थी।

''माई, हमको देखना है,'' उत्सुकता ने गोदना को बेसब्र कर दिया था।

''तुमको इन सबसे क्या करना है? तुम उनको क्यों देखना चाहते हो? स्कूल जाओ, नहीं तो मास्साब मारेंगे।'' उसने गोदना को मास्साब की छड़ी की याद दिलाई, जो स्कूल देर से आनेवाले छात्र के दोनों हाथों पर पड़ती थी।

''माई, इतना बड़ा दिन है। आज हम स्कूल की छुट्टी कर दें?''

''नहीं, अब जाओ नहीं तो हम बाबा से कह देंगे।''

गोदना बाबा का सामना करने का खतरा मोल नहीं ले सकता था। वह बिना हिचक उसे अपनी बड़ी सी झाड़ू से मार सकते थे। निराश होकर उसने रोटियाँ और प्याज के टुकड़े उठाए और कमरे से बाहर जाने लगा। दरवाजे पर पहुँचकर वह फिर मुड़ा, ''माई, वो कब आएँगे?''

''पता नहीं,'' माई ने ठंडा जवाब दिया।

उदास होकर गोदना अपनी स्लेट-खड़िया लेने और नाश्ता करने अपने झोंपड़े में वापस आ गया। रोटियाँ सूखकर कड़ी हो चुकी थीं, इसलिए मुँह में डालने से पहले हर बार उन्हें पानी में डुबोना पड़ता था; स्वाद के लिए बाद में प्याज का एक टुकड़ा खाना अपरिहार्य था। नाश्ता करने के बाद वह फिर से हवेली में गया और अपनी माई के सामने खड़ा हो गया। उसके हाथ में स्लेट देखकर माई मुसकरा दी। उसे यह देखकर संतोष हुआ कि उसका बेटा स्कूल जा रहा था, हालाँकि गोदना ने कुछ और सोच रखा था। वह अपनी मासूमियत में यह नहीं समझ पाता था कि उसके माई-बाबा उसके नियमित रूप से स्कूल जाने को लेकर इतने चिंतित क्यों रहते थे। आखिरकार, उसे तो अपने बाबा की तरह जीवन भर हवेली का आज्ञाकारी सेवक बनकर ही रहना था।

खैर, स्कूल जाने के बजाय उसने जामुन के पेड़ के नीचे कलेक्टर साहब के आने का इंतजार करने का निर्णय लिया, जो स्कूल के रास्ते में गाँव की ओर जानेवाली कच्ची सड़क से कुछ हटकर था। यह जामुन का पेड़ गोदना का सबसे

करीबी सहयोगी था। उसके लिए इस जामुन के पेड़ के नीचे बैठने या लेटने से ज्यादा आरामदायक और कुछ नहीं था और उसकी शाखाओं के बीच छुपने से ज्यादा बड़ा खेल और कोई नहीं था। ठंड से बचने के लिए उसने अपने शरीर को सिकोड़ लिया, क्योंकि उसकी घिसी हुई कमीज और नेकर सर्द हवाओं से उसकी रक्षा करने में असमर्थ थे। हालाँकि वह ठंड से काँप रहा था, फिर भी उसके उत्साह में कोई कमी नहीं थी। दो घंटे इंतजार करने के बाद उसे एक आवाज सुनाई पड़ी। वह एक मोटर की आवाज थी, जो गाँव में कभी-कभार ही सुनाई देती थी। गाँववाले दूर से ही उसकी आवाज सुन लेते थे। गोदना फौरन जामुन के पेड़ पर चढ़ गया। उसने कच्ची सड़क पर काफी दूर धूल के गुबार उड़ते देखे। गाँव से पक्की सड़क पर पहुँचने के पहले 10 किलोमीटर कच्ची सड़क पार करनी पड़ती थी। वहाँ निश्चित रूप से एक से ज्यादा मोटरगाड़ियाँ थीं, लेकिन वह उतनी दूर से गिन नहीं पाया। कलेक्टर को एक से ज्यादा मोटरगाड़ियों की जरूरत क्यों थी, वह सोचने लगा। क्या वह मालिक से बड़े थे? मालिक के पास तो सिर्फ एक मोटर थी? वह जल्दी से नीचे उतरा, अपनी स्लेट पेड़ के पीछे छुपाई और उत्सुकता से इंतजार करने लगा। वह कुल मिलाकर चार मोटरों का काफिला था। उनके पास आने पर गोदना ने देखा, सबसे आगे एक जीप थी, जिसमें दरोगा लोग बैठे थे। गाँववाले हर पुलिसवाले को दरोगा कहते थे। काफिले में तीन जीपें थीं और एक सफेद मोटर थी, जिसमें पीली बत्ती लगी थी। उसके पास जितनी बुद्धि थी, उससे उसने विचार किया कि कलेक्टर सफेद मोटर में होंगे। वह सफेद मोटर के समानांतर दौड़ने लगा। कच्ची सड़क पर मोटरगाड़ी उससे तेज नहीं दौड़ सकती थी। जीप में बैठा दरोगा चिल्लाकर उसे दूर हटने के लिए कहने लगा। कुछ ही देर में गाँव के एक कुत्ते ने भी गोदना के साथ दौड़ना शुरू कर दिया। सफेद मोटर के अंदर तीन लोग थे; एक ड्राइवर, एक उसकी बगल में बैठा दरोगा और एक पिछली सीट पर बैठा आदमी। पिछली सीट वाला आदमी ही कलेक्टर होगा, उसने अंदाजा लगाया। गोदना ने उसे देखकर हाथ हिलाया, लेकिन उसने कोई जवाब नहीं दिया। वह काफिले के हवेली पहुँचने तक उसके साथ दौड़ता रहा। ठाकुर साहब हाथ में बड़ी-सी माला लेकर भागते हुए कलेक्टर का स्वागत करने आए। उन्होंने खुद मोटर का पिछला दरवाजा खोला और कलेक्टर को माला

पहनाई। कलेक्टर एक जवान आदमी था, जबकि गोदना ने सोचा था वह ज्यादा उम्र का होगा, कम-से-कम ठाकुर साहब से तो बड़ा ही होगा। उसे ठाकुर साहब को कलेक्टर से इतनी दीनता से व्यवहार करते देख आश्चर्य हो रहा था। इससे पहले उसने ठाकुर साहब को मंदिर के सामने से गुजरते हुए सिर्फ भगवान् राम के सामने सिर झुकाते देखा था। इस पल से पहले गोदना उन्हें दुनिया का सबसे ताकतवर आदमी समझता था, लेकिन अब उसकी धारणा बदल गई; कलेक्टर ठाकुर साहब से ज्यादा ताकतवर था। उस उम्र में भी गोदना में इतना समझने की बुद्धि थी कि उसके लिए ठाकुर साहब बनना असंभव था, लेकिन कलेक्टर बनने का कोई-न-कोई तरीका जरूर होगा। वह स्कूल की ओर भागा। वह इससे पहले इतना तेज कभी नहीं दौड़ा था। उसे अपनी दोनों हथेलियों पर छड़ी की मार का डर नहीं था। मास्साब जोर-जोर से पहाड़े बोल रहे थे और छात्र उन्हें दोहरा रहे थे। गोदना सीधे कक्षा के अंदर चला गया और हाथ फैलाकर, हथेलियाँ खोलकर खड़ा हो गया, जैसा कि देर से आने पर सब बच्चे करते थे। जैसे ही मास्साब ने गोदना को देखा, उन्होंने अपनी छड़ी उठाई और उसकी दोनों हथेलियों पर एक-एक लगा दी। इस प्रक्रिया के दौरान उन्होंने पहाड़े बोलना बंद नहीं किया। अन्य दिनों में, दर्द के अंदेशे में गोदना अपनी आँखें बंद कर लेता था, लेकिन उस दिन वह इतना बेसुध था कि उसे दर्द महसूस नहीं हुआ। मास्साब ने पहाड़े बोलने से एक पल का विराम लिया और गोदना को कक्षा में जाने के लिए कहा, लेकिन वह रुका रहा।

''क्या हुआ ? और चाहिए तुमको ?''

मास्साब के प्रश्न पर ध्यान न देते हुए गोदना ने पूछा, ''मास्साब, हम कलेक्टर कैसे बन सकते हैं ?''

पूरी कक्षा में हँसी गूँज गई, लेकिन मास्साब नहीं हँसे, उन्होंने पलकें भी नहीं झपकाईं। उनसे एक बहुत बड़ा प्रश्न पूछा गया था। वे अवाक् थे, इसलिए नहीं, क्योंकि यह प्रश्न एक ऐसे व्यक्ति से पूछा गया था, जिसने अपनी हाई स्कूल की परीक्षा छठे प्रयास में उत्तीर्ण की थी, बल्कि इसलिए, क्योंकि यह प्रश्न उनसे भकोला के बेटे ने पूछा था। उनकी हैरान नजरों को सहते हुए, गोदना दृढता के साथ जवाब के इंतजार में खड़ा रहा। उसने उसी पल कलेक्टर बनने का निश्चय

कर लिया था जब उसने ठाकुर साहब को कलेक्टर के आगे झुकते हुए देखा था। मास्साब एक सच्चे शिक्षक थे, उन्होंने गोदना को कक्षा के बाहर आने के लिए कहा। जब वे बाहर आए और मास्साब ने सुनिश्चित कर लिया कि आस-पास कोई नहीं है, उन्होंने गोदना के हाथ पकड़ लिये। इससे पहले उन्होंने उसे कभी नहीं छुआ था, क्योंकि गोदना अछूत जाति का था। मास्साब उसके टोले के छात्रों को छूने के लिए हमेशा छड़ी का प्रयोग करते थे।

''क्या तुम सच में कलेक्टर बनना चाहते हो?'' उसकी आँखों में देखते हुए मास्साब ने पूछा।

''हाँ।''

''अगर तुम ऐसे ही देर से आते रहोगे, तो उनके चपरासी भी नहीं बन पाओगे।''

गोदना चुप रहा।

''तुम्हें मेहनत से पढ़ाई करनी पड़ेगी, बहुत मेहनत से। पहले स्नातक की परीक्षा पास करके फिर कलेक्टर की परीक्षा पास करनी पड़ेगी।''

''स्नातक क्या होता है?'' गोदना ने मासूमियत से पूछा।

''स्नातक का मतलब होता है वह व्यक्ति, जिसके पास बैचलर की डिग्री हो।'' इस जवाब ने गोदना को और उलझन में डाल दिया।

''मास्साब, कृपया हमें संख्याओं में बताइए।''

उसे सिर्फ संख्याएँ मालूम थीं, क्योंकि वह कक्षा पाँच में था।

''वह कक्षा चौदह होती है। अब अपनी कक्षा में जाओ, मैं थोड़ी देर में आता हूँ। और यह बात किसी से मत कहना।''

''क्यों?''

''वह लोग तुम पर हँसेंगे।''

''मास्साब, क्या हम एक आखिरी बात पूछ सकते हैं?'' मास्साब ने अनुमति दे दी।

''अपने गाँव में स्नातक कौन है?'' गोदना ने पूछा।

''कोई नहीं!'' मास्साब का जवाब फौरन आया।

□

2

उत्तरी भारत के राज्य उत्तर प्रदेश की सीमा पर स्थित सुहागपुर पाँच हजार से अधिक आबादी वाला एक बड़ा गाँव था। गंडक नदी गाँव को बिहार राज्य से अलग करती थी। नदी पर, जिसकी चौड़ाई सिर्फ 50 मीटर थी, कोई पुल नहीं था और बरसात के मौसम के अलावा उसकी गहराई शायद ही कभी 5 फीट से अधिक होती थी। नाविकों ने नदी के आर-पार एक मोटा-सा रस्सा बाँध दिया था। वे उस रस्से की सहायता से लोगों को अपनी नाव में नदी पार कराते थे। वे नाव चलाने के लिए पतवार का इस्तेमाल नहीं करते थे। यदि नदी पर पुल होता, तो बिहार के सिवान की दूरी वहाँ से 16 किमी. कम हो जाती। सिवान सुहागपुर से सबसे नजदीकी रेलवे स्टेशन था।

ठाकुर मंगल देव सिंह के बेटे ठाकुर सूरज देव सिंह न सिर्फ सुहागपुर गाँव के मुखिया थे, बल्कि बारह गाँवों के ठाकुरों की एक समिति के अध्यक्ष भी थे। 600 एकड़ जमीन के मालिक होने के नाते वे तहसील के सबसे समृद्ध जमींदार थे। उनका इतना प्रभाव था कि ठाकुर जाति के छोटे जमींदार भी उन्हें ठाकुर साहब कहकर संबोधित करते थे। जिम्मेदारियों और परिपक्वता के कारण वे 38 वर्ष की अपनी आयु से बड़े लगने लगे थे। जब उनके आसपास लोग होते थे, तो वे गंभीर बने रहते थे। चूँकि अधिकांश समय लोगों से घिरे रहना उन्हें पसंद था, इसलिए गंभीर रहना उनकी आदत हो गई थी। उनकी एक और आदत थी—अपनी नुकीली मूँछों पर बार-बार ताव देना और अपने पुरखों और अपनी जाति के बारे में डींगें मारना। जब वे अपने खेतों का दौरा नहीं कर रहे

होते थे, तो अधिकतर अपनी बैठक में ही रहते थे। वे आगंतुकों से अपनी बैठक में ही मिलते थे। कभी-कभी रात के खाने के बाद वे अपनी ठकुराइन के पास चले जाते थे, लेकिन आधी रात को बैठक में वापस आ जाते थे।

गाँव का दक्षिणी हिस्सा, जो गंडक नदी के किनारे था, टोला कहलाता था। भकोला जैसे नीची जाति के सभी मजदूर टोले में रहते थे। कहा जाता था कि चूँकि हवा दक्षिण दिशा से कभी-कभार ही बहती है, इसलिए प्रदूषित हवा गाँव में प्रवेश नहीं करेगी। इसी वजह से उन्हें गाँव के दक्षिणी कोने में बसाया गया था।

सुहागपुर की आबादी का अधिकांश हिस्सा ठाकुरों का था और उसके बाद नीची जाति के मजदूर थे, जिनमें से अधिकतर अपनी रोजी-रोटी के लिए ठाकुरों के खेतों में काम करते थे। अस्सी के दशक में यंत्रीकृत (मशीनी) खेती धनी लोगों का विशेषाधिकार थी। सिर्फ सूरज देव सिंह जैसे बड़े जमींदारों के पास ट्रैक्टर थे। बाकी लोग अभी भी खेती के प्राचीन तरीकों पर निर्भर थे और खेतों की जुताई के लिए बैलों का उपयोग करते थे। सुहागपुर की काली मिट्टी बहुत उपजाऊ थी और गंडक नदी के किनारे बसा होने के कारण सिंचाई की कोई समस्या नहीं थी। किसान सरकार की सिंचाई योजनाओं पर निर्भर नहीं थे, जो वैसे भी शायद ही कभी लागू होती थीं। खेतों में साल की तीनों फसलों की पैदावार होती थी, इसलिए खेत के मजदूरों के पास पूरे साल काम रहता था। टोले के कुछ निवासी हवेली में काम करते थे। भकोला और उसकी पत्नी, गोदना के माता-पिता, उनमें से थे, जो ठाकुर सूरज देव सिंह की हवेली में काम करते थे। खेत के मजदूरों और घरेलू नौकरों को पैसे नहीं मिलते थे। उन्हें उनके काम के बदले खाना और पुराने कपड़े मिलते थे।

गाँव में पिछड़ी जाति की काफी आबादी थी। वे सुरक्षा सेवाओं में, ड्राइविंग में या कृषि पर्यवेक्षकों के रूप में कार्यरत थे। पिछड़ी जाति के संपन्न परिवारों के अपने खुद के डेयरी व्यवसाय थे। गाँव में कुछ ब्राह्मण थे, जिनके पास जमीन के छोटे टुकड़े थे, वे टुकड़े, जो उनके पुरखों को ठाकुरों के पुरखों ने उपहार में दिए थे। हवेली में विभिन्न अवसरों पर पूजा-अनुष्ठान करना उनकी आजीविका का मुख्य स्रोत था। गाँव में दो-चार बनिए भी थे, जो गाँव में किराने की दुकान चलाते थे।

गोदना भकोला का इकलौता बेटा था। कभी-कभी वह हवेली में मवेशियों को नहलाने में अपने बाबा की मदद करता था, लेकिन उसे उनका गोबर साफ करना बिल्कुल पसंद नहीं था। मवेशियों को नहलाने से ज्यादा गोदना को बबुनी के साथ खेलना अच्छा लगता था। ठाकुर सूरज देव सिंह की बेटी बबुनी गोदना से एक साल छोटी थी। उसका नाम कविता था, लेकिन सब प्यार से उसे बबुनी कहते थे। बबुनी को भी गोदना के साथ खेलना अच्छा लगता था। अछूत प्रथा के कीड़े ने बच्चों को नहीं काटा था। कभी-कभी बबुआ भी उनके खेल में शामिल हो जाता था। बबुआ कविता का भाई था। उसका असली नाम चंद्र देव सिंह था, और वह गोदना से एक साल बड़ा था। हालाँकि बबुआ गोदना से बड़ा था, लेकिन दोनों स्कूल में एक ही कक्षा में थे। बबुनी उनसे एक कक्षा नीचे थी।

गाँव में एक सरकारी सहायता-प्राप्त जूनियर स्कूल था। सरकार वार्षिक अनुदान की राशि ठाकुर साहब को ही दे देती थी, क्योंकि वे गाँव के मुखिया थे। उनके ऊपर उस फंड के खर्च का लेखा-जोखा देने की कोई जवाबदेही नहीं थी। स्कूल में दो कमरे थे, जिनकी दीवारों पर पलस्तर नहीं हुआ था और पानी के लिए एक हैंडपंप था। वर्मा मास्टर, जिन्हें सब मास्साब कहते थे, स्कूल के एकमात्र अध्यापक थे। स्कूल में वे ही सबकुछ थे—अध्यापक, प्रधानाध्यापक और प्रबंधक भी। गाँव के कानून के अनुसार ऊँची जाति के छात्र कक्षा में आगे बैठते थे और गोदना जैसे नीची जाति के छात्र पीछे। गोदना को इससे कोई फर्क नहीं पड़ता था, क्योंकि पीछे बैठकर वह दीवार के सहारे का मजा लेता था। छात्र अपने साथ खुद की स्लेट, खड़िया और बैठने के लिए बोरा लेकर आते थे। गोदना बोरा नहीं लाता था, क्योंकि उसे कंक्रीट के ठंडे फर्श पर बैठना अच्छा लगता था।

कलेक्टर के दौरे के बाद से गोदना नियमित रूप से स्कूल जाने लगा। पहले वह स्कूल सिर्फ इसलिए जाता था, क्योंकि उसके माई-बाबा चाहते थे कि वह स्कूल जाए। माई-बाबा को पढ़ाई में उसकी अचानक उत्पन्न हुई दिलचस्पी देखकर सुखद आश्चर्य हुआ। गोदना को बहुत जल्दी थी। उसका लक्ष्य था कक्षा चौदह पास करना, और फिर कलेक्टर की परीक्षा की अर्हता प्राप्त करना।

वह बहुत भोला था। वह नहीं जानता था कि गाँव में स्कूली शिक्षा का एक मृत अंत था। कक्षा आठ के बाद आगे पढ़ने की कोई सुविधा नहीं थी। निकटतम इंटर स्कूल सिवान में था और स्नातक स्तर की पढ़ाई के लिए गाँव से साठ किलोमीटर दूर देवरिया जाना पड़ता था। गोदना नहीं जानता था कि यदि वह कक्षा आठ तक अपने सपने को जिंदा रखने में सफल हो भी जाएगा, तो क्षेत्र में शिक्षा के दयनीय अवसर उसके सपने को नष्ट कर देंगे।

1979 की गरमियों में भाग्य ने गोदना का साथ दिया। दमयंती सिंह उर्फ दिदिया ने ठाकुर साहब को सलाह दी कि उन्हें बबुआ को आगे की पढ़ाई के लिए दिल्ली भेजना चाहिए। ठाकुर साहब को विचार अच्छा लगा। ठाकुर साहब ने खुद केवल छठी कक्षा पास की थी, जो उनके वंश में अब तक किसी के भी द्वारा प्राप्त उच्चतम शिक्षा थी।

वे बबुआ को पढ़ाना चाहते थे, लेकिन यह भी समझते थे कि यह गाँव में संभव नहीं था। इसलिए, जब दिदिया ने प्रस्ताव रखा, तो वे फौरन राजी हो गए। उन्होंने बबुआ का ध्यान रखने के लिए और नई दिल्ली में दिदिया के बँगले में घरेलू काम करने के लिए गोदना को साथ भेजने का फैसला किया। गोदना बचपन से बबुआ के पीछे-पीछे रहता था। वह बबुआ के पुराने कपड़े, स्लेट और खिलौने इस्तेमाल करता था, इसलिए स्वाभाविक था कि वह बबुआ के पीछे-पीछे दिल्ली भी जाए।

गोदना पहले कभी अपने माई-बाबा से एक दिन भी दूर नहीं रहा था। उसके जानेवाले दिन माई सवेरे से रो रही थी। भकोला मजबूत आदमी था। हालाँकि उसका गला कई बार भर आया, लेकिन उसने अपने आँसू बाहर नहीं आने दिए। भकोला और माई उस दिन सवेरे 4 बजे ही उठ गए। चार घंटे बाद भकोला और गोदना, दो अन्य नौकरों के साथ बैलगाड़ी पर सिवान रेलवे स्टेशन के लिए रवाना हो गए। वे सामान भी साथ लेकर चल रहे थे, क्योंकि जीप में सामान के लिए जगह नहीं बची थी। बबुआ को स्टेशन तक छोड़ने ठाकुर साहब का पूरा परिवार गया था। ठाकुर साहब ने उस दिन के लिए जीप ठीक करवाई थी। सामान में चार बड़ी-बड़ी अटैचियाँ थीं, दो बबुआ के लिए और दो दिदिया और उनके परिवार के लिए। उन दो अटैचियों में दिदिया, कुँवर साहब,

उनके बेटे और सास-ससुर के लिए कपड़े थे। इन चार अटैचियों के अलावा तीन बँधी हुई बोरियाँ भी थीं, जिनमें 100 किलो चावल, 100 किलो गेहूँ और 50 किलो दाल भरी थी।

भकोला और दोनों नौकर मिलकर प्रथम श्रेणी के डिब्बे में सामान चढ़ाने में और उन्हें बैठाने में मदद करने लगे। बबुआ और नारायण बाबू की सीटें प्रथम श्रेणी के डिब्बे में आरक्षित थीं। नारायण बाबू उनके साथ दिल्ली जा रहे थे। ठाकुर साहब और उनकी पत्नी बबुआ के साथ जाना चाहते थे, लेकिन शादीशुदा बहन या बेटी के घर रहना रिवाज के खिलाफ था। गोदना के लिए कोई सीट आरक्षित नहीं थी। वह सामान्य डिब्बे में यात्रा कर रहा था। ठाकुर साहब ने नारायण बाबू को निर्देश दिया था कि वे मुख्य स्टेशनों पर उसे जाकर देख लें। वैशाली एक्सप्रेस ट्रेन सिवान रेलवे स्टेशन पर सिर्फ 5 मिनट रुकती थी। स्टेशन मास्टर ने ठाकुर साहब के अनुरोध पर उसे आधा घंटा रोक दिया। गोदना न सिर्फ पहली बार ट्रेन में बैठा था, बल्कि उसने ट्रेन देखी भी पहली बार थी। एक छोटे-से घर के बने बैग को थामे वह खिड़की के पास की एक सीट पर बैठा था, जो स्टेशन मास्टर ने खाली करवाई थी। स्टीम इंजन ने 4 बजे सीटी दी और ट्रेन चलने लगी। अपने बाबा को देखकर गोदना रोने लगा। बाबा रोए तो नहीं, लेकिन उनका भी दिल भर आया।

कुँवर रणविजय सिंह या कुँवर साहब, जैसा कि गाँव में सब उन्हें कहते थे, नई दिल्ली रेलवे स्टेशन पर उन सबको लेने आए थे। उनके साथ खाकी वरदी में आए दो गार्ड सामान उतारने में मदद करने लगे। कुँवर साहब और बबुआ जीप की अगली सीट पर बैठ गए। गोदना पिछली सीट पर चार अटैचियों और तीन बोरियों के बीच फँसकर बैठा था। उसके आगे नारायण बाबू की बगल में एक गार्ड बैठा था। दूसरा गार्ड जीप चला रहा था। गोदना, जो हमेशा पुलिसवालों से खौफ खाता था, गार्ड के साथ बैठने में थोड़ा डर रहा था। जो थोड़ी बहुत जगह उसे मिल रही थी, उसमें से वह नई दिल्ली को देखने के लिए बाहर झाँक रहा था, और जैसा कि हर बच्चा करता है, शहर की सड़कों और इमारतों की तुलना अपने गाँव से कर रहा था।

कुँवर रणविजय सिंह और दिदिया दक्षिण दिल्ली में पाँच कमरों के विशाल सरकारी बँगले में रहते थे। औपचारिक अभिवादनों के बाद दिदिया गोदना को आउटहाउस में ले गईं, जहाँ उसे रहना था। गाँव में वह जिस मिट्टी के झोंपड़े में रहता था, उसकी तुलना में ये आउटहाउस रहने के लिए बहुत शानदार स्थान था।

कुँवर साहब और दिदिया उतने रूढ़िवादी नहीं थे। वे अछूत प्रथा की अवधारणा में विश्वास नहीं करते थे। शायद वह शिक्षित होने और शिक्षित लोगों के संपर्क में रहने का परिणाम था। पहले जब गोदना को पता चला कि उसे बबुआ के साथ दिल्ली जाना था, तो वह निराश हो गया था। उसे डर था कि उसकी पढ़ाई छूट जाएगी। जब उसने अपनी माई के सामने यह आशंका जताई, तो उसने गोदना को आश्वस्त किया कि यदि वह पढ़ना चाहेगा, तो दिदिया उसकी मदद जरूर करेंगी।

अगले दिन दिदिया बबुआ को सेंट कोलंबस स्कूल ले गईं, जो दिल्ली के सर्वश्रेष्ठ पब्लिक स्कूलों में से एक था और जहाँ उनका बेटा कक्षा आठ में पढ़ता था। प्रवेश परीक्षा और इंटरव्यू में बबुआ का प्रदर्शन स्कूल में प्रवेश के लिए आवश्यक मानदंडों से काफी नीचे था। बबुआ का टेस्ट लेनेवाले शिक्षक को विश्वास नहीं हो रहा था कि एक तेरह साल का लड़का अंग्रेजी वर्णमाला के बारे में कुछ नहीं जानता था। हालाँकि कुँवर साहब के उच्च सरकारी पद की मदद से बबुआ को स्कूल में दाखिला मिल गया। बबुआ स्कूल से खुशी-खुशी वापस आया। जब वह बैठक में अपना यूनिफॉर्म नाप रहा था, तो गोदना उसे ललचाई नजरों से देख रहा था। दिदिया ने यह दृश्य देख लिया। हवेली की तरह यहाँ गोदना को बँगले के अंदर आने की मनाही नहीं थी। दिदिया ने उसे अपने पास बुलाया और पूछा—

"क्या तुम भी स्कूल जाना चाहते हो?"

गोदना उन्हें उसी समय बताना चाहता था कि उसका सपना कलेक्टर बनने का था, लेकिन वह हाँ में सिर हिलाने के अलावा कुछ नहीं कह पाया। दिदिया ने नौकरानी से कहकर बाहर से गार्ड को बुलवाया और उसे निर्देश दिया कि वह अगले दिन गोदना को पास के सरकारी स्कूल में ले जाए और कक्षा छह में उसका दाखिला करवा दे। वह जानती थीं कि गोदना और बबुआ गाँव के स्कूल

में एक ही कक्षा में पढ़ते थे। नौकरानी ने उन्हें बताया कि उसकी कॉलोनी में कक्षा आठ तक का एक जूनियर स्कूल था। दिदिया को इस बात का अनुमान नहीं था कि गोदना स्नातक की परीक्षा पास करना चाहता था। उन्हें लगा था कि उसे भी गाँव के टोले के अन्य लड़कों की तरह पढ़ाई में रुचि नहीं होगी।

कुँवर साहब का सरकारी बँगला दक्षिण दिल्ली के एक पॉश इलाके में था। एक सार्वभौमिक तथ्य की भाँति, दक्षिण दिल्ली के उस पॉश इलाके की बाहरी तरफ आदर्श नगर नाम की एक कॉलोनी थी। आदर्श नगर के निवासियों में रिक्शाचालक, सब्जी विक्रेता, घरेलू नौकरानियाँ और निर्माण मजदूर शामिल थे। कुँवर साहब के बँगले में काम करनेवाली नौकरानी आदर्श नगर में ही रहती थी। उस कॉलोनी में एक सरकारी स्कूल था। कई लोगों को लगता था कि वह सरकारी स्कूल आदर्श नगर कॉलोनी के लिए खोला गया था, लेकिन सच्चाई यह थी कि वह स्कूल कॉलोनी के अस्तित्व में आने के बहुत पहले शुरू हो चुका था। एक समय था, जब उस स्कूल में आसपास के इलाकों से उच्च और मध्यम वर्ग के परिवारों के कई बच्चे पढ़ने आते थे; उस स्कूल का स्तर इतना अच्छा था। जैसे-जैसे स्कूल में आदर्श नगर के बच्चों की संख्या बढ़ती गई, उन उच्च और मध्यम वर्ग के परिवारों ने अपने बच्चों को वहाँ से निकालना शुरू कर दिया; इसलिए नहीं, क्योंकि स्कूल में गरीब परिवारों के बच्चे आते थे, बल्कि इसलिए क्योंकि नगर पालिका समय के साथ स्कूल की उपेक्षा करने लगी थी। परिणामस्वरूप स्कूल का स्तर नीचे गिर गया।

अगली सुबह गार्ड के साथ चलते हुए सहमे हुए गोदना ने स्कूल के विशाल फाटक से अंदर प्रवेश किया। फाटक के दाहिनी ओर एक बड़ा-सा खेल का मैदान था। चूँकि उस समय अप्रैल का अंत था, सो स्कूल में परीक्षाएँ चल रही थीं। कुछ छात्र जो परीक्षा दे चुके थे, मैदान में खेल रहे थे। कुछ छात्र यूनिफॉर्म में थे; कॉलरवाली सफेद कमीज और खाकी हाफ पैंट। गोदना को बाद में पता चला कि स्कूल में यूनिफॉर्म तो था, लेकिन उसे पहनना जरूरी नहीं था, क्योंकि हर छात्र के माता-पिता उसे खरीद नहीं सकते थे। स्कूल की इमारत, जो हालाँकि बहुत बुरी दशा में थी और सालों से उस पर पुताई नहीं हुई थी, गाँव के स्कूल से कई गुना बड़ी थी। गार्ड उसे प्रिंसिपल के ऑफिस में ले गया। प्रिंसिपल साहब

ऑफिस में नहीं थे। पूछने पर उन्हें पता चला कि वे दोपहर में स्कूल आएँगे। जब गार्ड ने एक क्लर्क को बताया कि वे कमांडेंट साहब के बँगले से आए हैं, तो एक चपरासी उन्हें वाइस प्रिंसिपल के पास ले गया। गार्ड ने उन्हें गोदना के दाखिले के लिए कुँवर साहब द्वारा लिखी अर्जी दे दी। वाइस प्रिंसिपल ने उन्हें एक क्लर्क के पास भेज दिया, जिसने एक फॉर्म भर दिया। जब क्लर्क ने जन्म प्रमाण–पत्र माँगा, तो गोदना गार्ड की ओर देखने लगा। गार्ड ने क्लर्क को बताया कि उनके पास जन्म प्रमाण–पत्र नहीं है। तब क्लर्क ने उसकी जन्मतिथि पूछी। गोदना फिर से गार्ड को देखने लगा। क्लर्क चिढ़ गया। उसने पूछा,

"तुम्हारी उम्र क्या है?"

"बारह साल," गोदना को कुछ हफ्ते पहले माई की कही बात याद आ गई, तुम अब बच्चा नहीं हो, बारह बरस के हो गए हो। क्लर्क गिनने लगा, बारह साल मतलब तुम्हारा जन्म 1967 में हुआ था। उसने 1979 से बारह साल पीछे जाते हुए गिना। आखिरकार क्लर्क ने उसकी जन्मतिथि ढूँढ़ निकाली, "आज 27 अप्रैल है और तुम 12 साल के हो, इसलिए तुम्हारी जन्मतिथि है 27 अप्रैल, 1967।" उसने ताजी ढूँढ़ी जन्मतिथि प्रवेश फॉर्म में लिख दी और गार्ड से उस पर दस्तखत करने के लिए कहा। गार्ड ने उसके अभिभावक की हैसियत से फॉर्म पर दस्तखत कर दिए और गोदना को जूनियर म्युनिसिपैलिटी स्कूल, आदर्श नगर की छठी कक्षा में दाखिला मिल गया। बाद में कुँवर साहब ने एक हलफनामे का प्रबंध किया, जिसमें गोदना को अनुसूचित जाति का घोषित किया गया था। उस हलफनामे की मदद से गोदना की ट्यूशन फीस माफ हो गई।

अगले दिन दिदिया ने उसी गार्ड को दो–दो मीटर सफेद और खाकी कपड़ा खरीदने भेजा। नौकरानी गोदना को आदर्श नगर के कॉलोनी के एक दर्जी के पास ले गई और तीन दिन बाद, उसके पास दो जोड़ी स्कूल यूनिफॉर्म सिलकर आ गए। इसके अलावा उसे दिदिया के बेटे धनंजय सिंह के एक जोड़ी पुराने जूते भी मिल गए।

□

3

बबुआ अंग्रेजी माध्यम के स्कूल में संघर्ष कर रहा था, जबकि गोदना अपनी कक्षा में उत्कृष्ट प्रदर्शन कर रहा था। वार्षिक परीक्षाओं में वह अपनी कक्षा में प्रथम आया। गोदना की खुशी का ठिकाना नहीं था; वह अपने सपने की ओर कदम बढ़ा रहा था। वह इस बात से और उत्साहित था कि वह लोग गरमी की छुट्टियों में गाँव जा रहे थे। नारायण बाबू उन्हें गाँव ले जाने आए थे। पिछले साल के विपरीत इस बार गोदना के लिए स्लीपर क्लास में एक सीट आरक्षित थी।

सिवान रेलवे स्टेशन का दृश्य पिछले साल से अलग नहीं था, सिर्फ समय अलग था; इस समय सुबह के 11 बजे थे। भकोला सामान और गोदना को ले जाने के लिए एक बैलगाड़ी लेकर आया था। सामान में से दो अटैचियाँ और बोरियाँ घट गई थीं। जैसे ही बबुआ और नारायण बाबू डिब्बे से बाहर निकले, नारायण बाबू ने उत्साहित स्वर में ठाकुर साहब को सूचना दी, ''बबुआ अंग्रेजी बोलते हैं।''

तब तक ठकुराइन ने अपने 14 वर्षीय बेटे को उठा कर उसके गालों और माथे पर चुंबनों की बौछार करनी शुरू कर दी थी। वे रोते-रोते बोलती जा रही थीं, 'बबुआ···। बबुआ···'

गोदना देख रहा था; वह जानता था कि माई भी उसके साथ ऐसा ही करेगी। बबुनी को इस नाटक में कोई दिलचस्पी नहीं थी। वह आकर गोदना के पास खड़ी हो गई, आखिर वह उसका दोस्त था। नारायण बाबू का उत्साह ठाकुर साहब को हस्तांतरित हो गया था। उन्होंने बबुआ से पूछा, ''क्या तुम सच में अंग्रेजी बोलते हो?''

बबुआ ने जवाब में अंग्रेजी वर्णमाला के पहले चार एल्फाबेट बोल दिए, "ए, बी, सी, डी।" निरी खुशी से ठाकुर साहब की आँखें भीग गईं। उन्होंने अपनी जेब से कुछ पैसे निकाले और आसपास मौजूद सभी नौकरों और कुलियों को, जो तमाशा देखने के लिए रुक गए थे, दो-दो रुपए बाँट दिए। गोदना और उसके बाबा को भी दो-दो रुपए मिले। ठाकुर साहब ने पहली बार अंग्रेजी के अक्षर सुने थे, और वह भी अपने बेटे के मुँह से। बबुआ पूरे 26 अक्षर बोलना चाहता था, लेकिन ठाकुर साहब ने उसे रोक दिया, "बाकी के कल की दावत के लिए छोड़ दो। कल शाम को हम इस उपलब्धि का जश्न मनाएँगे।" वे नारायण बाबू की ओर मुड़कर बोले, "नारायण बाबू, सभी पड़ोसी गाँवों के मुखियाओं को निमंत्रण भेज दीजिए। सबको निमंत्रण देने के लिए आज ही अपने आदमी भेज दीजिए और इतने आदमी लगाइए कि ज्यादा-से-ज्यादा गाँवों में न्योता पहुँच जाए। इन सब ठाकुरों को बबुआ की अंग्रेजी सुनने दीजिए। कल बहुत बड़ा जश्न होना चाहिए।"

ठाकुर साहब के पास उस जश्न के आयोजन का एक और कारण था। वर्षों की तपस्या के बाद सत्तारूढ़ पार्टी ने उन्हें राज्य विधानसभा चुनावों के लिए अपना उम्मीदवार चुना था। वह 1980 के वसंत का मौसम था। राज्य विधानसभा भंग कर दी गई थी और चुनावों की घोषणा हो चुकी थी। राज्य राष्ट्रपति शासन के अधीन था। ठाकुर मंगल देव सिंह ने 20 वर्ष पहले इसी सत्तारूढ़ पार्टी के उम्मीदवार के रूप में विधानसभा का चुनाव लड़ा था, जिसने आजादी के बाद से लगभग पूरे समय देश पर शासन किया था, लेकिन वे चुनाव हार गए थे। पार्टी ने स्वतंत्रता सेनानी होने के नाते उन्हें एक अवसर दिया था, लेकिन दोबारा जोखिम नहीं उठाया। तथापि, सत्तारूढ़ पार्टी के प्रति परिवार का प्रेम बना रहा।

उस शाम की दावत में 42 गाँवों के मुखिया शामिल हुए। ठाकुर साहब को यह देखकर खुशी हुई कि प्रत्येक आमंत्रित व्यक्ति दावत में उपस्थित था। प्रथमदृष्टया, सबने ठाकुर साहब के साथ एकजुटता दिखाई थी, जो कि चुनाव से पहले उनके पक्ष में एक सकारात्मक संकेत था, जबकि तथ्य अन्यथा था। जश्न शाम को 7 बजे शुरू हुआ और आधी रात के बाद तक चला। मेहमानों ने उस शाम शराब की 15 बोतलें खाली कर दीं। सभी नौकर उत्सुकता से उन

बोतलों को खाली होते देख रहे थे; इसलिए नहीं कि वे उन बोतलों के अंदर की शराब पीना चाहते थे, बल्कि उन्हें तो काँच की खाली बोतलें चाहिए थीं। खाली काँच की बोतलें उनके घर के बरतनों का हिस्सा होती थीं, जिनमें वे पानी भरकर रखते थे; उसमें से पीने के लिए या सुबह खेतों में भरकर ले जाने के लिए। गोदना उस दिन दो बोतलें पाने,में कामयाब हो गया। एक उसने अपनी दिल्ली की यात्रा के लिए सँभालकर रख दी।

उस शाम का मुख्य आकर्षण बबुआ का अंग्रेजी बोलने का प्रदर्शन था। जब शराब का दूसरा दौर शुरू हुआ, तो ठाकुर साहब ने घोषणा की, "आज हमारे लिए बहुत गर्व का दिन है। हमारे वंश में पहली बार किसी ने अंग्रेजी सीखी है। अब हम सब इस चमत्कार को अपनी आँखों से देखेंगे।" और वे बबुआ की ओर देखने लगे। बबुआ चुपचाप खड़ा रहा। ठाकुर साहब उसे राजी करने में लग गए। सन्नाटा छाया हुआ था। अगर बबुआ नहीं बोलता, तो गोदना को उम्मीद थी कि ठाकुर साहब उसे अंग्रेजी बोलने के लिए बुलाएँगे। आखिर उसने भी तो अंग्रेजी के अक्षर और कुछेक शब्द सीखे थे, लेकिन ठाकुर साहब ने उसे नहीं बुलाया, बल्कि धैर्य खोकर जोर से चिल्लाए, "बबुआ!" उनका चिल्लाना काम कर गया। बबुआ ने अपना मुँह खोला, "ए, बी, सी, डी।"

खुश होकर ताली बजाते हुए ठाकुर साहब अपने मेहमानों की ओर देखने लगे। उनके कुछ मेहमान भी ताली बजाने लगे। ठाकुर साहब ने अपने हाथ उठाकर सबसे शांत रहने का निवेदन किया और बबुआ की ओर उम्मीद से देखने लगे। बबुआ आगे बोला, "ई, फ, जी, एच," वो बोलता गया, "आई, जे, के, एल," वो रुक गया। सब लोग मुँह खोलकर बबुआ को देख रहे थे। बबुआ ने टेबल पर रखे पानी भरे जग और गिलासों की ओर देखा। ठाकुर साहब उसकी बात समझ गए। वे चिल्लाए, "पानी लाओ इसके लिए।" चार नौकर दौड़कर उसके लिए पानी ले आए। पानी पीने के बाद बबुआ ने आगे बोलना शुरू किया। उसने पूरी वर्णमाला बोलने में 10 मिनट लगाए और बदले में उसे ढेर सारी तालियाँ मिलीं।

चुनाव में ठाकुर साहब के निकटतम प्रतिद्वंद्वी थे श्याम बिहारी तिवारी। उस

क्षेत्र में समाज में दो जातियों के बीच ध्रुवीकरण था—ठाकुर और ब्राह्मण। बाकी सब सिर्फ इनमें से किसी एक का अनुसरण करते थे। ठाकुरों और ब्राह्मणों के बीच के संबंध कभी अच्छे नहीं रहते थे, चाहे चुनाव हों या नहीं। कभी-कभी उनकी आपसी दुश्मनी एक बदसूरत मोड़ ले लेती, जिसका अंजाम हत्या तक पहुँच जाता। चुनाव अभियान के दौरान सीधी मुठभेड़ होना सामान्य बात थी। उनके समर्थक, जो आमतौर पर चुनाव प्रचार के समय प्राय: नशे में होते थे, अपने नेता के प्रति वफादारी साबित करने के लिए कुछ भी करने को तैयार रहते थे। ठाकुर साहब पिछले चुनाव को नहीं भूले थे। पिछड़ी जाति के एक उम्मीदवार की, जिसने चुनाव लड़ने की हिम्मत दिखाई थी और जिसके एक विशेष जाति के वोट बैंक को प्रभावित करने की संभावना थी, चुनाव प्रचार के दौरान एक भीड़ द्वारा 'निर्दयतापूर्ण' हत्या कर दी गई थी। अज्ञात संदिग्धों के खिलाफ मामला दर्ज किया गया। मामले की सुनवाई अभी भी होनी बाकी थी। नामांकन की तारीख से पहले गिरी बाबा ने हवेली में बेल्जियम की बनी दो लाइसेंसधारी दुनाली बंदूकों की सर्विसिंग कर दी। गिरी बाबा ठाकुर साहब का ड्राइवर भी था और अंगरक्षक भी। वह एक विशेषज्ञ लाठीबाज था। गिरी बाबा एक बंदूक लेकर चलता था। उसने अगले एक महीने के लिए 10 और लाठीबाज रख लिये। भीमा ने, जो गिरी बाबा और ठाकुर साहब दोनों का विश्वासपात्र था, दूसरी बंदूक लेकर चलने की जिम्मेदारी उठा ली। ठाकुर साहब को बिना लाइसेंस की एक कोल्ट पाइथन रिवॉल्वर लेकर चलना पसंद था। कुँवर रणविजय सिंह के पिता ने, जो सेना के अवकाश-प्राप्त कर्नल थे, ठाकुर साहब को वह रिवॉल्वर भेंट की थी। जैसा कि कर्नल साहब का दावा था, उन्होंने वो रिवॉल्वर बांग्लादेश युद्ध के दौरान दुश्मनों से छीनी थी।

ठाकुर साहब एक पड़ोसी गाँव के मतदाताओं के लिए भी सुहागपुर में मतदान केंद्र बनवाने में कामयाब हो गए। उन्हें मतदाताओं की संख्या की परवाह नहीं थी। उनके पहलवान शाम 4 बजे तक वहाँ रुके रहे। उसके बाद उन्होंने सभी अनुपस्थित मतदाताओं के बदले वोट डाल दिए। बबुआ ने 40 वोट डाले। फिर वह थक गया। गोदना ने भी 4 वोट डाले। उसे पता भी नहीं था कि वोट डालने का अधिकार पाने में उसे अभी आठ वर्ष बाकी थे। वह अपने नाखून में

लगी पक्की स्याही देखकर खुश था। उन दिनों बूथ कैप्चरिंग (बूथ पर कब्जा) उन क्षेत्रों में सामान्य बात थी। इसके अलावा यह बूथ कैप्चरिंग का नरम संस्करण था, जहाँ बंदूकों का उपयोग करने की जरूरत नहीं होती थी। उनके प्रतिद्वंद्वी के पास भी ऐसे नरम बूथ थे। ऐसे कुल चार बूथ थे, जो किसी के क्षेत्र में नहीं थे। इन बूथों के 10 हजार वोटरों में से अधिकांश पिछड़े समुदायों से थे। गिरी बाबा ने इन बूथों पर कब्जा करने की जिम्मेदारी ले ली। जब गिरी बाबा मतदाताओं को डराने के लिए हवा में गोलियाँ चलाने लगा तो स्थिति हिसंक हो गई। विरोधी भी गोलियाँ बरसाने लगे। सी.आर.पी.एफ. की एक बटालियन ने आकर स्थिति को समय से काबू में कर लिया। गिरी बाबा और उनके तीन साथियों को और विरोधी कैंप के चार लोगों को गिरफ्तार कर लिया गया। उस शाम आठों ने रुस्तमपुर पुलिस स्टेशन में साथ बैठकर शराब पी। अगली सुबह पुलिस ने बिना कोई मामला दर्ज किए उन्हें रिहा कर दिया। गोलीबारी के बाद कोई मतदाता वोट डालने नहीं आया। जिला कलेक्टर ने उन बूथों पर पुनर्मतदान का आदेश दे दिया।

परिणाम वाले दिन ठाकुर साहब अपने गैंग के साथ मतगणना शुरू होने से पहले तहसील के दफ्तर पहुँच गए। श्याम बिहारी तिवारी भी अपने दल-बल के साथ वहाँ मौजूद थे। जैसे-जैसे विभिन्न क्षेत्रों की मतपेटियाँ खुल रही थीं, ठाकुर साहब को अंदाजा होने लगा था कि उनके ठाकुर मित्रों ने उन्हें धोखा दिया है। दोपहर तक, परिणाम स्पष्ट होने लगा था। तिवारी कैंप में ढोल बजने लगे थे और हवा में रंग उड़ने लगा था। उदास ठाकुर साहब वहाँ से चले आए। वह बुरी तरह से चुनाव हार गए थे और साथ ही अपनी प्रिय सत्तारूढ़ पार्टी का विश्वास भी।

□

4

जब गोदना ने प्राथमिक स्कूल समाप्त कर लिया, तो दिदिया ने उससे पूछा कि वो आगे पढ़ना चाहता था या नहीं। गोदना ने आगे पढ़ने की इच्छा जताई। लाला हरदयाल माध्यमिक विद्यालय हिंदी माध्यम का निकटतम स्कूल था। कुँवर साहब के सिफारिशी-पत्र के साथ एक गार्ड गोदना का दाखिला करवाने उसे स्कूल ले गया। गोदना को दाखिला मिल गया। जाति प्रमाण-पत्र की सहायता से एक बार फिर उसकी स्कूल फीस माफ हो गई।

सेंट कोलंबस स्कूल ने कक्षा आठ तक बबुआ को झेल लिया। स्कूल की एक नीति थी, जिसके माध्यम से बबुआ कक्षा 8 तक पहुँच गया। अब शिक्षा के अधिकार के तहत सरकार ने कक्षा 8 तक के छात्रों को पास करना अनिवार्य कर दिया था। कक्षा आठ की वार्षिक परीक्षाओं से पहले प्रिंसिपल ने उसके अभिभावकों को मिलने बुलाया। दिदिया उनसे मिलने स्कूल पहुँचीं। प्रिंसिपल ने उन्हें बताया कि बबुआ की प्रगति बहुत धीमी और अब वे उसे स्कूल में नहीं रख सकते हैं। दिदिया ने उनसे बहुत विनती की लेकिन वे नहीं माने। उस शाम जब दिदिया ने कुँवर साहब को यह बात बताई और उनसे सिफारिश करने के लिए कहा तो कुँवर साहब ने मना कर दिया। उन्होंने बबुआ को हिंदी माध्यम के स्कूल में डालने की सलाह दी। ठाकुर साहब की इच्छानुसार दिदिया बबुआ को आगे भी अंग्रेजी स्कूल में ही पढ़ाना चाहती थीं। 1982 की गरमियों में जब गोदना को लाला हरदयाल माध्यमिक विद्यालय की कक्षा नौ में दाखिला मिला, तब दिदिया ने दो हजार रुपए की कैपिटेशन फीस देकर बबुआ का दाखिला सेंट पीटर्स पब्लिक स्कूल में करवा दिया।

गोदना ने आसानी से कक्षा नौ पार कर ली। लेकिन बबुआ फेल हो गया। हालाँकि उसे पास किया जा सकता था, लेकिन उसकी क्लास टीचर ने सलाह दी कि अगले साल की बोर्ड परीक्षाओं के लिए बेहतर नींव तैयार करने के लिए उसे कक्षा नौ में ही एक साल और पढ़ना चाहिए। इस प्रकार गोदना बबुआ से एक साल आगे निकल गया, हालाँकि वो उससे एक साल छोटा था। कक्षा दस की परीक्षा में गोदना राज्य की मेरिट सूची में चौथे स्थान पर रहा। मेरिट सूची में जगह बनाकर उसने राष्ट्रीय योग्यता छात्रवृत्ति के लिए अर्हता प्राप्त कर ली। उसे 100 रुपए महीने की छात्रवृत्ति प्रदान की गई। बबुआ ने किसी तरह परीक्षा पास कर ली, लेकिन नौवीं कक्षा में दोबारा पढ़ने से उसे दसवीं में कोई मदद नहीं मिली। वह अगले साल बोर्ड परीक्षाओं में फेल हो गया, जबकि गोदना ने ग्यारहवीं कक्षा पास कर ली।

1985 की गरमी की छुट्टियों में गोदना और बबुआ के साथ दिदिया भी सुहागपुर आईं। कुँवर रणविजय सिंह बबुनी की शादी से दो दिन पहले पहुँचनेवाले थे। धनविजय भारतीय वायुसेना में पायलट बनने का प्रशिक्षण ले रहा था। उसे छुट्टी नहीं मिली थी इसलिए वह परिवार के साथ नहीं आ सकता था। ठाकुर साहब ने बबुनी की शादी कुँवर बलवंत शाही के साथ तय कर दी थी। बलवंत शाही ठाकुर प्रभुनाथ शाही के छोटे बेटे थे। बड़े ठाकुर शाही देवरिया जिले के ही रुद्रपुर गाँव के मुखिया थे। वे ठाकुर सूरज देव सिंह से कहीं अधिक बड़े जमींदार थे। वे न सिर्फ 700 एकड़ खेतों के स्वामी थे, बल्कि एक चीनी मिल के मालिक भी थे। बलवंत शाही के मामा केंद्र सरकार में मंत्री थे और उन्होंने विवाह समारोह में शामिल होने की हामी भर दी थी। उनके साथ कई अन्य नेता भी आनेवाले थे। इतने प्रतिष्ठित परिवार के साथ संबंध जुड़ना ठाकुर साहब के लिए गर्व की बात थी। लेकिन साथ ही उन्हें चिंता भी हो रही थी। वे व्यवस्था में कोई कमी नहीं छोड़ना चाहते थे। समृद्ध ठाकुर परिवारों में वैवाहिक समारोह धन और हैसियत का प्रदर्शन करने के अवसर होते थे। उन सभी रिश्तेदारों को, जो उच्च पदों पर आसीन होते थे—विशेष रूप से राजनीति या सिविल सेवाओं में, महीनों पहले से विवाह में उपस्थित रहने का आग्रह किया

जाता था। ठाकुर साहब के पिता, जिनके एक समय राज्य के अवलंबी मुख्यमंत्री के साथ अच्छे संबंध थे, व्यक्तिगत रूप से लखनऊ उन्हें निमंत्रण देने गए, हालाँकि पिता-पुत्र दोनों ही जानते थे कि वे नहीं आएँगे। इसलिए उनकी ओर से एक ही प्रमुख व्यक्ति के आने की पुष्टि हुई थी और वे थे कुँवर रणविजय सिंह। ठाकुर साहब ने इस बात की पूर्ति अन्य चीजों से कर दी। उन्होंने गिरी बाबा को बनारस भेजकर सर्वश्रेष्ठ नर्तकियाँ बुलवाईं। बनारस के पारंपरिक कोठे कत्थक शैली की उत्कृष्ट नर्तकियों के लिए प्रसिद्ध थे। पटना के प्रसिद्ध सत्तू हलवाई को पेशगी में अच्छी-खासी रकम देकर सात दिनों के लिए रखा गया था; तीन दिन वैवाहिक समारोहों के लिए और चार दिन रिश्तेदारों के लिए। ठाकुर साहब ने सत्तू को विशेष रूप से निर्देश दिया था कि वह वरदीधारी वेटर नियुक्त करे।

उन दिनों बरात तीन दिन रुकती थी। उन तीन दिनों में उनके रहने और खाने-पीने की व्यवस्था करना लड़कीवालों की जिम्मेदारी होती थी। शाही साहब ने पुष्टि कर दी थी कि बरात में कम-से-कम 300 लोग होंगे। शाही परिवार के सदस्य हवेली के मुख्य द्वार के ऊपर बने मेहमानों के दोनों कमरों में ठहराए गए थे। उन दिनों महिलाएँ बरात के साथ नहीं आती थीं। अन्य बरातियों को स्कूल की इमारत और उसके आस-पास बने अस्थायी तंबुओं में ठहराया गया। बिजली गाँव के लिए दुर्लभ चीज थी। वैसे भी, बिजली की आपूर्ति सिर्फ दिन के समय सिंचाई के लिए होती थी। इसलिए 20 जनरेटरों की व्यवस्था की गई; चार हवेली के लिए और बाकी स्कूल और तंबुओं के लिए। तंबुओं और स्कूल की इमारत में पंखे और लाइटें लगाई गई थीं। आम के बगीचे में नृत्य कार्यक्रम के लिए 52 खंभों के सहारे एक विशाल पंडाल खड़ा किया गया था। बरातियों के मनोरंजन के लिए हाथियों की दौड़ भी आयोजित की गई थी। ठाकुर साहब के अनुरोध पर पड़ोसी गाँवों के ठाकुरों ने अपने हाथी भेज दिए थे। सभी बरातियों ने नदी के किनारे सात हाथियों की दौड़ का आनंद उठाया।

पता नहीं क्यों, लेकिन गोदना को शादी के कार्यक्रमों में मजा नहीं आ रहा था। उसे एक साल पहले गरमी की छुट्टियों में बबुनी से हुई बातचीत याद आ रही थी। बबुनी उसे ढूँढ़ते हुए शाम के समय उसकी झोंपड़ी में आ गई थी। हालाँकि उस समय वह सिर्फ सोलह साल की लड़की थी, लेकिन उसे गोदना

के साथ रहना अच्छा लगता था। वे नदी के किनारे टहलने चले गए थे।

''तुम नई दिल्ली में कब तक रहोगे?'' बबुनी ने पूछा।

''क्यों?'' बातचीत किस दिशा में जानेवाली थी, इस बात से अनजान गोदना ने पूछा।

बबुनी ने कहा कि उसे उसके साथ खेलने की याद आती है। गोदना ने जवाब दिया कि वह कलेक्टर बनने के बाद ही वापस आएगा। बबुनी ने उसे चिढ़ाते हुए कहा था कि वह अपने पापा से बबुआ को वापस बुलाने के लिए कहेगी ताकि गोदना को भी वापस आना पड़े। गोदना को यह मजाक अच्छा नहीं लगा और वह कुछ नहीं बोला। बबुनी को अपनी गलती का एहसास हो गया था और उसने गोदना से माफी माँग ली थी। बबुनी ने पहली बार उसके लिए अपनी भावनाएँ व्यक्त की थीं और कहा था कि कितना अच्छा होता अगर दोनों जीवन भर साथ रह पाते। गोदना ने उसकी बातों को गंभीरता से नहीं लिया था और मजाक में कहा था कि अगर वह कलेक्टर बन गया, तो मालिक से उसका हाथ माँग लेगा। बबुनी ने इस बात को गंभीरता से लेते हुए आशंका जताई थी कि पता नहीं उसके पापा मानेंगे या नहीं। गोदना को जवाब मालूम था, लेकिन उसने बबुनी की आशंका का जवाब नहीं दिया था।

अब, एक साल बाद बबुनी की शादी हो रही है और वह अभी तक कलेक्टर नहीं बना। वह दूर से उन औरतों को आम के बगीचे में बने पंडाल में नाचते हुए देख रहा था। अचानक उसके पेट में खलबली मचने लगी और वह अपनी झोंपड़ी में चला गया। रास्ते में हवेली में जगमगाती रोशनी को देखकर उसका मन और खराब हो गया। 29 मई, 1985 के दिन बबुनी विदा होकर रुद्रपुर अपने नए घर में चली गई।

गोदना उसके जाने से पहले उसकी एक झलक भी नहीं देख पाया।

□

5

1986 में, जब बबुआ अपने दूसरे प्रयास में दसवीं की परीक्षा दे रहा था, तब गोदना हायर सेकंडरी की परीक्षा दे रहा था। स्कूल प्रबंधन की बहुत सी उम्मीदें हायर सेकंडरी परीक्षाओं में उसके प्रदर्शन पर टिकी थीं।

बबुआ की परीक्षाएँ शुरू होने के एक हफ्ते पहले दिदिया बबुआ और गोदना को एक मंदिर में ले गईं। गोदना मंदिर के दरवाजे पर रुक गया। उसे गाँव के मंदिर की याद आ गई। उन्हें मंदिर के अंदर जाने की इजाजत नहीं थी। उसने सुना था कि मंदिर में भगवान् राम की मूर्ति है। एक बार उसने खुले दरवाजे से अंदर झाँकने की कोशिश की थी। पुजारी ने उसे देख लिया और चिल्लाने लगा। गोदना भाग गया। पुजारी उसे गालियाँ देने लगा। यहाँ तक कि उसने गोदना को एक पत्थर भी फेंककर मारा था। गोदना भगवान् राम को देखने के लिए उत्सुक था, क्योंकि उसने शक्तिशाली ठाकुर साहब को हाथ जोड़कर और सिर झुकाकर मंदिर में जाते देखा था। एक रात वह मंदिर की दीवार फाँदकर अंदर चला गया। अब वह भगवान् राम और सीताजी के सामने था। उसने सिर झुकाकर प्रार्थना की। भगवान् राम की पूजा करने का मौका मिलने पर वह खुद को भाग्यशाली समझ रहा था। उसे मंदिर में एक बात और समझ में आई। उसे लगा कि वह ठाकुर साहब के बराबर था। रात को झोंपड़ी में लौटकर गोदना सोचने लगा कि क्या उनके लिए भी कोई भगवान् था?

"अंदर आओ", दिदिया ने उसे बुलाया। वह पहले ही बबुआ के साथ ऊपर पहुँच चुकी थीं। बबुआ दिदिया को घूरने लगा, लेकिन उन्होंने उस पर

ध्यान नहीं दिया। गोदना सावधानी से मंदिर की सीढ़ियाँ चढ़ने लगा। दिदिया ने दोनों से कहा कि वे गणेशजी से आशीर्वाद ले लें।

गणेशजी ने बबुआ की प्रार्थना सुन ली। उसने तीसरी श्रेणी में दसवीं की परीक्षा पास कर ली। गोदना 1986 की गरमियों में हवेली में हुए उस जश्न को कभी नहीं भूलने वाला था, जो पोस्टमास्टर द्वारा दिदिया का टेलीग्राम देने के बाद वहाँ हुआ था, बबुआ और गोदना गरमी की छुट्टियों में गाँव आए हुए थे। टेलीग्राम में लिखा था, 'बबुआ ने हाई स्कूल पास कर लिया।' इस बार कोई चुनाव नहीं था, इसलिए जश्न में सिर्फ ठाकुर साहब के पाँच करीबी विश्वासपात्र और कुँवर बलवंत शाही शामिल थे। बबुनी और कुँवर बलवंत शाही जश्न की रात के दो दिन पहले ही हवेली आ गए थे। बलवंत शाही विवाह के बाद पहली बार हवेली आए। ऐसा लग रहा था जैसे हवेली में भगवान् आ गए हों। उस शाम किसी विचित्र कारण से गोदना को उन्हें इतनी खातिरदारी और सम्मान मिलते देख अच्छा नहीं लग रहा था। उसे जलन हो रही थी, क्योंकि बलवंत शाही बबुनी के पति थे। बबुनी के नदी किनारे कहे हुए शब्द, जो उस समय उसने गंभीरता से नहीं लिये थे, उसे याद आ रहे थे। गोदना ठाकुर साहब के शब्द भी नहीं भूल सकता था, 'ठाकुर चंद्र देव सिंह ने हम सबको गौरवान्वित किया है। उन्होंने हाई स्कूल पास करनेवाले गाँव के पहले व्यक्ति बनकर इतिहास रच दिया है।' गोदना को उम्मीद थी कि ठाकुर साहब उसका नाम भी लेंगे, जैसी कि कुछ साल पहले भी हुई थी, जब उसे लगा था कि ठाकुर साहब उसे अंग्रेजी बोलने के लिए बुलाएँगे, लेकिन एक बार फिर उसकी अपेक्षा व्यर्थ चली गई।

उस दिन की तारीख 26 जून थी। जीवन में पहली बार गोदना को ठाकुर साहब से नफरत हो रही थी। उस समय गोदना नहीं जानता था कि आगे जाकर उसको ठाकुर साहब से नफरत करने के कई और कारण मिलेंगे। उसे एहसास हुआ कि उसकी कोई औकात नहीं थी। न सिर्फ उसकी, बल्कि उसके माई-बाबा, सुमेसर काका और टोले में किसी की भी कोई औकात नहीं थी। वे समाज की मुख्यधारा का हिस्सा नहीं थे। जिस प्रकार उनके दुःख-दर्द पर किसी का ध्यान नहीं जाता था, उसी प्रकार उनकी उपलब्धियों की भी कोई मान्यता नहीं

थी। इसीलिए जब दो दिन बाद पोस्टमास्टर ने गोदना को दिदिया का भेजा दूसरा टेलीग्राम लेने बुलाया, तो कहीं कोई हंगामा नहीं हुआ। उस टेलीग्राम में लिखा था, गोदना राज्य की मेरिट सूची में प्रथम आया है।

उसे उस टेलीग्राम में लिखे शब्दों से उतनी खुशी नहीं हुई, जितनी बबुआ के दसवीं पास करने से हुई थी। ठाकुर साहब ने इस बार फेल होने पर बबुआ को गाँव वापस बुला लेने की चेतावनी दी थी। गोदना जानता था कि बबुआ के पीछे उसे भी आना पड़ता और उसके सपने का वहीं अंत हो जाता।

वे 4 जुलाई को नई दिल्ली लौट आए। दिदिया के अनुसार गोदना काफी पढ़ चुका था। इसलिए जब गोदना ने दिदिया को बताया कि वह स्नातक की परीक्षा पास करने के बाद सिविल सेवाओं की परीक्षा में बैठना चाहता था, तो उन्हें बहुत हैरानी हुई। शाम को जब उन्होंने यह बात कुँवर साहब को बताई तो वे दिदिया की तरह हैरान नहीं हुए। वे एक शिक्षित व्यक्ति थे और गोदना की आकांक्षाओं की गंभीरता और ईमानदारी को समझते थे। उन्होंने अपने खुद के बेटे की भारतीय वायु सेना में फाइटर पायलट बनने की आकांक्षा को भी समझा था। धनविजय का नेशनल डिफेंस एकेडमी में यह दूसरा साल था और यहाँ का कोर्स पूरा करने के बाद उसे भारतीय वायु सेना में फ्लाइंग लेफ्टिनेंट के रूप में कमीशन मिलने वाला था।

हायर सेकंडरी की परीक्षाओं के शानदार प्रदर्शन की मदद से गोदना को आसानी से प्रतिष्ठित लाला किरोड़ीमल कॉलेज में दाखिला मिल गया। गोदना ने मुख्य विषयों के रूप में इतिहास और नागरिक शास्त्र के साथ बी.ए. का डिग्री कोर्स करने का चुनाव किया। प्रवेश के लिए फॉर्म भरते समय उसे मास्साब के शब्द याद आ गए, 'कलेक्टर बनने के लिए तुम्हें स्नातक की परीक्षा पास करनी होगी।' उसे दिल्ली में सिर्फ तीन साल और चाहिए थे। आनेवाले तीन साल उसके लिए सबसे महत्त्वपूर्ण थे। उसने खुद को मिला अवसर बेकार नहीं जाने दिया और दिन-रात मन लगाकर पढ़ाई की। जब भी कॉलेज में कोई खाली पीरियड होता, वह भागकर लाइब्रेरी चला जाता। ग्रेजुएशन के दौरान उसकी छात्रवृत्ति की राशि बढ़कर दो सौ रुपए महीने हो गई। उसने पिछले दो सालों में मिली

छात्रवृत्ति के 2400 रुपए जमा कर लिये थे। एक रविवार को वह दरियागंज गया और फीस के बाद बचे पैसों से सामान्य अध्ययन और इतिहास की ढेर सारी किताबें खरीद लाया। स्कूल के विपरीत कॉलेज में उसे ट्यूशन फीस और अन्य शुल्क देने पड़ते थे। रोज बस से आने–जाने के लिए उसने दिदिया से दो सौ रुपए उधार ले लिये।

राणा सर के रूप में गोदना को एक संरक्षक मिल गया। राणा सर किरोड़ीमल कॉलेज में इतिहास के प्रोफेसर थे। उन्होंने डॉक्टरेट किया था और आधुनिक इतिहास पर उनका अच्छा अधिकार था। उनके मार्गदर्शन में 7 शोध छात्र पी–एच.डी. की तैयारी कर रहे थे। गोदना की तरह राणा सर भी अपना खाली समय लाइब्रेरी में बिताते थे। एक दिन लाइब्रेरी में गोदना ने अपना सपना राणा सर के साथ साझा किया। राणा सर उससे आधा घंटा बात करते रहे। वे इस बात से बहुत प्रभावित हुए कि गोदना सिर्फ कलेक्टर बनने की इच्छा ही नहीं रखता, बल्कि उसने सिविल सर्विस की परीक्षाओं के लिए एक रोड मैप भी तैयार कर रखा था। राणा सर सिविल सेवाओं की परीक्षा में उसका मार्गदर्शन करने के लिए तैयार हो गए और साथ ही उन्होंने उसे आधुनिक इतिहास के विभिन्न विषयों पर अपने खुद के बनाए नोट्स देने की पेशकश भी की।

दो महीने बाद सितंबर महीने के एक शनिवार की दोपहर गोदना कॉलेज से लौटकर रोज की तरह अपने बरतन लेकर बँगले के अंदर खाना लेने गया। बैठक से गुजरते हुए उसने अंदर कुँवर साहब को देखा। उनका इतनी जल्दी घर लौटना सामान्य बात नहीं थी। बँगले का पूरा माहौल उदासी भरा लग रहा था। उसने दिदिया की सिसकियों की आवाज सुनी। उसकी वहाँ किसी से पूछने की हिम्मत नहीं हुई इसलिए उसने बाहर फाटक पर आकर गार्ड से पूछा—

"क्या हुआ? क्या बात हो गई? कुँवर साहब भी इतनी जल्दी आ गए!"

"कोई मर गया है।"

"कौन मर गया?" गोदना के मन में एक और लड़ाकू विमान के दुर्घटनाग्रस्त होने का खयाल आया।

"बबुआजी के बहनोई।"

गोदना को विश्वास नहीं हुआ, ''लेकिन बबुनी की शादी तो पिछले साल ही हुई थी।''

''मुझे ज्यादा मालूम नहीं है,'' गार्ड ने जवाब दिया। गोदना अंदर भागा और सीधे बैठक में चला गया। बबुआ भी वहीं था। वह रो नहीं रहा था। अब तक गोदना ने कुँवर साहब के सामने कभी बात नहीं की थी, लेकिन यह खबर सुनकर वह इतना परेशान हो गया था कि दिदिया से पूछने से खुद को रोक नहीं पाया, ''क्या हुआ ? बबुनी···,'' उसे अभी भी विश्वास नहीं हो रहा था, इसलिए वह बात पूरी नहीं कर सका। दिदिया के मुँह से रोते-रोते सिर्फ इतना निकला, ''बलवंत बाबू··· ।'' इसका मतलब गार्ड सही कह रहा था। गोदना बबुआ के पास गया और उसके सामने जमीन पर बैठ गया। बबुआ ने बताया, ''पापा ने तहसील दफ्तर से फोन करके कुँवर साहब को बताया। बलवंत बाबू की हत्या कर दी गई है।'' गोदना भी रोने लगा।

''बबुआ और हम रात की ट्रेन से सुहागपुर जा रहे हैं। तुम यहीं रुको,'' दिदिया ने कहा।

गोदना को महसूस हो रहा था कि बबुनी को इस समय दिदिया और बबुआ से ज्यादा उसकी जरूरत थी। उसकी सुहागपुर जाने की तीव्र इच्छा हो रही थी; उसे मिलने की, उसे सांत्वना देने की। उसे बबुनी के लिए बुरा लग रहा था। 18 साल की कोमल उम्र में विधवा, यह भगवान् का उसके साथ अन्याय था। गोदना एक ठाकुर परिवार में विधवा होने का मतलब समझता था। उसने राजा राममोहन राय के नेतृत्व में सती प्रथा के विरुद्ध हुए आंदोलन के बारे में पढ़ा था और वह विधवाओं की दयनीय स्थिति के बारे में जानता था। उसे डर था कि बबुनी के ससुरालवाले उसे बलवंत शाही के साथ चिता पर जलने के लिए मजबूर करेंगे।

उस रात गोदना ने सपने में बबुनी को देखा। वह दुलहन के जोड़े में शादी के मंडप में बैठी थी। पवित्र अग्नि के दूसरी ओर वह दूल्हे के रूप में अपनी कल्पना करने लगा। वहाँ न बन्ना-बन्नी गाए जा रहे थे, न ही किसी तरह का मंत्रोच्चार हो रहा था। उसने माई को बबुनी के पास और बाबा को अपने पास देखा। बबुनी के परिवार से कोई नहीं था। अचानक वहाँ अपनी डबल बैरल की बंदूक लिये ठाकुर साहब आ गए। उन्होंने गोदना पर गोली चला दी। बीच

में बाबा आ गए और गोली उनको लग गई। गोदना चीखा—'बाबा…।' और इसी चीख के साथ उसकी नींद खुल गई और वह अपने बिस्तर पर बैठ गया। उसने अपने पसीने से भीगे चेहरे को दोनों हाथों से थाम लिया। उसे इस झटके से बाहर आने में कुछ समय लगा। दिदिया द्वारा उसे उपहार में दी गई पुरानी टेबल घड़ी में सुबह के छह बजे थे। सपने को किनारे करते हुए वह खड़ा हो गया। प्रत्येक रविवार की सुबह वह कुँवर रणविजय सिंह की मालिश करता था। शाम तक गोदना उस झटके से बाहर आ गया और सामान्य हो गया। उसने ठान लिया था कि वह अपने लक्ष्य से कभी विचलित नहीं होगा।

बबुनी के ससुरालवाले बलवंत शाही की हत्या के लिए उसे ही जिम्मेदार ठहरा रहे थे। वे उसे मनहूस समझ रहे थे। जबकि वह एक विवादित भूमि को लेकर चल रही पुरानी दुश्मनी के कारण हुई पूर्व नियोजित हत्या थी। उसके सास-ससुर ने अपनी दुश्चिंता ठाकुर साहब के सामने जताई। यह एक संकेत था कि वे बबुनी को अपने पास नहीं रखना चाहते थे। इसका एक कारण था; साल भर में वह एक बच्चे को जन्म नहीं दे पाई थी, जिसके सहारे वह शाही परिवार से जुड़ी रह पाती और वह गर्भ से भी नहीं थी। इसलिए बलवंत शाही की मौत के बाद वे उससे या उसके परिवार से कोई संबंध नहीं रखना चाहते थे। उनकी हत्या के लिए उसे जिम्मेदार ठहराना तो बस एक बहाना था। ठाकुर साहब बबुनी को वापस सुहागपुर ले आए। ठाकुरों में एक विधवा का पुनर्विवाह होने का तो सवाल ही पैदा नहीं होता था।

□

6

भले ही गोदना का ध्यान पूरी तरह से सिविल सेवा परीक्षाओं की ओर केंद्रित था, लेकिन 1987 की गरमी की छुट्टियों में जैसे ही उसने गाँव में प्रवेश किया, उसे बबुनी का खयाल आ गया। उसने बबुनी को सांत्वना देने का कई बार अभ्यास किया था। वह बबुनी से मिलना चाहता था, इसलिए रोज गाय-भैंसों को नहलाने में बाबा की मदद करने हवेली जाने लगा। वह उनके पैर धोने में अधिक समय लगाता था, क्योंकि उनके पैरों के बीच से वह बिना किसी के ध्यान में आए लकड़ी के दरवाजे से अंदर देख सकता था। चार दिनों तक गाय-भैंसों को नहलाने और हवेली के चक्कर काटने के बाद एक शाम उसने माई से बबुनी के बारे में पूछा। माई ने बबुनी के हवेली में होने की पुष्टि कर दी, इसलिए वह बबुनी को देखने और उससे बात करने की उम्मीद में गाय-भैंसों को नहलाता रहा। उसकी तपस्या का फल उसे सातवें दिन मिला। वह गोबर साफ कर रहा था, हालाँकि उसे यह काम बिल्कुल पसंद नहीं था। गाय-भैंसों को नहलाने से पहले उनका गोबर साफ करना सामान्य है। तभी लकड़ी के भारी फाटक की आवाज आई। उसने लापरवाही से उस दिशा में देखा, तो वहाँ बबुनी खड़ी थी। वह सफेद साड़ी में थी। गोदना मुड़कर सबसे पास वाली भैंस के पास गया और झुक गया। इस दौरान उसकी नजरें हर समय बबुनी पर थीं। वह भैंस की टाँगों के बीच से देखता रहा। उसने न गोदना को देखा न भैंस को, बस तबेले को पार करके चली गई। वहाँ से गुजरते समय उसने नीचे कुछ गिरा दिया। गोदना समझ गया कि वह गिरी हुई चीज उसके लिए थी। उसने चारों ओर देखा। वहाँ कोई नहीं था। उसने वह चीज उठा ली। वह किसी चीज पर लपेटा हुआ एक

कागज का टुकड़ा था। उसने कागज अपनी मुट्ठी में दबा लिया। बबुनी टहलते हुए बड़े फाटक तक गई और लौट आई। जब वह अंदर चली गई, तो गोदना भागकर जामुन के पेड़ के पास गया। वहाँ से उसने मुड़कर देखा। उसका दिल जोरों से धड़क रहा था। उसने कागज खोला, जो एक छोटे से आलू पर लपेटा हुआ था। कागज पर टेढ़े-मेढ़े अक्षरों में लिखा था, ''कल हम सलेमपुर बाजार जाना चाहते हैं। बबुआ जीप लेकर बाहर गया है। क्या तुम हमें बैलगाड़ी की सवारी कराओगे?''

गोदना ने चिट्ठी पाँच बार पढ़ी। हर बार उसका रोमांच बढ़ता गया। यह प्यार में होने का रोमांच था। वह अपनी आँखें बंद करके प्रेमपूर्वक बबुनी की तीन साल पहले कही बात की कल्पना करने लगा। उसने कहा था, 'कितना अच्छा होता, अगर हम जीवन भर साथ रह पाते।'

बचपन के दोस्त अब प्रेमी बन रहे थे। वह इतना रोमांचित हो गया कि शिक्षा से मिली उसकी सारी बुद्धि हवा में उड़ गई; उसने एक पल के लिए भी अंजाम के बारे में नहीं सोचा। वे अछूत थे और मामूली गुलाम थे, जो ठाकुरों के यहाँ सिर्फ काम कर सकते थे, उनकी बेटियों से प्यार करने की हिम्मत नहीं कर सकते थे, सपने में भी नहीं। फिर भी प्यार की ताकत कई बार इतिहास को पलट चुकी है।

ठाकुर साहब ने बबुनी की शादी से पहले एक महिंद्रा इंटरनेशनल जीप खरीदी थी। विलिस जीप मरम्मत की स्थिति पार कर चुकी थी और एक दिन हमेशा के लिए कोने में खड़ी कर दी गई। बबुआ गिरी बाबा के साथ अपनी नानी और मामा से मिलने छपरा गया था। बबुनी ने अपनी माँ के सामने बाजार जाने की इच्छा जताई। सुहागपुर से निकटतम बाजार सलेमपुर था, जो वहाँ से 14 किलोमीटर दूर था। बबुनी बैलगाड़ी से जाने के लिए तैयार हो गई। भकोला गाय-भैंसों को नहलाने के साथ-साथ बैलगाड़ी भी चलाता था। उस शाम जब भकोला ने माई को बताया कि वह बबुनी को बैलगाड़ी से सलेमपुर ले जा रहा था, तो गोदना ने सुन लिया और प्रस्ताव रखा, ''बाबा उनको बाजार हम ले जाएँ? आप आराम करिए।''

''तुम उन बैलों को सँभाल लोगे?'' भकोला ने पूछा।

''बाबा हम कितनी बार आपके साथ गए हैं। हम उनको पहले नहीं सँभाले हैं क्या?''

पिछले सात साल में स्टेशन से आते-जाते समय भकोला ने कई बार गोदना को बैलगाड़ी हाँकने के लिए दी थी और गोदना ने कभी निराश नहीं किया था।

''बहुत जिम्मेदारी का काम है, मालिक नहीं मानेंगे,'' भकोला ने कहा।

''मान जाएँगे बाबा और आप बहुत थके लग रहे हैं।''

''हाँ, हम थक गए हैं, हमारी तबीयत भी ठीक नहीं है, लेकिन···।'' भकोला ने संदिग्ध स्वर में कहा।

''आप बीमार लग रहे हैं बाबा! कल आप आराम करिएगा। हम मालिक को समझा लेंगे,'' गोदना ने जिद की। वह इस मौके को गँवाना नहीं चाहता था। बबुनी से मिलने की तीव्र इच्छा ने उसे ठाकुर साहब से बात करने की हिम्मत दे दी। आखिर भकोला मान गया। माई बाप-बेटे की बातचीत के बीच में कुछ नहीं बोली। वह इस बात से खुश थी कि भकोला अगले दिन आराम करेगा। बहुत ज्यादा काम और आराम की कमी से वह अपनी 44 साल की उम्र से कहीं अधिक उम्र का लगने लगा था।

हालाँकि बबुनी ने दोपहर तक निकलने की योजना बनाई थी, फिर भी गोदना बैलगाड़ी तैयार करने के लिए सवेरे जल्दी ही हवेली पहुँच गया। जब ठाकुर साहब ने गोदना को बैलों को खाना खिलाते और बैलगाड़ी तैयार करते देखा, तो पूछा, ''भकोला कहाँ है?''

''बाबा की तबीयत ठीक नहीं है मालिक। उनको बुखार है,'' गोदना ने सिर झुकाकर जवाब दिया।

''बबुनी को सलेमपुर कौन ले जाएगा?''

''हम ले जाएँगे।''

अगले कुछ सेकंड ठाकुर साहब की कोई प्रतिक्रिया न मिलने से वह घबरा गया।

''उसका ध्यान रखना और सूरज डूबने से पहले वापस आ जाना,'' ठाकुर साहब ने इतना ही कहा।

''जी मालिक। आ जाएँगे।''

उसका सिर अभी भी झुका हुआ था। उसने सिर तभी उठाया जब ठाकुर साहब के लौटते कदमों की आवाज सुनी। गरमी में सूरज डूबने का मतलब था—शाम 7 बजे के पहले कभी भी। हालाँकि सलेमपुर सुहागपुर से सिर्फ 14 किमी. दूर था, लेकिन कच्ची सड़क से जाने में 4 घंटे लगते थे; अगर वे लोग 12 बजे भी निकलेंगे, तो बाजार में तीन घंटे मिल जाएँगे, गोदना सोच रहा था। हालाँकि उन्हें एक घंटा ज्यादा मिल गया, क्योंकि बबुनी 11 बजे ही तैयार होकर आ गई।

कोई नहीं समझ पाया था कि दो साल पहले विदा होकर रुद्रपुर जाते समय बबुनी इतनी जोर-जोर से क्यों रो रही थी। लोगों ने यही सोचा कि माँ-बाप के घर से विदा होते समय लड़की का रोना स्वाभाविक था। बबुनी यह सोचकर रो रही थी कि अब वह गोदना से कभी नहीं मिल पाएगी। उसके कोमल दिल में प्यार की कलियाँ खिल चुकी थीं लेकिन वह कभी कह नहीं पाई।

गोदना अभ्यास की हुई सारी बातें भूल गया। पहले आधे घंटे दोनों में से कोई नहीं बोला। जब वे गाँव से दूर निकल आए, तो गोदना सिर्फ इतना कह पाया कि हमें शाही साहब के बारे में सुनकर बहुत दुःख हुआ।

''हम्मम...'' बबुनी की इतनी सी प्रतिक्रिया थी, लेकिन उसने सामने वाला परदा उठा दिया। बैलगाड़ी को कैनवस के बने एक धनुषाकार हुड से सजाया गया था और उसमें आगे और पीछे परदे लगे हुए थे। जब भी सामने से कोई आता दिखाई देता, वो परदा नीचे कर देती, लेकिन उसके चले जाने के बाद फिर से उठा देती। बैलों के गले में लटक रही घंटियों की आवाज के अलावा कोई आवाज नहीं सुनाई दे रही थी। बीच-बीच में गोदना बैलों को हाँकने के लिए चिल्लाता 'हुर्र्र्र्र्र्र्र' और वे दौड़ने लगते।

''तुम जल्दी में हो क्या?'' बबुनी ने पूछा।

"हाँ, मालिक ने सूरज डूबने से पहले लौटने को कहा है," पीछे देखे बिना गोदना ने जवाब दिया।

"हमको कोई जल्दी नहीं है। हम तो महीनों बाद बाहर निकले हैं।"

"क्यों? बाबा आपको ले जा सकते हैं। बबुआ या गिरी बाबा भी आपको जीप पर ले जा सकते हैं, अगर आपका मन हो तो!"

"हमारा कभी मन ही नहीं हुआ बाहर जाने का।"

गोदना ने जवाब में सिर्फ 'ह्म्म्म' कहा, लेकिन वह उससे कारण पूछना चाहता था। बबुनी भी चाहती थी कि वह कारण पूछे। दोनों के दिलों में एक-दूसरे के लिए एक जैसी भावनाएँ थीं, लेकिन दोनों ही उन्हें जाहिर नहीं कर रहे थे। इसके अलावा गोदना को बचपन से बबुनी का ध्यान रखने और उसकी इज्जत करने की सीख मिली थी, उसे प्यार करने की नहीं। शायद यही कारण था कि वह एक घंटे से ज्यादा समय से उसके साथ था, लेकिन उसने एक बार भी पीछे मुड़कर नहीं देखा।

बाजार में एक सँकरी गली थी, जिसके दोनों ओर दुकानें थीं। दिन के समय बैलगाड़ी का उस गली में जाना असंभव था। इसलिए गोदना ने बैलगाड़ी थोड़ा पहले ही रोक ली। उसने नीचे उतरकर दोनों बैलों को रिहा किया और आगे वाला बूम उठा दिया। गाड़ी पीछे से झुक गई और बबुनी नीचे उतर गई। गोदना सिर झुकाकर एक ओर खड़ा था, ताकि उससे नजरें न मिलें। अभी तक उसने सिर्फ बबुनी की भूरे बॉर्डर वाली सफेद साड़ी देखी थी। उसने बैलों को एक पेड़ से बाँध दिया और उनके सामने घास डाल दी। बबुनी ने उसे साथ चलने के लिए कहा। एक आज्ञाकारी सेवक की तरह वह उसके पीछे चलने लगा। बबुनी लगभग हर दुकान पर रुकी, जिसमें तीन घंटे लग गए। अंत में वह फग्गू की मिठाई की दुकान पर रुकी, जो अपनी इमरतियों के लिए प्रसिद्ध थी। उसने गोदना को अपना बड़ा-सा झोला पकड़ने के लिए कहा। झोला पकड़ते हुए एक पल के लिए दोनों की आँखें टकरा गईं। गोदना ने भी इमरती खाई।

जब वे सुहागपुर के लिए रवाना हुए तो 4 बज चुके थे। गोदना जल्दी कर रहा था, क्योंकि उन्हें 7 बजे से पहले हवेली पहुँचना था। जब वे बाजार से इतनी दूर आ गए कि बाजार का शोर सुनाई देना बंद हो गया, तो बबुनी ने परदा उठाकर पूछा, "तुम दिल्ली वापस कब जा रहे हो?"

''अगले महीने की 26 को।''

''जाना जरूरी है क्या?'' जानती थी कि उसने बेवकूफी भरा सवाल पूछा है। गोदना ने जवाब नहीं दिया।

''तुम कलेक्टर की परीक्षा कब दोगे?''

''अगली गरमी के बाद किसी समय।''

इस बीच गोदना दाहिने मुड़कर बैलगाड़ी को गाँव में जानेवाली 10 किमी. कच्ची सड़क पर डाल चुका था। अचानक बबुनी हुड से बाहर निकलकर उसके पास आ गई और अपना सिर उसके कंधों पर रखते हुए बोली, ''मत जाओ न। हम तुम्हारे बिना नहीं रह सकते।'' घबराकर गोदना इधर-उधर देखने लगा; खुशकिस्मती से वहाँ देखनेवाला कोई नहीं था। बबुनी आगे बोली, ''हम कभी कुँवर साहब से शादी नहीं करना चाहते थे। हमने अपने दूल्हे के रूप में हमेशा तुमको देखा था।''

उसकी बात ने गोदना को बचपन के वे खेल याद दिला दिए, जो वे साथ में खेला करते थे। वह ईंटों के बने नकली चूल्हे पर खाना बनाकर छोटे-छोटे बरतनों में परोसती थी और गोदना खेतों से लौटे हुए किसान का अभिनय करता था। बबुनी रोने लगी।

पीछे मुड़कर देखे बिना गोदना ने अपना बायाँ हाथ उसके सिर पर रखा और बोला, ''अगर हम कलेक्टर बन जाएँ, तभी शायद हमारे साथ रहने का सपना पूरा हो पाएगा।''

''तुम कलेक्टर बन जाओगे, तब भी पापा नहीं मानेंगे। तुम हमारी बात समझ रहे हो न?''

गोदना समझ रहा था। ठाकुर लोग एक अछूत जाति के लड़के से अपनी बेटी की शादी करने के बजाय उसे जान से मार देना पसंद करेंगे, भले ही वह लड़का कहीं का राजा हो।

''आओ, थोड़ी देर तालाब के पास रुकते हैं,'' बबुनी ने प्रस्ताव रखा। वे एक तालाब के पास से गुजर रहे थे। सड़क की बाईं ओर एक छोटा-सा गाँव था और दाहिनी ओर तालाब। गोदना डूबते हुए सूरज को देखने लगा, जो लाल हो रहा था। उसने बैलगाड़ी को दाहिनी ओर मोड़कर उस सँकरी कच्ची

सड़क पर डाल दिया, जो गाँववालों ने तालाब पर जाने के लिए बनाई थी। उसने बैलगाड़ी तालाब के पास एक पेड़ के पीछे खड़ी कर दी। उसके रुकते ही बबुनी बैलगाड़ी से कूद गई और उसका हाथ पकड़कर उसे भी नीचे खींचने लगी। उसने बबुनी को मना तो नहीं किया लेकिन कहा, ''बबुनी हमें बैलों की गरदन से रस्सी निकालने दो।''

''कोई जरूरत नहीं है। मौसम देखो। कितना सुहाना हो रहा है।''

वह रुक गई, फिर उसने गोदना के गले में बाँहें डालकर उसकी आँखों में देखते हुए पूछा, ''क्या तुम भी हमको अपनी दुलहन के रूप में देखते हो ?''

गोदना ने उसकी ओर देखा; न कानों में झुमके थे, न गले में हार और न माँग में सिंदूर, फिर भी वह सुंदर लग रही थी। उसके घने, काले बालों के बीच उसका गोरा चेहरा, जिसमें उसकी लंबी नाक, बड़ी-बड़ी काली आँखें और प्राकृतिक रूप से गुलाबी होंठ थे, और गोरा लग रहा था। उसके सफेद चेहरे ने जैसे डूबते हुए सूरज से लाली उधार ले ली थी। उसकी सफेद साड़ी का भूरा किनारा उसके गले का हार बना हुआ था। गोदना ने उसका चेहरा अपने हाथों में ले लिया। उसने अपनी आँखें बंद कर लीं। गोदना को बचपन के दिन याद आ गए। बबुनी को अपनी माँ की लिपस्टिक लगाना अच्छा लगता था, लेकिन अब वह लिपस्टिक नहीं लगा सकती थी। गोदना ने धीरे से उसके होंठों को चूम लिया। अचानक वहाँ हवा चलने लगी। हवा से तालाब के पानी में हलचल होने लगी। उसका चुंबन लेने के बाद गोदना ने उसे उठाया और बैलगाड़ी में वापस ले आया। नटखट बैल, जिन्हें अपनी गरदन में बँधी घंटियों की आवाज सुनने के लिए अपने सिर हिलाना अच्छा लगता था, इस समय शांत थे। जानवर ऐसा व्यवहार कर रहे थे जैसे वे इस क्रांति के साक्षी बनना चाहते हों।

गोदना उसे बैलगाड़ी के पीछे ले गया और धीरे से उतार दिया। बबुनी ने इस दौरान पूरे समय अपनी आँखें बंद रखी थीं, जैसे उसने बलवंत शाही से शादी के बाद पहली रात को रखी थीं। उस रात, हालाँकि उसे बलवंत शाही प्यार कर रहा था, लेकिन बंद आँखों से वह गोदना को देख रही थी। जब गोदना उसके ऊपर झुका तो उसने अपनी आँखें खोलीं और प्यार से उसे अपनी बाँहों में भर लिया। वे आँखें प्यार की माँग कर रही थीं और इसलिए दोनों प्यार में डूब गए।

एक साल शादीशुदा जीवन बिताने के कारण बबुनी प्यार करना सीख गई थी।

''चलो भाग चलें,'' उसने अपनी साड़ी ठीक करते हुए प्रस्ताव रखा।

''भागकर हम लोग कहाँ जाएँगे?'' उसने अपनी पतलून के बटन बंद करते हुए पूछा, जो उसे बबुआ से मिली थी।

''कहीं भी,'' उसने कहा और गोदना के होंठ चूम लिये।

''भागकर आप अपने परिवार को बदनाम कर देंगी। हमारा भरोसा करिए, बबुनी! हम आपको अपनी दुलहन जरूर बनाएँगे।''

बबुनी ने अपनी उँगली उसके होंठों पर रखते हुए कहा, ''बबुनी नहीं, तुम हमें कविता कहो। हम तुम्हारे वादे के पूरा होने का इंतजार करेंगे।''

''हम अपना वादा जरूर पूरा करेंगे। अब वापस चलिए। पता नहीं गाँव में क्या होनेवाला है! मालिक आज हमें नहीं छोड़ेंगे।''

''चिंता मत करो। हम देख लेंगे। बस पापा के सामने चुप रहना।''

दूर से बैलों की घंटियों की आवाज सुनकर अधीर ठाकुर साहब ने राहत की साँस ली। बबुनी ने देरी के लिए माफी माँग ली। हवेली में थोड़ी देर बाद सब सामान्य हो गया, लेकिन गोदना के अंदर नहीं। बैलों को बाँधने के बाद वह अपनी झोंपड़ी में वापस चला गया; अपने लक्ष्य को प्राप्त करने के लिए और दृढ होकर।

□

7

हायर सेकंडरी की परीक्षा के बाद बबुआ सुहागपुर चला गया। गोदना दिल्ली में रुक गया। 5 जून, 1988 के दिन गोदना सिविल सेवाओं की प्रारंभिक परीक्षा में बैठा। उसका ग्रेजुएशन का परिणाम अभी नहीं आया था, लेकिन जो उम्मीदवार अर्हक परीक्षा दे चुके होते हैं और 21 वर्ष की आयु पूरी कर चुके होते हैं, उन्हें प्रारंभिक परीक्षा देने की अनुमति होती है, हालाँकि मुख्य परीक्षा देने के पहले अर्हक परीक्षा उत्तीर्ण करना आवश्यक होता है। 21 जून को गोदना के कॉलेज का परिणाम घोषित हो गया। गोदना ग्रेजुएट हो गया। वह स्नातकोत्तर के लिए फॉर्म भरना चाहता था, लेकिन उसकी दिदिया से कहने की हिम्मत नहीं हुई, क्योंकि ठाकुर साहब दिदिया को लिखे पत्र में गोदना के बबुआ के साथ सुहागपुर न जाने को लेकर नाराजगी जता चुके थे। ठाकुर साहब ने टेलीग्राम द्वारा बबुआ का हायर सेकंडरी का परिणाम बताने के लिए भी कहा था।

ग्रेजुएशन के बाद राष्ट्रीय योग्यता छात्रवृत्ति बंद हो गई। उसकी अंतिम किस्त दिदिया से उधार लिये पैसे चुकाने के लिए भी पर्याप्त नहीं थी।

बबुआ हायर सेकंडरी की परीक्षा पास नहीं कर पाया। ठाकुर साहब ने फैसला कर लिया कि वे उसे दिल्ली वापस नहीं भेजेंगे। इस खबर से गोदना को बहुत बड़ा झटका लगा। वह जानता था कि अब उस पर सुहागपुर लौटने का दबाव रहेगा। दिदिया और कुँवर साहब दयालु थे, लेकिन यदि ठाकुर साहब उसे वापस सुहागपुर भेजने पर जोर डालते तो वे उन्हें नाराज नहीं कर सकते थे। अंततः, गोदना ने मुख्य परीक्षा के लिए अर्हता प्राप्त कर ली।

भाग्यवश अगले तीन महीने ठाकुर साहब का कोई पत्र नहीं आया। मुख्य परीक्षा से एक महीने पहले, जो 15 और 16 अक्तूबर, 1988 को होनेवाली थी, सुहागपुर से एक रजिस्टर्ड लिफाफा आया। वह दिदिया और कुँवर साहब के लिए बबुआ की सगाई का न्योता था। बबुआ की सगाई विजयदशमी से चार दिन पहले 16 अक्तूबर को होनेवाली थी। सगाई की तारीख मुख्य परीक्षा की तारीख से टकरा रही थी। गोदना को समझ में नहीं आ रहा था कि ठाकुर साहब को बबुआ की शादी करने की जल्दी क्यों थी। बबुनी को विधवा हुए मुश्किल से दो साल गुजरे थे। ठाकुर साहब को लग रहा था कि हवेली में खुशियाँ वापस लाने का शायद वही एक तरीका था। उस शाम दिदिया ने गोदना से पूछा, ''कल कुँवर साहब ट्रेन की टिकट बनवाने जा रहे हैं। तुम क्या करोगे?''

गोदना ने विचार किया और बोला, ''दिदिया, आप तो जानती हैं कि 16 को ही हमारी मुख्य परीक्षा है। हम 16 की शाम को सुहागपुर के लिए निकल जाएँगे, आपसे वादा करते हैं।''

''लेकिन गोदना, यह तो जीवन में एक बार होनेवाली घटना है। सगाई और शादियाँ रोज-रोज नहीं होतीं। ठाकुर साहब बहुत गुस्सा होंगे।''

दिदिया आखिर ठाकुर साहब की बहन थीं, इसलिए उनके लिए ठाकुर साहब का पक्ष लेना स्वाभाविक था। जब गोदना ने जवाब नहीं दिया, तो उन्होंने अपना फैसला सुना दिया, ''हम कुँवर साहब से बात करेंगे। हमें वही करना पड़ेगा, जो वे कहेंगे।''

उस रात गोदना अपनी पढ़ाई पर बिल्कुल ध्यान नहीं दे पाया। आउटहाउस में, 40 वाट के बल्ब के नीचे, उसने सामने रखी किताब में ध्यान लगाने की बहुत कोशिश की लेकिन नहीं लगा पाया। वह जानता था कि अगर उसने यह मौका गँवा दिया, तो उसे दूसरा मौका नहीं मिलेगा। उसने बबुनी से वादा किया था। एक आई.ए.एस. अफसर न बन पाने की सूरत में वह ठाकुर साहब से बबुनी का हाथ माँगने के बारे में सोच भी नहीं सकता था। वे उसे गंडक नदी में फिंकवा देते। वह भगवान् राम और गणेशजी से प्रार्थना करने लगा। भगवान् ने उसकी सुन ली। कुँवर साहब ने उसका पक्ष लिया। गोदना को यह बात अगली शाम को पता चली। दिदिया खुश नहीं थीं। सुबह जब एक गार्ड टिकट बनवाने गया,

तो उन्होंने गोदना को बताने की जरूरत भी नहीं समझी।

दिदिया और कुँवर साहब 13 अक्तूबर को सुहागपुर के लिए निकल गए और गोदना 16 अक्तूबर की रात को पटना एक्सप्रेस से निकला। राणा सर ने उसे सलाह दी थी कि वह सामान्य प्रश्नों के साथ-साथ समसामयिकी मामलों में भी खुद को अद्यतन (अपडेट) रखे। अद्यतन रहने का सबसे अच्छा तरीका होता है समाचार-पत्रों के संपादकीय पढ़ना। इससे इंटरव्यू में समसामयिक विषयों पर प्रभावी ढंग से अपने विश्लेषणात्मक विचार प्रस्तुत करने में उसे मदद मिलेगी। गोदना की औकात उन व्यक्तित्व विकास की कक्षाओं में जाने की नहीं थी, जो सिविल सेवाओं के उम्मीदवारों को इंटरव्यू के लिए तैयार करते हैं।

गोदना पहली बार अकेले यात्रा कर रहा था। रेलवे स्टेशन पर उसने सामयिक विषयों की एक पत्रिका खरीद ली। ट्रेन की सामान्य श्रेणी का टिकट खरीदने के बाद उसके पास एक सौ अड़तालीस रुपए बचे थे। उसने लखनऊ के चारबाग स्टेशन पर चाय-नाश्ते पर 5 रुपए और खर्च किए। ट्रेन सिवान पहुँचने में 24 घंटे लेती थी। यह वैशाली एक्सप्रेस नहीं थी, जो सुबह पहुँच जाती थी। उसे भूख लगी थी, लेकिन देर रात होने के कारण सिवान रेलवे स्टेशन पर खाने-पीने के सभी स्टॉल बंद हो चुके थे। सिवान शहर उन दिनों बहुत कुख्यात था। उतनी रात को स्टेशन से बाहर जाना सुरक्षित नहीं था। इसके अलावा वह जानता था कि उसे कोई सवारी भी नहीं मिलेगी। इसलिए थके हुए और भूखे भावी कलेक्टर ने वह रात सिवान रेलवे स्टेशन पर बिताई। अगली सुबह एक कमांडर जीप ने, जिसमें 14 और लोग लदे हुए थे, उसे कच्ची सड़क के मोड़ पर छोड़ दिया। फिर वह 10 किमी. पैदल चलकर घर पहुँचा। उसके माई-बाबा उसके घर आने के बारे में जानते थे।

शाम को माई ने उसे बताया कि ठाकुर साहब उसके न आने से नाराज थे। उसने बताया कि ठाकुर साहब, जो सिवान से मिठाइयाँ आने में देर होने से नाराज थे, नौकरों पर चिल्ला रहे थे, 'हमारे ढील देने की वजह से सब लोग मनमानी करने लगे हैं। हमको यहाँ काम करने के लिए आदमी चाहिए और

लोग कलेक्टर बनने में व्यस्त हैं। अगर हम चार दिन उन लोगों को छोड़ दें, तो सब भूखे मर जाएँगे।'

यह ठाकुर साहब का गोदना पर सीधा आक्रमण था, इसलिए भकोला और उसकी पत्नी परेशान हो गए थे।

''माई, बस 5 महीने की बात है। हमारा भरोसा करो। खाली तुम और बाबा नहीं, पूरा गाँव हमारे ऊपर नाज करेगा।''

गोदना की बात से चिंतित पति-पत्नी को शांति नहीं मिली। माई ने उसको मई में होनेवाली बबुआ की शादी में मौजूद रहने की चेतावनी दी। गोदना के लिए यह कोई समस्या नहीं थी।

अगले दिन दोपहर के समय वह शिष्टाचारवश दिदिया और कुँवर साहब से मिलने हवेली गया। दिदिया हवेली के अंदर थीं। ठाकुर साहब कहीं दिखाई नहीं दे रहे थे। कुँवर साहब बैठक के ऊपरवाले मेहमानों के कमरे में बिस्तर पर लेटे हुए किताब पढ़ रहे थे। बबुआ बाहर छत पर था। वह डबल बैरल वाली बंदूक साफ कर रहा था। गोदना ने उसका अभिवादन किया, लेकिन उसने ध्यान नहीं दिया। गिरी बाबा भी वहीं था। वह एक जंग लगी तलवार पर नीबू रगड़कर उसे चमकाने में व्यस्त था। अगले दिन दशहरे का त्योहार था। ठाकुरों में विजयदशमी के दिन घर में मौजूद हथियारों की पूजा करने का रिवाज था। गोदना कुँवर साहब के कमरे में गया और उनके प्रति सम्मान जताने के लिए बिस्तर के पास रखी उनकी चप्पल को छूकर प्रणाम किया। सम्मान व्यक्त करने के लिए उन्हें इतना ही करने की अनुमति थी। वे ठाकुरों के पाँव नहीं छू सकते थे।

कुँवर साहब ने पूछा, ''मेंस (मुख्य) की परीक्षा कैसी हुई?''

''बहुत अच्छी,'' गोदना ने जवाब दिया।

कुँवर साहब फिर अपनी किताब में डूब गए।

गोदना ने पूछा, ''साहब, आप लोग वापस कब जा रहे हैं?''

''हम लोग परसों वापस जा रहे हैं। अगर तुम मेंस की परीक्षा में पास हो जाओगे तो हम लोग तुम्हें टेलीग्राम करके बता देंगे, फिर तुम आ जाना।''

गोदना की यह कहने की हिम्मत नहीं हुई कि वह भी उनके साथ जाना

चाहता था। उसने एक बार फिर उनकी चप्पल का स्पर्श किया और कमरे से बाहर निकल गया।

गाँव के स्कूल में दशहरे की छुट्टियाँ चल रही थीं, इसलिए अगली सुबह गोदना मास्साब से मिलने उनके घर चला गया। इसके पीछे एक कारण था। मास्साब जानते थे कि उसने सिविल सेवाओं की मुख्य परीक्षा दी है। जब गोदना उनके सामने जमीन पर बैठ गया, तो उन्होंने उसे खटिया पर बैठने के लिए कहा। वे गोदना के साथ ऐसे पेश आ रहे थे जैसे वह कलेक्टर बन भी गया हो। वर्मा मास्साब ने स्कूल में कई छात्रों को पढ़ाया था, लेकिन गोदना को दिए पाठ को वे अपने जीवन की एकमात्र उपलब्धि मानते थे।

''मास्साब, गाँव में अखबार मिलता है क्या?'' गोदना ने पूछा।

''नहीं, क्यों?''

''हमको इंटरव्यू की तैयारी के लिए रोज अखबार चाहिए। आप हमारी मदद कर सकते हैं?''

''हम सलेमपुर जाकर पता करेंगे। हमको एक दिन का समय दो।''

दशहरे के अगले दिन दिदिया और कुँवर साहब दिल्ली रवाना हो गए। गिरी बाबा और बबुआ उन्हें सिवान स्टेशन छोड़ने गए थे। उसके पहले गोदना को बबुनी को देखने का मौका मिल गया। उनके निकलते समय गोदना हवेली में था। बबुनी उन्हें छोड़ने बाहर तक आई थी। दोनों ने एक-दूसरे की ओर देखा। उन नजरों में ढेर सारे प्रश्न थे और उनके जवाब भी।

शाम को मास्साब ने गोदना को बताया कि उन्होंने एक हिंदी दैनिक की व्यवस्था कर दी थी, लेकिन किसी को रोज सवेरे कच्ची सड़क के मोड़ तक उसे लेने जाना पड़ेगा। रोज सुबह अखबार पटना से सिवान वितरण के लिए जाते थे। एक यात्री टेंपो सिवान से सलेमपुर और उसके आगे अखबार पहुँचाता था। अगली सुबह गोदना मास्साब के साथ जाकर टेंपो का इंतजार करने लगा। गोदना ने एक महीने के अखबार के पैसे टेंपो वाले को दे दिए। उसे सेवा शुल्क के रूप में 5 रुपए अतिरिक्त भी देने पड़े। वह अखबार हाथ में लेकर उत्साह से भरा गाँव लौट आया।

गोदना को अखबार लेने के लिए रोज सुबह 10 किमी. जाना बुरा नहीं लगता था। वह संपादकीय को सिर्फ पढ़ता ही नहीं था, बल्कि कंठस्थ कर लेता था। उस समय की ऐसी कोई राष्ट्रीय या स्थानीय घटना नहीं थी, जो उसकी नजरों से बची हो।

20 जनवरी, 1989 को पोस्टमास्टर ने गोदना को खबर भेजी कि उसके लिए एक टेलीग्राम आया है। टेलीग्राम दिदिया ने भेजा था और उसमें लिखा था—गोदना का आई.ए.एस. का इंटरव्यू 27 मार्च को है। गोदना टेलीग्राम पढ़ते ही खुशी से उछल पड़ा। पोस्टमास्टर उसे देखकर मुसकरा रहा। उसने टेलीग्राम पढ़ा, लेकिन उसे कुछ समझ में नहीं आया था। गोदना का मन हो रहा था कि भागकर बबुनी के पास जाए और उसे यह खबर सुनाए। वह उसे बताना चाहता था कि अब उनके बीच सिर्फ एक इंटरव्यू है और वह इस अंतिम बाधा को पार करने के लिए जी-जान से कोशिश करेगा। वह अपने माई-बाबा के पास भी दौड़कर जाना चाहता था, ताकि उन्हें यह मुक्ति का संदेश दिखा सके; मुक्ति गुलामी से, मुक्ति दुःख और कष्टों से और मुक्ति अपमान से, लेकिन माई-बाबा हवेली में थे। अपनी भावनाओं को दबाते हुए वह सबसे पहले मंदिर गया और भगवान् राम को धन्यवाद दिया। मंदिर के पट खुले थे, इसलिए उसे बाहर से भगवान् राम के दर्शन हो गए। जब से रामजी ने उसकी प्रार्थना सुनी थी, वह उन पर विश्वास करने लगा था।

अगली सुबह उसने टेंपोवाले को होली तक के अखबार के पैसे दे दिए, जो 22 मार्च को थी। अब उसके पास सिर्फ 40 रुपए बचे थे। उसे विश्वास था कि जब वह बाबा के साथ जाकर ठाकुर साहब के पैरों में यह टेलीग्राम रखेगा, तो वे इतने खुश हो जाएँगे कि उसे नई दिल्ली जाने के लिए ट्रेन का किराया दे देंगे।

शाम को गोदना ने अपने माई-बाबा को यह खबर सुनाई। वे इतने भोले थे कि कोई प्रतिक्रिया ही नहीं व्यक्त कर पाए, बल्कि भकोला तो यह खबर सुनकर और चिंतित हो गया। उसने दो-एक बार कलेक्टरों को देखा जरूर था, जब वे हवेली में ठाकुर साहब से मिलने आए थे, लेकिन उसे अभी भी विश्वास नहीं हो रहा था कि उसका बेटा भी उनमें से एक हो सकता है। उसे इस बात की चिंता सता रही थी कि गोदना ठाकुर साहब की इच्छा के

विरुद्ध कुछ करने जा रहा था। वह ठाकुर साहब को गोदना से ज्यादा अच्छी तरह समझता था।

''तुम दिल्ली कब जाओगे?'' भकोला ने पूछा। वह कुछ सोच रहा था।

''बाबा अगर हम कल ही जा पाएँ, तो बहुत अच्छा होगा। हमको राणा सर से कुछ सुझाव मिल जाएँगे। लेकिन हम जानते हैं ऐसा नहीं हो पाएगा।''

''तुम ठीक कह रहे हो गोदना। हमें नहीं लगता कि उन लोगों को तुम्हारी तरक्की से खुशी हो रही है। बबुआ की सगाई से एक दिन पहले ठाकुर साहब की बात से हमको यह समझ में आ गया।''

''हाँ, दिदिया भी बबुआ की सगाई छोड़कर हमारे दिल्ली रुकने से खुश नहीं थीं।''

''तब तुमने क्या सोचा है?'' भकोला को उसकी समझदारी भरी सोच अच्छी लगती थी।

''हम होली के बाद जाएँगे।''

''ठीक है। तब हम लोग होली तक यह बात ठाकुर साहब को या किसी और को नहीं बताएँगे।'' उसने कहा और माई को भी यह बात समझाने के उद्देश्य से उसकी ओर देखने लगा। गोदना बबुनी को यह खबर देना चाहता था। वह उसकी उपलब्धि के बारे में सुनकर बबुनी के चेहरे पर आई चमक देखना चाहता था, लेकिन एक बार फिर उसने दोनों के भविष्य के बारे में सोचकर अपनी भावनाएँ अपने मन में दबा लीं।

होली से एक दिन पहले भकोला गोदना को ठाकुर साहब के पास उनका आशीर्वाद दिलवाने के लिए ले गया, जिसका वास्तविक उद्देश्य उनकी अनुमति लेना था। उनसे अनुमति लेना अपरिहार्य था और उसके साथ नई दिल्ली की ट्रेन के टिकट के लिए पैसे भी। दिल्ली का सामान्य श्रेणी का टिकट 90 रुपए का आता था। वे बैठक में ठाकुर साहब का इंतजार कर रहे थे, जो उस समय नहा रहे थे। गोदना उस समय दुनिया का सबसे प्रसन्न व्यक्ति था; उसका सपना उससे कुछ ही दिन दूर था। कुछ ही देर में ठाकुर साहब आ गए। जब भकोला ने उन्हें बताया कि गोदना ने परीक्षा पास कर ली है और उसे इंटरव्यू के लिए बुलावा आया

है, तो ठाकुर साहब ने गोदना को बैठक के बाहर इंतजार करने के लिए कहा। वह कुछ आशंकित-सा हो गया और बेचैनी के साथ बाहर इंतजार करने लगा।

''भकोला, तुम कितने साल से हमारे साथ हो?'' उसने उन्हें बाबा से पूछते सुना।

''मालिक, हम तो जनम से आपके साथ हैं।''

''क्या तुमको कभी खाने-कपड़े की दिक्कत हुई है? हमने गोदना को दिल्ली भेजकर उसकी पढ़ाई का इंतजाम भी करवाया।'' बाबा ने कोई जवाब नहीं दिया। गोदना ने अंदाजा लगाया कि उसने सहमति में सिर हिला दिया होगा।

''क्या हमने कभी तुम्हारे साथ खराब बरताव किया है?''

''नहीं मालिक, आप तो हम लोग के भगवान् हैं।''

''तुम्हारे पिताजी ने हमारे पिताजी की सेवा की थी। तुम्हारे पुरखों ने हमारे पुरखों की सेवा की थी। यह रिवाज सदियों से चला आ रहा है। तुमको लगता है कि अगर गोदना इस रिवाज को जारी रखेगा, तो वह भी एक अच्छी जिंदगी बिताएगा?''

''हाँ मालिक।'' बाबा ने थोड़ा रुककर जवाब दिया। शायद उसे वह बात समझ में आ गई थी, जो गोदना को कुछ देर बाद समझ में आई।

''भकोला, तुम्हारा बेटा हमारा बेटा है। तुम उसको गड्ढे में क्यों धकेल रहे हो? कलेक्टर का काम ऊपर से देखने में अच्छा लगता है, लेकिन असल में वह काँटों का सिंहासन है। यहाँ गाँव में वह आराम से जिंदगी बिताएगा। ऊपर से तुम्हारी आँखों के सामने रहेगा। तुम नहीं चाहते कि तुम्हारे बुढ़ापे में वह तुम्हारे पास रहे? एक बार वह कलेक्टर बन गया, तो तुम्हारे हाथ से चला जाएगा। वह किसी शहर में बस जाएगा और किसी शहरी मेम से शादी कर लेगा जो कभी तुम दोनों की इज्जत नहीं करेगी।''

''मालिक, कलेक्टर बनना गोदना का सपना है।''

''क्या यह सपना उसने जनम से देखा है? उसने थोड़ी-बहुत पढ़ाई कर ली, तो सपना देखने लगा,'' ठाकुर साहब की आवाज ऊँची हो गई। भकोला के जवाब से वे चिढ़ गए थे। आगे बोले, ''हमें लगता है कि जीवन में संतोष सबसे बड़ी चीज है। हर आदमी सपना देखता है कि उसके सिर पर छत हो,

पहनने के लिए कपड़े हों और उसे दो समय का खाना मिले। तुम्हारे परिवार को यह सब मिल रहा है न?''

''हाँ मालिक, मिल रहा है।''

''तुमको यह सब मिल रहा है, इसलिए तुम और बड़ी इच्छा करने की हिम्मत करने लगे हो,'' उन्होंने कहा और भकोला की प्रतिक्रिया का इंतजार करने लगे। भकोला कुछ नहीं बोला। फिर ठाकुर साहब ने एक प्रस्ताव रखा—''गोदना पढ़ना चाहता है। हम उसकी व्यवस्था कर देंगे। हम उसे इंजीनियर बनाएँगे। इंजीनियर किसी भी तरह कलेक्टर से छोटा नहीं होता। तुमने देखा है कि उस इंजीनियर को कितनी इज्जत और अधिकार मिलता है, जो नाले पर पुलिया बना रहा है? तुम कल्पना कर सकते हो कि तुम्हारा बेटा साइट पर बैठा है और एक आदमी उसके सिर पर छाता लगाए खड़ा है? हम उसकी इंजीनियरिंग की पढ़ाई का पूरा खर्चा उठाएँगे। हम उसकी पढ़ाई पूरी होने पर सरकारी नौकरी भी दिलवा देंगे। तुम सब चिंता छोड़ दो। हम उसे देवरिया के पॉलिटेक्निक में दाखिला दिला देंगे।''

गोदना, जो सबकुछ सुन रहा था, अपने सपने के टूटने का इंतजार करते हुए वहाँ खड़ा नहीं रह सका। वह स्कूल की ओर भागा। इस समय दुनिया में एक ही आदमी था, जो उसकी मदद कर सकता था—मास्साब। मास्साब खाना खा रहे थे। हाँफते हुए गोदना ने उन्हें सब बताया। मास्साब उसकी बात सुनकर दुविधा में पड़ गए। दिल में एक उम्मीद लेकर गोदना उनके जवाब का इंतजार कर रहा था।

''गोदना, हमें मालिक से बात करने दो।''

''उनसे बात करने का कोई फायदा नहीं है। वे नहीं मानेंगे।''

''हमको एक बार कोशिश करने दो।''

''मास्साब, आप हमें ट्रेन का टिकट खरीदने के लिए पैसा उधार दे सकते हैं?''

मास्साब ने फौरन जवाब नहीं दिया। दो मिनट बाद वे बोले, ''हम तुमको उधार तो दे सकते हैं, लेकिन मालिक की मर्जी के खिलाफ नहीं जा सकते, और तुमको भी उनकी मर्जी के खिलाफ नहीं जाना चाहिए। निराश मत हो, हमें भरोसा है कि हम उनको मना लेंगे।'' उन्होंने अपना खाना छोड़कर हाथ धो लिये और

दोनों तेजी से हवेली की ओर भागे। मास्साब ने गोदना को बाहर रुकने के लिए कहा। गोदना हवेली से कुछ दूर एक नीम के पेड़ के नीचे इंतजार करने लगा। ठाकुर साहब अभी भी बैठक में थे जबकि भकोला जा चुका था।

"राम-राम मालिक!"

"राम-राम मास्साब, आइए। आपका स्कूल कैसा चल रहा है?"

"आपकी कृपा से छात्रों की संख्या बढ़ती जा रही है। आसपास के गाँवों के बच्चे भी हमारे स्कूल में दाखिला ले रहे हैं।"

"यह सब आपकी कड़ी मेहनत का फल है। ऐसे ही मेहनत करते रहिए।"

"मालिक, क्या स्कूल में एक कमरा और बन सकता है?"

मास्साब दूसरे शिक्षक की माँग कभी नहीं रखते थे।

"हाँ, जरूर बनेगा। हमने बी.डी.ओ. से बात कर ली है। उसने ग्राम पंचायत के अगले चुनाव से पहले मंजूरी दिलवाने का वादा किया है।" मास्साब ने कुछ नहीं कहा, बस सम्मान जताते हुए हाथ जोड़ लिये। मास्साब के चेहरे के बदलते भावों को देखकर ठाकुर साहब को अंदाजा हो गया कि बात कुछ और भी थी।

"क्या हुआ मास्साब? सब ठीक है न?"

"मालिक, आप जानते हैं न कि भकोला के बेटे ने कलेक्टर की परीक्षा पास कर ली है।"

"हाँ, हमने भकोला से कहा है कि उसे इंजीनियर बनाए। एक इंजीनियर हमारे गाँव के विकास में ज्यादा काम आएगा।"

"मालिक, एक कलेक्टर हमारे गाँव की शक्ल बदल सकता है। और फिर ये हमारे गाँव के लिए बहुत सम्मान की बात होगी। जिले भर में हमारे गाँव का नाम हो जाएगा।"

"कौन सी बात सम्मान की होगी और किसके लिए? यह हमारे लिए शर्म की बात होगी। भकोला उसे इंजीनियर बनाने के लिए राजी हो गया है।"

तब तक चाय आ गई। मास्साब जब भी हवेली आते थे, उनके लिए चाय आती थी।

"मालिक, भकोला आपके सामने मुँह नहीं खोल सकता, आप जो भी कहेंगे उसे मानना पड़ेगा।"

''तो आप यहाँ गोदना की वकालत करने आए हैं?''

''नहीं मालिक। हम तो खाली आपसे विनती कर रहे हैं।''

''क्या आप अपनी स्कूल की नौकरी से संतुष्ट नहीं हैं? आपको 200 रुपए महीना और कहाँ मिलेगा? क्या आप चाहते हैं कि हम स्कूल बंद कर दें?'' अस्सी के दशक में गाँव में गुजारा करने के लिए 200 रुपए पर्याप्त होते थे, और वह भी हवेली से मिलनेवाले मुफ्त राशन के अलावा। मास्साब कुछ बोलना चाहते थे लेकिन उनकी आवाज गले में फँसकर रह गई।

ठाकुर साहब अपने फैसले को सही ठहराते हुए बोले, ''मास्साब, ये लोग और इनके पुरखे सदियों से हमारी सेवा करते आए हैं। यह इनका फर्ज है। ये हमारे कर्जदार हैं। क्या आपको लगता है कि एक कलेक्टर का बाप हमारी गाय-भैंसों को नहलाएगा, गोबर साफ करेगा, हवेली में सफाई करेगा, हमारे जूते उठाएगा या हमारे शौचालय साफ करेगा? ये लोग जहाँ हैं, इन्हें वहीं रहने दीजिए। तभी ये हमारी इज्जत करेंगे और हमसे डरेंगे। अगर ये कलेक्टर और दरोगा बन जाएँगे, तो हमारे ऊपर राज करने लगेंगे। ऐसा होने से पहले हम मर जाना पसंद करेंगे। आपको इस मामले में अपनी नाक घुसाने की जरूरत नहीं है, वरना आपकी दाल-रोटी भी खतरे में पड़ जाएगी। हमने सुना है कि आपने अपनी बेटी की शादी पक्की कर दी है। समय बरबाद करने के बजाय जाकर शादी की तैयारी करिए। शादी धूमधाम से होनी चाहिए। गाँव की इज्जत का सवाल है। कोई मदद चाहिए तो हमारे दरवाजे खुले हैं। अब जाइए और अपने स्कूल पर ध्यान दीजिए।''

मास्साब खड़े हो गए, सिर झुकाकर ठाकुर साहब का अभिवादन किया और बाहर निकल आए।

गोदना, जो बेताबी से हवेली के विशाल फाटक को देख रहा था, मास्साब को आते देख दौड़कर उनके पास जाना चाहता था, लेकिन जब उसने देखा कि मास्साब उसे अनदेखा करके नीम के पेड़ के पास से गुजर गए, तो वह चिल्लाया, ''मास्साब।'' मास्साब नहीं रुके। बल्कि उन्होंने स्कूल की दिशा में दौड़ना शुरू कर दिया। गोदना उनके पीछे दौड़ने लगा।

''मास्साब रुकिए, क्या हुआ?'' वह चिल्लाया लेकिन मास्साब नहीं रुके।

गोदना ने उनके आगे निकलकर उन्हें पकड़ लिया। मास्साब बुरी तरह रो रहे थे। वे बहुत दु:खी लग रहे थे। गोदना को उसका जवाब मिल गया, उसकी आखिरी उम्मीद भी तोड़ दी गई थी, लेकिन वह मास्साब की तरह रोया नहीं। वह दृढ़प्रतिज्ञ था।

जब पूरा गाँव रंगों का त्योहार मना रहा था, तब गोदना की झोंपड़ी में उदासी छाई हुई थी। परिवार के तीनों सदस्य झोंपड़ी के अंदर थे, लेकिन कोई बोल नहीं रहा था। इंटरव्यू में सिर्फ पाँच दिन बाकी थे। गोदना जानता था कि एक बार वह दिल्ली पहुँच जाए, तो सब ठीक हो जाएगा। इंटरव्यू की चिट्ठी दिदिया के पास थी।

दोपहर में जब बाबा हवेली चले गए, तो गोदना ने माई से कहा, ''माई, दिल्ली तो हम हर हालत में जाएँगे। तेरे पास कुछ पैसे हैं ?''

माई ने अपना टिन का बक्सा खोला और उसमें से दो रुपए का एक नोट निकालकर उसे दिया, जो उसे ठाकुर साहब की पत्नी ने छठ पूजा पर दिया था। गोदना जानता था कि उससे कुछ नहीं होगा, फिर भी उसने वह नोट रख लिया। उसने माई से विनती की कि वह बाबा को उसकी योजना के बारे में कुछ न बताए। बाबा भी मास्साब की तरह ठाकुर साहब की मरजी के खिलाफ जानेवाले थे।

अगली सुबह 10 बजे वो वैशाली एक्सप्रेस पकड़ने के लिए सिवान रेलवे स्टेशन चल दिया। सिवान वहाँ से 27 किमी. दूर था। नदी के रास्ते जाने से दूरी 16 किमी. कम हो जाती, लेकिन किसी को संदेह न हो, इसलिए उसने सड़क का लंबा रास्ता लिया। वैशाली एक्सप्रेस सिवान से शाम को 4 बजे छूटती थी। माई ने प्याज के साथ 10 रोटियाँ बाँध दी थीं, क्योंकि दिल्ली तक का सफर 24 घंटे का था। उन दस रोटियों के लिए माई को अपने रात के खाने और सुबह के नाश्ते का त्याग करना पड़ा था। गोदना यह बात जानता था, लेकिन उसे विश्वास था कि यह अब कुछ ही दिनों की बात थी। पिछली बार उसके पास सामान्य श्रेणी का आरक्षण था, लेकिन इस बार टिकट भी नहीं था। उसके पास के 42 रुपए उसे लखनऊ तक भी नहीं पहुँचा सकते थे। ट्रेन में तीन जनरल डिब्बे थे।

तीनों में मजदूर भरे हुए थे, जो बिहार से दिल्ली काम की तलाश में जा रहे थे। उसने उनसे दरवाजा खोलने की विनती की, जो उन्होंने अंदर से बंद कर रखा था। ट्रेन के पाँच मिनट रुकने के बाद जब गार्ड ने सीटी बजाई तो गोदना दरवाजे के पास वाली खिड़की पकड़कर लटक गया। ट्रेन चलने लगी। वह चिल्लाकर अंदर बैठे यात्रियों से दरवाजा खोलने के लिए कहने लगा। ट्रेन ने गति पकड़ ली। खिड़की पर लटके गोदना ने आँखें बंद कर लीं और बाबा और माई को याद करने लगा। ट्रेन के करीब एक किमी. चलने के बाद एक यात्री ने दरवाजा खोला और गोदना किसी तरह अंदर घुस गया। बोगी इतनी ठसाठस भरी थी कि वह टॉयलेट से आगे नहीं बढ़ पाया। वह जमीन पर ही बैठ गया। ट्रेन अब पूरी गति से भाग रही थी। गोदना मन-ही-मन मुसकराने लगा। पाँच घंटे पैदल चलने से थका हुआ गोदना सो गया।

□

8

पीठ पर पड़ी एक लात से गोदना की नींद खुल गई। उसने देखा, डिब्बे में भगदड़ मची हुई थी। यात्री जल्दी-जल्दी ट्रेन से उतर रहे थे। वे चिल्ला रहे थे, 'मजिस्ट्रेट चेकिंग हो रही है, भागो!' वह खड़ा हो गया। तीन टिकट कलेक्टर ट्रेन में चढ़ गए। वे उस पर ध्यान दिए बिना तेजी से बोगी के अंदर घुस गए। गोदना को कुछ समझ में नहीं आ रहा था। उसने खुले दरवाजे से बोगी के बाहर झाँका। लोग यहाँ-वहाँ भाग रहे थे और पुलिसवाले उनका पीछा कर रहे थे। वह कोई स्टेशन नहीं था। ट्रेन बस्ती स्टेशन के आउटर पर रुकी थी; अभी भी नई दिल्ली से 1000 किमी. दूर। इस बीच बोगी के अंदर मौजूद टिकट कलेक्टर चिल्लाने लगे थे, अपना टिकट दिखाओ! गोदना समझ गया। वह अकेला नहीं था, जो बिना टिकट यात्रा कर रहा था और यह बेटिकट यात्रियों को पकड़ने का अभियान था। उसने भागने की कोशिश नहीं की, क्योंकि उससे वैसे भी उसका कोई फायदा नहीं होनेवाला था। इसके अलावा, वह एक होनेवाला आई.ए.एस. अधिकारी था और एक आई.ए.एस. अधिकारी कानून का पालन करनेवाला नागरिक माना जाता है।

"तुम कहाँ जा रहे हो?" एक टी.सी. ने उससे पूछा।

"नई दिल्ली," गोदना ने जवाब दिया।

"तुम्हारे पास टिकट है?" टी.सी. ने सामान्य भाव से पूछा और आगे बढ़ गया, क्योंकि गोदना के हाव-भाव एक बेटिकट यात्री जैसे नहीं लग रहे थे, लेकिन टी.सी. के कदम रुक गए, जब गोदना ने नहीं कहा। टी.सी. एक पुलिसवाले को देखकर चिल्लाया, "एक और।" पुलिसवाला दौड़कर वहाँ आ गया।

गोदना टी.सी. से विनती करने लगा, "सर, कृपया हमारी बात सुनिए।"

उसकी विनती का जवाब पुलिसवाले ने दिया, "तुम्हारी बात लॉकअप में सुनी जाएगी।"

उन्होंने उसे बोगी के बाहर तीनों बोगियों से मिले 22 अन्य बेटिकट यात्रियों के साथ लाइन में खड़ा कर दिया। ट्रेन चल दी। गोदना की आँखों से आँसू बहने लगे।

सभी 23 बेटिकट यात्रियों को एक पुलिस वैन में बस्ती के रेलवे सुरक्षा बल के दफ्तर में ले जाकर दस बटा आठ फीट के एक लॉकअप में ठूँस दिया गया। गोदना ने ऐसी किसी स्थिति की कल्पना नहीं की थी। रात को 9 बजे, जब एक कांस्टेबल कोई औपचारिकता पूरी करने के लिए लॉकअप खोल रहा था, तो गोदना ने उससे विनती की, "सर, हम आपसे एक मिनट बात कर सकते हैं?"

कांस्टेबल लॉकअप खोलकर उसे घूरने लगा।

गोदना ने आगे कहा, "सर, हम नई दिल्ली एक इंटरव्यू देने जा रहे थे।"

"कैसा इंटरव्यू"? कांस्टेबल ने पूछा।

"सर, सिविल सेवाओं में भर्ती के लिए इंटरव्यू।"

"वह क्या होता है?"

"सर, कलेक्टर और एस.पी.," गोदना ने जवाब दिया।

कांस्टेबल उसे अजीब-सी नजरों से घूरने लगा। तब तक वहाँ दो और कांस्टेबल आ गए थे। उनमें से एक ने पूछा, "तुम्हारे पास इंटरव्यू की चिट्ठी है?"

"वह इस समय हमारे पास नहीं है। वह दिल्ली में कुँवर साहब, ठाकुर रणविजय सिंह के पास है। वह सी.आई.एस.एफ. में कमांडेंट हैं," उसने मासूमियत से जवाब दिया।

जवाब में एक कांस्टेबल ने उसे जोर से थप्पड़ मारा और अपने साथियों से कहा, "देखो इसको, कमीना हमें धमकी दे रहा है। तुमको क्या लगता है, एस.पी. और कलेक्टर का नाम लेने से हम डर जाएँगे? यह नटवरलाल का बाप है। कितना बड़ा झूठा है।"

गोदना ने उस पल एक सबक सीखा; आप सच्चे हों, तो भी हो सकता है आप पर कोई विश्वास न करे, और आपको मार भी खानी पड़े।

गोदना की प्रतिक्रिया पर ध्यान न देते हुए कांस्टेबल ने दरवाजा बंद कर दिया और ऊँची आवाज में कहा, ''कल सुबह तुम सब 10 बजे तक तैयार हो जाना। तुम लोगों की मजिस्ट्रेट के सामने पेशी है,'' और फिर तीनों कांस्टेबल वहाँ से चले गए।

अगली सुबह वही पुलिस वैन उन्हें द्वितीय श्रेणी ज्यूडिशियल मजिस्ट्रेट की अदालत में ले गई। वैन में सवार होने के पहले सबके एक-एक हाथ, चार-पाँच अन्य लोगों के हाथों के साथ एक मोटी रस्सी से बाँध दिए गए और प्रत्येक दल की जिम्मेदारी एक पुलिसवाले को दे दी गई। उन्हें अपनी बारी के लिए तीन घंटे इंतजार करना पड़ा। सबको एक-एक करके मजिस्ट्रेट के सामने पेश किया गया। अपने सामने रखे कागजातों पर से सिर उठाए बिना मजिस्ट्रेट सबसे एक जैसे सवाल पूछते रहे, ''तुम अपना अपराध कुबूल करते हो ?''

सभी ने 'हाँ' में जवाब दिया और मजिस्ट्रेट सजा सुनाते गए। गोदना ने भी अपराध स्वीकार कर लिया, लेकिन उसने अपनी बात रखने की इजाजत माँगी।

''सर, हमने सिविल सेवाओं की मुख्य परीक्षा पास कर ली है और हम इंटरव्यू देने के लिए नई दिल्ली जा रहे थे। हम बहुत गरीब हैं। हमारे पास ट्रेन के टिकट के लिए पैसे नहीं थे।''

मजिस्ट्रेट ने पहली बार अपना सिर उठाया और कहा, ''मुझे अपना इंटरव्यू लेटर दिखाओ।''

''सर, इंटरव्यू लेटर नई दिल्ली में कमांडेंट साहब के पास है,''

मजिस्ट्रेट की प्रतिक्रिया से गोदना के अंदर एक उम्मीद की किरण जागी। मजिस्ट्रेट ने गोदना के साथ आए पुलिसवाले की ओर देखा और घोषणा की, ''200 रुपए जुर्माना या तीन महीने की जेल, तुम्हें क्या मंजूर है ?''

''सर, हमारे पास सिर्फ 42 रुपए हैं। अगर हमारे पास 200 रुपए होते, तो हम सबसे पहले ट्रेन का टिकट खरीदते।''

मजिस्ट्रेट ने जवाब में कहा, ''अगला अभियुक्त।''

फैसला स्पष्ट हो चुका था, तीन महीने की जेल। गोदना ने कभी नहीं सोचा था कि 90 रुपए का टिकट न होना उसको इतना महँगा पड़ेगा।

अगले दिन सभी अपराधियों को बस्ती के जिला कारावास में भेज दिया गया। जेल में गोदना को एक संपादकीय याद आया। संपादकीय ने समाज के विभिन्न वर्गों के बीच समानता की जोरदार वकालत की थी। उसमें समाज के पिछड़े वर्गों और दलितों के लिए सरकारी नौकरियों में आरक्षण की आवश्यकता पर बल दिया गया था। संपादकीय में कहा गया था कि उन्हें ऊपर उठाने पर जोर देना चाहिए, क्योंकि वर्षों से सिर्फ उनकी जाति या पेशे के कारण उनकी उपेक्षा होती आई है। उस समय लेख ने उसे बहुत प्रभावित किया था, लेकिन ठाकुर साहब की मानसिकता समझ जाने के बाद उसे एहसास हुआ कि सिर्फ आरक्षण से उसके जैसे लोग अन्य जातियों की बराबरी पर नहीं आ सकते। सिर्फ 48 रुपए पास में न होने से उसे देश की सबसे प्रतिष्ठित नौकरी के इंटरव्यू में जाने के अवसर से वंचित होना पड़ा, जबकि आरक्षण व्यवस्था अपनी जगह पर थी। और यह सब देश को स्वतंत्रता मिलने के 31 साल बाद हो रहा है। ठाकुर साहब से मजिस्ट्रेट तक, मास्साब, टिकट कलेक्टर, पुलिस कांस्टेबल—इनमें से कोई भी उसकी मदद कर सकता था, पर किसी ने नहीं की। वह जानता था कि जेल के मुख्य फाटक के ऊपर लिखी इबारत जिला कारावास, बस्ती उसे आनेवाले कई सालों तक एक बुरे सपने की तरह सताती रहेगी। वह अपने माई-बाबा को बदनाम नहीं करना चाहता था इसलिए उसने जेल के अधिकारियों को गलत पता बता दिया। हालाँकि पिता का नाम पूछे जाने पर वह झूठ नहीं बोल पाया। उसे पाँच अन्य कैदियों के साथ 10 बटा 10 की एक कोठरी में रखा गया, जिसमें बिना दरवाजे का एक शौचालय था, लेकिन उसे इस बात ने परेशान नहीं किया, क्योंकि उसका पालन-पोषण इससे बेहतर परिस्थिति में नहीं हुआ था।

जेल में दयाशंकर चौबे नाम का आदमी, जो उसी के साथ बिना टिकट यात्रा करने की सजा भुगत रहा था, उसका दोस्त बन गया। एक दिन उसने गोदना से पूछा, ''जब तुम्हारे पास 42 रुपए थे, तो तुमने टिकट क्यों नहीं खरीदा?''

''क्योंकि वो काफी नहीं थे। नई दिल्ली का टिकट 90 रुपए का आता है,'' गोदना ने मासूमियत से जवाब दिया।

''तुम्हें कम-से-कम उस स्टेशन तक का टिकट खरीद लेना था, जहाँ तक का उतने पैसे में आ जाता। कम-से-कम तुम जेल जाने से तो बच जाते।''

गोदना उतना चतुर नहीं था। वह दयाशंकर की बुद्धि से बहुत प्रभावित

हुआ। उसने पूछा, ''तुमने यह चाल क्यों नहीं चली?''

''तुम्हारे पास कम-से-कम 42 रुपए तो थे; हमारे पास एक रुपया भी नहीं था।''

''क्या तुमने पहले कभी यह चाल चली है?''

''नहीं।''

''तुम कहाँ जा रहे थे?''

''हम बैंक क्लर्क की नौकरी के लिए लिखित परीक्षा देने लखनऊ जा रहे थे।''

''तुमने कितनी पढ़ाई की है?''

''हमने एम.कॉम किया है।''

''तुम कौन से स्टेशन से ट्रेन में बैठे थे?''

''गोरखपुर,'' दयाशंकर ने जवाब दिया।

''तुम्हारे माता-पिता क्या करते हैं?''

''हमारे पिताजी एक पंडित और कथावाचक हैं। वह दूसरों के घरों में पूजा-पाठ करवाते हैं। वहाँ से जो दान-दक्षिणा मिलती है, उसी से हमारा घर चलता है। माँ घर सँभालती हैं। हमारी दो बहनें हैं—दोनों हमसे छोटी। हमें नौकरी की बहुत जरूरत है, लेकिन आरक्षण का दैत्य सारी सरकारी नौकरियाँ खा गया है,'' वह नहीं जानता था कि गोदना अनुसूचित जाति का है। इसका मतलब सरकारी नौकरियों में आरक्षण से उसका भी नुकसान हुआ था, गोदना सोच रहा था। उसने पूछा, ''तुम गोरखपुर में कहाँ रहते हो?''

''हमारा घर गोरखपुर के पास मोतीराम अड्डा में है।''

जेल के अधिकारियों ने अच्छे आचरण और व्यवहार के आधार पर गोदना को 21 दिनों में रिहा कर दिया। वास्तव में जेल खचाखच भरी हुई थी और नए कैदियों के लिए जगह बनाने में अधिकारियों को मुश्किल हो रही थी। इसलिए उन्होंने छोटी-मोटी सजा भुगत रहे कुछ कैदियों को छोड़ दिया। उन्हें रिहा करने का कारण जेल में उनका अच्छा आचरण दर्ज किया गया।

गोदना को उसके 42 रुपए वापस दे दिए गए, जो गाँव जाने का टिकट खरीदने के लिए पर्याप्त थे।

ठाकुर साहब को गोदना के जाने के तीन दिन बाद उसके नई दिल्ली जाने के बारे में पता चला। गोदना उनकी मर्जी के खिलाफ गया था, इसलिए उन्होंने तहसील दफ्तर से दिदिया को ट्रंक कॉल लगाया। उन्हें यह जानकर राहत महसूस हुई कि गोदना इंटरव्यू की चिट्ठी लेने उनके पास नहीं पहुँचा था। वे जानते थे कि बिना वह चिट्ठी लिये गोदना इंटरव्यू में शामिल नहीं हो सकता था। दस दिन बाद उन्होंने दिदिया को फिर फोन किया, इस बार भी उन्हें वही जवाब मिला। तब जाकर ठाकुर साहब ने भकोला के सामने गोदना के प्रति अपनी चिंता व्यक्त की। उन्होंने भकोला से धैर्य रखने के लिए कहा। हालाँकि जब गोदना 15 दिन बाद भी नहीं लौटा, तो उन्होंने अंदाजा लगाया कि हो सकता है उसने अवसाद में आकर आत्महत्या कर ली हो। उन्होंने अनुमान लगाया कि उसने चलती ट्रेन के नीचे आकर जान दे दी होगी। उन्होंने भकोला से वादा किया कि वे नई दिल्ली के रास्ते में पड़नेवाले सभी रेलवे स्टेशनों पर गोदना के हुलिए के साथ संदेश भिजवाने की व्यवस्था कर देंगे। गरीब, अनपढ़ भकोला कुछ नहीं बोला। माई गोदना के बारे में ठाकुर साहब का अनुमान सुनकर बीमार पड़ गई। वह लगातार रो रही थी। उसने अगले चार दिनों तक कुछ नहीं खाया और हवेली भी नहीं गई। बेचारे गरीब पति-पत्नी अपने बेटे को ढूँढ़ने भी नहीं जा सकते थे। वे बस किसी चमत्कार के लिए प्रार्थना करते रहे; आखिर उनकी प्रार्थना स्वीकार हो गई। उनका बेटा उनके सामने खड़ा था, हताश और टूटा हुआ। फिर भी बेटे को जिंदा अपने सामने देखकर उसके माई-बाबा की खुशी की सीमा नहीं थी।

इससे पहले हवेली में सब लोग बबुनी को लेकर परेशान थे। बबुनी गोदना के बारे में सुनकर सदमे में आ गई थी। रुद्रपुर से विधवा के रूप में लौटने के बाद से वह हवेली में एक अलग कमरे में रहती थी। शादी से पहले वह ठकुराइन के साथ उन्हीं के कमरे में रहती थी। ठकुराइन के लिए वह अभी भी उनकी लाड़ली बेटी थी, लेकिन ठाकुर साहब की माँ, यानी ठकुराइन की सास, रीति-रिवाजों को मानती थीं और हवेली में उन्हें लागू भी करती थीं। एकांत में रहना, रसोईघर में न जाना, गहने त्याग देना और सिर्फ सफेद कपड़े पहनना, वे नियम थे जिनका पालन करना एक विधवा के लिए आवश्यक था। उन्होंने बबुनी को

सफेद कपड़े पहनने से छूट दे दी थी, लेकिन वह सिर्फ हलके रंग पहन सकती थी। जिस समय बबुनी को गोदना के बारे में पता चला, वह अपने कमरे में गहने पहनकर देख रही थी। गोदना की तरह बबुनी भी उससे शादी करने के सपने देखने लगी थी। दिन में सपने देखने से उसके मन में उत्साह लौट आया था। त्यागी हुई रंगीन साड़ियाँ, श्रृंगार का सामान और गहने एक बार फिर उसे आकर्षित करने लगे थे। ऐसे ही एक दिन सुखू ने उसे ठाकुर साहब की सोची हुई गोदना की आत्महत्या की कहानी सुनाई। सुखू गाँव के नाई दिगंबर हज्जाम की पत्नी थी। वह हफ्ते में एक बार महिलाओं की मालिश करने हवेली में आती थी।

गोदना की वापसी की खबर गाँव में जंगल की आग की तरह फैल गई। टोले के सब लोग उसकी झोंपड़ी में इकट्ठा हो गए। वे जानने के लिए उत्सुक थे कि उसके साथ क्या हुआ था। वे यह जानने के लिए भी उत्सुक थे कि वह कलेक्टर बनकर लौटा था या नहीं। गोदना ने अपने माई-बाबा से झूठ बोल दिया कि चूँकि वे लोग ठाकुर साहब की मरजी के खिलाफ नहीं जा सकते थे, इसलिए वह नौकरी की तलाश में लखनऊ चला गया था, लेकिन उसे नौकरी नहीं मिली। गोदना माई की हालत देखकर परेशान था, इसलिए उसने वहाँ एकत्रित लोगों से विनती की कि वे उन्हें अकेला छोड़ दें।

जब उसके लौटने की खबर हवेली पहुँची, तो ठाकुर साहब ने उसे संदेश भेजा कि वह अगली सुबह आकर उनसे मिले। हालाँकि भकोला को ठाकुर साहब का सामना करने में शर्म महसूस हो रही थी, गोदना बिल्कुल शर्मिंदा नहीं था। बबुनी के अलावा हवेली में रहनेवाले बाकी लोगों को जिज्ञासा हो रही थी और वे उस आदमी की एक झलक देखना चाहते थे, जिसे मरा हुआ मान लिया गया था। बबुनी की जिज्ञासा का दूसरा कारण था। भकोला और गोदना एक बार फिर उसी बैठक में ठाकुर साहब का इंतजार कर रहे थे, जहाँ वे होली के एक दिन पहले आए थे। उस समय वे किसी और प्रयोजन से आए थे, लेकिन अब गोदना के लिए सबकुछ खत्म हो चुका था। ठाकुर साहब बीस मिनट बाद आए। उन्होंने अपनी चप्पलें उतारीं और पालथी मारकर दीवान पर बैठ गए। बाप-बेटे दोनों ने उनकी चप्पलों को छुआ और फिर से जमीन पर बैठ गए। ठाकुर साहब के चेहरे पर जीत का संतोष था, जो गोदना की नजरों से नहीं बच सका, हालाँकि

ठाकुर साहब ने औपचारिक बने रहने का प्रयास करते हुए पूछा, "कहाँ थे तुम इतने दिन से ? तुम नई दिल्ली में तो नहीं थे। हमने दिदिया से पूछा था," उन्होंने अपेक्षित सवाल पूछा।

बाबा ने जवाब दिया, "मालिक, यह नई दिल्ली के लिए निकला था। लेकिन फिर इसको अपनी गलती समझ में आ गई और यह लखनऊ में रेल से उतर गया। आखिर हम लोग आपकी मर्जी के खिलाफ कैसे जा सकते हैं ? इसको यहाँ आकर आपका सामना करने में डर लग रहा था, इसलिए यह लखनऊ में भटक रहा था। जब इसके पास सब पइसा खतम हो गया, तो इसका दिमाग ठिकाने पर आया।" गोदना को उम्मीद नहीं थी कि बाबा इतनी चतुराई से बात सँभाल लेंगे।

"तुम जानते हो तुम्हारे माई-बाबा तुम्हारे लिए कितने परेशान थे ? तुम्हारी माई बीमार पड़ गई। वह खाना-पीना छोड़कर रात-दिन रो रही थी और तुम लखनऊ में शहर की जिंदगी का मजा ले रहे थे।" उनकी चिंता के पीछे छुपे पाखंड पर गोदना को गुस्सा आ रहा था। वह अपनी खुद की चप्पल से ठाकुर साहब की पिटाई करके अपना गुस्सा बाहर निकालना चाहता था। वह कुछ कहने ही वाला था कि हाथ में चाय का प्याला लिये बबुनी बैठक में आ गई। उसके लंबे बाल गीले और खुले हुए थे। उसके चेहरे पर खुशी साफ दिखाई दे रही थी, जो बीमारी और चिंता से कुम्हला गया था। गोदना का गुस्सा गायब हो गया और दिल की धड़कनें तेज हो गईं।

"क्या वह लोग सब मर गए हैं ?" ठाकुर साहब का तात्पर्य हवेली के नौकरों से था। वे बबुनी को चाय लाते देख नाराज हो गए।

"वह लोग दूसरा काम कर रहे हैं और चाय ठंडी हो रही थी," उसने जवाब दिया। वह जानती थी कि गोदना ठाकुर साहब से मिलने आया है। उसने टेबल पर चाय रख दी और ठाकुर साहब के पास खड़ी हो गई। उसी पल उसकी नजरें गोदना की नजरों से टकराईं। बबुनी की आँखों में प्यार और उम्मीद का सागर लहरा रहा था। ठाकुर साहब ने मुड़कर उसे देखा, जो इस बात का संकेत था कि वह वहाँ से चली जाए। वह चली गई।

"तुम चाय पिओगे ?" ठाकुर साहब ने पूछा। यह एक असामान्य प्रस्ताव था, हालाँकि गोदना ने मना कर दिया।

''भकोला, हमने वादा किया है कि हम तुम्हारे बेटे को इंजीनियर बनाएँगे। अगले महीने देवरिया पॉलिटेक्निक में दाखिला शुरू हो जाएगा। बबुआ परसों देवरिया जाएगा, फिर उन्होंने गोदना की ओर देखते हुए कहा, तुम भी उसके साथ जाकर दाखिले का फॉर्म भर दो। अपना जाति प्रमाण-पत्र लगाना मत भूलना और सिविल इंजीनियरिंग का चुनाव करना।''

उनकी दयालुता ने गोदना को प्रभावित नहीं किया, इसलिए वह निर्विकार बना रहा। ठाकुर साहब खड़े हो गए। भकोला और गोदना भी खड़े हो गए।

''हम खेतों में जा रहे हैं। हमने जैसा कहा है वैसा ही करना,'' उन्होंने दोनों को आदेश दिया और चले गए।

उस रात गोदना ने ठाकुर साहब के प्रस्ताव के बारे में विचार किया। उसे पक्का विश्वास था कि ठाकुर साहब उसे दोबारा सिविल सेवाओं की परीक्षा में नहीं बैठने देंगे। अटल और विद्रोही गोदना ने खुद से कहा, 'या तो कलेक्टर या कुछ नहीं।' उसके सरल और विवेकी पक्ष ने कहा, 'शिक्षा प्राप्त करना हमेशा महत्त्वपूर्ण होता है। शिक्षा ने न सिर्फ उसे सपने देखने का साहस दिया, बल्कि एक ठाकुर की बेटी से शादी करने का सपना देखने की हिम्मत भी दी है और फिर इंजीनियर बनने के बाद वह आत्मनिर्भर हो जाएगा और उसके पास पैसे भी आ जाएँगे और तब वह अपना कलेक्टर बनने का सपना भी पूरा कर पाएगा,' उसने सोचा। कलेक्टर बनना उसका अनंत लक्ष्य था। ठाकुर साहब दलित जाति के इंजीनियर से अपनी बेटी को कभी शादी नहीं करने देंगे, लेकिन एक कलेक्टर के बारे में वे जरूर सोच सकते हैं, हालाँकि उसकी यह धारणा गलत थी।

9

किस्मत गोदना को मसूरी की आई.ए.एस. प्रशिक्षण अकादमी की जगह देवरिया के सरकारी पॉलिटेक्निक कॉलेज में ले गई। 1989 में उसे तीन वर्ष के सिविल इंजीनियरिंग डिप्लोमा के प्रथम वर्ष में दाखिला मिल गया। ठाकुर साहब के पिता ठाकुर मंगल देव सिंह ने 1983 में देवरिया में इस कॉलेज की स्थापना में महत्त्वपूर्ण भूमिका निभाई थी। वे कॉलेज के संचालक मंडल में थे, इसलिए कॉलेज के प्रशासनिक और दाखिले संबंधी मामलों में उनकी प्रभावशाली भूमिका रहती थी। ठाकुर साहब बबुआ को भी दाखिला दिला सकते थे, लेकिन वे उसकी शैक्षिक क्षमताओं से परिचित थे। इसके अलावा वे बबुआ को निर्माण व्यवसाय में स्थापित करने के लिए गोदना को औजार के रूप में इस्तेमाल करना चाहते थे।

पॉलिटेक्निक कॉलेज भी जातिवाद से प्रभावित था। जाति के आधार पर छात्र विभिन्न गुटों में बँटे हुए थे। ठाकुर और ब्राह्मण समुदाय के छात्रों के अपने-अपने गुट थे। उनके एक-दूसरे के साथ संबंध कभी अच्छे नहीं होते थे। उनके बीच टकराव से बचने के लिए कॉलेज प्रशासन ने उन्हें अलग-अलग छात्रावासों में डाल दिया था। गोदना की जाति के छात्र दोनों छात्रावासों में बँटे हुए थे। उन्हें प्रत्येक छात्रावास में एक अलग खंड आवंटित किया गया था। गोदना ठाकुर समुदाय के छात्रों के लिए आवंटित छात्रावास में रहता था। उसके खंड में रहनेवाले छात्रों को ऊँची जाति के छात्रों के सामने आने पर रास्ता देना पड़ता था। उन्हें इसकी आदत थी इसलिए वे शिकायत नहीं करते थे। दोनों छात्रावासों

के बीच में उसकी जाति के छात्रों के लिए एक अलग मेस थी।

प्रथम वर्ष की परीक्षा में गोदना कॉलेज की तीनों शाखाओं में अव्वल आया, जिसकी वजह से वह कॉलेज में काफी लोकप्रिय हो गया। कभी-कभी ऊँची जाति के छात्र भी उससे मदद लेने आते थे। वे उससे नोट्स भी लेते थे। इस प्रकार गोदना की ऊँची जाति के छात्रों के साथ बातचीत शुरू हो गई। ठाकुर समुदाय के छात्र उस पर अपना अधिकार समझते थे, क्योंकि वह उनके छात्रावास में रहता था। वे उसे ब्राह्मण समुदाय के छात्रों की मदद करने से मना करते थे। गोदना उनकी बात मान लेता था।

विजय बहादुर सिंह, जो वाराणसी जिले के लखनपुर गाँव के एक अमीर जमींदार और राजनीतिज्ञ का बेटा था, द्वितीय वर्ष में गोदना का सहपाठी था। उसने प्रथम वर्ष दूसरी बार में पास किया था। इसलिए गोदना से एक साल आगे होने के बावजूद वह द्वितीय वर्ष में उसके साथ आ गया। विजय बहादुर अकसर गोदना की मदद लेता था। कभी-कभी उसके दोस्ताना व्यवहार को देखकर गोदना को लगता था कि वह खुले विचारों का व्यक्ति है, हालाँकि ऐसा नहीं था।

एक दिन कॉलेज में नोट्स में से कुछ समझाते हुए गोदना ने विजय बहादुर के कंधे पर हाथ रख दिया। उसे अच्छा नहीं लगा और वह गोदना को घूरने लगा। शाम को उसने मेस के एक लड़के को भेजकर उसे छात्रावास के अपने खंड में बुलवाया। गोदना खुशी-खुशी उससे मिलने चला गया। गोदना सीढ़ी चढ़कर उसके खंड में जाने के लिए मुड़ा। अपने कमरे के बाहर गलियारे में रखे एक दीवान पर विजय बहादुर अपने दो दोस्तों के साथ शराब पी रहा था। उन तीनों ने सिर्फ पाजामे पहने हुए थे। उन्हें शराब पीते देखकर गोदना सावधान हो गया। विजय बहादुर ने उसे देखकर कहा, ''आइए गोदना साहब, हमारे कॉलेज के टॉपर।'' उसके व्यंग्यात्मक स्वर से गोदना को कुछ शक हुआ।

''आओ, हमारे साथ एक जाम पियो। तुम्हें हमारी तरफ से एक जाम मिलना चाहिए।'' उसने गोदना की ओर गिलास बढ़ाया। गोदना ने मना कर दिया। उसने सीखा था कि शराब पीना गुनाह होता है, इसलिए उसने अपने हाथ मोड़कर कान पकड़ लिये। विजय बहादुर और उसके दोस्त हँसने लगे। उनमें से एक ने गोदना को दोबारा वैसे ही करने के लिए कहा। गोदना ने दोबारा कान पकड़ लिये।

''विजय बहादुर, हम बाद में आ जाएँगे।'' वह मुड़ के जाने लगा।

''रुको!'' विजय बहादुर चिल्लाया और खड़ा हो गया। ''तुमने क्या सोचकर हमारे कंधे पर हाथ रखा था?'' गोदना जितने उत्साह के साथ उससे मिलने आया था, वह सब हवा हो गया।

''अगर हमने दो-चार बार तुम्हारी मदद ले ली, तो क्या तुम हमारे बराबर हो गए? तुम्हारे माँ-बाप ने तुम्हें सिखाया नहीं है कि ठाकुरों के साथ कैसा व्यवहार करना चाहिए? कोई बात नहीं, आज हम तुम्हें सबक सिखाएँगे। चलो, मुरगा बनो,'' उसने आदेश दिया। गोदना हक्का-बक्का सा खड़ा था।

''मुरगा बनो!'' वह चिल्लाया। उसके दोनों दोस्त भी खड़े होकर आगे आ गए। चिल्लाने की आवाज सुनकर खंड के बाकी छात्र भी अपने कमरों से बाहर निकल आए। लेकिन उनमें से किसी ने भी आगे बढ़कर विजय बहादुर को समझाया नहीं, बल्कि वे सब भी तमाशे का मजा लेने लगे। असहाय गोदना के पास मुरगा बनने के अलावा कोई चारा नहीं था। वह डर गया था। उसने ठाकुर साहब को उसके माई-बाबा या टोले के अन्य लोगों के साथ ऐसा बरताव करते नहीं देखा था।

किसी ने उसकी पीठ पर चप्पल से मारा। वह उस व्यक्ति को देख नहीं पाया, लेकिन उसने अंदाजा लगाया कि वह विजय बहादुर ही होगा।

''चियर्स,'' उसने सुना और फिर एक भयानक हँसी की आवाज आई। अपमान से उसकी आँखों में आँसू आ गए। उन दस मिनटों में उसे सबकुछ याद आ गया; कलेक्टर का उसके गाँव आना, उसका गाँव से नई दिल्ली जाना, मेंस की परीक्षा, ठाकुर साहब का उसको इंटरव्यू में जाने से मना करना, घर से भागना और फिर बस्ती की जिला जेल। वह यह भी सोच रहा था कि यदि सबकुछ ठीक रहता, तो वह इस समय मसूरी की आई.ए.एस. अकादमी में होता। वह अपनी दुर्दशा के लिए ठाकुर साहब को कोसने लगा। 10 मिनट बाद विजय बहादुर बोला, ''तुम्हारे पैर दुःख रहे होंगे। अब तुम जा सकते हो।''

गोदना खड़ा हो गया। उसके पैर दर्द से काँप रहे थे। गोदना विजय बहादुर को घूरने लगा। विजय बहादुर के एक दोस्त ने उसे घूरते हुए देख लिया।

''विजय, यह तुम्हें घूर रहा है। तुम्हें धमकी दे रहा है क्या? चलो इसे

फिर से मुरगा बनाएँ,'' लेकिन विजय बहादुर ने ध्यान नहीं दिया और गोदना को छोड़ दिया।

जब वह अपने खंड में वापस आया, तो वहाँ के अन्य छात्रों ने उसे कॉलेज प्रशासन से शिकायत करने की सलाह दी। कुछ छात्रों ने उसे पुलिस में अत्याचार अधिनियम के तहत शिकायत करने की सलाह दी। गोदना ने कुछ नहीं किया, क्योंकि वह जानता था कि शिकायत करने से कुछ नहीं होनेवाला था। बल्कि ऐसा करने से वह और कमजोर पड़ जाएगा। इस घटना ने उसके मन पर बहुत गहरा प्रभाव छोड़ा।

1992 की गरमियों में पॉलिटेक्निक की अंतिम वर्ष की परीक्षाओं के बाद गोदना घर आया हुआ था। उसने हवेली जाना छोड़ दिया था। वह तीन साल पहले की उस घटना के बाद से ठाकुर साहब ने नहीं मिला था, लेकिन ठाकुर साहब को इस बात से कोई फर्क नहीं पड़ता था। आखिर उन्होंने एक नीची जाति के गुलाम से उसके शासक बनने का मौका छीन लिया था, और एक प्रकार से सालों से चली आ रही परंपरा को जारी रखा था। गोदना अब मास्साब से भी बात नहीं करता था। वह उन्हें भी उतना ही दोषी मानता था। उसे लगता था कि मास्साब चाहते, तो उसकी मदद कर सकते थे। वे उसे 50 रुपए देकर ठाकुर साहब से झूठ बोल सकते थे।

गोदना को हवेली जाना अच्छा लगता यदि वह बबुनी से मिल पाता, लेकिन वह जानता था यह असंभव है। वे अब बच्चे नहीं थे कि हवेली के बाहर खेलते रहते और कोई कुछ नहीं बोलता। बैलगाड़ी की सवारी के बाद से उसने बबुनी को सिर्फ दो बार देखा था। एक बार जब दिदिया विजयदशमी के बाद दिल्ली वापस जा रही थीं, और दूसरी बार जब वह हवेली गया था और वह ठाकुर साहब के लिए चाय लेकर आई थी।

पॉलिटेक्निक कॉलेज में गोदना को चाय का स्वाद लग गया था। माई ने झोंपड़ी के अंदर दो ईंटें लगाकर एक चूल्हा बना लिया था। ईंधन के रूप में वह लकड़ी का इस्तेमाल करती थी। बचे हुए खाने के अलावा अब उन्हें हवेली से सीमित मात्रा में राशन भी मिलता था। राशन में चावल, गेहूँ, आलू और प्याज

होते थे। शाम को जब माई हवेली से लाई हुई चाय गरम कर रही थी, भोला काका दो अनजान व्यक्तियों को लेकर आए। माई जानती थी कि वह लोग आनेवाले हैं। उसने बाहर आकर उनका स्वागत किया। गोदना के घर में सिर्फ एक बाँस की खटिया थी। इसलिए गोदना ने खटिया पर से उठकर उन्हें बैठने की जगह दी। गोदना से यह कहने का कोई फायदा नहीं था कि वह हवेली जाकर बाबा को बुला लाए इसलिए माई ने पड़ोस के लड़के को बुलाकर उससे बाबा को बुला लाने के लिए कहा। दोनों आगंतुक गोदना की ओर जिज्ञासु दृष्टि से देख रहे थे। वह समझ गया कि वे शादी का प्रस्ताव लेकर आए थे। 25 वर्ष की आयु में वह शादी के लायक समझा जाने लगा था। बल्कि शादी की उम्र पार कर चुका था। चूँकि उसे इन बातों में कोई दिलचस्पी नहीं थी, वह नदी के किनारे टहलने चला गया। माई ने उसे रुकने के लिए नहीं कहा।

जब गोदना लौटा तो मेहमान जा चुके थे। माई रोटी बना रही थी। उसने उसे रोटी, आलू की रसेदार सब्जी और प्याज परोस दिया। वह जल्दी में थी, क्योंकि उसे हवेली जाकर बहुत से काम निपटाने थे और नाश्ते के लिए बचा हुआ खाना लाना था। गोदना जानता था कि माई को उसके लिए ताजा, गरम नाश्ता बनाना अच्छा लगता, लेकिन हवेली से उन्हें हर महीने जितना राशन मिलता था, उसमें सिर्फ एक समय का खाना बन सकता था। बाबा अंदर थे। उन्हें चूल्हे के पास बैठकर खाना पसंद था। गोदना झोंपड़ी के बाहर खटिया पर बैठा था। माई ऊँची आवाज में बाबा से बात कर रही थी, क्योंकि वह चाहती थी कि गोदना उसकी बात सुने।

''आस-पास के बारह गाँवों में चंदनिया सबसे सुंदर लड़की है। हमारी पूरी बिरादरी में बस वही एक गोरी लड़की है। अगर वह ऊँची जात में पैदा होती, तो उसकी शादी किसी कलेक्टर से होती।''

''माई, हमको एक रोटी दे,'' गोदना चिल्लाया। वह रोटी देने बाहर आई तब भी उसका बड़बड़ाना चालू था, ''उसका बाप एक साइकिल और एक रेडियो देने को तैयार है। हमने उससे कह दिया है कि हम हीरो साइकिल और बहादुर रेडियो से कम में नहीं मानेंगे।'' बहादुर रेडियो फिलिप्स का एक

लोकप्रिय मॉडल है। बाबा उसके साथ वार्त्तालाप में शामिल हो गए।

''लेकिन पहले गोदना से पूछ तो कि वह शादी के लिए तैयार है कि नहीं?''

''तैयार क्यों नहीं होगा? जिनगी (जिंदगी) में सबको शादी करनी पड़ती है, नहीं तो भगवान् जी सराप (श्राप) दे देते हैं। वे लोग धान की कटाई के तुरंत बाद कोई अच्छी तारीख निकालना चाहते हैं, नहीं तो वे गेहूँ की बुआई में लग जाएँगे।''

चंदनिया के माँ–बाप पड़ोसी गाँव के एक जमींदार के खेतों में मजदूर थे। माई आगे बोली, ''हमको लगता है, अगले हफ्ते हम लोग को बरच्छा (सगाई) कर देनी चाहिए। भोला बता रहा था, उसके लिए बहुत से रिश्ते आ रहे हैं। गोदना को इतनी सुंदर लड़की और कहाँ मिलेगी! और फिर हमें भी कोई मदद करनेवाली चाहिए। इस घुटने के दरद को लेकर हम बहुत दिन आप लोग की सेवा नहीं कर पाएँगे।''

गोदना ने चंदनिया को कभी देखा नहीं था, लेकिन उसकी सुंदरता के बारे में सुना जरूर था। उसने यह भी सुना था कि वह उनकी बिरादरी की अकेली गोरी लड़की थी। उसने यह अफवाह भी सुनी थी कि उसका बाप उस जमींदार का बेटा था, जिसके खेतों में उसकी माँ मजदूरी करती थी और इसीलिए उसे ऐसा रूप मिला था। यह दलित और अशिक्षित मजदूर बिरादरी के लिए आम बात थी। उनकी औरतें ऊँची जाति के कामातुर जमींदारों और उनके बेटों के लिए सिर्फ उपभोग करने की चीज थीं। जिन औरतों से वे अछूतों जैसा व्यवहार करते थे, उन्हीं के होंठ चूमने से उन्हें कोई परहेज नहीं था। पसीने से भरी साँवली, सुगठित शरीरों वाली ये औरतें उन जमींदारों को आकर्षित करती थीं, जो अपनी मोटी, थुलथुल शरीर वाली पत्नियों से ऊब चुके होते थे। उनके कुत्सित बेटे सम्मानित परिवारों में शादी करने से पहले इन औरतों का इस्तेमाल सेक्स की शिक्षा और अभ्यास के लिए करते थे। हैरानी की बात थी कि कोई औरत कभी शिकायत नहीं करती थी, अपने पति से भी नहीं।

माई एक और रोटी लेकर आ गई। उसके पीछे बाबा भी हाथ धोने आ गए। माई का बोलना बंद हो चुका था। गोदना ने माई की ओर देखा, फिर

बाबा की ओर और फिर अपने हाथों के साँवले रंग को देखा, वह अपने बाबा का ही बेटा था।

अगली सुबह गोदना ने शादी के प्रस्ताव के बारे में सोचने के लिए थोड़ा समय माँगा। माई सगाई की जिद कर रही थी, लेकिन वह तैयार नहीं हुआ।

पॉलिटेक्निक पूरा कर लेने के दो महीने बाद गोदना को पी.डब्ल्यू.डी. में जूनियर इंजीनियर की नौकरी मिल गई। इतने पिछड़े इलाके से आनेवाले किसी लड़के के लिए यह एक शानदार उपलब्धि थी। टोले के सभी माँ-बाप अपने बच्चों को गोदना से प्रेरणा लेने के लिए कह रहे थे। बड़े लड़के उसकी सफलता का श्रेय उसकी दिल्ली की पढ़ाई को दे रहे थे, जो कि सबके लिए संभव नहीं थी, इसलिए सिर्फ छोटी उम्र के लड़कों ने उससे प्रेरणा लेकर नियमित रूप से गाँव के स्कूल जाना शुरू किया, लेकिन समय के साथ यह प्रेरणा फीकी पड़ गई।

नियुक्ति पत्र के अनुसार गोदना को पी.डब्ल्यू.डी. के एग्जीक्यूटिव इंजीनियर को फैजाबाद के उनके ऑफिस में रिपोर्ट करना था। फैजाबाद उत्तर प्रदेश की राजधानी लखनऊ से 126 किमी. दूर एक जिला है। जब ठाकुर साहब को पता चला, तो उन्होंने गोदना को हवेली में बुलाया और उसे सम्मानित किया। गोदना सोचने लगा, क्या ये सच में दिल से हमारा सम्मान कर रहे हैं? क्या हमने सच में गाँव का नाम रोशन किया है? क्या हमारा कलेक्टर बनना गाँव के हित में और अच्छा नहीं होता?

हवेली का सौहार्दपूर्ण वातावरण उसे ठाकुर साहब से बबुनी का हाथ माँगने के लिए भी प्रोत्साहित कर रहा था। लेकिन भाग्यवश इससे पहले कि वह अपनी कल्पना को पंख लगाता और ठाकुर साहब के सामने अपना इरादा जाहिर करता, ठाकुर साहब के इरादों ने उसे एक झटके से वास्तविकता का चेहरा दिखा दिया।

"बबुआ पी.डब्ल्यू.डी. में सिविल ठेकेदार के रूप में अपना नाम रजिस्टर कराएगा। सड़क, पुल, पुलिया, बाँध, जिसका ठेका मिलेगा, वह ले लेगा। हमने तुमको इंजीनियर बनाया है, अब एहसान उतारने की तुम्हारी बारी है। तुम

यह काम मुफ्त में नहीं करोगे। तुम्हारे माई–बाबा को गाँव में बेहतर जिंदगी मिलेगी।''

हवेली के अंदर बबुनी, जो इतनी मासूम थी कि एक कलेक्टर और जूनियर इंजीनियर के बीच का फर्क नहीं समझती थी, यह आशा कर रही थी कि गोदना ठाकुर साहब के सामने शादी का प्रस्ताव रखेगा। उसे लग रहा था कि जूनियर इंजीनियर कलेक्टर से बड़ा होता है, क्योंकि उसके नाम में दो शब्द होते हैं। □

10

जूनियर इंजीनियर के रूप में गोदना की पोस्टिंग अयोध्या में हुई, जो कि हिंदुओं और मुसलमानों, दोनों के लिए एक विरासत स्थल है। जब उसने फैजाबाद में पी.डब्ल्यू.डी. के एग्जीक्यूटिव इंजीनियर से मिलकर रिपोर्ट किया, तो उन्होंने उसका नाम छोटा करके जी.राम कर दिया।

13 साल पहले जब गोदना आदर्श नगर के जूनियर म्युनिसिपैलिटी स्कूल में दाखिले के लिए गया था और अपना नाम गोदना बताया था, तो क्लर्क उलझन में पड़ गया था। उसने गोदना की जाति पूछी थी, जो उस समय गोदना को नहीं मालूम थी। तब क्लर्क ने उसके पिता का पेशा पूछा था।

गाय-भैंसों को नहलाना और हवेली के बाहर झाड़ू-बुहारू करना, गोदना ने जवाब दिया था। क्लर्क समझ गया था। उसने उसे नाम दिया गोदन राम। गोदना को समझ में नहीं आया कि उसके नाम के आगे भगवान् राम का नाम क्यों जोड़ा गया था, जबकि उसे तो रामजी के मंदिर में घुसने की भी मनाही है।

उसके चार्ज लेने के एक दिन बाद नैन सिंह यादव उससे मिलने आए। वे पी.डब्ल्यू.डी. के नियमित ठेकेदार थे, जिन्होंने फैजाबाद में और उसके आसपास कई परियोजनाएँ पूरी की थीं। एक संक्षिप्त वार्त्तालाप के अंत में गोदना के दफ्तर से निकलने के पहले नैन सिंह यादव ने उसे एक लिफाफा दिया और कहा, ''यह हमारी कंपनी की ओर से प्रेम और सम्मान का एक छोटा सा प्रतीक है।''

गोदना ने लिफाफा लेकर अपने टेबल की दराज में रख लिया। जैसे ही नैन सिंह कमरे से बाहर निकला, गोदना ने लिफाफा खोलकर देखा। उसके अंदर 1500 रुपए थे। वह प्रेम के प्रतीक का मतलब समझ गया। वह रिश्वत

थी। उसने रुपए लिफाफे में वापस डाले और लिफाफा जेब में रख लिया। उसने संकल्प लिया कि वह उसे लौटा देगा और आगे से सावधान रहेगा। वह जानता था कि पैसा उसे उसके सपने से दूर कर देगा। उसका सपना था कलेक्टर बनकर बबुनी से शादी करना।

अगले दिन गोदना उस साइट का दौरा करना चाहता था, जहाँ एक सड़क का निर्माण कार्य चल रहा था। ठेकेदार नैन सिंह यादव थे। गोदना के पास खुद का कोई वाहन नहीं था, इसलिए उसने अपने दफ्तर के क्लर्क से पूछा। क्लर्क ने बताया कि जूनियर इंजीनियर के दफ्तर के लिए कोई सरकारी वाहन नहीं था। सिर्फ असिस्टेंट इंजीनियर और एग्जीक्यूटिव इंजीनियर के पास एक एक जीप थी। इससे पहले कि गोदना आगे कुछ पूछता, क्लर्क ने अपने टेबल पर रखे फोन से एक नंबर मिलाया। दस मिनट के अंदर नैन सिंह यादव अपनी जीप लेकर आ गए। वह गोदना को साइट पर ले गए। रास्ते में जब गोदना उन्हें लिफाफा लौटाने लगा, तो नैन सिंह ने उसे वापस लेने से मना कर दिया।

''सर, हर काम के लिए हम आपके दफ्तर के प्रत्येक अधिकारी के साथ मुनाफे का हिस्सा बाँटते हैं। यह आपका हिस्सा है। हम वादा करते हैं कि अपना काम कायदे से करेंगे और आपको निराश नहीं करेंगे। इस बार रख लीजिए। आगे से नहीं देंगे।''

''यादवजी, कृपया हमारी तुलना दूसरे अधिकारियों से मत करिए। आप अपना काम मेहनत और ईमानदारी से कीजिए, हम वादा करते हैं कि बाकी चीजों का ध्यान रखेंगे।''

''कृपया इस बार रख लीजिए। आगे से हम आपको नहीं देंगे,'' नैन सिंह ने आग्रह किया, लेकिन गोदना ने लिफाफा वापस कर दिया।

सत्तारूढ़ पार्टी के साथ ठाकुर साहब की आत्मीयता सिकुड़कर केंद्र से राज्य तक आ गई। केंद्र में मौजूद सत्तारूढ़ पार्टी, जो स्वतंत्रता के पूर्व और बाद की अधिकांश अवधि में सत्ता में बनी हुई थी और जिसके हाथ में राज्य की सत्ता भी थी, के प्रति उनकी वफादारी रंग नहीं लाई थी। 1991 की गरमियों में जब उत्तर प्रदेश में पहली बार एक नई पार्टी सत्ता में आई, तो ठाकुर साहब उसमें शामिल

हो गए। ठाकुर मंगल देव सिंह ने विरोध किया, लेकिन 72 वर्षीय स्वतंत्रता सेनानी की बात का अब परिवार में कोई महत्त्व नहीं रह गया था। हवेली में फोन का कनेक्शन लगना उन गरमियों की एक और महत्त्वपूर्ण घटना थी। काले रंग का फोन ठाकुर साहब की बैठक में स्थापित हो गया।

दिसंबर, 1992 के पहले सप्ताह में ठाकुर साहब को नई पार्टी के प्रति अपनी वफादारी दिखाने का मौका मिला। वे देश भर से आए उन हजारों कारसेवकों में शामिल हो गए, जिन्हें पार्टी के नेताओं द्वारा अयोध्या की ओर मार्च करने का आदेश मिला था। अयोध्या के राम मंदिर–बाबरी मसजिद विवाद ने जोर पकड़ लिया था।

फैजाबाद जिले के रुदौली गाँव में ठाकुर साहब के एक दूर के रिश्तेदार रहते थे। रुदौली अयोध्या से 50 किमी. दूर है। 3 दिसंबर, 1992 को ठाकुर साहब और बबुआ रुदौली पहुँचे। अगले दिन वे गोदना के दफ्तर आए। गोदना के कमरे में प्रवेश करने से पहले ठाकुर साहब ने रुककर बाहर लगा नोटिस पढ़ा। नोटिस बोर्ड पर तीन टेंडरों की सूचना लगी थी। उन दिनों छोटे टेंडर अखबार में नहीं छपते थे और वेबसाइट पर अपलोड करने की बात तो किसी ने सुनी भी नहीं थी।

गोदना उन्हें देखकर हैरान रह गया। एक अजीब सी स्थिति उत्पन्न हो गई। वह ठाकुर साहब के सामने हमेशा जमीन पर बैठता था, इसलिए वह कुरसी से उठकर खड़ा हो गया। ठाकुर साहब और बबुआ सामने रखी कुरसियों पर बैठ गए, तब भी वह खड़ा रहा। जब एक क्लर्क कमरे में आया, तो ठाकुर साहब ने गोदना को बैठने के लिए कहा। पहले कुछ मिनट ठाकुर साहब ने उसे याद दिलाने में बिताए कि उसे वह कुरसी उनकी वजह से मिली थी। फिर वे मुद्दे पर आए और उन्होंने गोदना से कहा कि नोटिस बोर्ड पर लगे तीन टेंडरों में से एक वह बबुआ को दिला दे। चाय पीने और गोदना से आश्वासन प्राप्त करने के बाद दोनों उसके दफ्तर से चले गए।

6 दिसंबर, 1992 को गोदना बाबरी मसजिद के विध्वंस का गवाह बना। उस दिन रविवार था, इसलिए उसका दफ्तर बंद था। उसका घर राम मंदिर–बाबरी मसजिद के विवादित स्थल से सिर्फ 400 मीटर की दूरी पर था। उसके

लिए वह सिर्फ एक घटना थी, जिसने जनसंख्या की दृष्टि से उसकी भावनाओं को प्रभावित नहीं किया, क्योंकि दोनों में से कोई भी धर्म उसका नहीं था। शाम तक राज्य सरकार बरखास्त कर दी गई और बाद में राज्य में राष्ट्रपति शासन लागू कर दिया गया।

गोदना ने नैन सिंह यादव को तीन में से एक ठेका छोड़ने के लिए राजी कर लिया। अयोध्या में तीन ठेकेदार थे और उसके दफ्तर से निकले सारे टेंडर उन तीनों के बीच घूमते रहते थे। तीनों में नैन सिंह का प्रभुत्व सबसे ज्यादा था। वे 1.5 लाख की अनुमानित लागत वाला टाउन हॉल के नवीकरण और रँगाई-पुताई का ठेका छोड़ने के लिए तैयार हो गए और इस प्रकार बबुआ ने सिविल ठेकेदार के रूप में अपने कॅरियर की शुरुआत की। गोदना के सौभाग्य और बबुआ के दुर्भाग्य से, बबुआ काम पूरा नहीं कर पाया। एक दिन असिस्टेंट इंजीनियर गोदना के साथ टाउन हॉल के दौरे पर आए। उन्होंने काम की धीमी गति पर नाराजगी जताई और जब बबुआ ने सफाई देने की कोशिश की, तो उनका स्वर भी ऊँचा हो गया। असिस्टेंट इंजीनियर के ऊपर एक महीने बाद होनेवाली एक मीटिंग के पहले काम पूरा करने का दबाव था। जब उन्होंने ऊँचे स्वर में बात की, तो बबुआ से बरदाश्त नहीं हुआ और वह एक छड़ी उठाकर उन्हें मारने लगा। असिस्टेंट इंजीनियर साइट से भाग गया। बबुआ ने ठेका पूरा नहीं किया। उसकी किस्मत अच्छी थी कि उस पर पुलिस केस नहीं हुआ। गोदना ने असिस्टेंट इंजीनियर को पुलिस में शिकायत दर्ज न करने के लिए मना लिया।

बबुआ की संभावनाओं को एक और गंभीर झटका लगा, जब गोदना का तबादला लखनऊ, पी.डब्ल्यू.डी. के हेड ऑफिस में हो गया। उसके तबादले के साथ बबुआ की रही-सही संभावनाओं का भी अंत हो गया। अन्य इंजीनियरों के विपरीत, जो फील्ड पोस्टिंग चाहते थे, गोदना अपनी पोस्टिंग से खुश था। उसे लगता था कि शहर में किसी गाँव या कस्बे से अधिक अवसर मिलते हैं। बल्कि उसने तो एग्जीक्यूटिव इंजीनियर से लखनऊ तबादले के लिए लिखित में निवेदन किया था। गोदना को इसमें सफलता मिल गई। अयोध्या में उसे सिविल सेवा परीक्षाओं की तैयारी के लिए समय नहीं मिल पा रहा था।

पी.डब्ल्यू.डी. के हेड ऑफिस में उसकी पोस्टिंग एस्टीमेशन विभाग में हुई। 10 से 5 का समय उसके लिए सुविधाजनक था। अगले ही दिन उसने अमीनाबाद जाकर कुछ किताबें खरीद लीं। प्रारंभिक परीक्षा में पाँच महीने बाकी थे। उसने परीक्षा की तैयारी शुरू की ही थी कि एक सेलेब्रिटी विवाह सामने आ गया।

वर्ष 1994 के फरवरी महीने में चीफ इंजीनियर ने अपने दफ्तर में एक मीटिंग बुलाई। उसमें गोदना भी शामिल हुआ। मीटिंग राजभवन कॉलोनी और हजरतगंज में स्थित दो सरकारी वी.वी.आई.पी. गेस्टहाउसों और डालीबाग कॉलोनी में स्थित एक सरकारी वी.आई.पी. गेस्टहाउस के नवीकरण और मरम्मत के बारे में चर्चा करने के लिए बुलाई गई थी। होली के दस दिन बाद, अप्रैल के पहले सप्ताह में शहर में एक हाई प्रोफाइल शादी होनेवाली थी। लड़केवालों की तरफ के मेहमान, जो लंदन से आ रहे थे, इन गेस्टहाउसों में रुकनेवाले थे।

दूल्हे के पिता मोंटी पटेल के ब्रिटेन में विविध व्यवसाय थे। वे एक बहु-अरबपति थे, जो 'संडे टाइम्स' द्वारा वर्ष 1992 में ब्रिटेन के सर्वाधिक अमीर लोगों की सूची में शामिल किए गए थे। उनका बेटा कृष्णा पटेल, जो 28 वर्ष का आकर्षक युवक था, इंजीनियर था और हार्वर्ड से एम.बी.ए. भी था। वह अपनी मंगेतर मोना अग्रवाल से, जो किशनलाल अग्रवाल की बेटी थी, हार्वर्ड में ही मिला था। किशन लाल अग्रवाल लखनऊ से 70 किमी. दूर कानपुर शहर के व्यवसायी थे, जिनके बहुत मजबूत राजनीतिक संपर्क थे। वे निर्यात कारोबार में थे। उनकी कंपनी चमड़े की चीजों का उत्पादन और निर्यात करती थी, लेकिन लोग कहते थे कि उन्होंने गुटके के व्यवसाय में बहुत धन कमाया था। किशनलाल अधिक पढ़े-लिखे नहीं थे, लेकिन उन्होंने अपनी बेटी को बिजनेस मैनेजमेंट की पढ़ाई करने हार्वर्ड भेजा था, जो उन दिनों सामान्य बात नहीं थी। कृष्णा को, जो उससे एक साल सीनियर था, हार्वर्ड में उससे प्यार हो गया। किशनलाल हैसियत में मोंटी पटेल से बहुत नीचे थे, लेकिन मोंटी ने बेटे की जिद के आगे हार मान ली थी और इस रिश्ते के लिए तैयार हो गए थे। किशनलाल ने पैसे के रंग दिखाने के लिए कमर कस ली थी।

गोदना को राजभवन कॉलोनी के वी.वी.आई.पी. गेस्टहाउस की मरम्मत और सफाई करवाने की जिम्मेदारी दी गई। यह बहुत महत्त्वपूर्ण काम था, क्योंकि

उस गेस्टहाउस में मोंटी पटेल अपने परिवार और निकट के रिश्तेदारों के साथ रुकनेवाले थे। गोदना को 3 अप्रैल से गेस्टहाउस में डेरा डाल लेने के निर्देश मिले थे। अगले पाँच दिनों के लिए गेस्टहाउस का सेवा कक्ष ही उसका घर था। समग्र प्रभार एक एग्जीक्यूटिव इंजीनियर को दिया गया था, जिसके सहयोग के लिए एक असिस्टेंट इंजीनियर तैनात था।

3 अप्रैल की शाम को गेस्टहाउस में लाल या पीली बत्ती वाली एंबेसडर गाड़ियों का लगातार आना-जाना शुरू हो गया। उन गाड़ियों में नौकरशाह और नेता थे, जो व्यवस्था का जायजा लेने वहाँ पहुँच रहे थे। आगंतुकों में राज्य सचिव, जिला कलेक्टर, संभागीय आयुक्त और पुलिस कमिश्नर थे। गोदना अवाक् होकर उन्हें देख रहा था। ये सब उसके प्रेरणास्रोत (रोल मॉडल) थे। उसे अपनी आँखों पर विश्वास नहीं हुआ, जब उसने किशनलाल को सचिव को निर्देश देते देखा, जिसने वे निर्देश चीफ इंजीनियर और कलेक्टर तक पहुँचा दिए। रात को 10 बजे, राज्य के मुख्यमंत्री गेस्टहाउस में आए। गोदना ने ठाकुरों की शादियाँ देखी थीं और उसके लिए उनसे ऊपर कुछ नहीं हो सकता था। उसे पता चला कि मोंटी पटेल राज्य सरकार के मेहमान होंगे और मुख्यमंत्री और उनके मंत्रिमंडल ने 5 अप्रैल की शाम को उनके साथ एक मीटिंग रखी थी, जिसमें वे राज्य में निवेश करने के लिए उन्हें राजी करनेवाले थे।

लंदन से बराती 4 अप्रैल को आ गए। शादी 6 अप्रैल को थी। वी.वी.आई.पी. गेस्टहाउस में आठ सुइट थे। मोंटी पटेल और उनकी पत्नी सुइट नंबर 1 में ठहरे थे। गोदना अपने सामने इतनी समृद्धि को देखकर मंत्रमुग्ध था। ठाकुर साहब उनकी तुलना में कुछ नहीं थे। 5 अप्रैल की रात को जब मेहमान एक विवाह-पूर्व समारोह से रात 12 बजे लौटे, तो गोदना जाग रहा था। वह स्वागत डेस्क पर अपनी पढ़ाई कर रहा था। 15 मिनट बाद इंटरकॉम पर एक कॉल आया। उसने फोन उठा लिया। एक भारी आवाज ने पूछा, ''रिसेप्शन ?''

''जी, सर,'' गोदना ने जवाब दिया।

''मैं मोंटी बोल रहा हूँ। यहाँ का सिस्टर्न काम नहीं कर रहा है। क्या आप मदद कर सकते हैं ?''

''जी सर, हम अभी देखते हैं,'' और फोन कट गया।

वह मोंटी का फोन सुनकर इतना रोमांचित हो गया कि अगले दो मिनट तक यूँ ही बैठा रहा। फिर स्थिति की गंभीरता समझकर वह सुइट नंबर 1 की ओर भागा। वह अपने हाथ की किताब रखना भी भूल गया। वह टी.बी. बोटोमोर की लिखी समाजशास्त्र की किताब थी। वह जानता था कि प्लंबर सुबह से पहले नहीं आ सकता था। जब उसने सुइट की घंटी बजाई, तो उसकी उँगलियाँ काँप रही थीं। मोंटी ने दरवाजा खोलकर उसे अंदर आने का रास्ता दिया। गोदना उनसे नजरें मिलाए बिना सीधे टॉयलेट की ओर चला गया। उसने मिसेज मोंटी को देखा, लेकिन उनसे कुछ कहा नहीं। टॉयलेट में जाते हुए उसने अपनी किताब स्टडी टेबल पर रख दी। उसने सिस्टर्न के आगे के दो पेंच खोल दिए। उसका लीवर हुक से नीचे आ गया था, जिसे उसने ठीक कर दिया और फ्लश चलाकर देखा। वह काम कर रहा था। इस पूरे काम में सिर्फ तीन मिनट लगे।

जब वह बाहर निकला तो मोंटी ने पूछा, ''क्या सिस्टर्न ठीक हो गया?''

''जी सर,'' गोदना की उनसे आँखें मिलीं।

''तुम्हारा नाम क्या है?''

''सर, हमारा नाम जी. राम है।''

''क्या काम करते हो तुम?'' उन्होंने पूछा, क्योंकि गोदना प्लंबर जैसा नहीं लग रहा था।

''सर, हम पी.डब्ल्यू.डी. में जूनियर इंजीनियर हैं! हम सिविल इंजीनियर हैं।''

''यह किताब एक सिविल इंजीनियर के पास क्या कर रही है? यह तो इंजीनियरिंग की किताब नहीं है?''

''सर, हम आई.ए.एस. की परीक्षा की तैयारी कर रहे हैं और समाजशास्त्र हमारे वैकल्पिक विषयों में से एक है।''

''काफी दिलचस्प बात है! खैर, शुक्रिया मि. राम।''

गोदना संतुष्ट होकर कमरे से निकल आया।

अगली सुबह जब वह रिसेप्शन पर आया, तो रिसेप्शनिस्ट ने उसे बताया कि मि. मोंटी उससे मिलना चाहते थे। वे लॉन में अपने परिवार के साथ चाय पी रहे थे। गोदना फिर भागा, लेकिन इस बार वह शांत था।

''आइए मि. राम,'' मोंटी ने गोदना को देखकर कहा। उनकी पत्नी भी वहीं थीं। गोदना ने उन्हें पिछली रात देखा था। वहाँ उनका बेटा और एक अन्य दंपती भी मौजूद थे, जो लगभग मोंटी की उम्र के ही लग रहे थे।

''गुडमॉर्निंग सर!'' उसने अभिवादन किया।

''गुडमॉर्निंग! आइए बैठिए, और हमारे साथ चाय पीजिए!''

गोदना को आशा नहीं थी कि उसे बैठने के लिए कहा जाएगा, क्योंकि गाँव में तो उसे ठाकुरों के पैर छूने की भी अनुमति नहीं थी। वेटर ने उसे चाय दी।

मोंटी ने सबसे उसका परिचय कराया—''ये हँसमुख पटेल हैं, मेरे भाई। ये यहाँ इंडिया में ही रहते हैं। ये कंस्ट्रक्शन और एफ.एम.सी.जी. बिजनेस में हैं। ये इनकी पत्नी कादंबरी हैं और ये मेरा बेटा कृष्णा। हँसमुख, यही वह लड़का है, जिसके बारे में बात कर रहा था। तुम जानते हो, मैं पहले भी कई बार इंडिया आ चुका हूँ, लेकिन मैंने पहली बार एक सरकारी इंजीनियर को खुद काम करते देखा है, वरना वे सिर्फ अच्छे सुपरवाइजर ही होते हैं। यह एक अलग रवैया है। और यह लड़का यहीं पर नहीं रुकने वाला है, यह आई.ए.एस. की तैयारी कर रहा है। जिस तरह से इसने कल चुनौती स्वीकार की, मुझे लगता है कि यह किसी उद्देश्य से प्रेरित है। इसने अनावश्यक चालबाजी में समय बरबाद नहीं किया।'' हँसमुख उनकी बात ध्यान से सुन रहे थे। मोंटी ने चाय का एक घूँट भरा और आगे बोले, ''लेकिन मुझे यह देखकर दुःख होता है कि ऐसे कई लड़के अपने हाथ में कोई बड़ी चुनौती लेने और बड़ी उपलब्धि हासिल करने के बजाय साधारण सी सरकारी नौकरी में खुश और संतुष्ट रहते हैं। वैसे मि. राम, आप आई.ए.एस. ऑफिसर क्यों बनना चाहते हैं?''

गोदना उन्हें नहीं बता सकता था कि उसके लक्ष्य के पीछे की प्रमुख प्रेरणा बबुनी थी। लेकिन उसे जवाब देना था, इसलिए उसने स्पष्ट रूप से कह दिया, ''सर, यह हमारा व्यक्तिगत मामला है। हम अपना मिशन पूरा किए बिना नहीं बता सकते।''

''दिलचस्प है!'' हँसमुख पटेल पहली बार बोले।

''बहरहाल मि. राम, मुझे आपसे मिलकर खुशी हुई। आपकी सरकार को आप पर गर्व होना चाहिए। हँसमुख, क्या तुम इन्हें अपना विजिटिंग कार्ड दे

सकते हो ? मि. राम, अगर आप अपनी लाइन बदलकर कुछ नया करना चाहते हों, तो इन्हें फोन करके अपॉइंटमेंट ले लीजिएगा। ये अपने कंस्ट्रक्शन बिजनेस का विस्तार कर रहे हैं।''

''बिल्कुल, मैं इनके लिए अपना कार्ड छोड़ जाऊँगा,'' हँसमुख पटेल ने आश्वस्त किया।

7 अप्रैल की शाम को जब गोदना गेस्टहाउस से जाने के लिए अपना सामान बाँध रहा था, एक ड्राइवर ने रिसेप्शन पर आकर उसके बारे में पूछा। ड्राइवर ने उसे बताया कि वह अभी-अभी मोंटी साहब के परिवार को एयरपोर्ट छोड़कर आया है और मोंटी साहब के भाई ने यह कार्ड मि. राम को देने को कहा है। गोदना ने कार्ड लेकर पढ़ा—

'दि कादंबरी ग्रुप ऑफ कंपनीज'

एफ.एम.सी.जी. एंड कंस्ट्रक्शन

ऊपर दाहिने कोने में फोन नंबर के साथ हँसमुख पटेल का नाम लिखा था और नीचे उनके कॉरपोरेट ऑफिस का पता था।

□

11

सेलेब्रिटी शादी के कारण गोदना होली पर सुहागपुर नहीं जा पाया था। चीफ इंजीनियर ने उसे शादी संपन्न हो जाने से पहले शहर से बाहर जाने की इजाजत नहीं दी थी। इसलिए जैसे ही आयोजन समाप्त हुआ, वह छुट्टी लेकर गाँव चला गया।

शाम को खाना खाते समय माई ने फिर से उसकी शादी की बात छेड़ी। चंदनिया अभी भी कुँवारी थी। माई सगाई पर जोर डालने लगी।

उस समय शादियों का मौसम चल रहा था। रात को गोदना झोंपड़ी के बाहर खटिया पर लेटा था। गरमी की शुरुआत हो गई थी। गोदना की आँखों से नींद कोसों दूर थी। कहीं से आ रही वैवाहिक गीतों की आवाज रात के सन्नाटे में गूँज रही थी। उस गीत में, जो बहुत सी औरतें बिना किसी संगीत के गा रही थीं, एक दुलहन की कहानी थी, जो अपने प्रियतम का इंतजार कर रही थी। गोदना आसमान की ओर देख रहा था। चाँद पर बनी काली-सफेद आकृति में उसे बबुनी का चेहरा दिखाई दे रहा था। वह जानता था कि उसे कुछ बड़ा करना होगा। इतना बड़ा कि हवेली, ठाकुर बिरादरी और उनका घमंड, सब उसके आगे छोटा लगने लगे, तभी वह बबुनी से शादी कर पाएगा।

अगली सुबह जब माई हवेली से वापस आई, तो गोदना ने उसके हाथ पकड़ लिये और उसकी आँखों में देखता हुआ बचपने भरे स्वर में बोला, ''माई, हम इतनी जल्दी शादी नहीं करना चाहते।''

''अभी हम लोग खाली बरच्छा करेंगे। शादी जाड़े में या अगली गरमी में होगी।''

''नहीं माई, न जाड़े में और न अगली गरमी में। पहले हमको कुछ बन जाने दो। हम बड़े आदमी बनना चाहते हैं।''

''गोदना, तुम पहले ही बड़े आदमी बन चुके हो। बारह गाँवों में तुमको छोड़कर कोई भी इंजीनियर नहीं है।''

''इंजीनियर उतना बड़ा नहीं होता माई।''

''तब बड़ा क्या होता है?'' माई ने भोलेपन से पूछा।

गोदना ने अपना दाहिना हाथ ऊपर उठा दिया, जितना ज्यादा वह उठा सकता था, जैसा कि माई ने 15 साल पहले किया था। माई को वह बात याद आ गई और वह मुसकरा दी।

''तुमको अभी भी याद है।''

''हाँ, हमको सबकुछ याद है। माई, बड़े का मतलब ठाकुर साहब से बड़ा।'' उसने कहा। उसके हाथ अभी भी ऊपर फैले थे।

माई के चेहरे से मुसकान गायब हो गई। उसने भयभीत होकर गोदना की ओर देखा, लेकिन फिर फौरन माँ की भूमिका में आ गई और अपने उस बच्चे को समझाने लगी, जिसने अभी-अभी उससे चाँद की फरमाइश की थी।

''तुम शादी के बाद भी बड़े बन सकते हो।''

''माई, तू समझ नहीं रही है। हम बड़े बनना चाहते हैं, इतने बड़े कि हम...''

''कितने बड़े गोदना?'' माई ने उत्सुकता से पूछा।

''हम इतने बड़े बनना चाहते हैं कि बबुनी से शादी कर सकें,'' गोदना के मुँह से निकल गया।

माई अपने मुँह पर हाथ रखकर पीछे हट गई। फिर वह झोंपड़ी के एक कोने में बैठकर रोने लगी। अचानक वह उठी और गोदना के गाल पर एक थप्पड़ मारकर बोली, ''उन लोगों ने सुन लिया, तो तुम्हारे टुकड़े-टुकड़े कर देंगे। तुम्हारे ऊपर किसी ने काला जादू कर दिया है। तुम पागल हो गए हो।'' वह फिर कोने में जाकर रोने लगी।

गोदना उसके पास गया, उसे उठाया और उसके बाल सहलाते हुए बोला, ''माई, एक दिन तेरा बेटा इतना बड़ा आदमी बनेगा कि इस गाँव की सारी जमीन

तेरे लिए खरीद सकेगा और सबको गुमनामी के अँधेरे से बाहर ले आएगा।''

माई कुछ नहीं बोली, लेकिन उसके चेहरे पर डर साफ दिखाई दे रहा था। वह अपने बेटे से अपने लिए सिर्फ एक बहू चाहती थी और वह उसके लिए गाँव की पूरी जमीन खरीदना चाहता था।

यदि आप एक सरकारी संगठन में कार्यरत हैं और आपके अंदर अतिरिक्त जिम्मेदारी उठाने की योग्यता है, तो वह आपके ऊपर लाद दी जाएगी। गोदना के साथ यही हुआ। जिला कलेक्टर ने, जो वी.वी.आई.पी. गेस्टहाउस के प्रशासनिक नियंत्रक (एडमिनिस्ट्रेटिव कंट्रोलर) थे, उस आदेश को रद्द नहीं किया, जिसने सेलेब्रिटी विवाह के दौरान गोदना को गेस्टहाउस का हाउसकीपिंग इंचार्ज बनाया था। इसलिए एक अतिरिक्त जिम्मेदारी के रूप में गोदना गेस्टहाउस की देखरेख करता रहा। हफ्ते में एक बार वह गेस्टहाउस जाकर वहाँ के स्टाफ से रिपोर्ट लेकर आवश्यक निर्देश देता रहता था।

अंततः जुलाई 1994 में गोदना ने सिविल सेवाओं की प्रारंभिक परीक्षा दी। परीक्षा का एक केंद्र लखनऊ भी था, इसलिए उसे दिल्ली नहीं जाना पड़ा। परीक्षा के बाद वह सुहागपुर गया। इसके पीछे एक कारण था। विभाग ने उसे पी.डब्ल्यू.डी. कॉलोनी में एक क्वार्टर आवंटित किया था। इससे पहले वह ट्रांजिट हॉस्टल में रहता था। जब उसने माई और बाबा से लखनऊ आकर उसके साथ रहने के लिए कहा, तो बाबा ने, जो बहुत कम बोलते थे, कहा, ''हम इसी मिट्टी में पैदा हुए हैं और इसी मिट्टी में मर जाएँगे, लेकिन गाँव छोड़ के कभी नहीं जाएँगे।''

''बाबा, हम आपसे गाँव छोड़ने के लिए नहीं कह रहे हैं। थोड़े दिनों के लिए चलिए।''

''हवेली और वहाँ की गाय-भैंसों की देखभाल कौन करेगा?'' बाबा ने पूछा।

गोदना ने माई से बाबा को समझाने का अनुरोध किया, लेकिन माई ने पहले कभी बाबा पर किसी बात के लिए जोर नहीं डाला था, इसलिए उसने कोशिश भी नहीं की। इसलिए भी, क्योंकि वह गोदना के चंदनिया से शादी

करने के इनकार को लेकर नाराज थी। माई समझती थी कि गोदना का दिल कलेक्टर न बन पाने की वजह से टूट गया है। उसे लग रहा था कि बबुनी से शादी करने की उसकी इच्छा सिर्फ निराशा को बाहर निकालने की उसकी कोशिश और बदले की भावना से उपजी थी। गोदना जानता था कि माई बाबा को अकेला छोड़कर कभी नहीं आएगी इसलिए उससे लखनऊ आने के लिए कहना बेकार था।

लखनऊ जाने से पहले जब वह माई को कुछ पैसे देने लगा, तो उसने लेने से मना कर दिया, यहाँ हम लोग का कोई खर्चा नहीं है। हम लोग को जो चाहिए होता है, हवेली से मिल जाता है। तुमने पिछली बार जो पैसे दिए थे, वह भी अभी रखे हैं। भारी मन से गोदना लखनऊ लौट आया। उसे पता नहीं था कि उसके माई-बाबा सिर्फ शरीर से नहीं, बल्कि मन से भी गुलाम हो चुके थे। उन्होंने सुहागपुर और वहाँ की हवेली के अलावा न कुछ देखा था न जाना था।

हालाँकि गोदना सिविल सेवाओं की मुख्य परीक्षा के लिए बहुत मेहनत कर रहा था, लेकिन उसका पिछली बार वाला उत्साह इस बार गायब था। एक गाँव के लड़के के रूप में, उसे कलेक्टर किसी भगवान् की तरह लगा था, जिसमें ठाकुर साहब जैसे लोगों को अपने सामने झुकाने की ताकत थी। इसलिए उसके बाद उसने अपना पूरा ध्यान कलेक्टर बनने की ओर लगा दिया था। लेकिन सेलेब्रिटी विवाह के बाद से वह उलझन में था। अपने लक्ष्य के प्रति उलझन ने उसे निराशावादी बना दिया और वह हताश हो गया। उसे शक होने लगा था कि कलेक्टर बनने के बाद भी वह अपने अंतिम लक्ष्य को प्राप्त कर पाएगा या नहीं। कलेक्टर तो अग्रवाल और पटेल जैसे लोगों से सीधे आदेश लेने का अधिकारी भी नहीं था। वे अपनी अपेक्षाएँ और इच्छाएँ राज्य सचिव के सामने व्यक्त करते थे। सोलह साल पहले वह पीली बत्ती वाली कार से प्रभावित हो गया था। जब मोंटी पटेल गेस्ट हाउस में ठहरे थे, तब पीली, लाल और नीली बत्तियोंवाली गाड़ियों का पूरा काफिला वहाँ आ गया था। यह सब एक ऐसे व्यक्ति के लिए हुआ था, जो इतना विनम्र था कि उसने गोदना जैसे

आदमी के साथ बैठकर चाय पी थी। पिछले चार दिनों के घटनाक्रम ने उसे उस लक्ष्य के बारे में दोबारा सोचने पर मजबूर कर दिया, जो उसने अपने लिए निर्धारित किया था। उसे इस बात पर भी शक हो रहा था कि कलेक्टर बनने के बाद भी वह इतना सशक्त हो पाएगा या नहीं कि बबुनी से शादी कर सके।

वह नहीं जानता था कि उसकी सोच एक परिकल्पना का रूप ले रही थी। और तभी उसके साथ कुछ ऐसा हुआ, जिसने उसका जीवन बदल डाला।

13 अगस्त, 1994 को गेस्टहाउस में एक लाल बत्ती वाली एस.यू.वी. आई। वह एस.यू.वी. राज्य के विरोधी दल के एक नेता की थी। वे नेताजी राज्य विधानसभा के सदस्य थे। नेताजी सीट पर बैठे रहे। उनका गनर अपने दो साथियों के साथ गेस्टहाउस के प्रभारी की तलाश में बाहर निकला। सुरक्षा गार्ड उन्हें गोदना के पास ले गया। उस दिन गोदना गेस्टहाउस का निरीक्षण करने आया हुआ था। उन्होंने उससे एस.यू.वी. तक चलने के लिए कहा। नेताजी गाड़ी से बाहर निकले। वे चालीस पार के लंबे-चौड़े आदमी थे; नुकीली मूँछें, रे-बैन का चश्मा, गले में मोटी सोने की चेन, हाथों की उँगलियों में अँगूठियाँ और सफेद पोशाक, यह उनकी वेशभूषा थी। उनका पूरा व्यक्तित्व समृद्धि और प्रभुत्व का प्रदर्शन कर रहा था। गोदना ने उनका अभिवादन किया और उनके सामने खड़ा हो गया।

''इस गेस्टहाउस के इंचार्ज तुम हो?'' नेताजी ने उससे पूछा। उनकी आवाज उनके व्यक्तित्व के अनुरूप भारी थी।

''जी नहीं सर, हम यहाँ की सफाई और हाउसकीपिंग की जिम्मेदारी सँभालते हैं,'' गोदना ने नम्रता से जवाब दिया।

''तब इंचार्ज कौन है?'' मुझे दो दिनों के लिए 3 सुइट चाहिए। गोदना ने उन्हें बताया कि गेस्टहाउस जिला कलेक्टर के प्रशासनिक नियंत्रण में था। कलेक्टर का नाम सुनकर नेताजी ने बुरा सा मुँह बनाया। ''हमारे साथ कलेक्टर के ऑफिस चलो,'' उन्होंने गोदना को आदेश दिया और वापस गाड़ी में बैठ गए। लखनऊ के जिला कलेक्टर पिछड़ी जाति से थे। नेताजी और उनके आदमी धड़धड़ाते हुए उनके केबिन में घुस गए। कलेक्टर अकेला था। वह तीसेक साल का सीधा-सादा युवक था। मोटे चश्मों में वह बुद्धिजीवी नजर आ रहा

था। कलेक्टर नेताजी को जानता था। वह उनके स्वागत में खड़ा हो गया और चपरासी को चाय लाने का आदेश दे दिया। नेताजी ने उसे अपने आने का उद्देश्य बताया। कलेक्टर ने उन्हें बताया कि हालाँकि उसके पास गेस्टहाउस का प्रशासनिक नियंत्रण है, लेकिन उसके पास आवंटन का अधिकार नहीं है। वह अधिकार मुख्य सचिव के पास है। उसने विनम्रता के साथ नेताजी से कहा, ''पांडेयजी, आप एक एप्लीकेशन लिख दीजिए और मैं उसे मुख्य सचिव के ऑफिस में भेज दूँगा। मंजूरी आ जाएगी, तो मैं आपको सूचित कर दूँगा।''

''इसमें कितना समय लगेगा? मेरा मतलब मंजूरी से है।''

''कुछ कहा नहीं जा सकता। यह तो मुख्य सचिव पर निर्भर करता है।''

''लेकिन मुझे दो दिन के अंदर सुइट चाहिए। इसको कह दो कि सुइट तैयार रखे और तुम औपचारिकताएँ पूरी करो,'' उन्होंने गोदना की ओर इशारा किया।

''पांडेयजी, मुझे आपको सुइट आवंटित करने का अधिकार नहीं है। कृपया मेरी बात समझिए।''

उसके इनकार से नेताजी को गुस्सा आ गया, ''तब तुम यहाँ क्या करने के लिए बैठे हो? उसे शादियों में देने के लिए? मैं इस मामले को अगली सभा में जरूर उठाऊँगा। हरामखोर, तुम्हारी हिम्मत कैसे हुई मुझे मना करने की? तुम्हें यह कुरसी सरकार ने दी है और हम सरकार हैं। तुम मुझे नियम बताने की हिम्मत इसलिए कर रहे हो क्योंकि मैं विपक्षी दल में हूँ। यह मत भूलो कि जनतंत्र में विपक्ष भी सरकार जितना महत्त्वपूर्ण होता है। मैं तुम्हें प्राथमिक शिक्षा विभाग में फिकवा दूँगा,'' और वो गुस्से में अपनी कुरसी को इतनी ताकत से पीछे धकेलते हुए उठे कि वो नीचे गिर गई और कलेक्टर के दफ्तर में दहशत फैल गई।

गोदना को पांडे में ठाकुर साहब दिखाई दे रहे थे; वही अति आत्मविश्वास और अहंकार। कलेक्टर भी खड़ा होकर सामने आ गया। खुद को मिली गाली पर ध्यान न देते हुए वह पांडे को शांत करने की कोशिश करने लगा। जब उसने पांडे को शांत करने के लिए उसका हाथ पकड़ने की कोशिश की, तो उसने उसे थप्पड़ मार दिया। गोदना का एक हाथ उसके गाल पर चला गया, जैसे

कि कलेक्टर को नहीं, बल्कि उसे थप्पड़ पड़ा हो। पांडे और उसके आदमी कमरे से बाहर निकल गए, लेकिन गोदना लगभग काँपता हुआ सा कमरे में ही रुका रहा। उसके प्रेरणास्रोत का अभी-अभी अपमान हुआ था। कलेक्टर अपनी कुरसी पर बैठ गया। अपमान का दर्द उसके चेहरे पर साफ दिखाई दे रहा था। गोदना ने उसका अभिवादन किया और ऑफिस से बाहर निकल गया। गोदना ने इस घटना के परिणाम पर नजर रखी और परिणाम जानकर उसे बहुत निराशा हुई। पांडे को तो तीन सुइट आवंटित हो गए, लेकिन कलेक्टर का तबादला एक बहुत छोटे से जिले सीतापुर में हो गया। इस पूरे घटनाक्रम ने गोदना को हिला दिया। उसे उम्मीद थी कि सत्तारूढ़ पार्टी पांडे के खिलाफ काररवाई करेगी। रात को जब वह पढ़ रहा था, तो उस थप्पड़ की गूँज बार-बार उसके कानों में सुनाई दे रही थी। उसने अपना सूटकेस खोला और हँसमुख पटेल का दिया हुआ कार्ड निकाला। उसने वह कार्ड बहुत सँभालकर रखा था, क्योंकि वह उसकी अर्जित की हुई सबसे कीमती चीज थी। उसने वह कार्ड हँसमुख पटेल से कमाया था। उसे विश्वास था मोंटी पटेल ने अपने भाई को उन सबमें से किसी को यह कार्ड देने के लिए नहीं कहा होता, जो उनसे मिलने बत्ती लगे वाहनों में आए थे।

नवंबर के पहले सप्ताह में गोदना ने सिविल सेवाओं की मुख्य परीक्षा दी। परीक्षा समाप्त होने के बाद वह एक पी.सी.ओ. में गया और कार्ड में लिखा नंबर मिलाया। सेक्रेटरी ने उसका कॉल हँसमुख पटेल को स्थानांतरित कर दिया, जिन्होंने शादी का संदर्भ याद दिलाने पर गोदना को पहचान लिया। गोदना ने उनकी कंस्ट्रक्शन कंपनी में काम करने की इच्छा व्यक्त की। हँसमुख पटेल ने उसका स्वागत किया। अगले दिन गोदना ने बाजार से दो लिफाफे और पोस्ट ऑफिस से सौ अंतरदेशीय पत्र खरीदे। उसने उन दोनों लिफाफों पर सुहागपुर से अहमदाबाद के रजिस्टर्ड-पत्र के लिए आवश्यक टिकट लगाए और उनके ऊपर रजिस्टर्ड पोस्ट द्वारा लिख दिया। फिर वह बैंक गया, अपने खाते में जमा कुल 24 हजार रुपए निकाले और खाता बंद कर दिया। उसने माई के लिए सोने की एक चेन खरीदी और बबुनी के लिए एक अँगूठी। उन दिनों सोना

इतना महँगा नहीं था, इसलिए दोनों चीजें सिर्फ 6 हजार रुपयों में आ गईं।

अपने क्वार्टर में वापस आकर उसने कादंबरी ग्रुप के कॉरपोरेट ऑफिस का पता सभी अंतरदेशीय पत्रों और दोनों लिफाफों पर लिख दिया। पानेवाले के स्थान पर उसने खुद का नाम लिखा—जी. राम।

वह चाहता तो बिना इस्तीफा दिए छुट्टी लेकर हँसमुख भाई की कंपनी में काम शुरू कर सकता था, लेकिन गोदना वापसी का कोई रास्ता खुला नहीं छोड़ना चाहता था, इसलिए उसने उस रास्ते पर जानेवाले पुल को ही जला दिया और नौकरी से इस्तीफा दे दिया। उसी दिन उसने सरकारी क्वार्टर भी खाली कर दिया। क्वार्टर में ज्यादा सामान भी नहीं था; बस एक चटाई, एक तकिया, किताबें और चाय बनाने के लिए एक बिजली की केतली। खाना खाने के लिए वह पास की एक सस्ती मेस में जाता था, क्योंकि उसे खाना बनाना नहीं आता था। उसी दिन शाम को वह सिवान जानेवाली अंतिम ट्रेन में बैठ गया।

दोपहर में जब माई अकेली थी, गोदना ने चेन निकालकर उसके गले में पहना दी। माई ने पहले कभी सोने को हाथ नहीं लगाया था। उसकी आँखों में आँसू आ गए। वह बोली, ''इसको हम अपनी बहू के लिए रख देंगे।''

गोदना ने उसे बताया कि वह पहले से अच्छी नौकरी के लिए एक बहुत बड़े शहर, अहमदाबाद जा रहा है। माई ने सुझाव दिया कि उसे जाने से पहले शादी कर लेनी चाहिए। इस बार गोदना ने बात को टाला नहीं। उसने माई को याद दिलाया कि वह बबुनी से प्यार करता है और अगर वह शादी करेगा, तो बबुनी से ही करेगा। उसने जाने से पहले एक बार बबुनी से मिलने की इच्छा जताई और माई से मदद करने की विनती की। माई रोने लगी। उसने अपने गले से चेन उतारी, उसे अपने टिन के बक्से में रखा और हवेली चली गई।

शाम को गोदना ने अपने माई-बाबा को सबकुछ समझाया। उसने उनसे महीने में एक बार पोस्ट ऑफिस के लाल डिब्बे में एक अंतरदेशीय पत्र डालने के लिए कहा। महीने की गिनती करने के लिए उसने उन्हें एक डिब्बे में रोज एक कंकड़ डालने का सुझाव दिया। उसने बताया कि जब तीस कंकड़ हो जाएँ, तो समझना एक महीना पूरा हो गया। भकोला पढ़ा-लिखा नहीं था,

लेकिन उसे गिनती आती थी। हालाँकि उसे यह नहीं मालूम था कि एक महीने में 30 या 31 दिन होते हैं। गोदना ने आगे कहा कि यदि उन्हें कोई चिट्ठी मिले, तो वह उसे लिफाफे में डालकर पोस्टमास्टर को दे दें और उससे कहें कि वह उसे रजिस्टर्ड पोस्ट से भेज दे। जब वह उन्हें पैसे देने लगा, तो माई ने मना कर दिया, लेकिन गोदना पाँच हजार रुपए निकालकर टिन के बक्से में रखने चला गया। जब उसने डिब्बा खोला, तो देखा कि उसमें वह पाँच हजार भी वैसे ही पड़े थे, जो उसने उन्हें पिछले साल दिए थे। उसमें वह कमीज और पतलून भी रखे थे, जो गोदना भकोला के लिए लाया था। भकोला ने उन्हें एक बार भी नहीं पहना था। हाँ, माई उसकी लाई हुई साड़ियाँ जरूर पहनती थी। भकोला को अपनी घुटने तक की लुंगी में ही आराम मिलता था। ऊपर वह कुछ नहीं पहनता था, बस सर्दियों में एक शॉल लपेट लेता था।

गाँव में छोटी-से-छोटी बात भी सबको पता चल जाती थी। वहाँ ठाकुर साहब तक खबर पहुँचानेवाले उनके विश्वासपात्र भी थे। गोदना जब भी गाँव आता था, ठाकुर साहब को पता चल जाता था, हालाँकि उन्हें शिष्टाचार जताने के लिए उसका हवेली न आना बुरा नहीं लगता था। वे एक भ्रम में जी रहे थे। उन्हें लगता था कि उन्होंने एक पंछी के पर कतरकर पिंजरा खुला छोड़ दिया है। गोदना एक इंजीनियर था, इसलिए हवेली के अन्य लोग भी उसकी गतिविधियों में दिलचस्पी लेने लगे थे। ऊपर से ठाकुर साहब सहित हवेली के सभी लोगों के पास कोई काम नहीं था, इसलिए वे समय बिताने के लिए भी गोदना के बारे में बात करते रहते थे। हालाँकि बबुनी के पास दूसरा कारण था। इससे पहले गोदना सिर्फ एक या दो दिन के लिए आया था और बबुनी को पता चलने से पहले वह वापस चला गया था, लेकिन इस बार गोदना ने बबुनी से मिलने की ठान ली थी।

चार दिन बीत गए, लेकिन गोदना बबुनी से मिलने का कोई उपाय नहीं ढूँढ़ पाया। तीन दिन बाद उसे लखनऊ से ट्रेन पकड़नी थी। हवेली जाकर बबुनी के आने तक मवेशियों को नहलाते रहना पुराना तरीका था। हताश गोदना ने एक बार फिर माई से विनती की।

बबुनी अकसर शाम के समय टहलने जाती थी। सुखू या हवेली की कोई

और नौकरानी उसके साथ जाती थी। पाँचवे दिन शाम को जब बबुनी बाहर निकली, तो माई ने उसे एक कोने में बुलाया और कहा, ''बबुनी, कल हम तुम्हें टहलने ले जाएँगे।'' बबुनी उस समय कुछ समझ नहीं पाई। रात को जब वह गोदना के बारे में सोच रही थी, तब उसे माई की बात का मतलब समझ में आया।

अगले दिन दोपहर को हवेली जाने से पहले माई ने गोदना से नदी की पूर्वी ओर जाकर सूरज डूबने तक इंतजार करने के लिए कहा। बबुनी के विपरीत गोदना बात को तुरंत समझ गया।

उन दो घंटों में गोदना ने हजार बार तटबंध की ओर देखा। नदी के किनारे पहुँचने के लिए पहले तटबंध पार करना पड़ता था। गाँव को बाढ़ से बचाने के लिए नदी से 50 मीटर की दूरी पर मिट्टी का एक तटबंध था। पश्चिमी तट का उपयोग नाविक लोग अपनी नाव बाँधने के लिए करते थे, इसलिए माई ने उसे पूर्वी तट पर जाने के लिए कहा था। पूर्वी किनारा सुनसान पड़ा था। पूर्व की ओर से नदी मुड़ जाती थी। जब सूरज क्षितिज पर पहुँच गया, तो गोदना धीरज खोने लगा। उसे माई के लिए डर लग रहा था। अचानक उसे तटबंध पर माई दिखाई दी। उसके पीछे बबुनी थी। गोदना को देखकर माई रुक गई, लेकिन बबुनी तटबंध से उतरने लगी। उसके हाथ में एक टॉर्च थी। माई धीरे से मुड़ गई और तटबंध से नीचे चली गई। बबुनी दौड़कर गोदना के पास आ गई और उससे लिपटकर रोने लगी। उसने टॉर्च बुझा दी थी। उसने कहा, ''काकी ने जल्दी करने के लिए कहा है। वह माई को काकी कहती थी।''

गोदना ने उसके आँसू पोंछे और उसका चेहरा अपने हाथों में ले लिया। बबुनी ने अपनी बड़ी-बड़ी काली आँखें बंद कर लीं। उसकी सफेद साड़ी में इस बार कोई किनारी नहीं थी। उसके गोरे गले में काले धागे में बँधा एक लॉकेट था। उसके लंबे, काले बाल खुले हुए थे। गोदना ने पहले उसका माथा चूमा और फिर उसके लॉकेट के नीचे की जगह को चूम लिया। दोनों बैठ गए। बबुनी धीरे से लेट गई और गोदना की जाँघ पर अपना सिर रख दिया। गोदना ने झुककर उसके होंठ चूम लिये। डूबता सूरज एक बार फिर उनके प्यार भरे पलों का साक्षी बना।

बबुनी अपनी साड़ी की सलवटें ठीक करने के लिए खड़ी हो गई और उसने गोदना से अपने ब्लाउज का एक हुक बंद करने के लिए कहा, जो उनके प्रेमालाप के दौरान खुल गया था। उसकी पीठ और उसकी साड़ी में रेत भर गई थी। उसके ब्लाउज का हुक बंद करने के बाद गोदना ने अपनी कमीज उतारी और उसके पीठ पर चिपकी रेत झाड़ दी।

जब वह रेत झाड़ रहा था, तो बबुनी ने पूछा, ''तुम कलेक्टर बनने में और कितना समय लगाओगे?''

''हमने कलेक्टर बनने का विचार छोड़ दिया है।''

''तब हमारी शादी कैसे होगी?'' उसने भोलेपन से पूछा। वे फिर बैठ गए।

''कविता, अगर हम कलेक्टर बन गए, तब भी हमारी शादी नहीं हो पाएगी। एक कलेक्टर में इतनी ताकत नहीं होती कि वह तुम्हारे पापा को समझा पाए।''

''तब हम लोग क्या करेंगे? क्या हमलोग गाँव से भाग जाएँ?''

''भाग जाने को हमने कभी सही रास्ता नहीं समझा है। अगर तुमको हमारे प्यार पर भरोसा है, तो तुमको इंतजार करना पड़ेगा। तुम हमारी दुलहन हो। हमारा एक सपना है और तुम उसके पीछे की प्रेरक शक्ति हो। अब अपनी आँखें बंद करो, हम तुम्हारे लिए कुछ लाए हैं।''

उसने आँखें बंद कर लीं। गोदना ने अपनी जेब से सोने की अँगूठी निकाली और उसकी उँगली में पहना दी। फिर उसने बबुनी से आँखें खोलने के लिए कहा। वह अँगूठी देखकर बहुत खुश हो गई। वह गोदना से लिपट गई और बोली, ''हम तुमको बहुत प्यार करते हैं। हम भी तुम्हारे लिए कुछ लाए हैं।'' उसने अपने ब्लाउज में से एक कागज का टुकड़ा निकाला। उस पर कुछ नंबर लिखे हुए थे। अँधेरा हो गया था, इसलिए गोदना उन नंबरों को पढ़ नहीं पाया।

''यह क्या है?'' उसने पूछा।

''यह हमारी हवेली के फोन का नंबर है। टेलीफोन पापा की बैठक में रखा है। किसी और को फोन करने की इजाजत नहीं है, इसलिए हम तुमको

फोन नहीं कर सकते, लेकिन तुम हमको फोन कर सकते हो। रोज सवेरे 10 बजे पापा खेतों में चले जाते हैं। दो घंटे तक बैठक में कोई नहीं रहता। तुम हमको उस समय फोन करना। हम इंतजार करेंगे।''

गोदना ने उसके पीछे किसी को आते देखा। वह माई थी। उसने बबुनी की बड़ी-बड़ी काली आँखों को चूमा और फिर उसके होंठों को। वे तटबंध की ओर बढ़ने लगे, हालाँकि दोनों में से कोई जाना नहीं चाहता था। लेकिन समय चलता रहता है और जीवन भी। तटबंध पर माई बबुनी के बाल सहलाने लगी। उस स्पर्श में प्यार और स्नेह का सागर था। बबुनी ने माई के पैर छू लिये। यह देखकर गोदना भावुक हो गया। वह तटबंध पर रुक गया; माई और बबुनी गाँव की ओर बढ़ गए।

अगली सुबह गोदना लखनऊ के लिए निकल गया, जहाँ से उसे अहमदाबाद की ट्रेन पकड़नी थी।

□

12

गोदना ने 15 नवंबर, 1994 को अहमदाबाद के नवरंगपुरा में स्थित कादंबरी ग्रुप के कॉरपोरेट ऑफिस में रिपोर्ट किया। वह हँसमुख पटेल से मिला, जिन्होंने उसे कादंबरी ग्रुप की कंस्ट्रक्शन कंपनी, एच.एच. इंफ्रा के जनरल मैनेजर नितिन शाह से मिलने के लिए कहा।

नितिन शाह 40 वर्ष के शिष्ट व्यक्ति थे। वे सिविल इंजीनियरिंग में ग्रेजुएट थे। वे 1988 में कंपनी के आरंभ से उसके साथ थे। उससे पहले वे पाँच साल के अनुबंध पर मिडिल ईस्ट में थे, जिसका उनके नियोक्ताओं ने दो बार नवीकरण किया था। तीसरी बार नितिन ने नवीकरण स्वीकार नहीं किया और 1988 में वे वापस भारत आ गए। इस जानकारी ने, कि गोदना ने पी.डब्ल्यू.डी. की एक आकर्षक नौकरी छोड़ दी थी, उन्हें बहुत प्रभावित किया। कई अन्य लोगों की तरह उन्हें भी यही लगता था कि पी.डब्ल्यू.डी. में भ्रष्टाचार का राज था। गोदना को उस समय चल रहे एक कमर्शियल प्रोजेक्ट में एक महीने के लिए एडिशनल साइट इंजीनियर नियुक्त किया गया।

अगले दो दिन लगातार गोदना ने बबुनी के कहे अनुसार हवेली के नंबर पर सुबह 10 से बारह के बीच फोन किया। बदकिस्मती से दोनों बार ठाकुर साहब ने ही फोन उठाया। उनकी तबीयत ठीक नहीं थी, इसलिए वे खेतों पर नहीं गए थे। गोदना बुद्धिमान था, इसलिए उसने बोलने से पहले उधर की आवाज सुनी। सूरज देव सुनते ही उसने फोन काट दिया। वह इतना डर गया कि उसके बाद उस नंबर पर फोन करने के बारे में उसने सोचा भी नहीं।

एक महीने उसका काम देखने के बाद नितिन शाह ने उसे दूसरे प्रोजेक्ट का स्वतंत्र प्रभार दे दिया। वह पैंसठ इकाइयों की एक पाँच मंजिला आवासीय परियोजना (रेजिडेंशियल प्रोजेक्ट) थी। एक साल पहले जब किसी कानूनी अड़चन की वजह से निर्माण कार्य रुक गया था, प्रोजेक्ट लगभग 70 प्रतिशत पूरा हो चुका था, तब गोदना को छह महीने के अंदर शेष 30 प्रतिशत काम पूरा करना था।

हर महीने 20 से 30 तारीख के बीच सुहागपुर से एक अंतरदेशीय पत्र कॉरपोरेट ऑफिस पहुँच जाता था। सारी डाक ऑफिस की मैनेजर सिमी के पास आती थी। गोदना ने उससे अनुरोध किया था कि उसका पत्र आने पर उसे सूचित कर दें।

गोदना को यू.पी.एस.सी. से इंटरव्यू कॉल आने की पूरी उम्मीद थी, इसलिए जब उसको माई–बाबा के पास छोड़े लिफाफे में इंटरव्यू की चिट्ठी मिली, तो वह खुशी के मारे उस तरह नहीं उछला जैसे छह साल पहले गाँव के पोस्ट ऑफिस में उछला था। 29 मार्च को गोदना नई दिल्ली के यू.पी.एस.सी. हाउस में इंटरव्यू दे रहा था।

इंटरव्यू की शुरुआत पैनल के एक सदस्य द्वारा गोदना से उसके दृष्टिकोण में हाल की प्रमुख घटनाओं के बारे में पूछने से हुई।

''देश के द्वारा कम दूरी की पृथ्वी मिसाइलों को छोड़े जाने के अलावा हमें और कोई बड़ी घटना उल्लेख करने योग्य नहीं लग रही है,'' गोदना ने जवाब दिया।

''क्या आप पिछले वर्ष भारतीय महिलाओं द्वारा अंतरराष्ट्रीय प्रतियोगिताओं में खिताब जीतने को एक महत्त्वपूर्ण सफलता के रूप में देखते हैं?'' उस सदस्य का तात्पर्य 1994 में सुष्मिता सेन के मिस यूनिवर्स और ऐश्वर्या राय के मिस वर्ल्ड का खिताब जीतने से था।

''जी हाँ। ये उन प्रमुख अंतरराष्ट्रीय ब्रांड्स के लिए महत्त्वपूर्ण थी, जिन्होंने इन सौंदर्य प्रतियोगिताओं को प्रायोजित किया था। हमारे देश की महिलाओं का अंतरराष्ट्रीय सौंदर्य प्रतियोगिताएँ जीतना उन अंतरराष्ट्रीय ब्रांड्स की विपणन

रणनीति (मार्केटिंग स्ट्रेटेजी) थी। इसमें हमारे गर्व करने या उत्साहित होने जैसा कुछ नहीं है। वैश्वीकरण के बाद से ये कंपनियाँ विशाल भारतीय बाजार में प्रवेश करने के अवसर ढूँढ़ रही हैं। हम भारतीय महिलाओं के लिए ऐसे और कई खिताबों की भविष्यवाणी कर सकते हैं, जब तक कि ये कंपनियाँ देश में अच्छी तरह पाँव नहीं जमा लेतीं। क्षमा कीजिएगा, लेकिन मेरे दृष्टिकोण से ऐसी घटनाएँ सिर्फ कॉफी पीते हुए चर्चा करने योग्य होती हैं, इससे अधिक कुछ नहीं।''

''क्या आप हमें अनुसूचित जातियों और जनजातियों के लिए बने राष्ट्रीय आयोग के बारे में बता सकते हैं?'' एक अन्य सदस्य ने पूछा।

''अवश्य, सर। संविधान के अनुच्छेद 338 के अंतर्गत अनुसूचित जातियों और जनजातियों के लिए एक विशेष आयोग का प्रावधान है, जिसकी नियुक्ति भारत के माननीय राष्ट्रपति द्वारा की जाती है। पहला आयोग 1978 में अस्तित्व में आया, जिसके अध्यक्ष श्री भोला प्रसाद थे। वर्ष 1990 में संविधान के पैंसठवें संशोधन द्वारा आयोग को नया नाम दिया गया और इस प्रकार अनुसूचित जातियों और जनजातियों के लिए राष्ट्रीय आयोग का गठन हुआ। आयोग के प्रमुख कार्य हैं—संविधान के तहत अनुसूचित जातियों और अनुसूचित जनजातियों को प्रदान किए गए सुरक्षा उपायों से संबंधित सभी मामलों की जाँच और निगरानी करना और उनके अधिकारों और सुरक्षा उपायों के हनन संबंधी विशिष्ट शिकायतों की जाँच करना।''

''क्या आपको लगता है कि आयोग ने अपने उद्‌देश्य की पूर्ति की है?''

''नहीं।''

''क्या आप विस्तार से कारण बता सकते हैं?''

''जब हमने सिविल सेवाओं के लिए तैयारी शुरू की, तब जाकर हमें पता चला कि हमारे सुरक्षा उपायों और अधिकारों की रक्षा के लिए ऐसा कोई आयोग भी है। संविधान के तहत 1955 से अस्पृश्यता (छुआछूत) एक अपराध है, फिर भी यह हमारे समाज में प्रचलित है। दूरदराज के गाँवों में लोगों को अभी भी लगता है कि यह एक व्यवस्था है, जो हमेशा प्रबल रहेगी। आप लोग तो जानते होंगे कि अपनी पहचान बता देने पर हम लोगों को मंदिर में जाने की अनुमति नहीं मिलती, जबकि हमें 'हरिजन' कहा जाता है भगवान् के आदमी।

क्या आयोग को इन बातों की जानकारी नहीं है ? वे अपेक्षा करते हैं कि गाँव के अशिक्षित और गरीब लोग, जो कभी अपने गाँव से बाहर भी नहीं निकले हैं—इन मुद्दों को लेकर उनके पास जाएँ। लोगों के पास जाकर उनकी समस्याएँ सुनने की बजाय आयोग फाइव स्टार होटलों और एयरकंडीशंड दफ्तरों पर जनता का पैसा बरबाद कर रहा है।''

''इतनी निंदक सोच लेकर, क्या आपको लगता है कि आप सरकार के लिए काम कर पाएँगे ?'' एक अन्य सदस्य ने पूछा।

''मैं सिविल सेवाओं में जनता की सेवा करने के लिए जाना चाहता हूँ, सरकार की नहीं।''

''लेकिन सरकार भी तो जनता के लिए काम करती है, नहीं ?''

''क्षमा चाहता हूँ माननीय, लेकिन सरकार उन लोगों के लिए काम करने में असफल रही है, जो सच में जरूरतमंद हैं।''

''हम आपकी भावनाएँ समझते हैं, लेकिन क्या आपको नहीं लगता कि हमारे संविधान में सामाजिक और आर्थिक रूप से पिछड़ी जातियों का ध्यान रखा गया है, जैसे अनुच्छेद 16 के तहत सार्वजनिक रोजगार की सुरक्षा और अनुच्छेद 334 के तहत विधानसभाओं में आरक्षण ?''

''इस संदर्भ में हमारे विचार अलग और व्यक्तिगत हैं। ऐसे समावेशों ने अनुसूचित जातियों और जनजातियों को एक विशेष वर्ग बना दिया है। हम व्यवसायी, किसान और प्रोफेसर क्यों नहीं बन सकते ? इन सुरक्षा उपायों ने हमारे लिए सिर्फ चतुर्थ श्रेणी की सरकारी नौकरियाँ सुनिश्चित की हैं, क्योंकि हममें से अधिकांश अशिक्षित हैं। सुरक्षा उपाय सिर्फ हमें खुश करने के लिए बनाए गए हैं। उच्च शिक्षा में आरक्षण है, लेकिन उस स्तर तक पहुँचने के लिए कोई हमारा मार्गदर्शन नहीं करता। अनुच्छेद 334 ने संसद् और राज्य विधानसभाओं में आरक्षण का प्रावधान सिर्फ शुरू के बीस वर्षों के लिए रखा था। उसे जारी रखने के लिए उसमें तीन संशोधन किए जा चुके हैं। ये सब एक वर्ग विशेष की ओर तुष्टीकरण की नीतियाँ हैं, क्योंकि जनसंख्या की दृष्टि से कुल जनसंख्या का 25% अनुसूचित जातियों और जनजातियों के समुदाय का है, और यही लोग हैं, जो चुनावों के दौरान मतदान केंद्रों पर सबसे पहले पहुँचते हैं। सरकार

और संविधान के प्रावधानों का प्रयास हमें समान बनाने का नहीं होना चाहिए, बल्कि जनसाधारण की मानसिकता बदलकर हमें समान समझने का माहौल तैयार करने का होना चाहिए। क्षमा करें, लेकिन आप सब महानुभाव भी अनुसूचित जातियों और जनजातियों के प्रश्नों पर ही जोर दे रहे हैं, क्योंकि हम पिछड़ी जाति के समुदाय से आए हैं। यह एक ऐसी मानसिकता है, जिसमें क्रांतिकारी बदलाव की आवश्यकता है। यदि आप हमें एक आम व्यक्ति समझेंगे, तो आप सामान्य प्रश्न पूछेंगे।''

पैनल के सदस्य एक-दूसरे की ओर देखने लगे।

''पी.डब्ल्यू.डी. में जूनियर इंजीनियर के पद पर आप किस प्रकार की चुनौतियों का सामना करते हैं?''

''हम अब पी.डब्ल्यू.डी. में काम नहीं करते। हम एक प्राइवेट कंस्ट्रक्शन कंपनी में काम करते हैं।''

''आपने नौकरी क्यों छोड़ दी?''

''वह नौकरी हमारे सपने पूरे करने में हमारी मदद नहीं कर रही थी।''

''और आपका सपना एक आई.ए.एस. ऑफिसर बनने का है,'' एक सदस्य ने बात पूरी की। ''हमें पता चला है कि आपने कुछ साल पहले भी मेंस की परीक्षा पास कर ली थी, लेकिन इंटरव्यू के लिए नहीं आए थे। क्या हुआ था? क्या आप बीमार हो गए थे?''

''सर, यदि हम आपको कारण बताएँगे, तो अनुसूचित जातियों और जनजातियों के राष्ट्रीय आयोग पर एक और काम का बोझ बढ़ जाएगा। इसके लिए मुझे क्षमा करें।''

''ठीक है, मि. राम, बहुत-बहुत धन्यवाद। आपसे बात करके अच्छा लगा।''

□

13

हँसमुख पटेल गोरे रंग के लंबे, गंजे आदमी थे। उनके दोस्त उन्हें प्यार से हँसमुख भाई कहते थे। वे काम के समय हमेशा सफारी सूट पहनते थे, वे गले में एक मोटी सोने की चेन पहनते थे। जिसके लॉकेट के अंदर जड़ी श्री कृष्ण की तस्वीर दर्शाती थी कि वे कृष्ण भगवान् के प्रबल भक्त थे। वे कट्टर शाकाहारी थे और ज्योतिष विद्या में बहुत विश्वास करते थे, वे दाहिने हाथ की तीन उँगलियों में विभिन्न रत्न जड़ी अंगूठियाँ पहनते थे। 49 वर्षीय हँसमुख भाई खानदानी रईस थे। उनके दादा साहूकार थे। उनके पिता, भुवन भाई पटेल ने साबुन और डिटरजेंट की फैक्टरी स्थापित की थी। पुराने अहमदाबाद के शाहीबाग इलाके में उनका विशाल बँगला था। उनके परिवार के पास पुराने और नए अहमदाबाद में काफी अचल संपत्ति थी। उनसे चार साल बड़े भाई मनसुख भाई पटेल उर्फ मोंटी पटेल 1965 में 24 वर्ष की आयु में व्यापार के बेहतर अवसरों की तलाश में भारत छोड़कर लंदन चले गए थे। उनके एक दूर के रिश्तेदार ने, जो लंदन में किराने की दुकान चलाते थे, विस्थापित होने में उनकी सहायता की। मोंटी ने पीछे मुड़कर नहीं देखा और यू.के. में अथाह दौलत कमाई। वे भारत बहुत कम आते थे। 1994 में अपने बेटे की शादी के लिए वे दस साल बाद भारत आए थे, लेकिन वे गुजरात नहीं गए। 1996 में जब अपने पिता की मृत्यु के समय भी वे अहमदाबाद आने का समय नहीं निकाल पाए, तो हँसमुख भाई ने उनसे सारे संबंध तोड़ लिये।

1980 में अपने पिता से साबुन और डिटरजेंट के पारिवारिक व्यवसाय का

कार्यभार लेने के बाद हँसमुख भाई ने तेजी से बाजार में जगह बना रही अन्य उपभोक्ता वस्तुओं के क्षेत्र में कदम बढ़ाया और अपने व्यापार का विस्तार किया। उनका ब्रांड, जो 1980 में सिर्फ गुजरात में लोकप्रिय था, अब एक शक्तिशाली ब्रांड था और 1995 तक पश्चिमी और उत्तरी भारत में घरेलू नाम बन चुका था। वह भारतीय ब्रांड्स के साथ-साथ भारत में उपलब्ध अंतरराष्ट्रीय ब्रांड्स को भी अच्छी टक्कर दे रहा था। 1980 का 50 लाख रुपए का कारोबार 1995 में 200 करोड़ तक पहुँच गया। निर्माण व्यवसाय में उनके बिजनेस पार्टनर हिरेन गुराडिया ने उन्हें विस्तार के लिए वित्त प्राप्त कने में सहायता की थी। उन्होंने 1988 में कादंबरी ग्रुप की छत्रच्छाया में एच.एच. इंफ्रा के नाम से एक निर्माण कंपनी की स्थापना की। 25% शेयर के साथ हिरेन एच.एच. इंफ्रा के दूसरे डायरेक्टर थे, जबकि हँसमुख भाई ने 65% शेयर अपने पास रखे। हँसमुख भाई बोर्ड ऑफ डायरेक्टर्स के चेयरमैन थे। तीसरी शेयरहोल्डर और डायरेक्टर कादंबरी बेन थीं, जिनके पास 10% शेयर थे। पिता की मृत्यु के बाद एफ.एम.सी.जी. व्यवसाय का पूरा स्वामित्व हँसमुख भाई को मिल गया, क्योंकि भुवन भाई ने अपनी वसीयत में वह कारोबार उनके नाम कर दिया था।

हँसमुख भाई और कादंबरी बेन के एक बेटा और एक बेटी थे। बेटी बड़ी थी, 1992 में उसकी शादी एक बैंक ऑफिसर से हुई थी और अब वे कैलिफोर्निया में बस गए थे। उनके बेटे मुकुंद ने सिविल इंजीनियरिंग की थी और निर्माण व्यवसाय में कदम रखने की तैयारी में था। मुकुंद बौद्ध धर्म का कट्टर अनुयायी था, 1997 में डायरेक्टर के रूप में एच.एच. इन्फ्रा में शामिल होने के बाद भी वो लद्दाख, धरमशाला, देहरादून, सिक्किम इत्यादि के बौद्ध मठों में जाने के समय निकाल लेता था। इंजीनियरिंग की पढ़ाई के बाद मुकुंद ने कंपनी में दो वर्ष की अप्रेंटिसशिप भी पूरी कर ली थी और अब वो 10% की हिस्सेदारी के साथ एच.एच. इन्फ्रा के बोर्ड ऑफ डायरेक्टर्स में शामिल कर लिया गया था। शेयरधारिता के पुनर्निर्माण के तहत, हँसमुख भाई ने अपने पास 55% शेयर रखे।

हिरेन गुराडिया हँसमुख भाई की छोटी बुआ का बेटा था। उनकी शादी वड़ोदरा के एक व्यावसायिक घराने में हुई थी। वड़ोदरा के विभिन्न बाजारों में

उनके तीन शाकाहारी रेस्टोरेंट थे। हिरेन, जो हँसमुख भाई से नौ साल छोटा था, सोलह साल का था जब हँसमुख भाई अपनी बुआ के परिवार के एक वैवाहिक समारोह में उससे वड़ोदरा में मिले थे। तभी से वे एक-दूसरे के संपर्क में थे।

हिरेन महत्त्वाकांक्षी था। वह रेस्टोरेंट के अपने पारिवारिक व्यवसाय का हिस्सा नहीं बनना चाहता था, जो वैसे भी उसके सात भाइयों की रोजी-रोटी का स्रोत था, जिनमें उसके चचेरे भाई भी शामिल थे। 27 साल की उम्र में उसने पिता से व्यवसाय में हिस्सा माँगा। उन पैसों को लेकर वह मुंबई आ गया। अपनी पत्नी और दो साल के बेटे को उसने वड़ोदरा में ही छोड़ दिया। हिरेन कभी-कभी उनसे मिलने आ जाता। उसके पास जो पैसे थे, उनसे उसने वित्तपोषण (फाइनेंसिंग) का कारोबार शुरू कर दिया। बैंकों से कर्ज मिलना उन दिनों बहुत मुश्किल काम होता था, इसलिए व्यापारी प्राइवेट फाइनेंस कंपनियों के पास जाते थे, जो उच्च ब्याज दर, लेकिन न्यूनतम कागजी काररवाई के साथ उन्हें कर्ज दे देती थीं। बाद में उसने शेयर ब्रोकर का काम शुरू किया और अच्छे पैसे कमाए। 1990 तक वह मुंबई के व्यापार जगत् का भरोसेमंद और जाना-माना नाम बन चुका था। लोग अपना काला धन उसके पास जमा कर देते और वह उन पैसों को शेयरों में निवेश कर देता, साथ ही उन्हें अघोषित ऋण के रूप में वितरित भी कर देता। उसके कारोबार की प्रवृत्ति उसे अपराध जगत् (अंडरवर्ल्ड), नेताओं और फिल्म उद्योग के संपर्क में ले आई। वह अंडरवर्ल्ड के दिग्गजों की ओर से फिल्म उद्योग में निवेश करने लगा। कुछ नेताओं ने भी हिरेन के माध्यम से अपना काला धन फिल्म उद्योग में लगाया।

तेजी से कमाया गया पैसा अपने साथ अलग तरह की एक जीवन-शैली लेकर आता है। हिरेन को अंतरराष्ट्रीय ब्रांड्स से बहुत लगाव था। वह अपनी वर्साची और अरमानी जैकेट्स और गुच्ची और सैलवाटोर फेरेनगामो के जूतों के लिए जाना जाता था। क्लीव क्रिस्चियन और कैरेन जैसे परफ्यूम्स की खुशबू हर जगह उसके आने से पहले पहुँच जाती।

अंडरवर्ल्ड और राजनीतिक हस्तियों के साथ काम करने के अपने जोखिम होते हैं। अगस्त 1992 में बंबई स्टॉक एक्सचेंज के सेंसेक्स में 2000 अंक की गिरावट हुई, एक अन्य शेयर ब्रोकर के सौजन्य से बाजार की पूँजी के 10,000

करोड़ रुपयों का सफाया हो गया। हिरेन के चेंबूर स्थित बंद कार्यालय में छोटे निवेशकों की भीड़ इकट्ठा हो गई। हिरेन वड़ोदरा भाग गया, लेकिन वह जानता था कि वह अंडरवर्ल्ड से और नेताओं से नहीं भाग सकता। जो पैसा उन लोगों ने उसके पास निवेश किया है, वह अघोषित काला धन है, लेकिन फिर भी उसे वह पैसा उन्हें वापस करना था। हिरेन एक महीने बाद लौटा और उनसे मिलकर कुछ समय माँगा। उसकी सारी कमाई पैसे चुकाने में खत्म हो गई। उसे अपना दफ्तर भी बेचना पड़ा। 1992 के अंत तक एच.एच. इंफ्रा के शेयर ही उसकी एकमात्र पूँजी रह गए थे।

हालाँकि उसने अपनी पूँजी गँवा दी थी, लेकिन अंडरवर्ल्ड और राजनीति में अभी भी उसके कुछ मित्र थे। जगन नगवाले उसका सबसे घनिष्ठ मित्र था। न सिर्फ उनकी उम्र, बल्कि उनकी पसंद भी समान थी। औरतें दोनों की कमजोरी थीं। जगन महाराष्ट्र विधानसभा का सदस्य था। वह किसी विशेष दल में शामिल नहीं था, पिछले दो चुनाव उसने मुंबई के सायन कोलीवाड़ा निर्वाचन क्षेत्र से निर्दलीय उम्मीदवार के रूप में लड़े थे। महाराष्ट्र में जो भी दल सत्ता में आता, अंडरवर्ल्ड और मुंबई के व्यापार जगत् में उसके मजबूत संपर्कों के कारण उसे प्रमुखता देता था।

अगस्त 1992 तक हिरेन ने हँसमुख भाई के साथ स्थापित किए अपने निर्माण व्यवसाय को बहुत कम समय दिया था। उसका अब तक का योगदान केवल मुंबई के संभावित जमीन के टुकड़ों की पहचान करना था। हँसमुख भाई एक दूरदर्शी व्यापारी थे। हिरेन मुंबई में जहाँ भी उन्हें जमीन खरीदने की सलाह देता, वे खरीद लेते। हिरेन की सलाह पर उन्होंने मीरा रोड पर जमीन खरीदने में काफी धन का निवेश किया। मीरा-भयंदर क्षेत्र को 1985 में पाँच ग्राम पंचायतों के एकीकरण द्वारा नगर निगम में तब्दील कर दिया गया था। वहाँ जमीन अभी भी सस्ते दामों में उपलब्ध थी। हालाँकि यह क्षेत्र आधिकारिक रूप से ठाणे में आता है, मुंबई के द्वीप से उसकी निकटता एक संभावित पूर्वानुमान के रूप में देखी जा रही थी। माफियाओं से उन जमीनों को बचाना चुनौतीपूर्ण कार्य था। 1990 के दशक में अतिक्रमण और आपराधिक गिरोहों द्वारा भूमि पर अवैध कब्जा आम बात थी।

1950 के बाद से मुंबई में माफिया कालाबाजारी और तस्करी में सक्रिय रहा है। सरकार की व्यापक आर्थिक नीतियों ने, जिन पर 1990 के दशक के पहले आयात पर सख्त नियमन था, आपराधिक गिरोहों द्वारा कालाबाजारी और तस्करी के विकास को शह दी गई थी। 1990 के बाद उदारीकरण की नीतियों ने तस्करी द्वारा आई उपभोक्ता वस्तुओं की माँग कम कर दी। इसलिए मुंबई के उन आपराधिक गिरोहों ने अपनी विशाल पूँजी का उपयोग करते हुए अचल संपत्ति के क्षेत्र में पैर फैलाने शुरू कर दिए। भ्रष्ट नेताओं के साथ मिलीभगत करके उन्होंने अवैध रूप से सार्वजनिक भूमि का अधिग्रहण किया और मोटी रिश्वत देकर उन जमीनों पर निर्माण की अनुमति प्राप्त कर ली। बंदूक के जोर पर दूसरों की जमीन पर अवैध कब्जा करना भी उनका प्रमुख कार्य था। राजनेताओं और अंडरवर्ल्ड से हिरेन के संबंध उसकी जमीनों को माफिया से बचाने में काम आए।

गोदना मुंबई में था, जब उसने 2 जून, 1995 को यह खबर एक राष्ट्रीय दैनिक में पढ़ी। भारतीय प्रशासनिक सेवा की परीक्षा में आरक्षित श्रेणी के उम्मीदवारों में उसने सर्वोच्च स्थान प्राप्त किया था। समग्र सूची में उसका 88वाँ स्थान था। 16 दिनों बाद, सिमी ने उसे एक और लिफाफा दिया। यह पत्र यू.पी.एस.सी. की ओर से भारतीय प्रशासनिक सेवाओं में उसके चयन की सूचना देने के लिए था। गोदना पत्र को हाथ में लेकर अपने कमरे में गया और खुद को बंद कर लिया। अगले दस मिनट तक वह फूट-फूटकर रोता रहा। आई.ए.एस. में चयनित होना उसका पहला सपना था।

अधूरी परियोजना के अपने छह महीने के निर्धारित समय से पहले पूरी हो जाने से नितिन शाह और हँसमुख भाई, बहुत प्रभावित हुए। गोदना कंपनी में नियुक्त होने के एक साल के अंदर एच.एच. इंफ्रा की कोर टीम का हिस्सा बन गया और आगामी परियोजनाओं की योजना और संकल्पना तैयार करने लगा। गोदना ने जब मुंबई के वडाला में प्रस्तावित एक सात मंजिला व्यावसायिक परिसर की योजना में संशोधन के कुछ प्रस्ताव रखे, जिसमें प्रत्येक मंजिल पर फ्लोर स्पेस इंडेक्स को प्रभावित किए बिना एक अतिरिक्त इकाई को समायोजित करने का सुझाव था, तो हँसमुख भाई उससे बहुत प्रभावित हुए। वे एक व्यापारी थे और

सात मंजिल के परिसर में सात अतिरिक्त इकाइयों का मतलब था, निवेश को अधिक बढ़ाए बिना अतिरिक्त राजस्व प्राप्त करना। नितिन शाह भी इस संशोधन के प्रति आश्वस्त थे। उन्होंने उसकी संशोधित योजना के साथ गोदना को मुंबई जाने और आर्किटेक्ट से चर्चा करने के लिए कहा। मुंबई के एक जाने-माने आर्किटेक्ट ने यह योजना तैयार की थी। सिर्फ हिरेन था, जो इस संशोधन को लेकर उत्साहित नहीं था। उस आर्किटेक्ट को, जो उसका अच्छा दोस्त भी था, हिरेन ने ही नियुक्त किया था। लेकिन अंत में सबने इस संशोधित योजना को स्वीकार कर लिया।

फरवरी 1996 में एच.एच. इंफ्रा के बोर्ड ने कंपनी में एक वाइस प्रेसिडेंट के पद का निर्माण किया। नितिन शाह को कंपनी के पहले वाइस प्रेसिडेंट के रूप में पदोन्नत किया गया और जी. राम को पदोन्नत करके जनरल मैनेजर बना दिया गया।

□

14

दो महीने बाद एक दिन हँसमुख भाई ने गोदना को उदयपुर जाने के लिए कहा। जो व्यक्ति उनके डिटरजेंट और साबुन के व्यवसाय में कच्चे माल का विभाग सँभालता था, वह छुट्टी पर था। पिछले कुछ समय से उदयपुर से सोपस्टोन की आपूर्ति अनियमित हो गई थी। सोपस्टोन का उपयोग डिटरजेंट, साबुन, पेंट और कागज उद्योग में होता है। कठवाड़ा स्थित कादंबरी ग्रुप के साबुन और डिटरजेंट कारखाने को सोपस्टोन की अधिकांश आपूर्ति उदयपुर की मिगलानी माइंस से होती थी। अनियमित आपूर्ति से उत्पादन प्रभावित होने लगा।।

गोदना जब राजस्थान के उदयपुर जिले से 85 किमी. दूर खेरवाड़ा में स्थित मिगलानी माइंस पहुँचा, तो उसने देखा कि वह उत्पादन ठप पड़ा है। खदान खुली हुई है, लेकिन कोई गतिविधि नहीं चल रही और गोदाम खाली पड़ा है। खदान के ऑफिस में सिर्फ एक आदमी, खदान का मैनेजर सुमेर सिंह बैठा था, उसने गोदना को बताया कि खदान 15 दिन से निष्क्रिय है। अब तक वे गोदाम में रखे स्टॉक से माल भेज रहे थे, लेकिन अब वह भी खत्म हो चुका है। जब गोदना ने खदान के मालिक सतीश मिगलानी के बारे में पूछा, तो सुमेर सिंह ने बताया कि वह उदयपुर में फतेहपुरा स्थित फील्ड क्लब में मिल सकते हैं।

फील्ड क्लब के रिसेप्शनिस्ट ने गोदना को बार रूम की दिशा में भेज दिया। उस समय सुबह के 11 बजे थे। बार में सिर्फ एक मेहमान था—सतीश मिगलानी। एक वेटर गोदना को उनके पास ले गया। जब गोदना ने इतनी सुबह उसे बियर पीते देखा, तो वह उत्पादन ठप होने का कारण समझ गया। उसने

अपना परिचय दिया और उसके सामने बैठ गया। इससे पहले कि गोदना उसे अपने आने का उद्देश्य बता पाता, मिगलानी ने सफाई देनी शुरू कर दी, ''हम लेबर की समस्या का सामना कर रहे हैं। उनका ठेकेदार हमें ब्लैकमेल कर रहा है। बहुत जल्दी मैं कोई रास्ता निकाल लूँगा। हँसमुख भाई से कहिए कुछ दिन और परेशानी उठा लें।''

''हमारा मौजूदा स्टॉक एक-दो दिन में खत्म हो जाएगा। उत्पादन रुक जाएगा। हमने देखा कि आपके पास भी स्टॉक नहीं बचा है। सतीश भाई, आपको कुछ करना पड़ेगा। नहीं तो हमें कोई विकल्प ढूँढ़ना पड़ेगा। हम उत्पादन नहीं रोक सकते,'' उसकी सूजी हुई, गीली आँखों पर, जो एक शराबी की निशानी होती हैं, ध्यान न देते हुए गोदना ने जवाब दिया।

''आप क्या पिएँगे ?'' मिगलानी ने पूछा।

''सिर्फ एक गिलास पानी।''

''वास्तव में इस खदान को चलाना अब फायदे का सौदा नहीं है। संपत्ति घट रही है। खुदाई की लागत बढ़ रही है। लेबरों के रेट बढ़ गए हैं और नियामक की माँग भी। प्रतिस्पर्धा बढ़ गई है। भुगतान में देरी से स्थिति और खराब हो गई है। आज की तारीख में आपकी कंपनी पर 4 लाख बकाया है। मैं तो इस कारोबार से बाहर निकलने का विचार कर रहा हूँ।'' गोदना को यहाँ एक अवसर नजर आया। उसने एक घंटे पहले संपत्ति देखी थी। हालाँकि उसे खनन (माइनिंग) का कोई अनुभव नहीं था, लेकिन उसकी व्यावहारिक बुद्धि कह रही थी कि उस संपत्ति में जान थी। श्रमिकों की समस्या और अन्य समस्याएँ उसे अधिक चुनौतीपूर्ण नहीं लग रही थीं।

''आपका मतलब है आप इस खदान को बेचकर किसी और व्यवसाय में जा सकते हैं ?'' उसने मिगलानी से स्पष्ट किया।

''हाँ।''

''क्या हम खदान की प्रोजेक्ट रिपोर्ट देख सकते हैं ?''

''क्यों ? हँसमुख भाई खदान खरीदना चाहते हैं ? उनसे कहिए अपनी उँगलियाँ न जलाएँ। वैसे रिपोर्ट खदान के ऑफिस में है। सुमेर आपको दे देगा।''

''क्या हम शाम को एक बार फिर मिल सकते हैं ?''

''बिल्कुल मिल सकते हैं। यहीं, आठ बजे के बाद।''

क्लब से बाहर निकलकर गोदना ने हँसमुख भाई को एक पी.सी.ओ. से फोन किया और स्थिति समझाई। हँसमुख भाई ने उसे एक-दूसरे सप्लायर का फोन नंबर दिया। गोदना ने उस नंबर पर बात की और बाद में उस सप्लायर से भी मिला। उसने वादा किया कि अगली सुबह तक दो ट्रक माल भेज दिया जाएगा। फिर वह सुमेर सिंह से मिलने मिगलानी माइंस गया। उसने मिगलानी से अपनी मुलाकात के बारे में बताया और प्रोजेक्ट रिपोर्ट दिखाने का अनुरोध किया।

36 वर्षीय सुमेर सिंह स्थानीय व्यक्ति था। उसकी लंबाई मध्यम थी और शरीर गठीला। उसकी बड़ी-बड़ी नुकीली मूँछें उसके शरीर से मेल खाती थीं। हालाँकि ऑफिस के औपचारिक कपड़े उसके व्यक्तित्व पर नहीं जँच रहे थे। वह एक कम बोलनवाला व्यक्ति था और बहुत जरूरी होने पर ही अपना मुँह खोलता था।

''आप इस खदान में कब से काम कर रहे हैं ?'' सुमेर सिंह ने उसे प्रोजेक्ट रिपोर्ट दी तो गोदना ने उससे पूछा।

''छह साल।''

''इससे पहले आप कहाँ काम करते थे ?''

''एक ग्रेनाइट की खदान में।''

''आपने वह नौकरी क्यों छोड़ी ?''

''मैं यहाँ उदयपुर में रहना चाहता था।''

''और वह ग्रेनाइट की खदान कहाँ है ?''

''बाड़मेर।''

''हम आपसे इस खदान के बारे में कुछ बातें पूछ सकते हैं ?''

सुमेर सिंह ने सहमति में सिर हिला दिया।

''इस खदान का उत्पादन कितना है ?''

''हम रोज लगभग 100 टन का उत्पादन करते थे।''

''क्या आप बस इतना ही उत्पादन कर सकते हैं ?''

''वैधानिक मंजूरी प्रतिदिन 2000 टन की है।''

''आपके सोपस्टोन का बाजार भाव क्या है?''

''लगभग 1000 रुपए प्रति टन।''

''खदान में अभी कितनी रिजर्व बची है?''

''लगभग 70 लाख टन।''

गोदना ने गणना की कि यदि प्रतिदिन 2000 टन की दर से सोपस्टोन की खुदाई होगी, तो भी खदान कम-से-कम 9 साल और चलेगी।

''बहुत-बहुत धन्यवाद। हम आपसे जल्दी ही फिर मिलने की आशा करते हैं।'' गोदना ने सुमेर सिंह से हाथ मिलाया और वहाँ से निकल गया। उसे सुमेर सिंह अच्छा लगा। उसकी राय में जो व्यक्ति कम और मुद्दे की बात करता है, वह ज्यादा और अस्पष्ट बात करनेवाले से अधिक भरोसेमंद होता है।

शाम को क्लब जाने के पहले गोदना एक हेरिटेज होटल, शिव निवास पैलेस में गया। पिछोला झील के किनारे स्थित यह होटल उदयपुर के महाराणा का पूर्व निवास था। वह वहाँ जान-बूझकर गया था। गोदना ने राजस्थान के हेरिटेज होटलों के बारे में बहुत सुना था और वह उन्हें देखने के लिए उत्सुक था।

शाम साढ़े आठ बजे के करीब वह एक बार फिर फील्ड क्लब के बार रूम में सतीश मिगलानी के सामने बैठा था। सुबह के विपरीत इस समय गोदना पर्याप्त जानकारी से लैस था। उस दूसरे सप्लायर ने उसे बताया था कि मिगलानी के पतन के लिए शराब और सट्टेबाजी जिम्मेदार हैं। उसने काफी कर्ज ले रखा है। यहाँ तक कि फील्ड क्लब को भी उसे 60,000 रुपए देने हैं।

''क्या आपको सुमेर सिंह से प्रोजेक्ट रिपोर्ट की कॉपी मिली?''

''जी हाँ, मिल गई।'' नौ घंटों से मैनेजर से संपर्क का अभाव दरशा रहा था कि उसे खदान के मामलों में कोई दिलचस्पी नहीं है।

''क्या आपको लगता है कि हँसमुख भाई खदान खरीदेंगे? उनके ऊपर तो पहले से ही दो-चार कारोबारों की जिम्मेदारी है।''

''हँसमुख भाई नहीं, यह खदान हम खरीदेंगे,'' गोदना सीधे मुद्दे पर आ गया, क्योंकि वह जानता था कि उस संपत्ति में काफी संभावनाएँ हैं और बात बाहर आते ही खरीदारों की लाइन लग जाएगी, ''क्या कीमत होगी इसकी?''

''30 साल की लीज के लिए 10 लाख रुपए। मैं पहले ही छह साल तक खदान को चला चुका हूँ। आपको अगले दो साल तक मंजूरी का नवीनीकरण कराने की जरूरत नहीं है।''

गोदना ने गणना की। खदान के सोपस्टोन की गुणवत्ता को देखते हुए एक हजार रुपए प्रति टन की औसत कीमत पर वह कई लाख रुपए की परिसंपत्ति खरीद रहा था।

''सुमेर सिंह के अलावा आपके पास और कितने स्थायी कर्मचारी हैं?''

''वह अकेला स्थायी कर्मचारी है।''

''आप सुमेर सिंह को कितना वेतन देते हैं?''

''8000 रुपए महीना।''

''क्या हम लीज (पट्टे) की कीमत को लेकर बातचीत कर सकते हैं?''

''नहीं, क्या आप कुछ पीना पसंद करेंगे?''

''सिर्फ एक गिलास ठंडा पानी।''

मिगलानी उसका जवाब सुनकर हँसने लगा और बोला, ''सिर्फ आपके लिए मैं 50,000 कम कर दूँगा, लेकिन कम-से-कम 60% रकम नकद में होनी चाहिए और आपके पास सिर्फ एक हफ्ता है। एक हफ्ते बाद मैं लीज के ट्रांसफर के लिए बाजार में सौदा खोल दूँगा।''

''ठीक है, हम समय से आ जाएँगे। लेकिन हमें औपचारिकताओं के बारे में कुछ पता नहीं है, इसलिए क्या आप लीज ट्रांसफर के लिए कागज तैयार करवा लेंगे?''

''बिल्कुल, लेकिन औपचारिकताओं की लागत आप पर होगी।''

''ठीक है,'' गोदना बोला।

दोनों ने हाथ मिलाया। गोदना के बैंक खाते में 48 हजार रुपए थे। उसे कोई अंदाजा नहीं था कि वह बाकी पैसों का इंतजाम कैसे करेगा, लेकिन वह व्यापार का कोई भी एक अवसर हाथ आने का इंतजार कर रहा था, इसलिए वह यह मौका गँवाना नहीं चाहता था।

अगले दिन शाम को गोदना हँसमुख भाई से मिला और उन्हें वहाँ का

घटनाक्रम विस्तार से बताया। हँसमुख भाई ने चिंता व्यक्त करते हुए कच्चे माल के इंचार्ज मैनेजर को बुलाया, जो छुट्टी से वापस आ चुका था, और उसे किसी दूसरे खदान मालिक के साथ आपूर्ति का कॉन्ट्रैक्ट साइन करने के लिए कहा। मैनेजर के जाने के बाद गोदना ने कहा, ''हँसमुख भाई, हमें आपके साथ एक विचार साझा करना है और एक विनती भी करनी है।''

''क्या बात है राम?''

''हँसमुख भाई, हम मिगलानी की खदान खरीदना चाहते हैं।''

हँसमुख भाई ने अपना चश्मा उतारा और विचारपूर्ण मुद्रा में कुरसी पर पीठ टिका ली। गोदना ने आगे कहा, ''उन्होंने हमारे सामने 10 लाख रुपए में लीज ट्रांसफर का प्रस्ताव रखा है। खदान में कोई झंझट नहीं है। बस एक छोटा सा लेबर का मुद्दा है, जो हम सँभाल लेंगे।''

''तुम्हारे पास इतने पैसे हैं?''

''नहीं, हँसमुख भाई, नहीं हैं। हमारे पास इतने पैसे कहाँ से आएँगे? हमारा एक प्रस्ताव है। क्या आप हमको 12 लाख रुपए उधार दे सकते हैं? बदले में खदान आपको तब तक सोपस्टोन की आपूर्ति करेगी, जब तक ब्याज और मूल राशि का भुगतान नहीं हो जाता। इसका हमारे काम पर कोई असर नहीं पड़ेगा। जिस दिन आपको लगेगा कि हम अपने काम के साथ न्याय नहीं कर रहे हैं, हम नौकरी छोड़ देंगे। अगर आप चाहें तो हम इसके लिए आपको एक एफिडेविट भी दे सकते हैं।''

''राम, हमें इस प्रस्ताव के बारे में सोचने के लिए एक दिन का समय दो। यह कोई छोटी रकम नहीं है।''

''हँसमुख भाई, एक बात और कहनी है। आधी रकम नकद में चाहिए।'' उसने हँसमुख भाई को उलझन में डाल दिया। नकद रकम का कोई हिसाब नहीं होगा। इसके अलावा, उसे कंपनी में आए सिर्फ डेढ़ साल हुए थे।

अंततः हँसमुख भाई ने गोदना का प्रस्ताव मान लिया। साथ ही उनकी कंपनी ने मिगलानी माइंस के 4 लाख रुपए के बकाया बिल भी चुका दिए। 26 अप्रैल, 1996 के दिन गोदना उदयपुर की एक सोपस्टोन खदान का मालिक

बन गया। उसने सुमेर सिंह को पदोन्नत करके जनरल मैनेजर बना दिया और उसका वेतन दोगुना कर दिया। उसने सुमेर से कहा कि वह अपने लिए एक सहायक नियुक्त कर ले। उसका वेतन निर्धारित करने की जिम्मेदारी भी उसने सुमेर सिंह पर छोड़ दी। दूसरे शब्दों में, उसने सुमेर सिंह को अधिकार देकर अपनी जिम्मेदारियाँ भी उसको सौंप दीं। उन्होंने अगले तीन महीनों में उत्पादन 500 टन प्रतिदिन तक ले जाने का लक्ष्य निर्धारित किया। सुमेर सिंह को लक्ष्य हासिल कर लेने का पूरा भरोसा था।

छह महीने बाद वे प्रतिदिन 700 टन सोपस्टोन का उत्पादन कर रहे थे। हँसमुख भाई की साबुन और डिटरजेंट फैक्टरी के अलावा वे गुजरात और राजस्थान के पेंट और साबुन उद्योगों को भी आपूर्ति कर रहे थे। दिलचस्प बात यह थी कि इन छह महीनों में गोदना सिर्फ चार बार उदयपुर गया था। पिछले दौरे में उन लोगों ने अगले छह महीनों में उत्पादन 2000 टन तक ले जाने का लक्ष्य निर्धारित किया। सुमेर सिंह ने उसके सामने एक ऐसा प्रस्ताव रखा, जिससे उनके कारोबार की कीमत और बढ़ सकती थी।

''राम सर, अगर हमारे पास अपने खुद के परिवहन वाहन होंगे, तो हमारा कारोबार और बढ़ सकता है। मध्यप्रदेश और महाराष्ट्र के ग्राहक माल लेना चाहते हैं, लेकिन स्थानीय ट्रांसपोर्टर बहुत अधिक माल भाड़ा माँगते हैं। इसलिए हमारा माल बेहतर होते हुए भी ढुलाई की ऊँची दरों के कारण ग्राहकों को महँगा पड़ता है।''

''अगर तुमको लगता है कि इससे हमारा कारोबार बढ़ सकता है, तो आगे बढ़ो। हम पाँच ट्रकों से शुरुआत करेंगे और फिर कारोबार बढ़ने पर और ट्रक ले लेंगे। हम तुम्हारे ऊपर और ज्यादा बोझ नहीं डालना चाहते, इसलिए तुम एक अनुभवी और जिम्मेदार आदमी रख लो, जो ट्रकों की जिम्मेदारी ले सके।''

''क्या आप एक दिन और रुक सकते हैं ? मैं एक फाइनेंस कंपनी से बात करके उन्हें तुरंत कागजात तैयार करने के लिए कहता हूँ। उन कागजातों पर आपके हस्ताक्षरों की जरूरत होगी।''

''नहीं, सुमेर, हमको आज ही जाना पड़ेगा। तुम कागजात तैयार करवा के अहमदाबाद आ जाओ।''

मार्च 1997 में गोदना ने खेरवाड़ा में ही एक और सोपस्टोन खदान लीज पर ले ली। वह एक चालू खदान थी। इस बार उसे हँसमुख भाई से कर्ज नहीं लेना पड़ा। उसे एक बैंक से कर्ज मिल गया। हालाँकि स्थिति थोड़ी मुश्किल थी। जब तक उसके चार्टर्ड अकाउंटेंट ने समझाया नहीं, गोदना को लगता था कि उसके पास करोड़ों की अचल संपत्ति है।

उसके सी.ए. ने समझाया कि संपत्ति पूँजीगत व्यय द्वारा निर्मित होती है। जिस उत्पाद का अभी तक खनन नहीं हुआ है, उसकी गिनती एकाउंटबुक्स में संपत्ति के रूप में नहीं होती। किसी प्रकार जमीन और वर्तमान खदान की प्रोजेक्ट रिपोर्ट गिरवी रखकर उन्होंने 5 लाख के कर्ज का प्रबंध कर लिया। उसने दोनों खदानों के संचालन की जिम्मेदारी सुमेर को सौंप दी। नई अधिगृहीत खदान का मैनेजर सुमेर सिंह को रिपोर्ट करता था।

इस बीच उसके ट्रकों की गिनती 8 तक पहुँच गई। सुमेर सिंह सच में बहुत होशियार था। वह कभी किसी ट्रक को बेकार खड़ा नहीं रखता था। जब वे अपनी खदान का माल नहीं ढो रहे होते थे, तो वे दूसरों के माल की ढुलाई करते थे। इस प्रकार वित्त वर्ष 1996–97 की बैलेंस शीट ने माल ढुलाई से 3 लाख रुपए की आय दिखाई।

1998 के आरंभ में गोदना ने उदयपुर के केशरिया क्षेत्र में हरे संगमरमर की खान का अधिग्रहण किया। यह एक नई लीज थी। उसके पास पर्याप्त पूँजी थी, इसलिए इस बार उसे अपनी संपत्ति गिरवी नहीं रखनी पड़ी। हालाँकि, उसके सी.ए. ने उसे कुछ रकम बैंक से कर्ज के रूप में लेने की सलाह दी। सुमेर सिंह ने अपने संपर्कों के माध्यम से दो अनुभवी आदमियों को नियुक्त किया। चार महीने के अंदर इस खदान में उत्पादन शुरू हो गया। वे उदयपुर से हरा संगमरमर निर्यात करनेवाले पहले व्यापारी थे। आगे जाकर और लोगों ने भी निर्यात शुरू किया। हालाँकि इटली में उच्च गुणवत्ता के सफेद संगमरमर का उत्पादन होता है, लेकिन वहाँ हरे संगमरमर की एक भी खान नहीं है। इटली और टर्की जैसे देशों में हरे संगमरमर की बहुत माँग थी।

1997–98 के वित्त वर्ष में जी. राम माइंस की बैलेंस शीट ने 18 लाख रुपए का लाभ दिखाया। गोदना पर और अधिक सफलता पाने का जुनून सवार

था। उसकी नजर बाड़मेर जिले की उस ग्रेनाइट खदान पर थी, जहाँ सुमेर पहले काम करता था।

इससे पहले फरवरी में उसने मुंबई में मशहूर आर्किटेक्ट हबीब कॉन्ट्रैक्टर के साथ मीटिंग की थी। हबीब हरियाणा के गुड़गाँव में बननेवाले पहले हेरिटेज होटल को डिजाइन कर रहे थे, जिसका निर्माण एच.एच. इंफ्रा एक हॉस्पिटेलिटी (आतिथ्य) ग्रुप के लिए कर रही थी। शिव निवास पैलेस देखकर आने के बाद गोदना को राजस्थान के बाहर एक हेरिटेज होटल का निर्माण करने के लिए हँसमुख भाई को तैयार करने में काफी समय लगा। हँसमुख भाई मान गए, लेकिन वे एक चतुर व्यापारी थे। उन्हें हॉस्पिटेलिटी उद्योग से जुड़े किसी ग्रुप की तलाश थी, जो इस प्रस्ताव में निवेश करे। हिरेन के संपर्क यहाँ भी काम आए। उसने दिल्ली के एक हॉस्पिटेलिटी ग्रुप को राजी कर लिया। समझौता ज्ञापन पर हस्ताक्षर हुए और ग्रुप ने उन्हें निर्माण का ठेका दे दिया। चूँकि गुड़गाँव का हेरिटेज होटल गोदना की संकल्पना थी, इसलिए उसके निर्माण की पूरी जिम्मेदारी उसे ही दी गई। अगले दो सालों तक उसे गुड़गाँव, उदयपुर और अहमदाबाद के बीच भागते रहना था।

अंतत: गोदना ने ग्रेनाइट की खदान का अधिग्रहण कर लिया। वह 200 क्यूबिक मीटर प्रति माह की क्षमता वाली एक विशाल खदान थी।

□

15

वर्ष 1996 में राज्य विधानसभा चुनावों की घोषणा से पहले ठाकुर साहब चुनाव-पूर्व लहर के साथ चलते हुए दूसरी राजनीतिक पार्टी में शामिल हो गए। उनका यह कदम सफल रहा; पार्टी ने उन्हें चुनाव लड़ने के लिए टिकट दे दिया। उनकी नई पार्टी पिछड़े और अल्पसंख्यक वर्गों की थी, इसलिए वह उच्च वर्गों के वोट बैंक में पैठ बनाना चाहती थी। हालाँकि, चुनाव का टिकट उन्हें मुफ्त में नहीं मिला था। उस टिकट को हासिल करने के लिए ठाकुर साहब ने एक अच्छी-खासी राशि पार्टी फंड में दान की थी। उस राशि की व्यवस्था करने के लिए उन्हें अपनी 50 एकड़ जमीन बेचनी पड़ी। जमीन बेचने को लेकर हवेली की औरतों ने बहुत चिल्लपों मचाई। बारह गाँवों में पहली बार किसी जमींदार ने अपनी जमीन बेची थी। ठाकुर मंगल देव सिंह ने दो दिनों तक खाना नहीं खाया। उनके अनुसार, परिवार की प्रतिष्ठा पर आँच आई थी। बबुआ को इस निर्णय से कोई फर्क नहीं पड़ा था, क्योंकि उसे खेती में दिलचस्पी नहीं थी। वह खुद का कोई व्यवसाय शुरू करना चाहता था। जैसे ही ठाकुर साहब ने जमीन का सौदा किया, वो उनसे व्यवसाय शुरू करने के लिए पैसे की माँग करने लगा। ठाकुर साहब उसे मना नहीं कर सके। बबुआ ने गाँव के पास ईंट बनाने एक का भट्‌ठा लगा लिया। दो महीने बाद उसने एक सीमेंट बनाने की कंपनी से डीलरशिप प्राप्त कर ली और सलेमपुर में एक दुकान खोल ली।

धुआँधार चुनाव प्रचार करने और पानी की तरह पैसे बहाने के बावजूद ठाकुर साहब चुनाव हार गए। ऊपर से उनकी पार्टी राज्य में सरकार बनाने के

लिए पर्याप्त सीटें भी नहीं जुटा पाई। इस चुनाव में उनके एक करोड़ रुपए खर्च हो गए। चुनाव से पहले उन्होंने जो पार्टी छोड़ी थी, वह सत्ता में आ गई। अब उस पार्टी में वापस जाने का तो सवाल ही नहीं था। विधानसभा चुनावों के बाद, ग्राम पंचायत चुनावों में उनकी जीत एकमात्र राहत की बात थी। ठाकुर साहब ने अपनी राजनीतिक आकांक्षाओं में कटौती करके खुद को गाँव की राजनीति तक सीमित कर लिया।

गाँव में लगातार दो वर्ष कम बारिश होने से कृषि पैदावार को बहुत बड़ा नुकसान हुआ। उन परिस्थितियों में गरीब, अनुसूचित वर्ग के परिवारों के लिए ग्रामीण आवास की सरकारी योजना ठाकुर साहब के लिए वरदान के रूप में सामने आई। बी.डी.ओ. साहब ने उन्हें मीटिंग के लिए अपने ऑफिस बुलाबाया। केंद्र सरकार ने ग्रामीण क्षेत्रों में अनुसूचित वर्ग के लोगों को आवास उपलब्ध करवाने के लिए धन की मंजूरी दी थी। बी.डी.ओ. और संबंधित ग्राम पंचायत के प्रमुखों को फंड संवितरण और एक अनुपालन रिपोर्ट तैयार करने का काम सौंपा गया था। इस योजना के तहत प्रत्येक परिवार को पक्के घर बनवाने के लिए 80,000 रुपए की निर्धारित राशि दी जानी थी। राशि ग्राम पंचायत के खाते में जमा होनी थी और उसके संवितरण की जिम्मेदारी गाँव के प्रमुख की थी। उन्हें लाभार्थियों के अँगूठों की छाप लगी रसीदों के साथ सरकार को अनुपालन रिपोर्ट प्रस्तुत करनी थी। बी.डी.ओ. ने ठाकुर साहब के साथ एक सौदा किया। सौदे के तहत, ठाकुर साहब को उन्हें टोले के नब्बे परिवारों की अँगूठा लगी रसीदें और हर संवितरण के लिए रिश्वत के तौर पर 10,000 रुपए देने थे। शेष राशि ठाकुर साहब के विवेकाधिकार पर थी।

गिरी बाबा और ठाकुर साहब के अन्य विश्वासपात्रों ने खबर फैला दी कि ठाकुर साहब अपने अथक प्रयासों और सरकार से अनुनय के बाद टोले के लोगों के लिए पक्के घर की एक योजना लेकर आए हैं। उन्होंने एक तारीख की घोषणा की, जब टोले के निवासियों को पक्के घर बनाने के लिए सीमेंट और ईंटें दी जानी थीं। निर्धारित तारीख की सुबह बी.डी.ओ. ऑफिस से एक क्लर्क हवेली में आया। टोले के लोग उत्साहित होकर हवेली में इकट्ठा हो

गए। वे ललचाई नजरों से सीमेंट की बोरियों को देख रहे थे, जो बबुआ की एजेंसी से आई थीं। एक घंटे बाद ठाकुर साहब की मौजूदगी में, क्लर्क एक-एक करके सबके नाम पुकारने लगा। गरीब, अशिक्षित टोलेवालों को सीमेंट की दो-दो बोरियाँ पकड़ा दी गईं और बबुआ के कारखाने से 20-20 हजार ईंटें उठा लेने के निर्देश दे दिए गए। उन सबको 10-10 हजार रुपए भी दिए गए। इसके बदले उन्होंने 15 बोरी सीमेंट, 50,000 ईंटों और 10,000 रुपए नकद की पावती को प्रमाणित करते कागज पर अपने अँगूठों के निशान लगा दिए। ठाकुर साहब द्वारा तैयार की गई रिपोर्ट में लिखा था कि सच्ची भावना में इस योजना के कार्यान्वयन को सुनिश्चित करने के लिए पैसे के एवज में सीमेंट और ईंटों का वितरण किया गया। उसमें कहा गया कि यदि उन्हें नकद राशि दी जाती, तो योजना का उद्देश्य पूरा नहीं होता और संभावना थी कि वे लोग उन पैसों को शराब और जुए में उड़ा देते। फिर भी एक पक्के घर के निर्माण में होनेवाले फुटकर खर्चों के लिए प्रत्येक लाभार्थी को 10,000 रुपए दिए गए।

10,000 रुपयों का एक हिस्सा ईंटों की ढुलाई में खर्च हो गया। बबुआ का कारखाना टोले से 7 किमी. दूर था। दो बोरी सीमेंट 50 वर्ग फीट का एक छोटा-सा कमरा बनाने के लिए भी पर्याप्त नहीं थी। हालाँकि नदी किनारे बालू की प्रचुरता ने इस कमी को पूरा कर दिया। बालू के पैसे नहीं लगने थे। किसी प्रकार टोले के निवासियों ने पक्के घर बना लिये। हालाँकि 20,000 ईंटों से छत जमीन से छह फीट से ऊपर नहीं जा सकी। छत अभी भी खपरैल ही बनी थी।

सुहागपुर इस योजना को कार्यान्वित करनेवाला पहला गाँव था। बाद में सुहागपुर के आस-पास के गाँव प्रमुखों ने भी ठाकुर साहब के कार्यान्वयन का तरीका अपना लिया। बबुआ ने इस योजना से खूब धन कमाया। उसने न सिर्फ उन गाँवों को सीमेंट और ईंटें बेचीं, बल्कि प्रत्येक लाभार्थी को 50,000 ईंटें और 15 बोरी सीमेंट दिए जाने की ग्राम पंचायत को जारी की गई रसीदों पर भी भारी कमीशन कमाया।

1998 की दिसंबर का आरंभ था। नया महीना शुरू हो गया था, लेकिन गोदना को सिमी से कोई सूचना नहीं मिली। जब उसने पूछा, तो सिमी ने बताया

कि उसे सुहागपुर से कोई अंतरदेशीय पत्र नहीं मिला। गोदना ने सोचा, डाक आने में देर हो गई होगी या अंतरदेशीय ट्रांजिट में खो गया होगा। जब उसे अगले महीने की 30 तारीख तक सिमी से कोई सूचना नहीं मिली, तो उसे अपने माई-बाबा की चिंता होने लगी। कोई तो बात थी। वह उस समय गुड़गाँव में था। वह नई दिल्ली से जानेवाली पहली ट्रेन में बैठ गया और सिवान से एक घंटा पहले गोरखपुर स्टेशन पर उतर गया। शाम हो गई थी, इसलिए सिवान से टैक्सी मिलना मुश्किल था। गोरखपुर से उसने टैक्सी ले ली। वहाँ से सुहागपुर की दूरी 123 किमी. थी।

जब ड्राइवर सुहागपुर जानेवाले कच्चे रास्ते पर पहुँचा, तो रात के 10 बज चुके थे। सड़क अभी भी कच्ची थी। उसे देखकर गोदना को गुजरात के गाँवों की पक्की पड़कें याद आ गईं, जिनसे वह अहमदाबाद से उदयपुर सड़क मार्ग से जाते समय गुजरता था। सुहागपुर के रास्ते में उसे दाहिनी ओर स्थित वह तालाब याद आया जहाँ उसने अपना कौमार्य खोया था। अपने स्कूल के सामने से गुजरते हुए उसके मन में अपने राज्य के प्रत्येक गाँव और कस्बे में स्कूल-कॉलेज खोलने की इच्छा उत्पन्न हुई। यही वह स्कूल था, जिसने उसके सपने को पोषित किया था। गाँव में अपने सबसे करीबी सहयोगी जामुन के पेड़ को देखकर उसे कलेक्टर का दौरा याद आ गया। उसका मन हुआ, रुककर कुछ देर उसके नीचे बैठ जाए।

सर्दी की रातों में गाँव रात को 8 बजे तक सो जाता था। वह चाँदनी रात थी। सरसों और गेहूँ की घुटनों तक की फसलों ने गाँव में उसका स्वागत किया। टैक्सी अभी भी गाँव से 50 मीटर दूर थी, जब गाँव के कुत्तों ने भौंकना शुरू कर दिया। टोला गाँव के दक्षिणी छोर पर था। एक काला कुत्ता टैक्सी के साथ-साथ दौड़ने लगा। वह भौंक भी रहा था। टैक्सी उसके घर तक नहीं जा सकती, क्योंकि बीच में बहुत पतली गली थी। काले कुत्ते ने भौंकना बंद कर दिया और आगे के दो पैर फैलाकर बैठ गया। कुत्ता गोदना को पहचान गया। वह उसके साथ चलने लगा। लोग अपने घरों से बाहर नहीं निकले, जो इस बात का संकेत था कि गाँव में रात के समय भी यात्री वाहन आते रहते थे। जब गोदना ने गली में प्रवेश किया, तो वो रास्ते में पक्के घर देखकर हैरान हो गया।

जगह वही थी, लेकिन झोंपड़ी वह नहीं थी, जो वह साढ़े तीन साल पहले छोड़कर गया था। उसकी झोंपड़ी की छत पुआल से बनी थी, लेकिन यहाँ एक

ठोस छतवाला घर था। साढ़े तीन साल पहले की उसकी झोंपड़ी में दरवाजा नहीं था, सिर्फ बोरियों को सिलकर बनाया गया एक परदा लटका था, और यहाँ एक घर था, जिसमें टिन का पूरा दरवाजा था। गोदना को उलझन हो रही थी, लेकिन उस कुत्ते को नहीं जो दरवाजे के सामने बैठ गया था। गोदना ने दरवाजे के पास जाकर धीरे से पुकारा, "माई।" एक माँ को नींद से जगाने के लिए बेटे की दूसरी आवाज की जरूरत नहीं होती, चाहे वह कितनी ही गहरी नींद में क्यों न हो।

"गोदना," अंदर से जवाब आया। माई ने दरवाजा खोला और पीछे से बाबा भी आ गए। दोनों के मुँह से एक साथ निकला, "गोदना!"

गोदना ने अंदर आकर दरवाजा बंद कर लिया। माई ने एक केरोसिन की लालटेन जलाई। वह इतनी रात को गोदना को देखकर डर गई थी। गोदना को अपने माई-बाबा को सामान्य करने में कुछ समय लगा। माई ने उससे खाने के लिए पूछा। गोदना ने मना किया, लेकिन माई जानती थी वह भूखा है। उसके पास दो रोटियाँ बची थीं। जब वो उन्हें गरम करने के लिए केरोसिन का स्टोव जलाने लगी, तो गोदना बोला, "माई, गरम करने की कोई जरूरत नहीं है। हम ऐसे ही खा लेंगे। हमको एक प्याज दे दो।"

माई ने एक प्याज जमीन पर रखकर मुट्ठी से फोड़ दिया। गोदना ने देखा कि दीवार और छत तो पक्के हो गए थे, लेकिन जमीन अभी भी कच्ची थी।

"हमको दो महीने से अंतरदेशीय क्यों नहीं मिल रहा है," गोदना ने माई से पूछा। माई बाबा की ओर देखने लगी, जो कमरे के अँधेरे कोने में बैठे थे। ठंड से बचने के लिए उन्होंने अपने शरीर को सिकोड़ लिया था। गोदना खुद को कोसने लगा कि वह बाबा के लिए गरम पुलोवर क्यों नहीं लाया। उसने अपना पुलोवर उतारा और बाबा के पास जाकर उन्हें पहना दिया। उसने देखा कि बाबा रो रहे थे। वह खुशी से रो रहे थे; अपने बेटे को देखने की खुशी से।

"वे सब चिट्ठी आग में जल गई," माई ने कारण बताया।

"आग? कैसे? कब? क्या हुआ?"

"लगभग साढ़े तीन महीने पहले एक दिन हम दोनों खाना खा के हवेली चले गए। सवेरे हमने तुम्हारे बाबा को डाक के डिब्बे में डालने के लिए चिट्ठी दी थी। हम वह चिट्ठी का बंडल वापस अपने बक्से में डालना भूल गए और

वह इस्टोव के पास रह गई। दो घंटे बाद सोमेसर काका दौड़ते हुए हवेली में आए और बोले कि अपनी झोंपड़ी में आग लग गई थी। दोपहर का समय था और सब पड़ोसी काम पर गए थे। हम लोग खाली टिन का बक्सा बचा पाए, क्योंकि वह स्टोव से दूर था।''

''तुम लोगों ने घर कैसे बनाया?''

''मालिक ने मदद की,'' बाबा गोदना को ठाकुर साहब के एहसानों की याद दिलाने का मौका कभी नहीं चूकते थे। गोदना पूरी बात जानने के लिए माई की ओर देखने लगा।

''मालिक ने टोले में सबको पक्का मकान बनाने के लिए ईंटा, सीमेंट और 10–10 हजार रुपए दिया। हमने सीमेंट ले लिया और ईंट की ढुलाई का इंतजार कर रहे थे तभी झोंपड़ी जल गई, मालिक ने हमें कोटे से ज्यादा सीमेंट और ईंट दीं। पूरे टोले में सिर्फ हमारी छत पक्की है। उन्होंने हमें ईंटों की ढुलाई का इंतजाम भी कर दिया। हमें घर बनाने में एक महीना लग गया। तब तक हम मालिक के फारमहाउस में रहे। हम हमेशा उनका एहसान मानेंगे। वे हमारे लिए भगवान् हैं। हमें उनका नाम खराब नहीं करना चाहिए।'' माई का इशारा बबुनी की ओर था। उसे लगता था कि बबुनी से शादी करके गोदना ठाकुर साहब और उनके परिवार की बदनामी का कारण बन जाएगा।

''और क्या-क्या हो रहा है गाँव में?'' गोदना बबुनी के बारे में कुछ सुनना चाहता था।

''पिछले दो साल से गाँव में सूखा पड़ रहा है। बरसात के देवता अपने गाँव से खुश नहीं हैं। फसल खराब होने से हम लोग के राशन में कटौती हो गई है। सबको बहुत मुश्किलों का सामना करना पड़ा। जितना राशन हम लोग को मिलता है, उसके बदले और कुछ नहीं आ सकता। पहले हम लोग को अपना पेट भरना है। टोले के आदमी काम के लिए शहर जाने लगे हैं। गाँव की दुकानों में राशन के बदले नहाने और कपड़े धोने का साबुन, चीनी, चाय इत्यादि मिल जाती थी।''

''माई, हम तुम्हारे लिए जो पैसे छोड़ गए थे, वह खर्च क्यों नहीं किया तुम लोग ने?''

''तुम्हारे बाबा ने कभी पइसा खर्चा नहीं किया है, इसलिए उनको डर लगता है। उनको लगता है कि पंसारी उनको ठग लेगा। ऊपर से वह मालिक की इतनी इज्जत करते हैं कि नहीं चाहते उनको मालूम पड़े कि हम लोग इतनी दिक्कत में हैं कि तुमरा दिया पइसा खरच रहे हैं।''

गोदना को अपने बाबा पर तरस आ रहा था, लेकिन वह जानता था कि वह उनका रवैया बदलने के लिए कुछ नहीं कर सकता था। बाबा एक बार उसको छोड़ सकते थे, लेकिन ठाकुर साहब को नहीं।

गोदना उनके लिए पचास हजार रुपए लेकर आया था। उसने वह पैसे माई को दे दिए।

''तुमरे पास इतना पईसा कहाँ से आया?'' माई ने कभी इतने पैसे नहीं देखे थे। गोदना ने उसकी बात टाल दी और भकोला की ओर मुड़कर बोला, ''बाबा, अगर ठाकुर साहब और सीमेंट और ईंट नहीं देते, तो इस पैसे से जमीन पक्की करवा लीजिएगा और घर के चारों ओर एक चहारदीवारी और सामने दालान बनवा लीजिए। लेकिन भगवान् के लिए पक्की जमीन और चहारदीवारी जरूर बनवा लीजिए।'' बाबा कुछ नहीं बोले। गोदना ने माई से कहा, ''माई, हम एक पार्सल भेजेंगे, जिसमें सौ अंतरदेशीय होंगे। तुम पहले की तरह हर महीने एक चिट्ठी डाक में डाल देना।''

''डाकघर में अब फोन लग गया है,'' माई ने ऐसे कहा जैसे वह कोई संकेत कर रही हो। ''हरखू काका का बिटवा सूरत से फोन करके उनसे बात करता है।''

''तुम्हारे पास नंबर है डाकघर के फोन का?'' यह खबर सुनकर गोदना उत्साहित हो गया।

''हमको कैसे मालूम होगा? तुम कल डाकघर जा कर पोस्टमास्टर साहब से पूछ लेना।'' उसे तो यह भी नहीं मालूम था कि हर टेलीफोन कनेक्शन का एक नंबर होता है।

''माई, हमको सवेरे वापस जाना है।''

''तो तुम खाली एक रात के लिए आए हो।''

''माई, जब हमको तुम लोग की चिट्ठी नहीं मिली तो हमको तुम दोनों

की चिंता हो गई थी। तुम लोग को ठीक–ठाक देखकर हमारी चिंता दूर गई। अब हम खुश हैं।''

''तुमको हम लोग की चिंता होती है, तो तुम हम लोग के साथ क्यों नहीं रहते?''

''हम तो रहना चाहते हैं, लेकिन हम जानते हैं कि बाबा किसी हालत में हमारे साथ शहर चलकर रहने को तैयार नहीं होंगे,'' उसने एक उम्मीद के साथ बाबा की ओर देखा, लेकिन भकोला कुछ नहीं बोला, ''और माई, तू जानती है, गाँव में रहकर हम अपना सपना पूरा नहीं कर पाएँगे।''

माई रोने लगी। उसका बड़बड़ाना चालू हो गया, ''हर माँ का सपना होता है अपने बिटवा की शादी देखने का। वह अपने पोता–पोती का मुँह देखना चाहती है। उनके साथ खेलना चाहती है। हमको तो पता भी नहीं हमारा सपना इस जिंदगी में पूरा होगा भी कि नहीं!''

गोदना सोचने लगा कि उसकी माँ का सपना कितना छोटा था। फिर वह यह भी सोचने लगा कि कितना असहाय था वह कि उसका यह छोटा सा सपना भी पूरा नहीं कर पा रहा था।

''हवेली में सब लोग कैसे हैं?'' उसने माहौल बदलने के उद्‌देश्य से पूछा। वैसे भी उसे यह प्रश्न पूछना ही था।

''वे बड़े लोग हैं। उनको क्या हो सकता है? बरसात, गरमी, ठंडी, सूखा—ये सब हम गरीब लोगों को परेशान करता है। बबुआ ने अपना व्यापार शुरू कर दिया है। बबुनी छह महीने से दिल्ली में है,'' उसने रुककर गोदना की ओर देखा, जो सोच रहा था कि पिछले छह महीने से वह बबुनी से सिर्फ 40 किमी. दूर था। माई आगे बोली, ''कुँवर साहब और दिदिया ठाकुर साहब पर बबुनी की दूसरी शादी का जोर डाल रहे हैं,'' वह झुककर गोदना के चेहरे के बदलते रंग देखने लगी। वह जानती थी कि गोदना का हवेली का हालचाल पूछने का मतलब क्या था। उसने सफाई से अपने बेटे की जिज्ञासा शांत कर दी। वह भकोला के सामने सीधे–सीधे कुछ नहीं कह सकती थी। अगर उसको मालूम पड़ जाता कि गोदना बबुनी से प्यार करता था, तो वह शर्म के मारे नदी में कूदकर जान दे देता।

बाकी की रात गोदना सुबह होने का इंतजार करता रहा। वह जल्दी-से-जल्दी बबुनी से मिलना चाहता था। उसे उससे कितनी सारी बातें पूछनी थीं। उसने देश की सबसे प्रतिष्ठित नौकरी इसलिए छोड़ दी थी, क्योंकि उसे लगा था कि वह नौकरी उसे बबुनी से शादी करने लायक नहीं बनाएगी। सर्दियों में रातें लंबी होती हैं, क्योंकि सूरज देर से निकलता है। हालाँकि वह अपने माई-बाबा के साथ था, फिर भी वह रात उसे बहुत लंबी लग रही थी। सूरज निकलने से पहले उसने गाँव छोड़ दिया।

□

16

बबुनी से मिलने कि चाह लिए नई दिल्ली रेलवे स्टेशन से गोदना ने आदर्श नगर के लिए ऑटो लिया। जुनैद उसकी मदद कर सकता था। जुनैद सरकारी स्कूल में तीन साल उसका सहपाठी था। नई दिल्ली में गोदना के कुछ और संपर्क भी थे, जो कारोबार के सिलसिले में बने थे, लेकिन वह उनसे बबुनी से मिलने के लिए मदद नहीं माँग सकता था।

आदर्श नगर पहले से बेहतर हो गया था। कच्चे, कीचड़ भरे रास्ते, जिनके किनारे कचरा पड़ा रहता था, अब बंद नालियों वाले, सँकरे, लेकिन पक्के रास्तों में बदल गए हैं। कच्चे मकानों की जगह अब छोटे-छोटे पक्के घर खड़े हैं, हालाँकि हर मकान का आकार और रूप अलग था। अगर कुछ नहीं बदला था, तो वह था जूनियर म्यूनिसिपैलिटी स्कूल। जब गोदना स्कूल के सामने से गुजरा, तो सोचने लगा कि पता नहीं 1982 में उसके स्कूल छोड़ने के बाद से उसमें पुताई भी हुई है या नहीं।

एक छोटी-सी किराने की दुकान पर पुष्टि करने के बाद गोदना जुनैद के घर पहुँचा। वह एक छोटा-सा घर था, जिस पर हाल ही में हरा पेंट हुआ था। जुनैद के घर के सामने की पतली-सी गली में एक ऑटोरिक्शा और एक टैक्सी-एक पुरानी फीएट कार, खड़ी थी, जिसकी वजह से और किसी वाहन के अंदर जाने की गुंजाइश ही नहीं बची थी। आमना-सामना होने पर दोनों ने ही एक-दूसरे को नहीं पहचाना। जुनैद अपनी विशिष्ट दाढ़ी के कारण पहचान में नहीं आ रहा था। एक-दूसरे को नाम बताने के बाद दोनों गले मिले। जुनैद उसे घर के अंदर ले गया। मकान में दो कमरे, एक किचन और एक बाथरूम

था। जुनैद का एक छोटा भाई था और एक छोटी बहन। उसके पिता तीन साल पहले गुजर गए थे। उसकी बूढ़ी माँ अपने बेटे के बचपन के दोस्त को देखकर बहुत खुश हुई। जुनैद की शादी हो गई थी और उसके दो बच्चे भी थे। बच्चों ने बाहर आकर गोदना का अभिवादन किया। वे खाकी-सफेद यूनिफॉर्म पहनकर स्कूल जाने के लिए तैयार थे। गोदना को अफसोस हुआ कि वह बच्चों के लिए चॉकलेट या मिठाई नहीं लाया। उसने दोनों को 100-100 रुपए दिए और कहा, ''अपने लिए चॉकलेट ले लेना।'' बच्चे खुश होकर अंदर भाग गए। जुनैद यह देखकर बहुत प्रभावित हुआ। उसने गोदना से उसके बारे में पूछा।

गोदना ने जवाब दिया, ''हम एक सिविल इंजीनियर हैं और एक प्राइवेट फर्म में काम करते हैं। हम लोग गुड़गाँव में एक होटल बना रहे हैं,'' उसने अपना परिचय छोटा रखना उचित समझा, ''और तुम क्या करते हो?''

''मैं टैक्सी चलाता हूँ और छोटा भाई ऑटो चलाता है। तुम तो जानते हो कि अब्बा की कमाई कम थी, इसलिए हम आगे नहीं पढ़ पाए,'' जुनैद ने अपने पेशे के चुनाव के लिए अपने अब्बा की सीमित कमाई का बहाना बनाया, हालाँकि गोदना को उनकी तरक्की देखकर अच्छा लगा। उसे याद आया कि जुनैद के अब्बा साइकिल रिक्शा चलाते थे।

चाय पीने के बाद गोदना ने जुनैद को बाहर चलने के लिए कहा। उसके घर में दो ही कमरे थे और उसकी अम्मी और भाई को दूसरे कमरे में जाने के लिए कहना अच्छा नहीं लगता, लेकिन वह उनके सामने बात भी नहीं कर सकता था।

''जुनैद, हमें तुम्हारी मदद चाहिए। हम नई दिल्ली में किसी को नहीं जानते हैं।''

''कैसी मदद चाहिए, दोस्त?''

''असल में...।'' गोदना हिचकिचाया लेकिन उसे मदद की जरूरत थी। ''हमें एक लड़की से मिलना है। वह हमारे गाँव के मुखिया की बेटी है। इस समय वह दिल्ली में अपनी बुआ के पास है।''

''मैं कैसे मदद कर सकता हूँ? क्या वह भी तुमसे मिलना चाहती है?'' जुनैद के चेहरे पर उत्सुकता थी। वह स्कूल में तीन साल उसके साथ था और जितना वह उसे जान पाया था, उसके हिसाब से उसे विश्वास नहीं हो रहा था

कि गोदना को किसी लड़की से प्यार हो सकता है।

"हाँ, वह हमसे मिलना चाहती है। हम उसके घर जा सकते हैं, लेकिन दूसरों के सामने उससे बात नहीं कर पाएँगे। हम किसी तरह उसको खबर भिजवा देंगे कि वह बाजार या किसी और बहाने से बाहर एक पहले से तय जगह पर आ जाए ताकि हम दोनों आराम से बात कर सकें। तुम उसके बँगले के बाहर अपनी टैक्सी में इंतजार करना और उसे उस जगह पर छोड़ देना।"

"बँगला, मतलब जहाँ तुम रहते थे। मैं तुम्हारी मदद कर सकता हूँ, लेकिन मुझ पर और मेरे घरवालों पर कोई मुसीबत नहीं आनी चाहिए। तुम तो जानते हो, हम लोग अपने धर्म की वजह से अकसर परेशानी में पड़ जाते हैं। वैसे, तुम उसे कहाँ ले जाओगे?"

गोदना ने जगह के बारे में कोई फैसला नहीं किया था। जुनैद ने सुझाव दिया, "तुम उसे कनाट प्लेस ले जाओ और किसी रेस्टोरेंट में या किसी पार्क या सड़क पर टहलते हुए समय बिताओ।"

"हाँ, कनाट प्लेस ठीक रहेगा।"

"तुमने पता कर लिया है कि वे लोग अब भी उसी बँगले में रहते हैं या नहीं?" जुनैद की आशंका सही थी।

"हम जाकर पता करते हैं। अगर वे लोग अभी भी वहीं होंगे तो हम उससे बात करने का तरीका ढूँढ़ लेंगे। पता चलने पर हम तुम्हें बताएँगे। हम तुम्हें बँगला भी दिखा देंगे।"

"तुम्हें याद नहीं है? एक बार मैं तुम्हारे साथ बँगले के गेट तक गया था, लेकिन तुमने मुझे अंदर नहीं बुलाया था।"

गोदना ने उसे बताया कि वह उसका बँगला नहीं था, वह वहाँ सिर्फ एक नौकर था।

गोदना ने जुनैद की टैक्सी का नंबर ले लिया। उसने जुनैद से शाम तक अपना बैग उसके घर पर रखने का अनुरोध भी किया। फिर उसने एक कागज पर एक संदेश लिखा। उस संदेश में बबुनी को बाजार जाने के बहाने बाहर निकलकर कागज में लिखे नंबर वाली टैक्सी में बैठने के लिए कहा था, जो मेन गेट के बाहर उसका इंतजार कर रही होगी। जुनैद के घर से वह सीधे बँगले पर चला गया। मेन

गेट पर गार्ड को न देखकर उसे शंका हुई। फिर भी वह गेट के अंदर चला गया। उसने आउटहाउस की ओर देखा, जहाँ उसने कलेक्टर बनने के अपने सपने को पोषित किया था। उसने घंटी बजाई। एक नौकरानी ने दरवाजा खोला, ये नौकरानी वह नहीं थी, जो दस साल पहले यहाँ काम करती थी। गोदना ने दिदिया के बारे में पूछा। उसे दरवाजे पर छोड़कर नौकरानी अंदर चली गई। दस मिनट बाद दिदिया दरवाजे पर आईं। उन्हें देखकर उसे बबुनी की मौजूदगी महसूस होने लगी। दिदिया दस साल बाद गोदना को देखकर हैरान हो गईं। उन्होंने उसे अंदर लिविंग रूम में बुलाया। अंदर आकर गोदना खड़ा रहा, उसकी शिक्षा उसे फर्श पर बैठने नहीं दे रही थी और उसकी पृष्ठभूमि उसे कुरसी पर बैठने की इजाजत नहीं दे रही थी। वे पंद्रह मिनट तक बात करते रहे, न तो दिदिया ने उसे बैठने के लिए कहा और न उसे बबुनी दिखाई पड़ी। वह बँगले के पिछवाड़े में थी। उन पंद्रह मिनटों में उसे पता चला कि कुँवर साहब का तबादला कोलकाता हो गया है और उनके बेटे की तीन साल पहले शादी हो गई है। दिदिया ने बबुनी के बारे में कोई बात नहीं की। वह बबुनी के इंतजार में वहाँ हमेशा तो खड़ा नहीं रह सकता था, इसलिए उसने दिदिया से विदा ली। गोदना ने दिदिया का अभिवादन किया और उन्होंने दरवाजा बंद कर लिया। निराश होकर वह गेट की ओर जाने लगा। उसे रोना आने ही वाला था कि उसे सूखी पत्तियों की आवाज आई। उसने आवाज की दिशा में देखा। बबुनी पिछवाड़े से आ रही थी। वह गोदना को देखकर अचंभित हो गई। गोदना रुक गया। उस पल में बहके बिना उसने कागज नीचे गिरा दिया। बबुनी ने देख लिया और उसके जाने के बाद चुपचाप कागज उठा लिया।

जुनैद ने बबुनी को कनाट प्लेस में अमेरिकन स्टेट लाइब्रेरी के सामने उतार दिया; वह जगह उन्होंने पहले से तय कर रखी थी। गोदना, जो उत्सुकता से बबुनी का इंतजार कर रहा था, लपककर टैक्सी के पास आ गया। जुनैद ने उन्हें वह गली दिखाई, जहाँ वह टैक्सी पार्क करनेवाला था। उसने उनसे कहा कि अगर वह न मिले तो वे टैक्सी के पास ही खड़े रहें। बबुनी ने गुलाबी कुरता और सफेद सलवार पहना हुआ था। जैसे ही जुनैद गली में मुड़ा, गोदना ने उसका हाथ पकड़ा और दोनों सेंट्रल पार्क की ओर चलने लगे। बबुनी ने कहा,

"हमको 6 बजे तक वापस जाना है। हमने दिदिया से कहा है कि हम एक घंटे में आ जाएँगे। तुमने हवेली के नंबर पर फोन क्यों नहीं किया? हम छह महीने तक रोज दो घंटे बैठक में इंतजार करते थे," उसे बहुत कुछ कहना था। गोदना ने अपनी कलाई घड़ी पर नजर डाली, साढ़े पाँच बजे थे।

"हमने दो बार उस नंबर पर फोन किया, लेकिन आपके पापा ने फोन उठाया। हमको आपके लिए डर लग रहा था, इसलिए हमने बाद में फोन नहीं किया। वैसे एक बात बताइए, आप किसी और से शादी करने के लिए राजी कैसे हो सकती हैं, जब आपने हमें वादा किया है?" उसे भी बहुत-कुछ कहना था।

"अरे वाह! तुम्हारे पास मोबाइल फोन है। क्या तुम कलेक्टर से बड़े बन गए हो?" उसके प्रश्न को टालते हुए, उसके हाथ में मोबाइल फोन देखकर बबुनी ने खुश होकर पूछा।

"आप पहले हमारे सवाल का जवाब दीजिए; आप शादी क्यों कर रही हैं?"

"किसने कहा, हम शादी कर रहे हैं?"

"माई।"

बबुनी चलते-चलते रुक गई और हँसने लगी।

"आप हँस क्यों रही हैं?"

"हम इसलिए हँस रहे हैं, क्योंकि काकी भी तुम्हारे जैसी ही भोली है। इस बार गरमी में जब कुँवर साहब और दिदिया सुहागपुर आए, तो कुँवर साहब ने पापा से कहा कि कोई अच्छा सा तलाकशुदा या विधुर ढूँढ़कर हमारी शादी करा दें। पापा नहीं माने। उसी गरमी में हम उनके साथ दिल्ली आ गए। काकी ने कुँवर साहब की बात सुन ली होगी और हमारे दिल्ली आने को हमारी शादी से जोड़ लिया होगा। इस 29 साल की विधवा से कौन शादी करेगा?"

बबुनी सही कह रही थी। ठाकुर परिवार, जिनमें विधुर बेटे होते थे तो उनकी दूसरी शादियों के लिए भी जवान, कुँवारी लड़कियाँ ढूँढ़ते थे। उनके बीच उम्र का फासला कोई महत्त्व नहीं रखता था। पुनर्विवाह के नियम लड़कों और लड़कियों के लिए अलग-अलग थे। और गाँव में तलाकशुदा लड़के नहीं थे। बल्कि गाँव में तलाक दुर्लभ ही होते थे।

"देखिए, हम सही दिशा में बढ़ रहे हैं। बहुत जल्दी हम आपके पापा

के पास आकर आपका हाथ माँगेंगे। बस थोड़ा धीरज रखिएगा और शादी के लिए कोई अच्छा रिश्ता आने पर बहक मत जाइएगा।'' बबुनी फिर हँसने लगी।

''अब क्यों हँस रही हैं ?'' गोदना ने पूछा।

''बस तुम्हारे ऊपर प्यार आ रहा है इसलिए हँस रहे हैं। क्या हम यहाँ प्यार कर सकते हैं ?'' वह इधर-उधर देखने लगी। ''चार साल हो गए हैं जब ···।''

''देखिए, हम यहीं गुड़गाँव में हैं। अब हम लोग अकसर मिल सकते हैं। आप वापस सुहागपुर मत जाइएगा। किसी दिन हम लोग गुड़गाँव चलेंगे। बहुत सुंदर जगह है।''

बबुनी गंभीर हो गई।

''क्या हुआ ? क्या आप हमसे मिलना नहीं चाहती ?'' गोदना ने पूछा।

''दिदिया होली के बाद कोलकाता जा रही हैं। हमें सुहागपुर जाना पड़ेगा।''

अब गंभीर होने की गोदना की बारी थी। वह सोचने लगा कि खुशी के पल इतने छोटे क्यों होते हैं ? उन दोनों को सँभलने में थोड़ा समय लगा।

''अब हमें जाना चाहिए। दिदिया चिंता कर रही होंगी।'' गोदना ने उसे रुकने के लिए नहीं कहा। सवा छह बज चुके थे। सर्दी का मौसम था, इसलिए अँधेरा हो चुका था। वे एक-दूसरे से लिपट गए, एक-दूसरे के चुंबन लिये और अलग हो गए। गोदना ने उसे अपना मोबाइल नंबर दे दिया। उन्होंने अगले 40 दिनों का भरपूर फायदा उठाने का वादा किया।

गली में खड़ी सभी टैक्सियाँ एक जैसी लग रही थीं। गोदना को जुनैद की टैक्सी का नंबर याद नहीं था। उन्होंने उस 100 मीटर लंबी गली के दो चक्कर काटे। गली की दोनों तरफ वाहन खड़े थे।

''तुम अपने मोबाइल से उसको फोन क्यों नहीं करते ?'' बबुनी ने सुझाव दिया।

''उसके पास मोबाइल नहीं है।''

''अब हम लोग क्या करेंगे ?'' बबुनी ने चिंतित होकर पूछा।

''हमें टैक्सी का नंबर याद नहीं है।''

''तुमने जो कागज हमें दिया था उसमें लिखा है,'' बबुनी ने भोलेपन से कहा।

''आपने बताया क्यों नहीं कि वह कागज आपके पास है ?'' वह बबुनी पर चिल्लाया। बबुनी को बुरा नहीं लगा, क्योंकि वह जानती थी गोदना को उसकी चिंता हो रही थी। वे उस नंबर की टैक्सी को ढूँढ़ने लगे। जल्दी ही उन्हें टैक्सी मिल गई। कुछ ही सेकंड में जुनैद भी आ गया और वे फौरन रवाना हो गए।

''हम लोग फिर कब मिलेंगे ?'' गोदना ने धीमी आवाज में बबुनी से पूछा। वे पीछे की सीट पर साथ में बैठे थे।

''पता नहीं दिदिया हमें फिर से बाहर जाने देंगी कि नहीं! हमने इतनी देर कर दी है। हम अगली बार कहाँ मिलेंगे ?'' उसके स्वर से लग रहा था कि वह अगली मुलाकात का पूरा फायदा उठाना चाहती थी। गोदना उसका मतलब नहीं समझा, लेकिन जुनैद समझ गया। शायद टैक्सी चलाते हुए उसने अकसर ऐसी स्थितियों का सामना किया था। वह खुद को उनकी मदद करने से नहीं रोक पाया और बीच में बोला, ''शाहदरा में मेरी रिश्तेदारी में एक शादी है। मेरे सब घरवाले दो दिन बाहर रहेंगे। देख लो अगर तुम दोनों को ठीक लगे तो!''

गोदना और बबुनी ने एक-दूसरे को देखा। बिना सिर हिलाए या कुछ कहे, दोनों सहमत हो गए।

''क्या तुम आज की तरह उस दिन इनको अपने घर भी ला सकते हो ? हम इनको वापस ऑटो में छोड़ आएँगे।'' जुनैद ने हामी भर दी।

उस दिन बबुनी ने दिदिया के आगे अपनी माँ, पापा और भाई के लिए खरीदारी करने की इच्छा व्यक्त की। होली के लिए वे लोग सुहागपुर जा रहे थे। उसकी खुशकिस्मती से उस दिन दिदिया की किटी पार्टी थी वरना वे उसके साथ चलने को कहतीं। जुनैद दोपहर 12 बजे उसे अपने घर ले आया, जहाँ गोदना उसका इंतजार कर रहा था। अगले दो घंटे जुनैद के घर में सिर्फ वे दोनों थे। जुनैद के बताए अनुसार गोदना ने घर की चाभी उसके पड़ोसी को दे दी और वे दोनों ऑटो रिक्शा में रवाना हो गए। रास्ते में बबुनी ने जल्दी से ठाकुर साहब के लिए एक कुर्ता, अपनी माँ के लिए एक साड़ी और बबुआ के लिए एक शर्ट खरीद ली। उसने गोदना की माँ के लिए भी एक साड़ी खरीदी, लेकिन उसे नहीं बताया। होली से पहले वे तीन बार और मिले। हर बार जुनैद ने उनकी मदद की।

आखिरी मुलाकात में गोदना ने उससे पूछा कि क्या उसे गाँव के पोस्ट

ऑफिस का नंबर मालूम है ? बबुनी को नहीं मालूम था। उसने गोदना से कहा कि अगर उसे अपने माई–बाबा से बात करनी हो तो वह हवेली के नंबर पर फोन कर सकता है। गोदना ने मना कर दिया। उन्होंने चिट्ठियों के माध्यम से संपर्क में रहने का फैसला किया, हालाँकि चिट्ठी सिर्फ बबुनी ही लिख सकती थी। बबुनी ने पहली चिट्ठी में पोस्ट ऑफिस का फोन नंबर बताने का वादा किया।

होली से तीन दिन पहले बबुनी और दिदिया सुहागपुर चले गए। गोदना छह हफ्ते गुड़गाँव में रहा। इस बीच सुमेर सिंह ने उसे फोन करके बताया कि उदयपुर के जिला कलेक्टर ने उसके लिए दो बार बुलावा भेजा था।

□

17

विभिन्न सरकारी कार्यालयों द्वारा यदा-कदा उठाई छोटी-मोटी माँगों का खयाल सुमेर सिंह रखता था। पहली बार किसी सरकारी अधिकारी ने एक खदान मालिक को मिलने बुलाया था। गोदना जिला कलेक्टर से उनके ऑफिस में मिला। कलेक्टर ने उसका परिचय सत्तारूढ़ राजनीतिक पार्टी के प्रतिनिधि से कराया। प्रतिनिधि ने विनम्रता से उसको पार्टी के परोपकार फंड में 20 लाख रुपए का योगदान करने के लिए कहा। जिला कलेक्टर की वहाँ मौजूदगी का मतलब था, माँग के प्रति उनकी सहमति। राज्य में हाल ही में चुनाव संपन्न हुए थे। 20 लाख की राशि बहुत बड़ी थी और गोदना इतने बड़े खर्च के लिए तैयार नहीं था। उसने एक दिन का समय माँगा और कलेक्टर के ऑफिस से बाहर निकल आया। इस घटना ने उसे आई.ए.एस. में शामिल न होने के अपने निर्णय पर पछतावा न करने का एक और कारण दे दिया।

इस बारे में सलाह लेने के लिए शाम को उसने हँसमुख भाई को फोन किया। हँसमुख भाई ने उसे बताया कि एक व्यापार चलाने में ऐसे खर्च करने पड़ते हैं। उन्होंने उसे पैसे दे देने की सलाह दी और व्यापार चलाने की पेचीदगियों को समझने के लिए व्यक्तिगत रूप से मिलकर इस मुद्दे पर चर्चा करने के लिए कहा।

वित्त वर्ष का अंत होनेवाला था और बहुत से भुगतान करने बाकी थे। उसे बाजार से ऊँची ब्याज दर पर पैसे उठाने पड़े। पैसे देकर वह हँसमुख भाई से मिलने अहमदाबाद चला गया।

हँसमुख भाई ने उसे बताया कि ऐसी माँगों के लिए उसके पास अघोषित धन होना चाहिए। जैसे–जैसे वह तरक्की करता जाएगा, ऐसी माँगों का परिमाण भी बढ़ता जाएगा। उन्होंने गोदना को बताया कि अघोषित धन आय को कम बताकर बताया जाता है। अकाउंट बुक्स में थोड़ी हेराफेरी से न सिर्फ सरकार को दिए जानेवाले विभिन्न टैक्सों में कटौती होगी, बल्कि अघोषित आय भी उत्पन्न होगी। उन्होंने गोदना को सलाह दी कि वह एक अच्छा चार्टर्ड अकाउंटेंट नियुक्त करे और उसकी मोटी फीस देने में हिचकिचाए नहीं। अब तक गोदना ने साफ–सुथरा व्यापार किया था। उसकी अकाउंट बुक्स उसके बैंक के खाते और नकद राशि से मेल खाते थे। हालाँकि, व्यापार को सुचारु रूप से चलाते रहने के लिए सुमेर सिंह द्वारा यहाँ–वहाँ किए गए छोटे–मोटे अघोषित खर्चों का उसको बुरा नहीं लगता था।

हँसमुख भाई एक अघोषित नकदी कोष या कालाधन, जैसा कि आम भाषा में कहा जाता है, उत्पन्न करने के लिए उसे अकाउंट बुक्स, बैंक खाते और नकद राशि के त्रिकोण को असंतुलित करने के लिए कह रहे थे। हालाँकि हँसमुख भाई की दलील ने उसे आश्वस्त नहीं किया। उसने तर्क दिया कि सरकार टैक्स द्वारा एकत्रित राशि को देश के विकास में खर्च करती है। देश का मतलब है देश की जनता। इसलिए टैक्स की चोरी करने का मतलब है, देश की जनता के साथ बेईमानी करना। हँसमुख भाई उसे तीन साल पीछे ले गए।

तुम जानते हो कि तीन साल पहले मिगलानी ने तुमसे छह लाख रुपए नकद क्यों माँगे थे? क्या तुमको पता था कि उसने छह लाख कमाए, लेकिन उन पर इनकम टैक्स नहीं दिया? ऊपर से उसने वह पैसे कहीं दर्ज नहीं किए। मैं तुम्हें वह पैसे इसलिए दे पाया था, क्योंकि इतने साल में मेरी अकाउंट बुक्स ने वह राशि उत्पन्न की थी। इन पैसों का कोई हिसाब नहीं होता। ये बस एक हाथ से दूसरे हाथ में जाते रहते हैं। तीन साल पहले वह पैसे तुम्हारे काम आए इसलिए तुमने उनके मूल पर ध्यान नहीं दिया। लेकिन अब तुम्हें पैसे देने हैं, इसलिए तुम परेशान हो रहे हो। मान लो कल तुम्हारे सामने एक बड़ा और लाभदायक सौदा आता है और उसे हासिल करने के लिए तुम्हें छह करोड़ रुपए देने हैं, तो तुम क्या करोगे? उस सौदे को हासिल करोगे या जाने दोगे? टैक्स न देकर एक

तरह से तुम लोगों के साथ बेईमानी करोगे, लेकिन ऊँचाई की सीढ़ियाँ चढ़ने के बाद रोजगार, दान, स्कूल, अस्पताल के रूप में तुम उन्हें वो पैसे वापस कर सकते हो; तब तक सिर्फ खेल के नियमों का पालन करो।

इस उपदेश ने गोदना को बबुनी से शादी करने के अपने अंतिम लक्ष्य की याद दिला दी। वह सोचने लगा कि पता नहीं ठाकुर साहब से बबुनी का हाथ माँगने के योग्य बनने के लिए उसे सफलता की कितनी सीढ़ियाँ और चढ़नी पड़ेंगी। हालाँकि यह प्रश्न मुद्दे से बाहर था, फिर भी उसने पूछा, ''हँसमुख भाई, आपके हिसाब से इस देश में सबसे ताकतवर आदमी कौन है?''

''सबसे ताकतवर से तुम्हारा क्या मतलब है?''

''हमारा मतलब है, जिसके हाथ में हर चीज का नियंत्रण रहता हो नौकरशाही, नेता और जमींदार।'' वह जमींदार जोड़ने से खुद को नहीं रोक पाया।

''मेरे खयाल से इसका जवाब होगा, देश का प्रधानमंत्री। वैसे तो, कोई भी नेता, जिसके हाथ में एक विभाग हो, ताकतवर होता है। मंत्री, संसद् सदस्य, यहाँ तक कि राज्य विधानभाओं के विधायक भी पुराने समय के राजा-महाराजाओं से कम नहीं होते।''

इस जवाब ने गोदना को हैरत में डाल दिया। उसे तो टाटा, बिरला, अंबानी जैसे लोगों के नाम सुनने की उम्मीद थी, जिनके पदचिह्नों पर वह चल रहा था, लेकिन वह खुद को नेता बनने के लिए तैयार नहीं कर रहा था।

''लेकिन हमने संविधान की किताबों में पढ़ा है कि देश में सर्वोच्च शक्ति राष्ट्रपति के पास होती है।''

''तुम ठीक कह रहे हो। संविधान के पन्नों में राष्ट्रपति सर्वोच्च होता है, लेकिन वास्तविकता के पन्नों पर प्रधानमंत्री सबसे ताकतवर होता है।''

इस जवाब ने गोदना को निराश कर दिया। मोंटी पटेल से मिलने के पहले तक, उसके सामने शक्ति केंद्रों के दो उदाहरण थे—ठाकुर साहब और कलेक्टर। जब उसने लखनऊ के वी.वी.आई.पी. गेस्टहाउस में मोंटी और अग्रवाल जैसे लोगों को कलेक्टर-कमिश्नर जैसे लोगों को आदेश देते देखा, तो शक्ति केंद्र की उसकी धारणा एक सफल व्यवसायी की ओर स्थानांतरित हो गई। उसकी यह धारणा और मजबूत हो गई, जब उसने नेताओं को इनका मनोरंजन करते

देखा। शादी के उन तीन दिनों ने उसको एक परिकल्पना दे दी थी। हँसमुख भाई उसकी दुविधा समझ गए।

"देखो राम, पैसा ताकत हासिल करने का एक औजार हो सकता है; लेकिन वही पैसा लोगों का सम्मान पाने का एक माध्यम भी बन सकता है।"

हँसमुख भाई की सोच उसको दुविधा से करीब-करीब बाहर ले आई। गोदना एक बात समझ गया—अगर वह पहले ताकत हासिल कर लेता है और उसके बाद लोगों का सम्मान भी पा लेता है, तो वह शासन कर सकता है। हँसमुख भाई, जो उसके नियोक्ता थे, अब उसके गुरु और मार्गदर्शक बनते जा रहे थे। लेकिन गोदना ऊँचाई की उस सीमा को नहीं जानता था, जहाँ पहुँचने पर वह ठाकुर साहब से बबुनी का हाथ माँगने के लायक बन सकता था।

□

18

3 अप्रैल, 1999 को सिमी ने गोदना को फोन करके बताया कि उसके पास गोदना के नाम का एक अंतरदेशीय आया था। यह पत्र उन पत्रों के अतिरिक्त था, जो उसे नियमित रूप से मिलते थे। गोदना गुड़गाँव में था। उसने सिमी से वह पत्र फौरन गुड़गाँव भेज देने के लिए कहा। पत्र बबुनी का था। उसमें लिखे हर शब्द में बबुनी का उसके प्रति प्यार और उससे मिलने की बेचैनी झलक रही थी। पत्र में गाँव के पोस्ट ऑफिस का नंबर भी लिखा था। गोदना ने फौरन उस नंबर पर फोन मिलाया। उस समय दोपहर के 3 बजे थे। पोस्टमास्टर उसको पहचान गया। उसने गोदना को आधे घंटे बाद फोन करने के लिए कहा। गोदना अधीरता से 30 मिनट इंतजार करता रहा। जब उसने दोबारा फोन किया, तो पोस्टमास्टर ने रिसीवर उसकी माई को पकड़ा दिया। माई पहली बार फोन पर बात कर रही थी। वह गोदना की हर बात का जवाब सिर्फ हाँ, नहीं या अच्छा में दे रही थी। जब गोदना ने बाबा के बारे में पूछा, तो वह बोली, ''हवेली।'' गोदना ने उसे अगले दिन इसी समय बाबा के साथ डाकघर आने के लिए कहा। फोन काटने से पहले उसने पोस्टमास्टर से बात की और अनुरोध किया कि वह अगले दिन इसी समय उसके माई–बाबा को बुला दें।

पोस्ट ऑफिस का फोन अकसर खराब ही रहता था। फिर भी गोदना पंद्रह दिन में एक बार अपने माई–बाबा से बात कर लेता था और यह उसके लिए महीने में एक बार अंतरदेशीय मिलने से ज्यादा संतोषजनक बात थी। धीरे–धीरे उसने सिमी से उनके पत्रों के बारे में पूछना छोड़ दिया, लेकिन अब उसे बबुनी की

चिट्ठियों का इंतजार रहता था। सिमी को हर पंद्रह दिन में बबुनी की एक चिट्ठी मिलती थी, जिसे वह गोदना के पास भेज देती थी। उन चिट्ठियों में अभिव्यक्ति का तरीका भले ही बदलता रहता था, लेकिन सार एक ही होता था। दिसंबर में लिखी एक चिट्ठी में उसने बताया कि वह महीने के अंत में कोलकाता जा रही है। उसने कोलकाता से उसे फोन करने का वादा किया। वह यह सोचकर रोमांचित हो गया कि उसे बबुनी से मिलने का एक और मौका मिलेगा। वह नहीं जानता था कि उसके रोमांच की उम्र बहुत छोटी होगी।

वर्ष 2000 के आरंभ में एच.एच. इंफ्रा ने गुड़गाँव में हेरिटेज होटल का निर्माण रोक दिया। कारण था देय राशि का बहुत अधिक बढ़ जाना। जिस ग्रुप के लिए वे होटल बना रहे थे, वह व्यापार में अत्यधिक नुकसान दिखा रहा था और दीवालिया होने की कगार पर था। एच.एच. इंफ्रा को पिछले आठ महीनों से कोई भुगतान नहीं मिला था, जिसकी राशि अब बढ़कर 112 करोड़ हो गई थी। गोदना द्वारा आयोजित एक फॉलो-अप (अनुवर्ती) मीटिंग में ग्रुप ने शेष भुगतान की एवज में संपत्ति की पेशकश की। गुड़गाँव में कंपनी द्वारा किराए पर लिये क्वार्टर में लौटकर गोदना ने संपत्ति का आकलन किया। एक लाख बीस हजार स्क्वायर फीट की जमीन का बाजार भाव 150 करोड़ रुपए से अधिक था। उसके अनुमान से प्रस्तावित सौदे का मूल्य बाजार भाव से कहीं अधिक था। इसके अलावा इससे उन्हें एक नए उद्यम में प्रवेश करने का अवसर मिल रहा था, आतिथ्य उद्योग। जब गोदना ने हँसमुख भाई को फोन करके अपना विचार सामने रखा, तो उन्होंने इस प्रस्ताव के प्रति अनिच्छा जताई। हँसमुख भाई चाहते थे कि उनकी पेशकश को स्वीकार कर लिया जाए और संपत्ति को बेचकर अपने पैसे वसूल कर लिये जाएँ। फिर भी उन्होंने गोदना को आश्वस्त किया कि वे इस बारे में हिरेन और मुकुंद से चर्चा करेंगे। उन्होंने गोदना को अहमदाबाद वापस बुला लिया; अब गुड़गाँव में रुकने का कोई कारण नहीं था। गोदना अगली फ्लाइट से अहमदाबाद आ गया।

हिरेन होटल व्यवसाय में प्रवेश करने के विचार से उत्साहित हो गया। उसका झुकाव हॉस्पिटेलिटी, इवेंट मैनेजमेंट, फिल्म फाइनेंस या किसी वेब

आधारित व्यवसाय की ओर था। गोदना ने, जो मीटिंग में मौजूद था, अनुमान लगाया कि होटल के अधूरे निर्माण को पूरा करने के लिए अभी और 80 करोड़ के निवेश की आवश्यकता है। जब वह निवेश का ब्योरा पेश कर रहा था, तो उसका मोबाइल फोन बजने लगा। उसने फोन काट दिया और फिर से बोलना शुरू कर दिया। फोन फिर बजने लगा। उसने फिर से उसे काट दिया और आगे बोलना शुरू कर दिया। जब फोन तीसरी बार बजा, तो हिरेन चिढ़ गया, ''या तो तुम फोन पर बात कर लो या उसे स्विच ऑफ कर दो।'' गोदना ने फोन स्विच ऑफ करके अपना प्रेजेंटेशन पूरा किया। चूँकि कंपनी को होटल चलाने का कोई अनुभव नहीं था, बोर्ड ने संचालन के लिए एक प्रतिष्ठित हॉस्पिटेलिटी ग्रुप के साथ सहयोग करने का निर्णय लिया। एक उपयुक्त सहयोगी तलाश करने की जिम्मेदारी हिरेन ने ले ली। उस दिन कंपनी के बोर्डरूम में कागज पर एक नई फर्म एच.एच. हॉस्पिटेलिटी की स्थापना हो गई।

जैसे ही मीटिंग खत्म हुई, गोदना ने अपना मोबाइल स्विच ऑन किया और बोर्डरूम से बाहर आ गया। उसने उस नंबर पर फोन मिलाया। फोन कोलकाता के किसी पी.सी.ओ. से आया था। उसने उस व्यक्ति के बारे में पूछा, जिसने उस नंबर से तीन बार फोन किया था। कोलकाता में उसके कोई व्यावसायिक संपर्क नहीं थे। गोदना व्यवसाय में इतना डूबा रहता था कि व्यवसाय से बाहर वह किसी के बारे में सोच भी नहीं पा रहा था। इसी कशमकश में वह अपने घर चला गया। शाम को, जब वह नहा रहा था, तो अचानक उसे कोलकाता से फोन करनेवाले का ध्यान आ गया।

''हे भगवान्, कविता!'' वह चिल्लाया। उसने पिछली चिट्ठी में लिखा था कि वह कोलकाता जानेवाली है। गोदना यह बात भूल जाने के लिए खुद को कोसने लगा। होटल की साइट पर निर्माण रुक जाने और उसके बाद के घटनाक्रमों में वह इतना डूब गया था कि बाकी सबकुछ भूल गया था। वह बेताबी से उसके अगले फोन का इंतजार करने लगा। उसने अगले दिन फिर उसी नंबर से फोन किया। वह कोलकाता में एक महीना रहनेवाली थी। उसने गोदना को अपना पता भी बताया। पता अलीपुर क्षेत्र का था। वह इतनी भोली थी कि उसने गोदना से उनके बँगले में आ जाने के लिए कहा। गोदना ने कहा

कि उसके बँगले में आने से लोगों को संदेह हो सकता है। उसने बबुनी को सलाह दी कि वह कोलकाता में कोई सहेली बना ले या किसी लघु-अवधि की क्लास में, जैसे—खाना बनाना सीखने की या संगीत सीखने जाना शुरू कर दे।

दो दिन बाद बबुनी का फोन आया। उस दिन शुक्रवार था। गोदना उदयपुर से वापस लौट रहा था। बबुनी ने उसे बताया कि उसने एक संगीत की क्लास में नाम लिखवा लिया है। क्लास हफ्ते में तीन दिन होती थी—सोमवार, बुधवार और शुक्रवार। गोदना ने उससे सोमवार को मिलने का वादा किया। जगह और समय तय करने के लिए उसने बबुनी से रविवार को फोन करने को कहा।

गोदना ने हँसमुख भाई को बताया कि वह सात दिन छुट्टी पर रहेगा। वह पहली बार छुट्टी माँग रहा था। होटल का काम दोबारा शुरू होने में अभी कुछ समय था। वह जानता था कि सौदा पक्का होने और होटल का निर्माण कार्य दोबारा शुरू होने के बाद उसके पूरा होने तक उसे बिल्कुल फुरसत नहीं मिलेगी। इसलिए उसने कोलकाता के बाद अपने माई-बाबा के पास जाने का फैसला किया। वह रविवार शाम की फ्लाइट से कोलकाता रवाना हो गया। बबुनी ने उसे दोपहर में फोन किया और उन्होंने जगह तय कर ली।

अगली सुबह गोदना ने होटल पार्क कोलकाता में चेक इन किया, कमरे में अपना ब्रीफकेस रखा और फौरन अलीपुर चिड़ियाघर के लिए निकल गया। बबुनी वहाँ पहुँच चुकी थी। उसने उसे खुशखबरी सुनाई कि वे अगले दिन भी मिल सकते हैं। उसने अपने शिक्षक से विनती की थी कि वे बुधवार की क्लास मंगलवार को ले लें और वे मान गए थे। उन्होंने एक घंटा चिड़ियाघर में टहलते हुए, बीच-बीच में जानवरों को देखते हुए बिताया। बबुनी के पास उसे बताने के लिए बहुत-कुछ था। ठाकुर मंगल देव सिंह का छह महीने पहले देहांत हो गया था। गोदना को आश्चर्य हुआ, क्योंकि माई-बाबा ने उसे यह खबर नहीं दी थी। उसने आगे बताया कि उसके दादाजी के देहांत के बाद से उसकी दादीजी ने उस पर लगे प्रतिबंधों में ढील दे दी। दिदिया और कुँवर साहब ने ठाकुर साहब पर उसके पुनर्विवाह के लिए जोर डालना छोड़ दिया। उसने यह भी बताया कि वह दो-चार बार गाँव में उसके घर भी गई थी और उसे पता था कि गोदना पोस्ट ऑफिस में फोन करके अपने माई-बाबा से बात करता है। उसे इस बात

से कोई शिकायत नहीं थी कि गोदना ने पोस्ट ऑफिस के नंबर पर उसे कभी फोन नहीं किया। समय के साथ वह परिपक्व हो गई थी, लेकिन जब गोदना ने उसे बताया कि पार्क स्ट्रीट के एक फाइव स्टार होटल में ठहरा है, तो वह एक बार फाइव स्टार होटल देखने की इच्छा जताए बिना नहीं रह पाई। उसने फाइव स्टार होटल की भव्यता के बारे में सुना था। गोदना भी पहली बार एक फाइव स्टार होटल में ठहरा था, हालाँकि वह खुद भी एक फाइव स्टार होटल का निर्माण करवा रहा था। सुबह वह जल्दी में था, इसलिए उसने टैक्सीवाले से कहा था कि वह उसे अलीपुर चिड़ियाघर के पास किसी अच्छे होटल में ले जाए। टैक्सीवाला होटल से अच्छी कमीशन मिलने की उम्मीद में उसे होटल पार्क में ले गया, जो अलीपुर से पाँच किमी. दूर है।

वह सप्ताह के कार्यदिवस की सुबह थी, इसलिए चिड़ियाघर में भीड़ बिल्कुल नहीं थी। चिड़ियाघर के दक्षिणी ओर एक छोटा सा द्वीप था। प्रवासी पक्षियों ने द्वीप के पेड़ों पर डेरा डाल रखा था। द्वीप का वातावरण बहुत सुखद था; ठंडी हवाएँ कोलकाता के उमस भरे मौसम से राहत दे रही थीं। जब उन्हें चिड़ियाघर में टहलते हुए वह द्वीप दिखाई दिया, तो उन्हें अफसोस हुआ कि वह जगह उन्हें पिछले एक घंटे में क्यों नहीं दिखी। बबुनी ने उसका हाथ थाम लिया। गोदना ने उसे नहीं रोका। जब वे झील के किनारे पहुँचे, तो उसने गोदना का हाथ छोड़ दिया, एक झुके हुए पेड़ के सहारे लेट गई और अपने दुपट्टे से खेलने लगी। उसका बोलना बंद हो गया। गोदना उसका इशारा समझ गया। वह उस पर झुक गया। दोनों की हथेलियाँ मिल गईं। उसने बबुनी के होंठ चूम लिये। उसका लाल दुपट्टा नीचे खिसक गया और उसका वक्षस्थल दिखने लगा। उसने उसके वक्षस्थल को चूम लिया। बबुनी ने उसकी हथेलियों को छोड़ दिया और उसके बाल पकड़ लिये। लेकिन वहाँ पर प्रेमालाप करना अवांछनीय था।

''हमको फाइव स्टार होटल देखना है। कल हम तुम्हारे होटल में मिलेंगे'', उसने गहरी साँस लेते हुए कहा। गोदना समझ गया वह क्या चाहती है। एक बार तो उसका मन हुआ कि अपने होटल के कमरे में कुछ समय उसके साथ बिताए, लेकिन उनके संस्कारों ने उन्हें रोक दिया। अगली सुबह वे फिर से चिड़ियाघर में मिले और सीधे उस द्वीप पर चले गए। उनके अंदर की आग ने

उन्हें और साहसिक बना दिया। जो बात एक दिन पहले अवांछनीय थी, वह आज अपरिहार्य हो गई।

शाम को गोदना नई दिल्ली के लिए निकल गया। अगली सुबह उसने लखनऊ की फ्लाइट ले ली। लखनऊ में उसका एक डीलर था, जिसे उसकी कंपनी संगमरमर और ग्रेनाइट की आपूर्ति करती थी। डीलर खूब सिंह यादव राजनीतिक संपर्कों वाला लखनऊ का व्यापारी था। वह उत्तर प्रदेश की एक प्रमुख राजनीतिक पार्टी का अधिकारी था। खूब सिंह के अनेक व्यवसाय थे; वह निर्माण व्यवसाय में था, सरकारी ठेकेदार था और उसका एक रेस्टोरेंट भी था। खूब सिंह ने गर्मजोशी से गोदना का स्वागत किया। उसके दृष्टिकोण से गोदना बहुत ऊँची हस्ती था, क्योंकि वह छह खदानों का मालिक था। खूब सिंह ने उसके लिए अपनी व्यक्तिगत कार और ड्राइवर की पेशकश की। गोदना अपनी पहचान या अपने आने का उद्देश्य प्रकट नहीं करना चाहता था, इसलिए उसने विनम्रता से मना कर दिया। हालाँकि खूब सिंह के मैत्रीभाव से वह प्रभावित हुआ। दोनों ने एक-दूसरे को अपने मोबाइल नंबर दिए और संपर्क में रहने का वादा किया। खूब सिंह के अनुरोध पर गोदना उस रात लखनऊ में रुक गया और रात का खाना उसके साथ खाया। अगली सुबह उसने एक टैक्सी ली और सुहागपुर रवाना हो गया।

पिछली बार के विपरीत, जब वह गुप्त रूप से अपने माई-बाबा के पास आया था, इस बार गोदना दिन के उजाले में सुहागपुर पहुँचा। पिछले एक हफ्ते से पोस्ट ऑफिस का फोन खराब था, इसलिए वह उन्हें अपने आने की सूचना नहीं दे पाया। जैसे ही टैक्सी ने टोले में प्रवेश किया, बच्चे उसके साथ-साथ दौड़ने लगे। पिछली बार टैक्सी गली के बाहर ही रुक गई थी, लेकिन इस बार पूरा चक्कर काट के उसके घर के पीछे रुकी। ड्राइवर ने इंजन बंद करने से पहले 2-3 बार जोर से एक्सेलरेटर से आवाज की। जाड़ों की दोपहर थी। बाबा घर के बाहर खटिया पर सो रहे थे और माई घर के अंदर फर्श पर। आवाज सुनकर दोनों की नींद खुल गई। आँखें मलते हुए दोनों गाड़ी की ओर भागे। गोदना को देखकर माई रोने लगी। आदत के अनुसार शुरुआती झटके से उबरने के बाद

वह अंदर रोटियाँ गरम करने चली गई।

यह खबर कि गोदना एक बड़ी-सी गाड़ी में आया है, जंगल में आग की तरह फैल गई। ठाकुर साहब ने सुना, तो नारायण बाबू को पुष्टि करने के लिए भेजा। नारायण बाबू ने टोले से वापस आकर बेचैनी से इंतजार कर रहे ठाकुर साहब को बताया कि खबर सही थी। ठाकुर साहब ने उत्सुकता से पूछा, ''क्या उसकी गाड़ी हमारी जीप से बड़ी है?''

''जी, मालिक,'' उनके जख्मों पर नमक छिड़कते हुए नारायण बाबू ने जवाब दिया।

''कितनी बड़ी गाड़ी है?''

जवाब में नारायण बाबू ने अपनी शॉल उतारकर दोनों हाथ फैला दिए, ''कलेक्टर की गाड़ी से बड़ी है।''

''कलेक्टर से बड़ी गाड़ी होने से कोई कलेक्टर नहीं बन जाता,'' उन्होंने अपने अहं पर मरहम लगाया और अंदर बैठक में चले गए।

गोदना ने बाबा से अगले दिन हवेली से छुट्टी लेने के लिए कहा। उसने कारण नहीं बताया, बस इतना कहा कि वह उन दोनों के साथ रहना चाहता है। अगले दिन गोदना बाबा और माई को सिवान ले गया। दोनों किसी वाहन में पहली बार बैठे थे। माई बहुत उत्साहित थी। उत्तर की जनवरी वाली ठंड को बरदाश्त करने के लिए गोदना ने ड्राइवर से हीटर चलाने के लिए कह दिया। गोदना ने उनके लिये कपड़े और किराने का सामान खरीदा। दोपहर का खाना उन्होंने होटल में खाया। माई-बाबा के लिए यह सब बिल्कुल नया अनुभव था।

जब ठाकुर साहब ने सुना कि गोदना अपने माई-बाबा को गाड़ी में घुमाने ले गया है, तो उन्होंने कच्चे रास्ते पर तीन अलग-अलग जगह अपने आदमी तैनात कर दिए, जो उन्हें गाड़ी के लौटने की सूचना दे सकें। वे गोदना की बड़ी गाड़ी देखने की इच्छा को रोक नहीं पा रहे थे। जब उनके आदमियों ने गाड़ी के आने की सूचना दी तो वे फौरन कच्चे रास्ते पर गए और कुछ दूर जाकर वापस गाँव की तरफ चलने लगे; गाड़ी अभी भी गाँव से एक किलोमीटर दूर थी।

ड्राइवर ने सड़क के बीच में एक आदमी को चलते देखा तो तिरस्कारपूर्वक हॉर्न बजाने लगा। उसके लिए ठाकुर साहब सिर्फ एक आदमी थे। भकोला ने

ठाकुर साहब को पहचान लिया और सतर्क हो गया। गोदना और माई ने भी ठाकुर साहब को पहचान लिया, लेकिन कोई प्रतिक्रिया व्यक्त नहीं की। जब ठाकुर साहब मुड़े तो भकोला अपनी सीट पर खड़ा हो गया। माई खड़ी नहीं हुई, गोदना को यह देखकर अच्छा लगा। ठाकुर साहब ने गाड़ी को रास्ता दिया और उसे जाते हुए देखते रहे।

अगली सुबह गोदना सुहागपुर से निकल गया। रास्ते में वह मोतीराम अड्डा रुका, जो गोरखपुर शहर से 34 किमी. पहले पड़ता है। मोतीराम अड्डा एक गाँव के हिसाब से बड़ा था, लेकिन उसे शहर नहीं कहा जा सकता था। उसने एक किराने की दुकान पर चौबे पंडितजी के बारे में पूछा। एक छोटे शहर या गाँव का फायदा यह है कि वहाँ सब एक-दूसरे को जानते हैं। दुकानदार ने उसे पंडितजी के घर का रास्ता समझा दिया। वह घर उसके सुहागपुर के घर से बेहतर नहीं था, सिवाय इसके कि इसमें रसोईघर और एक छोटा-सा अतिरिक्त कमरा था। सोचने लगा कि पाँच आदमी इस छोटे से घर में कैसे रह पाते होंगे। बाद में उसको पता चला कि उस घर में पाँच नहीं, बल्कि आठ लोग रहते हैं, जिनमें दयाशंकर के दादा-दादी, उसकी पत्नी और 5 साल के बेटे के अलावा उसके माता-पिता और एक बहन भी थे। 11 साल के लंबे अंतराल के बाद मिलने पर दोनों ही एकाएक कोई प्रतिक्रिया व्यक्त नहीं कर सके, खासतौर से दयाशंकर। ब्राह्मण होने के संस्कारों की वजह से उसे एक ऐसे आदमी का स्वागत करने में हिचकिचाहट हो रही थी, जो जेल जा चुका था। दूसरी बात, उसके माता-पिता और बहनों के अलावा सिर्फ गोदना जानता था कि उसे जेल हुई थी। उसकी पत्नी भी यह बात नहीं जानती थी। खैर, गोदना एक उद्देश्य लेकर आया था इसलिए उसी ने पहल की।

''हैलो दया, कैसे हो तुम और घर में सब लोग? हमको अंदर नहीं बुलाओगे?''

''हाँ-हाँ, अंदर आओ,'' उसने कहा और पीछे खड़ी बड़ी-सी गाड़ी की ओर देखा। शायद गाड़ी ने काम कर दिया था।

सर्दियों की सुबह थी। घर की औरतें छोटे कमरे में चली गईं और घर के

बड़े धूप खाने के बहाने घर के पिछवाड़े चले गए।

''तुमको नौकरी मिली?'' गोदना ने पूछा।

''हाँ।''

''सरकारी नौकरी है?'' गोदना जानता था कि सरकारी नौकरी छोड़ने का निर्णय लेना आसान नहीं होगा।

''नहीं, प्राइवेट नौकरी है। सरकारी नौकरियों पर तो अनुसूचित जातियों और पिछड़े वर्ग का नाम लिखा होता है,'' उसने व्यंग्यात्मक स्वर में जवाब दिया। उसे नहीं पता था कि गोदना अनुसूचित जाति का है। दया ने आगे कहा, ''आज रविवार है इसलिए हम लोग मिल पाए वरना रोज सवेरे 8 बजे तक हम मानकपुर के लिए निकल जाते हैं और रात को 8 बजे वापस आते हैं। हम इंडियन टेलीफोन इंडस्ट्रीज (आई.टी.आई.) के एक विक्रेता के लिए काम करते हैं।

''मनकापुर गोंडा जिले का एक शहर है। जिला गोंडा लखनऊ से 130 किलोमीटर दूर पूर्व में है। आई.टी.आई., मनकापुर एशिया के सबसे विशाल कारखानों में से एक है। यहाँ डिजिटल टेलीफोन एक्सचेंजों का निर्माण होता है।''

''तुम आते-जाते कैसे हो? ट्रेन से?'' गोदना ने पूछा।

''हाँ।''

''हमें भरोसा है कि अब तुम ट्रेन का टिकट खरीदते होगे,'' गोदना ने छेड़ा और दोनों हँसने लगे। दया अब तक सहज हो चुका था।

''हमारे पास मासिक पास है,'' दया ने कहा।

''तुम्हें वेतन कितना मिलता है?''

''3000 रुपया महीना।''

''तुम्हारे परिवार, तुम्हारी बहनों का क्या हाल है?''

''बड़ी बहन की छह साल पहले शादी हो गई। हमारी शादी में जो दहेज मिला, वह हमने उसकी शादी में दे दिया। छोटी बहन अभी कुँवारी है। हमने उसके लिए एक लड़का देखा है। इंजीनियरिंग कॉलेज में क्लर्क है। सरकारी नौकरी है। वे लोग 3 लाख नकद और एक मोटरसाइकिल माँग रहे हैं। समझ में नहीं आ रहा है क्या करें!''

गोदना उसके चेहरे को देखने लगा। जिम्मेदारियों और उन्हें पूरा न कर पाने के अपराध-बोध से वह अपनी 33 साल की उम्र से दस साल बड़ा लगने लगा था।

''तुम हमारे लिए काम करोगे? उम तुम्हें 50,000 वेतन और घर का किराया देंगे।'' दया की आँखें फैल गईं। रसोई से आ रही बरतनों की आवाज अचानक रुक गई।

''पोस्टिंग कहाँ होगी?''

''अहमदाबाद या उदयपुर, हमारी कंपनी की जरूरत के हिसाब से।''

दया अपनी समस्याओं में इतना डूबा हुआ था कि वह गोदना के बारे में पूछना भूल गया।

''लेकिन हमें सोचने के लिए थोड़ा समय चाहिए, और फिर गुड्डी की शादी···।'' बरतनों की आवाज अभी शुरू नहीं हुई थी। जवाब में, गोदना उठा और अपनी गाड़ी के पास चला गया। उसकी चेकबुक गाड़ी में थी। उसने दयाशंकर चौबे के नाम 3 लाख रुपए का चेक बनाया।

''यह गुड्डी की शादी के लिए 3 लाख रुपए हैं। शादी की तैयारियाँ शुरू कर दो। तुम्हारे पास ज्यादा समय नहीं है। हम चाहते हैं कि तुम जल्दी-से-जल्दी हमारी कंपनी में काम करना शुरू कर दो,'' जैसे ही उसने बात खत्म की, गुड्डी और उसके दादाजी के अलावा घर के सब सदस्य कमरे में आ गए। दया के माता-पिता और उसकी पत्नी रोने लगे। वे उन दोनों की बातचीत सुन रहे थे। अपने घरवालों को रोता देखकर दया भी रोने लगा। उस दृश्य को देखकर गोदना भावुक हो गया। दयाशंकर गोदना के हाथ से चेक लेने के लिए आगे नहीं आया।

''हम तुम्हारे ऊपर कोई एहसान नहीं कर रहे हैं। यह पैसे तुम्हारे वेतन से कट जाएँगे। यह हमारा कार्ड है। हम चाहते हैं तुम जल्द-से-जल्द रिपोर्ट करो। अब हम चलते हैं,'' उसने भगवान् श्रीकृष्ण की तसवीर के आगे चेक रख दिया। कमरे में कोई टेबल नहीं था।

''बेटा, खाना खाकर जाओ। तुम तो हमारे लिए भगवान् बनकर आए हो,'' दया की माँ ने आगे बढ़कर अनुरोध किया।

''माई, कभी और। हमें शाम का जहाज पकड़ना है।''

''लेकिन बेटा, तुम्हें गुड्डी की शादी में आना पड़ेगा। यह शादी तुम्हारे ही कारण हो पाएगी।''

''माई, हम भी आना चाहते हैं, लेकिन हम वादा नहीं कर सकते। अगर उस समय हमें फुरसत होगी तो जरूर आएँगे।''

इतना कहकर वह घर से निकल गया। दया उसके पीछे गाड़ी तक आया। गोदना ने दया के पिता को कहते सुना, ''हम हमेशा कहते थे कि भगवान् हमारी प्रार्थना सुनेंगे और हमारी मदद के लिए एक देवदूत को भेजेंगे।'' गोदना मुसकरा दिया।

चार महीने बाद दयाशंकर चौबे ने गोदना को फोन किया। वह काम शुरू करने के लिए तैयार था। गोदना ने उसे उदयपुर के ऑफिस में रिपोर्ट करके सुमेर सिंह से मिलने के लिए कहा। उसने सुमेर सिंह को निर्देश दिया कि वह दया को हर तरह के प्रशासनिक और कार्यालय के कामों में प्रशिक्षित कर दे। तीन महीने बाद दया अपने परिवार को उदयपुर ले आया।

□

19

लेरियट ग्रुप से सहयोग के बाद एच.एच. हॉस्पिटेलिटी का नाम औपचारिक रूप से एच.एच. लेरियट हो गया। लेरियट एक प्रतिष्ठित फ्रेंच हॉस्पिटेलिटी ग्रुप था, जिसके होटल और रिसोर्ट दुनिया के 15 प्रमुख शहरों में थे। भारत के बेंगलूरु शहर में यह ग्रुप पहले ही एक होटल खोल चुका था। इस सौदे को पक्का करने में हिरेन के दोस्त जगन ने मध्यस्थ की भूमिका निभाई। उसने कोई परामर्श शुल्क नहीं लिया। हिरेन ने प्रतिफल के रूप में उसे कंपनी का शेयरहोल्डर बनाने का प्रस्ताव रखा। इसके अलावा, जगन ने एच.एच. इंफ्रा में 100 करोड़ रुपए के निवेश की पेशकश भी की—पूरी राशि कालेधन के रूप में निवेश होनी थी। हँसमुख भाई ने प्रस्ताव पर फिलहाल कोई निर्णय नहीं लिया।

लेरियट के साथ हुए करार के तहत, एच.एच. इंफ्रा द्वारा निर्माण-कार्य के पूरा होने के बाद, साज-सज्जा (फर्नीशिंग) और अन्य विविध सामानों पर आनेवाला खर्च एच.एच. लेरियट का दायित्व होगा। ऑपरेशन आरंभ होने के एक वर्ष के भीतर, एच.एच. लेरियट निर्माण की पूरी लागत, जिसकी अनुमानित राशि करीब 290 करोड़ थी, एच.एच. इंफ्रा को लौटा देगा। संचालन की जिम्मेदारी पूरी तरह लेरियट पर होगी, जबकि होटल चलाने में होनेवाले राजस्व खर्चे एच.एच. इंफ्रा द्वारा वहन किए जाएँगे। लाभ में साझेदारी एच.एच. लेरियट और लेरियट के बीच 50-50 फीसदी होगी। जैसे ही सौदे की औपचारिकताएँ पूरी हुईं, गोदना ने अपना लक्ष्य तय कर लिया—जल्दी-से-जल्दी होटल का निर्माण पूरा करवाना। अक्तूबर में जब होटल के निर्माण कार्य ने अपने

अंतिम चरण में प्रवेश किया, तो पूरे हो चुके हिस्सों की साज-सज्जा शुरू हो गई। होटल का निर्माण कार्य नवंबर 2000 में पूरा हो गया। दिसंबर के पहले सप्ताह में हुई एक मीटिंग में, लेरियट इंडिया के अध्यक्ष ने 1 जनवरी, 2001 से ऑपरेशन शुरू करने पर जोर दिया, हालाँकि होटल के 60% हिस्से की साज-सज्जा अभी भी बाकी थी।

1 जनवरी, 2001 को गुड़गाँव के राष्ट्रीय राजमार्ग नंबर 8 पर स्थित होटल एच.एच. लेरियट का उद्घाटन हुआ। उसके विशिष्ट किले जैसे आकार ने स्थानीय लोगों के साथ-साथ विदेशी मेहमानों को भी आकर्षित किया। उद्घाटन के कुछ ही महीनों के भीतर लेरियट ग्रुप की विशेषज्ञता ने होटल को न सिर्फ व्यवसाय के सिलसिले में आए लोगों की, बल्कि छुट्टियाँ मनाने आए लोगों की भी पसंदीदा जगह बना दिया।

बाद में दोनों समूहों के संयुक्त प्रयासों से एक बैंक ने होटल की बंधक व्यवस्था के तहत एच.एच. इंफ्रा को राशि का भुगतान कर दिया। दूसरे शब्दों में, निर्माण पर व्यय की गई पूरी राशि, जिसका कि एच.एच. इंफ्रा ने दावा किया था, नवस्थापित कंपनी एच.एच. लेरियट पर एक दायित्व बन गई। पहले तीन महीनों में होटल को मिली अभूतपूर्व प्रतिक्रिया ने हिरेन को बहुत उत्साहित कर दिया। अप्रैल में हुई अगली वार्षिक जनरल मीटिंग में उसने गोवा में ऐसा ही एक होटल खोलने का प्रस्ताव रखा, लेकिन हँसमुख भाई ने होटल व्यवसाय का और विस्तार करने का निर्णय लेने से पहले कम-से-कम दो वर्ष इंतजार करने पर जोर दिया। उनके दिमाग में दूसरी योजनाएँ थीं। एच.एच. इंफ्रा के बोर्ड ने हँसमुख भाई के सुझाव पर कंपनी के पार्श्व विस्तार का एक प्रस्ताव रखा और राजमार्ग निर्माण के क्षेत्र में कदम रखने का निर्णय लिया। हँसमुख भाई दूरदर्शी थे। उस समय राजमार्ग निर्माण के कारोबार में कदम रखने के उनके अपने कारण थे।

1998 के आम चुनावों के बाद जब सरकार बदली, तो भारत में सड़क निर्माण क्षेत्र में काफी सुधार आया। केंद्र सरकार ने राजमार्ग विकास के लिए एक नेटवर्क विकास का दृष्टिकोण अपनाने का फैसला किया और राष्ट्रीय राजमार्ग विकास कार्यक्रम (NHDP) की अवधारणा को स्पष्ट किया। एन.एच.डी.पी.

ने चार महानगरों, जिन्हें स्वर्णिम चतुर्भुज या गोल्डन क्वाड्रीलेटरल कहा जाता है और उनके विकर्णों, जिन्हें उत्तर-दक्षिण और पूर्व-पश्चिम गलियारे कहा जाता है, को जोड़नेवाली सड़कों का विकास करने और उन्हें मजबूत बनाने पर ध्यान केंद्रित किया। आज भी, हालाँकि ये ट्रंक मार्ग भारत के सड़क नेटवर्क का सिर्फ 2% हिस्सा हैं, लेकिन कुल सड़क यातायात का 40% वहन करते हैं। केंद्र सरकार ने सड़क की बुनियादी सुविधाओं के लिए वर्ष 1998-99 में एक समर्पित वित्त पोषण मॉडल भी बनाया। सरकार ने सड़क क्षेत्र की जाँच की और पेट्रोल और डीजल पर उपकर (सेस) के माध्यम से राजमार्ग विकास के लिए बैकबोन फाइनेंसिंग फ्रेमवर्क तैयार किया, जो देशभर में सड़क की बुनियादी सुविधाओं के लिए निर्धारित किया गया। भारतीय राष्ट्रीय राजमार्ग प्राधिकरण (NHAI) को, जो देश में राजमार्गों के रखरखाव और प्रबंधन के लिए जिम्मेदार है, एक संस्था के रूप में सशक्त किया गया। सरकार द्वारा अनुमोदित कार्यक्रमों को लागू करने की जिम्मेदारी NHAI पर छोड़ दी गई। कार्यक्रम के तहत आनेवाली हर परियोजना के लिए NHAI को सरकार की मंजूरी लेने की आवश्यकता नहीं थी।

छह महीने बाद एच.एच. इंफ्रा को एक अन्य कंपनी के साथ, जो पहले से सड़क निर्माण के क्षेत्र में थी, संयुक्त उद्यम (जॉइंट वेंचर) में राजमार्ग विकास का पहला ठेका मिला। ज्वॉइंट वेंचर अपरिहार्य था, क्योंकि एच.एच. इंफ्रा के पास सड़क निर्माण का कोई अनुभव नहीं था। राजस्थान में जयपुर और राधोपुर के बीच 140 किमी. के राजमार्ग विकास का ठेका 600 करोड़ रुपए का था।

वर्ष 2001 के अंत में एक और घटना हुई; मुकुंद की रुक्मिणी से शादी। रुक्मिणी के पिता की मुंबई के जवेरी बाजार में जवाहरात की दुकान थी। रुक्मिणी खुद भी एक ज्वेलरी डिजाइनर थी। वे लोग गुजराती थे, जो दो पीढ़ियों पहले मुंबई आकर बस गए। हालाँकि हैसियत में वे हँसमुख भाई के परिवार से नीचे थे, फिर भी हँसमुख भाई रिश्ते के लिए मान गए। उनके अनुसार कम हैसियतवाले परिवार से आई लड़की हमेशा अपने ससुरालवालों का अधिक सम्मान करती है। इसके अलावा शादी का प्रस्ताव हिरेन लेकर आया था और हँसमुख भाई उस पर आँख मूँदकर विश्वास करते थे।

ज्वेलरी डिजाइनर बनने से पहले रुक्मिणी ने मॉडलिंग में किस्मत आजमाई थी। वह लंबी थी, खूबसूरत थी, और उसमें वह सब खूबियाँ थीं, जो एक मॉडल बनने के लिए आवश्यक होती हैं। अधिकांश नई मॉडलों की तरह वह भी एक सौंदर्य प्रतियोगिता जीतने की आकांक्षा रखती थी। लेकिन उसके साथ एक समस्या थी। वह सबकुछ बहुत जल्दी चाहती थी, और यही बात मॉडलिंग क्षेत्र में उसकी असफलता का कारण बन गई। जल्दी-से-जल्दी आगे बढ़ने के लिए उसने अपने चरित्र का बलिदान कर दिया, और अंततः इसी बात ने उसके मॉडलिंग कॅरियर को समय से पहले समाप्त कर दिया। हालाँकि यही बात उसे हिरेन के निकट भी ले आई।

होटल का काम पूरा हो जाने के बाद गोदना को मिली राहत ज्यादा दिन नहीं रही। कंपनी के राजमार्ग विकास के क्षेत्र में प्रवेश करने के निर्णय ने उसे पहले से ज्यादा व्यस्त कर दिया। पी.डब्ल्यू.डी. के उसके अनुभव के बहाने कंपनी ने राजमार्ग विकास कार्य की पूरी जिम्मेदारी उसे दे दी। वह रात-दिन काम करता । कभी-कभी वह 200 किमी. की दूरी पर स्थित दो साइटों का दौरा एक ही दिन में कर लेता। हँसमुख भाई उस पर भरोसा करते थे, क्योंकि उसने हमेशा अच्छे परिणाम दिए थे। हालाँकि कंपनी के वाइस प्रेसिडेंट नितिन शाह थे, फिर भी हँसमुख भाई कोई नई परियोजना हाथ में लेने से पहले गोदना की सलाह अवश्य लेते। वे उसके साथ हुई हर मीटिंग का अंत इन शब्दों से करते, "राम, मैं इस प्रोजेक्ट को पूरा करने के लिए तुम्हारे ऊपर भरोसा कर रहा हूँ, योजना बनाने से लेकर पूरा होने तक। अगर तुम्हें लगता है कि तुम इसे पूरा कर सकते हो तो हम आगे बढ़ेंगे। तुम जानते हो कि मैं सिर्फ साबुन और डिटरजेंट के बारे में जानता हूँ। मैं सिविल इंजीनियरिंग के बारे में कुछ नहीं जानता।" इन शब्दों से गोदना को हमेशा खुद पर गर्व होता और वह अपने नियोक्ता को कभी निराश न करने का संकल्प लेता।

गोदना को अपने खनन व्यवसाय के लिए बिल्कुल समय नहीं मिलता था। हालाँकि, सुमेर सिंह बहुत दक्षता से उसके व्यवसाय की देखभाल करता था। खदान का मालिक होने के नाते, जब भी वे कोई नई लीज हासिल करते या

जब भी कोई बड़ी समस्या उत्पन्न होती, तब कागजी कार्रवाई के लिए गोदना की जरूरत पड़ती। सुमेर ने कंपनी को तीन खदानों से छह खदानों तक पहुँचा दिया। 1996 में सिर्फ एक सोपस्टोन खदान से शुरुआत करनेवाली कंपनी के पास अब 2002 में दो सोपस्टोन खदानें, दो ग्रेनाइट खदानें और दो संगमरमर की खदानें थीं। कंपनी ने अपने परिवहन वाहनों के काफिले को बढ़ाकर 48 तक पहुँचा दिया। उनके पास 17 बुल्डोजरों की परिसंपत्ति भी थी। सुमेर सिंह के हाथ के नीचे 36 कर्मचारी काम करते थे। वित्त वर्ष 2002 के अंत में चार्टर्ड अकाउंटेंट ने जी. राम माइनिंग कंपनी की कीमत का मूल्यांकन 100 करोड़ रुपए की कंपनी के रूप में किया।

गोदना ने सुमेर सिंह को उपयुक्त रूप से पुरस्कृत किया। उसने उसे पदोन्नत करके जी. राम माइनिंग कंपनी का वाइस प्रेसिडेंट बना दिया और उसे एक घर, जीप और साल में एक बार कंपनी के खर्च पर सपरिवार विदेश यात्रा का पुरस्कार दिया। उसने सुमेर सिंह का वेतन भी बढ़ाकर 10 लाख रुपए सालाना कर दिया।

□

20

लगातार खरीद के द्वारा एच.एच. इंफ्रा ने मुंबई और ठाणे में 70 लाख वर्ग गज का भूमि बैंक जमा कर लिया। खरीदने के बाद से अब तक उन भूमि के टुकड़ों का मूल्य कई गुना बढ़ गया। कुछ विशेष प्रकार की परियोजनाओं पर प्रतिबंध या निरुत्साह दरशानेवाली भौगोलिक सीमाओं और नियामक संदर्भों की वजह से एक लंबी अवधि में मुंबई और उसके आसपास की अचल संपत्तियों की कीमत में तेजी से वृद्धि हुई। इसके अलावा अन्य राज्यों से निरंतर उत्प्रवासन (माइग्रेशन) और वित्तीय केंद्र के रूप में शहर के प्रक्षेपण ने अचल संपत्ति (रियल एस्टेट) की माँग बढ़ा दी, जबकि आपूर्ति लाचार बनी रही। 2002 में मुंबई में एच.एच. इंफ्रा के भूमि बैंक का अनुमानित मूल्य 5000 करोड़ रुपए था। हिरेन मुंबई में निर्माण के कई प्रस्ताव लेकर आ रहा था, लेकिन हँसमुख भाई ने उसे परिपक्व समय का इंतजार करने के लिए कहा। कंपनी शुरू करने के बाद से अब तक, 14 साल में, उन्होंने मुंबई में सिर्फ दो व्यावसायिक इमारतों का निर्माण किया था। हँसमुख भाई को मुंबई में दोबारा प्रवेश करने के लिए वर्ष 2003 का आरंभ उपयुक्त लगा—मीरा रोड पर एक 21 मंजिला आलीशान आवासीय परिसर (रेजिडेंशियल कॉम्प्लेक्स) और अँधेरी पश्चिम में 5 मंजिला स्टेट ऑफ द आर्ट मॉल के निर्माण के साथ। प्रश्न पूँजी का था, क्योंकि विभिन्न चालू सड़क परियोजनाओं के लिए कंपनी बाजार के साथ-साथ बैंकों से भी काफी कर्ज उठा चुकी थी। लॉन्च के पहले की औपचारिकताओं के लिए जब हिरेन मुंबई आया, तो हँसमुख भाई ने उसके सामने यह समस्या रखी। हिरेन ने उन्हें आश्वासन दिया कि वह किसी प्रकार वित्त का प्रबंध कर लेगा।

11 साल पहले हिरेन ने नेताओं और आपराधिक तत्त्वों के लिए सौदे किए थे। वह उनका कालाधन शेयरों में निवेश कर देता या उसे अघोषित ऋण में तब्दील कर देता था। कालेधन को ठिकाने लगाना भ्रष्ट अधिकारियों और नेताओं के लिए हमेशा से चिंता का विषय रहा है। समय के साथ, रियल एस्टेट की निरंतर बढ़ती कीमतों और पैसे बनाने की निश्चितता ने नेताओं को रियल एस्टेट बाजार की ओर आकर्षित किया। इससे नेताओं और रियल एस्टेट खिलाड़ियों के बीच एक गठजोड़ स्थापित हो गया। इसके अलावा रियल एस्टेट के कारोबारियों को भी अपनी परियोजनाओं में तेजी लाने के लिए नेताओं के साथ जुड़ने में फायदा नजर आने लगा। संपत्ति की सरकारी दरों और उनकी कहीं ऊँची बाजार दरों के बीच के अंतर से कालेधन को ठिकाने लगाना आसान हो जाता था। इस बार हिरेन ने जान-बूझकर अंडरवर्ल्ड की मदद नहीं ली। हिरेन के अनुरोध पर जगन ने हँसमुख भाई की मीटिंग एक स्टेट के कैबिनेट मंत्री के साथ तय करवा दी जिनका पोर्टफोलियो एक लाभप्रद विभाग में था। राजनीतिज्ञ अपना कालाधन किसी-न-किसी भरोसेमंद संस्था के पास ठिकाने लगाना पसंद करते हैं। एक औपचारिक प्रस्ताव के बाद मंत्री महोदय एच.एच. इंफ्रा में अपना कालाधन निवेश करने को तैयार हो गए। कंपनी की प्रोफाइल से अधिक एक गारंटर के रूप में जगन की भूमिका उन्हें आश्वस्त करने में सफल रही।

जिस दिन कंपनी ने दोनों योजनाएँ लॉन्च कीं, उसी दिन सिमी को दुबई से एक ई-मेल मिला। हँसमुख भाई, कादंबरी बेन, नितिन शाह, मुकुंद, रुक्मिणी और हिरेन सब मुंबई में लॉन्च के लिए मौजूद थे। गोदना नई दिल्ली में था, क्योंकि एन.एच.ए.आई. का एक टेंडर खुलने वाला था। सिमी ने, जिसकी ऑफिस मैनेजर के रूप में जिम्मेदारी थी कि वह सब आधिकारिक पत्रों का निरीक्षण करे, हँसमुख भाई को उस ई-मेल के बारे में सूचित किया। मेल शेख मोहम्मद अली अकबरी बिन अल राशिद के दफ्तर से आई थी, जो दुबई के बहु अरबपति तेल व्यापारी थे। शेख कारोबार के सिलसिले में गुड़गाँव आए थे, तो होटल एच.एच. लेरियट में ठहरे थे। किले जैसे दिखनेवाले एक अत्याधुनिक होटल के विचार ने उन्हें प्रभावित किया। वे जोधपुर के होटल उम्मेद पैलेस में

भी रुक चुके थे। होटल उम्मेद पैलेस के शिल्प ने भी उन्हें प्रभावित किया था, लेकिन वे यह सोचकर उत्साहित थे कि जोधपुर जैसा भव्य और इतना खूबसूरत शिल्प किसी दूसरे शहर में भी बनाया जा सकता है। उस मेल में उन्होंने वैसा ही होटल दुबई में बनवाने की इच्छा प्रकट की। वे चाहते थे कि एच.एच. इंफ्रा होटल का निर्माण करके उन्हें सौंप दे। होटल का संचालन उनकी कंपनी करेगी। इसीलिए उन्होंने एच.एच. लेरियट को नहीं, बल्कि एच.एच. इंफ्रा को संपर्क किया। मेल में शेख ने उनको मीटिंग के लिए आमंत्रित किया।

हँसमुख भाई ने पूरी मेल पढ़ी और सबको उसके बारे में बताया। उन्होंने सिमी से वह मेल गोदना को भेजने के लिए कहा। चूँकि गुड़गाँव के होटल की अवधारणा गोदना की थी और उसी ने होटल का निर्माण भी करवाया था, इसलिए यह ज़िम्मेदारी भी उसी को दी जानेवाली थी। शुभारंभ (लॉञ्च) समारोह के बाद, रुक्मिणी और हिरेन के अलावा सब अहमदाबाद लौट गए। एक हफ्ते बाद काररवाई आगे बढ़ाने के लिए हिरेन दुबई गया, क्योंकि गोदना उस समय व्यस्त था।

शेख मोहम्मद अली अकबरी दो-एक अतिरिक्त चीजों के साथ गुड़गाँव के एच.एच. लेरियट की वास्तुशिल्प डिजाइन के लिए सहमत हो गए। दुबई के अल ऐन रोड पर होटल के निर्माण के लिए निर्धारित जमीन का क्षेत्र 2 लाख वर्ग गज का था, जो एच.एच. लेरियट से अधिक था। उसमें तीन चीजें जोड़ी गईं, सबसे ऊपरी मंजिल पर एक रेस्टोरेंट के साथ दो 50 मीटर ऊँची मीनारें, ज्यादा बड़ा शॉपिंग आर्केड और एक बगीचा। मीनारों को डिजाइन करने की जिम्मेदारी दुबई के एक आर्किटेक्ट को दी गई। गोदना द्वारा सामग्री का एस्टीमेट (अनुमान) बनाकर दुबई भेजते ही शेख की कंपनी ने ईरान और ओमान में संगमरमर और ग्रेनाइट का ऑर्डर दे दिया। किले जैसी शक्ल की प्रामाणिकता बनाए रखने के लिए लाल पत्थर राजस्थान के कोटा से आयात किया गया।

दो महीने बाद एक बोर्ड मीटिंग में हिरेन ने एच.एच. इंफ्रा की कॉरपोरेट एडवरटाइजिंग का विचार सामने रखा। हँसमुख भाई के एफ.एम.सी.जी. कारोबार का प्रिंट और विज्ञापन के लिए 3 करोड़ रुपए प्रतिवर्ष का तंग बजट था। उन्हें

एच.एच. इंफ्रा की कॉरपोरेट एडवरटाइजिंग की जरूरत कभी महसूस नहीं हुई। इंफ्रास्ट्रक्चर प्रोजेक्ट्स, राजमार्गों और बिजली संयंत्रों से उनके टर्नओवर की हिस्सेदारी रियल एस्टेट के टर्नओवर से कहीं अधिक थी। उनके विचार से इंफ्रास्ट्रक्चर के व्यापार को बढ़ावा देने के लिए आवश्यक गुणवत्ता और समय से काम पूरा करने की आवश्यकता होती है, विज्ञापन की नहीं। वे अपनी रियल एस्टेट परियोजनाओं का विज्ञापन प्रिंट मीडिया में अवश्य देते थे, क्योंकि उन्हें बेचने के लिए यह जरूरी था। कॉरपोरेट विज्ञापन सेल्स प्रमोशन (बिक्री संवर्धन) से ज्यादा पब्लिक रिलेशन का काम करता था। इसका उद्देश्य जनता के बीच या उद्योग के भीतर एक फर्म की कॉरपोरेट छवि, प्रतिष्ठा और नाम बनाना होता है। जब हिरेन ने यह सब बिंदु सामने रखे, तो हँसमुख भाई विचार करने लगे। एच.एच. इंफ्रा को एक दिन सार्वजनिक करना वास्तव में उनका सपना भी था। कॉरपोरेट विज्ञापन एक सफल पब्लिक इश्यू (सार्वजानिक निर्गम) बनाने में मदद कर सकता था। एक संक्षिप्त चर्चा के बाद, बोर्ड ने कॉरपोरेट विज्ञापन में प्रवेश करने का प्रस्ताव पारित कर दिया। फिर हँसमुख भाई ने एक और प्रस्ताव रखा।

हँसमुख भाई ने देखा कि गोदना खुद के खनन कारोबार को समय नहीं दे पाता, क्योंकि उसने हमेशा एच.एच. इंफ्रा को प्राथमिकता दी है। एच.एच. इंफ्रा को 1994 की 200 करोड़ की कंपनी से 2003 की 10,000 करोड़ की कंपनी बनाने में गोदना के योगदान को उन्होंने हमेशा स्वीकार किया था। गोदना का नाम एच.एच. इंफ्रा के लिए एक ब्रांड बन गया था। हँसमुख भाई ने यह सारी बातें मीटिंग में बोर्ड के सामने रखीं और गोदना के लिए कंपनी में 3% की साझेदारी और साथ ही उसके लिए एग्जीक्यूटिव डायरेक्टर की पोस्ट के निर्माण का प्रस्ताव रखा। जब हँसमुख भाई ने यह प्रस्ताव रखा, तो हिरेन और रुक्मिणी, जो मीटिंग में मौजूद थे, एक-दूसरे को देखने लगे। हालाँकि, रुक्मिणी न तो शेयरहोल्डर थी और न ही एच.एच. इंफ्रा के बोर्ड में थी, फिर भी वह बोर्ड मीटिंग्स में शामिल रहती थी। हिरेन प्रस्ताव का विरोध करना चाहता था, लेकिन चुप रहा। वह जानता था कि कारोबार सिर्फ नेताओं और नौकरशाहों द्वारा निवेश किए कालेधन से नहीं चलते। इसमें बैंकों और वित्तीय संस्थाओं से आए पारदर्शी और घोषित निवेशों की भी महत्त्वपूर्ण भूमिका होती है। कंपनी के बोर्ड

में गोदना के शामिल होने से ऐसे निवेश आकर्षित होंगे। कॉरपोरेट विज्ञापन में प्रवेश करने का उसका खुद का प्रस्ताव पारित हो चुका था, और चूँकि उसकी नजर कंपनी के मालिक की कुरसी पर थी, हिरेन को यह प्रस्ताव चुपचाप स्वीकार करना पड़ा। और इस प्रकार यह प्रस्ताव निर्विरोध पारित हो गया। हालाँकि हिरेन हँसमुख भाई को याद दिलाने से नहीं चूका कि उन्होंने जगन को भी कंपनी का शेयरहोल्डर बनाने की बात की थी। हँसमुख भाई मुसकरा दिए। उन्होंने पहले ही इस बारे में सोच लिया था। उन्होंने 3% की हिस्सेदारी जगन के लिए और 3% की रुक्मिणी के लिए घोषित कर दी। फिर तो सब खुश हो गए। हिरेन ने तुरंत जगन को टेक्स्ट मैसेज करके सूचना दी। शेयरहोल्डिंग के पुनर्निर्माण का प्रस्ताव सर्वसम्मति से पारित हो गया। गोदना का, जो बगल के कमरे में इंतजार कर रहा था, औपचारिक रूप से मीटिंग में बुलाकर एच.एच. इंफ्रा के नए हितधारक (स्टेकहोल्डर) के रूप में स्वागत किया गया। शेयरहोल्डिंग की नई व्यवस्था के तहत हिरेन के पास 25%, कादंबरी बेन के पास 8% और मुकुंद के पास 7% शेयर थे। हँसमुख भाई ने अपने पास 51% शेयर रखे। अंत में, हँसमुख भाई ने कंपनी के उपनियमों में कुछ परिशिष्टों का प्रस्ताव रखा। एक परिशिष्ट के अनुसार कंपनी में कम-से-कम 7% हिस्सेदारी वाले शेयरहोल्डर बोर्ड ऑफ डायरेक्टर्स के सदस्य होंगे, और निर्णय लेने या मतदान करने का अधिकार सिर्फ बोर्ड के सदस्यों के पास होगा। इस प्रस्ताव को सुनकर कुछ लोगों की भौंहें तनीं, लेकिन किसी ने विरोध नहीं किया।

7 जून, 2003 को गोदना 400 करोड़ रुपए का आदमी हो चुका था। उसके सपने पूरे होने लगे थे। मीटिंग के बाद गोदना की अपने किसी निकट के व्यक्ति के साथ यह खबर साझा करने की इच्छा हुई। उसके तीन अपने थे—माई, बाबा और बबुनी। पोस्ट ऑफिस के फोन पर कॉल करने का कोई फायदा नहीं था, क्योंकि पोस्ट ऑफिस शाम 4 बजे बंद हो जाता था। बबुनी से बात कर पाने का कोई तरीका नहीं था। वह दुविधा में था, जब उसके पास यह फोन आया। फोन उसके गृह जिले से था; यह उसको एस.टी.डी. कोड देखकर पता चला, क्योंकि पोस्ट ऑफिस के नंबर में भी उसने वही कोड लगाया था। वह थोड़ा डर गया। जब उसने फोन उठाया, तो दूसरी तरफ बबुनी थी।

''आपने यह फोन कैसे किया? किसका नंबर है यह? माई–बाबा ठीक हैं न?'' वह लगातार पूछता गया।

''हाँ, काकी और काका ठीक हैं। हम कल उनसे मिले थे। गोवर्धन पंसारी ने पी.सी.ओ. खोल लिया है। हम वहीं से बात कर रहे हैं। अब हम जब चाहें तुमसे बात कर सकते हैं।''

''यह तो बहुत अच्छी बात है। हम भी आपको एक खुशखबरी सुनाते हैं। हम जिस कंपनी में काम करते हैं, उसके 3% के हिस्सेदार हो गए हैं।''

''इसका क्या मतलब है? अब तुम कितना कमा लेते हो?'' उसने भोलेपन से पूछा। उसे हिस्सेदार शब्द का मतलब समझ में नहीं आया।

''आप अंदाजा लगा सकती हैं कि हमारे पास अब कितना पैसा है?''

''हम कैसे बता सकते हैं? शायद 5 या 10 लाख?''

''कविता, हम अब 400 करोड़ रुपए के मालिक हैं।'' गोदना को उम्मीद थी कि वह खुशी से चीखने लगेगी, लेकिन वो चुप रही।

''क्या हुआ? आपको खुशी नहीं हुई?''

''हमको डर लग रहा है कि तुम हमें भूल जाओगे,'' उसके स्वर में असुरक्षा की भावना थी। ''अगर तुम इतने अमीर हो गए हो तो आकर हमारे पापा से बात क्यों नहीं करते? हो सकता है पापा अब मान जाएँ।''

''हम सही समय आने पर आपके पापा से बात कर लेंगे, और भगवान् के लिए ऐसा कभी मत सोचिएगा कि हम अमीर हो गए हैं, तो आपको भूल जाएँगे,'' उसने बबुनी को आश्वासन दिया।

''अब हम फोन रखते हैं। गोवर्धन हमें देख रहा है।'' उसको शक हो सकता है।

''ठीक है, अगले महीने हम सुहागपुर आएँगे। पक्की तारीख हम आपको बता देंगे। अब ध्यान से सुनिए, फोन काटने के बाद, एक बार फिर रिसीवर उठाकर कोई भी दूसरा नंबर मिलाइएगा। कोई भी नंबर, क्योंकि गोवर्धन रीडायल करके पता कर सकता है कि आप हमसे बात कर रही थीं। और कभी भी हमारा नंबर लिखा हुआ कागज उसकी दुकान में मत छोड़िएगा। हम गोवर्धन को जानते हैं। वह बहुत चालाक आदमी है। वह आपके पापा से शिकायत करने में हिचकिचाएगा नहीं।''

दुबई जाने से पूर्व रमजान के पहले गोदना अपने माई–बाबा और बबुनी से मिलने सुहागपुर गया। वह बहुत छोटी यात्रा थी। सिर्फ तीन दिनों की। पहले दिन वह बबुनी से मिलने का कोई उपाय नहीं कर पाया। दूसरे दिन बबुनी शाम को खुद छुपते–छुपाते उसके घर आ गई। उसने अपना चेहरा ढक लिया और एक सुनसान रास्ता पकड़ा, ताकि टोले में कोई उसे गोदना के घर जाते देख न ले। गोदना की अच्छी किस्मत से घर में सिर्फ माई थी; बाबा हवेली गए थे। माई ने बबुनी को देखा तो घर से बाहर चली गई। गोदना ने उसे गले लगाकर उसका चुंबन ले लिया। उसने दुबई से उसके लिए सोने के कंगन लाने का वादा किया।

तीसरे दिन गोदना सुहागपुर से रवाना हो गया।

□

21

एच.एच. इंफ्रा 24-25 अप्रैल, 2004 को दुबई में होनेवाले पाँचवें ग्लोबल इंडियन फिल्म अवार्ड (GIFA) का प्रमुख प्रायोजक बनने के लिए तैयार हो गई। हालाँकि कंपनी आयोजन की एकमात्र प्रायोजक नहीं थी, फिर भी इस निर्णय से उनका बैंक बैलेंस साढ़े छह मिलियन डॉलर नीचे आ गया। यह दस महीने पहले कंपनी के कॉरपोरेट विज्ञापन में प्रवेश करने के निर्णय के बाद से सबसे बड़ा निवेश था। सिमी ने एक मेल द्वारा गोदना को कंपनी के निर्णय की सूचना दी। गोदना को यह निर्णय ठीक नहीं लगा। उसके अनुसार यह एक अनावश्यक खर्च था। गोदना हिरेन पर बड़बड़ाने लगा, क्योंकि कॉरपोरेट विज्ञापन में प्रवेश करने का विचार उसका था। उसे याद आया कि बोर्ड मीटिंग में प्रस्ताव के पारित होने के बाद हिरेन उसकी जिम्मेदारी लेने के लिए तैयार हो गया था। हिरेन को फिल्में और फिल्मी सितारे पसंद थे। वह बॉलीवुड की लगभग सभी पेज थ्री पार्टियों में शामिल होता था। इस जिम्मेदारी ने उसे मुंबई की फिल्मी बिरादरी की चापलूसी करने और उन्हें उपकृत करने का एक और अवसर दे दिया। इसलिए जब गोदना को एच.एच. इंफ्रा की ओर से समारोह में शामिल होने का मेल मिला, तो उसने आश्चर्यजनक रूप से हँसमुख भाई को फोन किया, ''हँसमुख भाई, कृपया हिरेन भाई को इस समारोह में जाने के लिए कह दीजिए। आप तो जानते हैं, हमें फिल्मों में कोई दिलचस्पी नहीं है और हम ऐसे समारोहों से दूर रहते हैं। वह खुशी से इस अवार्ड शो में जाने के लिए तैयार हो जाएँगे।''

''हिरेन अप्रैल में व्यस्त रहेगा वरना वह खुद यह मौका हाथ से नहीं

जाने देता। मैंने सिमी को तुम्हें मेल भेजने के लिए कहने से पहले हिरेन से पूछा था। चूँकि तुम दुबई में ही हो, इसलिए तुमसे शो में जाने के लिए कहना स्वाभाविक था।''

''हँसमुख भाई, शो में जाना जरूरी है क्या? वे प्रायोजन चाहते थे और वह हमने उन्हें दे दिया। हमें तो शो में न जाने में कोई बेअदबी नजर नहीं आती,'' गोदना ने बचने की कोशिश की।

''देखो, कंपनी की तरफ से किसी को तो जाना पड़ेगा। कंपनी का एक चेहरा होना चाहिए। ऊपर से हम लोग इतना पैसा खर्च कर रहे हैं।''

''लेकिन हँसमुख भाई हमने तो अपने जीवन में एक फिल्म भी पूरी नहीं देखी है। हम फिल्म उद्योग में किसी को पहचानते भी नहीं। हमें उन फिल्मी सितारों के बीच बहुत अजीब लगेगा।''

''राम, अब ऐसे समारोहों में जाने की आदत डाल लो। किसी दिन कंपनी तुम्हें किसी समारोह का उद्घाटन करने के लिए या कंपनी की तरफ से औपचारिक भाषण देने के लिए भी कह सकती है। तुम अब एच.एच. इंफ्रा के कर्मचारी नहीं हो; तुम कंपनी के एक शेयरहोल्डर और एग्जीक्यूटिव डायरेक्टर भी हो। अपनी भूमिका को समझो।''

हँसमुख भाई के आग्रह और तर्क ने उसे पुनर्विचार करने पर मजबूर कर दिया।

''ठीक है, हँसमुख भाई। सिमी से कहिए हमें सारा विवरण भेज दे।''

अगले कुछ मिनटों तक वे होटल की प्रगति के बारे में बात करते रहे, लेकिन अवार्ड शो की बात दोबारा नहीं उठी।

गोदना ने अपने जीवन में अब तक सिर्फ एक फिल्म देखी थी—धर्मपुत्र। ठाकुर साहब ने दशहरे पर रामलीला के दौरान एक ओवरहेड प्रोजेक्टर के माध्यम से गाँववालों के लिए एक फिल्म शो की व्यवस्था की थी। गोदना उस समय 10 साल का था। गोदना को याद आया कि वे पूरी फिल्म नहीं देख पाए थे, क्योंकि इंटरवल के कुछ ही देर बाद रील मशीन में फँस गई थी। गोदना का फिल्मी ज्ञान इस जानकारी तक सीमित था कि फिल्मों के तीन सुपर स्टार थे दिलीप कुमार, अमिताभ बच्चन और राजेश खन्ना, और शोले भारतीय फिल्मों

के इतिहास की सबसे सफल फिल्म थी। शोले देखने की उसकी हमेशा से इच्छा थी, चूँकि वह उसकी प्राथमिकताओं की सूची में नहीं थी, इसलिए वह कभी उसके लिए समय नहीं निकाल पाया।

शो से एक सप्ताह पहले गोदना को आयोजकों की ओर से औपचारिक निमंत्रण मिल गया। अवार्ड शो के एक दिन पहले 24 अप्रैल को, ओबेरॉय में एक शिष्टाचार भोज (डिनर) था। ओबेरॉय होटल अवार्ड शो के वेन्यू, दुबई कन्वेंशन सेंटर के पास था। हँसमुख भाई के कहने पर गोदना ने अवार्ड शो में शामिल होने के लिए खुद को किसी तरह तैयार कर लिया था, लेकिन डिनर में जाने की उसकी बिल्कुल इच्छा नहीं थी। इतनी छोटी सी बात के लिए हँसमुख भाई को दोबारा फोन करना उसे उचित नहीं लगा। कुछ देर दोबारा सोचने के बाद उसे डिनर में शामिल होने में कोई नुकसान नहीं दिखा। 'आखिर रात को उसे खाना तो खाना ही था। चूँकि फिल्मी बिरादरी या मीडिया में से कोई उसे पहचानता नहीं है, इसलिए वह चुपचाप खाना खाकर आ जाएगा,' उसने सोचा। निमंत्रण में लिखा था—कॉकटेल और डिनर रात 9 बजे से, इसलिए ज्यादा देर नहीं होनी चाहिए।

लेकिन गोदना का सोचना गलत साबित हुआ। जब वह सवा नौ बजे होटल के शानदार बॉलरूम में पहुँचा, जिसे उस शाम के लिए एक बैंक्वेट हॉल में परिवर्तित कर दिया गया था, तो इवेंट कंपनी के कुछ अधिकारी उसके स्वागत के लिए मौजूद थे। उसका साथ देने के लिए वहाँ कोई मेहमान नहीं थे। खैर, चूँकि वह दुबई में एक फाइव स्टार होटल का निर्माण करवा रहा था, इसलिए उसने खाली समय का सदुपयोग होटल का चक्कर लगाने में किया। ओबेरॉय होटल का बैंक्वेट हॉल निश्चित रूप से शेख मोहम्मद अली अकबरी के फिलहाल अनाम, निर्माणाधीन होटल से बड़ा था, लेकिन उसके डिजाइन किए हुए गोलाकार हॉल में भी उतने ही मेहमान समा सकते थे। दूसरी बात, एक गोलाकार हॉल में प्रत्येक मेहमान को महसूस होता है कि उसका ध्यान रखा जा रहा है, क्योंकि हॉल में कोई कोना नहीं होता। उसने होटल की सभी मंजिलें, गलियारे, जिम, स्पा, स्विमिंग पूल और रेस्टोरेंट देख लिये। वह उनके रेस्टोरेंट की डिजाइन से काफी प्रभावित हुआ। उस शानदार नाइन/वन रेस्टोरेंट

में प्राकृतिक रोशनी का भरपूर प्रावधान था और सामने एक खुली जगह दिखाई देती थी, जहाँ बैठने की व्यवस्था के साथ पानी का विशाल स्रोत था। वह होटल का एक सुइट देखने में भी सफल हो गया, जो हाउसकीपिंग स्टाफ द्वारा सफाई के लिए खोला गया था। बीच में, सवा दस बजे, वह मेहमानों को देखने बैंक्वेट हॉल में गया। नए आनेवालों में फोटोग्राफर थे। एक अधिकारी से पूछने पर उसे पता चला कि आमंत्रित सेलिब्रिटीज में से अधिकतर उसी होटल में ठहरे थे; उसे हैरानी हुई। उसके प्रति उन अधिकारियों का व्यवहार असामान्य रूप से विनम्र था। गोदना को बाद में एहसास हुआ कि उसके आमंत्रण पत्र पर उसके लिए वी.वी.आई.पी. गेस्ट लिखा हुआ था।

रात 11 बजे के बाद मेहमानों का आना शुरू हुआ। कुछ ही देर में बार टेंडर्स (शराब परोसनेवाले) व्यस्त हो गए। फोटोग्राफर एकल, युगल और सामूहिक तसवीरें लेने में व्यस्त हो गए। गिलासों के टकराने के साथ चियर्स की आवाजें गोदना का मनोरंजन कर रही थीं। किसी कॉकटेल पार्टी में आने का यह उसका पहला अनुभव था। हाथ में ऑरेंज जूस का मग पकड़े वह मेहमानों को उन तसवीरों से मिलाने की कोशिश कर रहा था, जो उसने हवाईजहाज में मिलनेवाली चमकदार पत्रिकाओं में देखी थीं। उनके डिजाइनर सूट देखकर उसे हीनता का एहसास हो रहा था। उसके वार्डरोब में एक भी सूट नहीं था। बल्कि वह तो वार्डरोब की अवधारणा से भी परिचित नहीं था। वह इस अवसर के लिए काली पैंट और सफेद शर्ट से आगे नहीं सोच पाया। उसी समय उसने फैसला किया कि अगले दिन वह एक सूट खरीदेगा। हँसमुख भाई ने उसे बताया था कि वह इस अवार्ड शो में कंपनी का चेहरा होगा। जब वह सूट के रंग के बारे में सोच रहा था, तभी एक खूबसूरत लड़की ने उसका ध्यान आकर्षित किया। वह बीच-बीच में उसकी ओर देख रही थी। गोदना उसे नहीं पहचानता था। उसने उस लड़की को कभी नहीं देखा था। वह लगभग तीस वर्ष की बेहद खूबसूरत लड़की थी। वह लंबी और गोरी थी और उसके कमर तक के बाल खुले हुए थे। सफेद झीनी साड़ी और काले वेलवेट के बिना बाँह के ब्लाउज में वह भीड़ में सबसे अलग लग रही थी। गोदना ने उसे अपनी ओर आते देखा, तो उसके दिल की धड़कनें तेज हो गईं। उसने गोदना के पास आकर अपना परिचय दिया,

"हाय, मैं त्रिशा हूँ, त्रिशा रॉय," बोलते समय बिना आँखें झपकाए वह गोदना को देखती रही। उसने अपना हाथ आगे बढ़ाया। गोदना ने उससे हाथ मिलाया। किसी महिला से हाथ मिलाने का यह उसका पहला मौका था।

"हम राम हैं, जी. राम," गोदना ने उसका अनुसरण किया।

"मैं जानती हूँ, एच.एच. इंफ्रा के एग्जीक्यूटिव डायरेक्टर। आपने इस इवेंट को स्पॉन्सर किया है। आपका बहुत-बहुत धन्यवाद।" वह उसके बारे में जानती थी; एक शहरी-ग्रामीण को इसमें कुछ विशेष नहीं लगा। गोदना ने उसके बारे में नहीं पूछा। वह आमंत्रित फिल्म अभिनेत्रियों में से एक होगी, उसने सोचा, और चूँकि वह उनमें से किसी को नहीं जानता था, इसलिए उसे कोई फर्क नहीं पड़नेवाला था।

"एक्सक्यूज मी, मैडम। क्या मैं एक फोटो ले सकता हूँ?" एक फोटोग्राफर ने दखल देते हुए पूछा।

"श्योर," त्रिशा फौरन तैयार हो गई जैसे वह अपने फोटो शूट का इंतजार कर रही हो। उसने दो-चार पोज दिए। फिर उसने फोटोग्राफर से गोदना के साथ एक फोटो लेने का अनुरोध किया। गोदना हिचकिचाया, लेकिन मना नहीं कर पाया। त्रिशा उसकी बगल में खड़ी हो गई। हालाँकि गोदना ने पूरी बाँह की शर्ट पहनी थी, फिर भी उसे त्रिशा की नंगी बाँह का स्पर्श महसूस हुआ। फोटोग्राफर ने उन्हें धन्यवाद दिया और चला गया।

"आप कुछ ले नहीं रहे हैं।" गोदना ने अपने ऑरेंज जूस के मग को देखा और उसे एहसास हुआ कि एक कॉकटेल पार्टी में फ्रूट जूस 'कुछ नहीं' की गिनती में आता है।

"हम शराब नहीं पीते," वह सिर्फ इतना ही कह पाया और त्रिशा के गिलास को देखने लगा। वह व्हिस्की पी रही थी, सिर्फ बर्फ के साथ।

"आइए, मैं आपको कुछ खास लोगों से मिलवाती हूँ।" उसने प्रस्ताव रखा। वे दो महिलाओं और तीन पुरुषों के एक ग्रुप में शामिल हो गए। महिलाएँ 30 वर्ष से कम आयु की थीं, लेकिन पुरुष 40 से 50 वर्ष के बीच के थे। त्रिशा ने तीनों पुरुषों से उसका परिचय कराया, लेकिन महिलाओं की ओर ध्यान नहीं दिया। उनमें से एक किसी फिल्मी पत्रिका का संपादक था, एक फिल्म फाइनेंसर था और

एक भारतीय फिल्मों का विदेशी वितरक। उनमें से न तो किसी ने एच.एच. इंफ्रा का नाम सुना था, न ही वे जानते थे कि उनकी शराब एच.एच. इंफ्रा ने प्रायोजित की है। अपना परिचय देते समय गोदना ने उन्हें बताया कि उसकी कंपनी शेख मोहम्मद अली अकबरी के लिए एक होटल का निर्माण कर रही है।

''शेख मोहम्मद अली अकबरी भी यहाँ आनेवाले हैं,'' उनमें से एक ने कहा तो गोदना उत्साहित हो गया। कम-से-कम उन अनजान लोगों के झुंड में उसे एक परिचित तो मिलेगा। हालाँकि जब वह रात साढ़े बारह बजे के कुछ देर बाद पार्टी से निकला, तब तक शेख नहीं आए थे। उससे पहले त्रिशा ने उससे मोबाइल नंबर का आदान-प्रदान किया। गोदना ने उसे अपने दोनों नंबर दे दिए—दुबई का भी और मुंबई का भी।

त्रिशा रॉय ने सात साल पहले बड़े बजट की फिल्म में छोटी सी भूमिका से अपना फिल्मी कॅरियर शुरू किया था। उसने हीरो की बहन की भूमिका निभाई थी। वह एक छोटी सी भूमिका थी। फिल्म की शुरुआत में ही बहन की बलात्कार के बाद हत्या हो गई थी। उस भूमिका ने लोगों का ध्यान उसकी ओर खींचने में मदद नहीं की थी, क्योंकि उसमें उसके चेहरे से ज्यादा उसके शरीर का प्रदर्शन हुआ था। वह एक सफलता के लिए बेताब थी, और तभी एक पार्टी में हिरेन की नजर उस पर पड़ी। बाद में उसको सी ग्रेड फिल्मों में कुछ मुख्य भूमिकाएँ मिलीं, जिन्हें सेंसर बोर्ड ने ए सर्टिफिकेट (सिर्फ वयस्कों के देखने योग्य) दिया। इन फिल्मों में हिरेन ने पैसे लगाए थे। फिल्में तो असफल रहीं, लेकिन हिरेन के साथ उसके संबंध गहरे हो गए। 32 वर्ष की आयु में उसे फिल्मों में अच्छी भूमिकाएँ मिलने की संभावना नहीं के बराबर थी; मिलती भी, तो छोटे बजट की फिल्मों में साधारण भूमिकाएँ ही मिल सकती थीं।

अगले दिन गोदना सूट खरीदने डेरा सिटी सेंटर गया। वहाँ 25,000 दिरहम तक के बढ़िया ब्रांडेड सूट थे। गोदना ने एक काले रंग का सूट पसंद किया। 2,250 दिरहम में वह सूट अपेक्षाकृत सस्ता था। जब उसने ट्रायल रूम के शीशे के सामने उसका कोट पहनकर देखा, तो उसे एक उपलब्धि की भावना महसूस हुई।

दुबई इंटरनेशनल कन्वेंशन सेंटर में एक अधिकारी मीडिया फोटोग्राफरों के लगातार चमकते कैमरों के बीच, गेट नंबर 3 से, जो वी.वी.आई.पी. प्रवेश था, उसे अंदर ले गया। फोटोग्राफर उसे पहचानते नहीं थे, लेकिन इतना जानते थे कि वह कोई वी.वी.आई.पी. है। उसका अनुरक्षक (एस्कॉर्ट) उसे विशाल स्टेज के ठीक सामनेवाले सोफे पर ले गया। गोदना घबराया सा चारों ओर देखने लगा। साढ़े ग्यारह बजे जैसे ही गोदना जम्हाई लेने के लिए मुँह पर हाथ रखने जा रहा था, एक व्यक्ति ने उसके पास आकर साथ चलने का अनुरोध किया। गोदना उसके साथ चला गया। वह व्यक्ति उसे स्टेज के पीछे एक केबिन में ले गया। वहाँ एक छोटे कद की प्यारी-सी लड़की थी, जिसने नीली जीन्स और क्रू लिखी हुई सफेद टी-शर्ट पहनी हुई थी। उसके हाथ में वॉकी-टॉकी था। गोदना को देखते ही वह बोली, ''सर, आप और त्रिशा मैडम बेस्ट डायरेक्टर का अवार्ड देनेवाले हैं।'' उसे लगा गोदना त्रिशा को जानता होगा, जो कि सच था, लेकिन गोदना को इस बात से आश्चर्य हुआ। क्या यह सिर्फ एक संयोग था या त्रिशा पिछली रात की मुलाकात के समय यह बात जानती थी, गोदना सोचने लगा।

वह कुछ कहता इससे पहले एक परिचित आवाज ने पीछे से कहा, ''हाय! मि. राम,'' वो त्रिशा थी। ''वाओ, आप इस सूट में बहुत अच्छे लग रह हैं। आपको स्टेज पर होना चाहिए, उसके पीछे नहीं।'' गोदना ने भी उसको हैलो कहा।

उन दोनों पर ध्यान न देते हुए वॉकी-टॉकीवाली लड़की ने आगे कहा, ''त्रिशा मैडम, आप यह लिफाफा लीजिए। इसमें विजेता का नाम है। वैसे बेस्ट डायरेक्टर का अवार्ड 'कोई मिल गया' के लिए राकेश रोशन सर को मिलने वाला है। मि. रोशन यहाँ नहीं हैं, इसलिए उनका बेटा और फिल्म का हीरो हृतिक उनकी ओर से अवार्ड लेगा। जब रितिक स्टेज पर अवार्ड लेने आएगा, तो वह दर्शकों से कुछ शब्द बोल सकता है। जब मैं आपको इशारा करूँगी, तो आप गैलरी से होकर स्टेज की ओर बढ़ना शुरू कर दीजिएगा।'' बोलते-बोलते वह कमरे से बाहर निकल आई। त्रिशा और गोदना भी उसके पीछे बाहर आ गए। उसने एक गैलरी की ओर इशारा किया, ''जब आप दोनों आधी गैलरी पार कर लेंगे, तो एम.सी. आपके नाम की घोषणा करेगी। त्रिशा मैडम, आप लिफाफा खोलेंगी और अंदर रखा कार्ड राम सर को देंगी। वे विजेता के नाम की घोषणा

करेंगे। सर, मैंने आपको विजेता का नाम पहले ही बता दिया है, लेकिन आपको नाम कार्ड में से पढ़ना है या कम-से-कम पढ़ने की एक्टिंग करनी है। अब सर, क्या हम एक ड्राई रन (पूर्वाभ्यास) कर सकते हैं? मैं आपको दिखाऊँगी और फिर आप भी वैसे ही करिएगा। सर्वश्रेष्ठ निर्देशक का 'जीफा अवार्ड' जाता है, वह रुक गई और कार्ड से पढ़ने का अभिनय करते हुए बोली—फिल्म 'कोई मिल गया' के लिए राकेश रोशन को।'' गोदना ने भी उसका अनुसरण किया। तीन रीटेक्स के बाद, उसको ओके मिल गया।

''बहुत बढ़िया सर!'' अवार्ड देने के बाद एम.सी. आपसे कुछ शब्द कहने का अनुरोध करेगी। आपकी स्पीच के लिए 15 सेकंड तय हुए हैं। आप सब समझ गए, सर?'' उसने गोदना से पूछा।

''हाँ,'' उसने जवाब दिया।

''आप टी.वी. पर शो देख सकते हैं,'' उसने गैलरी की दीवार पर लगे एक एल.सी.डी. की ओर इशारा किया। ''मैं अभी आती हूँ।'' लड़की ग्रीन रूम में वापस चली गई।

गैलरी में सन्नाटा था। गोदना को घबराहट हो रही थी। वह पहले कभी स्टेज पर नहीं बोला था। उसे गाँव के स्कूल का स्वतंत्रता दिवस समारोह याद आ गया। राष्ट्रीय ध्वज फहराने के बाद वह राष्ट्रीय गान गाता था और बाकी छात्र उसके बाद दोहराते थे। पूरे स्कूल में सिर्फ उसी को पूरा राष्ट्रगान याद था। बाकी छात्र मास्साब से अच्छी-खासी मार खाने के बाद भी राष्ट्रगान याद नहीं कर पाए थे। जब त्रिशा एल.सी.डी. पर शो का आनंद ले रही थी, तब गोदना अपना पंद्रह सेकंड का भाषण तैयार कर रहा था।

जींस वाली लड़की तेजी से चलते हुए उनके पास आई।

''सर, मैडम, प्लीज मेरे पीछे आइए।'' वह उन्हें गैलरी से होते हुए स्टेज पर ले गई। गोदना ने त्रिशा रॉय के साथ अपने नाम की घोषणा सुनी। स्टेज पर दर्शकों के सामने आने से पहले त्रिशा ने धीरे से उसका हाथ थाम लिया। पहले से घबराए गोदना को कँपकँपी महसूस होने लगी। त्रिशा ने अपना दूसरा हाथ हिलाते हुए दर्शकों का अभिवादन किया। गोदना ने उसका अनुसरण किया। अगले दो मिनटों तक गोदना दस हजार से अधिक दर्शकों के सामने उस चार हजार वर्ग

गज के स्टेज पर सम्मोहित–सा खड़ा रहा। वह बोलते समय काँप रहा था।

अवार्ड देने के बाद उन्हें दर्शकों के बीच ले जाया गया और वे साथ में एक सोफे पर बैठ गए।

''आप अच्छा बोले,'' त्रिशा ने धीमे स्वर में कहा। गोदना को याद नहीं था कि उसने स्टेज पर क्या बोला था।

''धन्यवाद।'' वह इतना ही कह सका।

सर्वश्रेष्ठ निर्देशक के बाद साल की सर्वश्रेष्ठ फिल्म और लाइफटाइम अचीवमेंट अवार्ड दिए गए और शो समाप्त हो गया।

''आप दुबई में कहाँ रहते हैं?'' त्रिशा ने उससे पूछा।

''हम अल ऐन रोड पर जो होटल बना रहे हैं, उसकी साइट पर एक छोटे–से स्टूडियो अपार्टमेंट में रहते हैं।''

''क्या मैं आपको शाम डिनर के लिए आमंत्रित कर सकती हूँ? परसों सुबह मैं इंडिया वापस चली जाऊँगी।'' उसके निमंत्रण ने गोदना को दुविधा में डाल दिया। मना करना असभ्यता होती।

''आप दुबई में कहाँ रुकी हैं? हमारा मतलब हम डिनर के लिए कहाँ जाएँगे?''

''मुझे आयोजकों ने ओबेरॉय में ठहराया है। सभी फिल्म वाले इसी होटल में ठहरे हैं।''

ओबेरॉय में 154 कमरे थे। जीफा आयोजन समिति ने सभी कमरे बुक कर लिये थे। त्रिशा ने संकेत दिया कि वह बॉलीवुड से संबंधित थी। उससे मिलने के बाद से अब तक गोदना ने उसके बारे में नहीं पूछा था। त्रिशा ने प्रस्ताव रखा, ''हम कल रात 8 बजे ओबेरॉय में मिलेंगे।''

गोदना ने स्वीकृति दे दी।

अगले दिन रात 8 बजे से कुछ पहले त्रिशा ने गोदना को उसके मोबाइल पर फोन करके बताया कि वे होटल में उसके कमरे में मिलेंगे।

रितु कुमार द्वारा डिजाइन किए गए कसे हुए बैंगनी गाउन और सफेद मिनी जैकेट में त्रिशा दुनिया के किसी भी मर्द को लुभाने के लिए तैयार थी। जब

उसने रूम नंबर 606 का दरवाजा खोला, तो जोर्जिओ अरमानी के अक्वा डी जिओया की सुगंध ने गोदना का स्वागत किया। उसने अपने लंबे, खुले बाल अपने कंधे पर डाले हुए थे। उसके बालों के सिरे उसकी नाभि तक आ रहे थे, जो कि उसके कसी हुई पोशाक से साफ पता चल रहा था। खैर, इन सब बातों ने गोदना को अस्थिर नहीं किया, क्योंकि उसने भी उस शाम अपना सर्वश्रेष्ठ लगने की कोशिश की थी। उसके पास दूसरा सूट नहीं था। इसलिए उसने पारंपरिक पोशाक का चयन करते हुए एक क्रीम रंग का कुरता-पाजामा पहन लिया था।

"वेलकम, मि. राम! आप पारंपरिक कपड़ों में बहुत अच्छे लग रहे हैं," यह कहते हुए उसकी नजरें गोदना के चेहरे से उसके कपड़ों पर फिसल रही थीं।

"आप भी इस ड्रेस में बहुत अच्छी लग रही हैं," गोदना शिष्टाचार सीख रहा था।

गोदना ने देखा कि वह कमरा फाइव स्टार होटलों के सामान्य कमरों से बड़ा था। बेज रंग की बेडशीट बिछा विशाल पलंग बैठने की जगह से दूर था। कमरे का बेज इंटीरियर महोगनी फर्नीशिंग से मेल खा रहा था। संयोगवश गोदना के कुरते-पाजामे का क्रीम रंग भी कमरे के बेज रंग से मेल खा रहा था। शीशे की दीवार पर लगे परदे एक ओर खिसका दिए गए थे। शीशे की दीवार से दुबई की चमकती रोशनी दिखाई दे रही थी। राइटिंग टेबल पर रखा टेबल लैंप खुला था। टेबल पर एक खुला हुआ राइटिंग पैड रखा था और उस पर एक पेन रखा हुआ था। टेबल लैंप के अलावा सिर्फ बैठने की जगह की लाइट जली थी। बैठने की जगह पर एक दो-सीटर और दो एक-एक सीटर रखे थे। अंडाकार चाय के टेबल पर बर्फ के बकेट में एक शैंपेन की बोतल और एक जॉनी वॉकर ब्लू लेबल की बोतल रखी थी। टेबल पर दो वाइन के गिलास और दो चौड़े तले वाले गिलास भी रखे थे। त्रिशा के आई पॉड पर एल्विस प्रिस्ले के रेट्रो गाने की धुन ने शाम की शुरुआत कर दी।

"क्या आप लिखती हैं?" टू-सीटर पर बैठते हुए गोदना ने पूछा।

त्रिशा, जो सिंगल सीटर पर बैठी थी, राइटिंग टेबल की ओर देखते हुए बोली, "हाँ, जब मुझे एक्टिंग से समय मिलता है, तो मैं कविताएँ लिखती हूँ। आपको कविताएँ अच्छी लगती हैं?"

''बहुत। हमने मैथिलीशरण गुप्त, रामधारी सिंह दिनकर और जयशंकर प्रसाद की कविताएँ पढ़ी हैं। ये सब महान् कवि हैं। हम आपकी कविताएँ भी सुनना चाहेंगे।'' यह सब नाम सुनकर त्रिशा के चेहरे पर जो उलझन भरे भाव आए, उन पर गोदना का ध्यान नहीं गया।

''क्यों नहीं, मैं आपको अपनी कविता सुनाऊँगी, लेकिन पहले हम अपनी दोस्ती के नाम शैंपेन खोलते हैं।'' उसने रूम सर्विस में फोन किया। एक वेटर वाइन बोतल ओपनर, चीज, तले हुए काजू और सलाद लेकर आ गया। जब वह दूसरे गिलास में वाइन डालने लगा, तो गोदना ने उसे रोक दिया।

''हम शराब नहीं पीते।''

''मैं जानती हूँ, लेकिन यह शराब नहीं है, ये शैंपेन है।'' उसके साथ शराब पीने के प्रस्ताव को कोई मर्द नहीं टाल सकता था; दो हफ्ते पहले मुंबई में जब उसे गोदना के बारे में बताया जा रहा था, तो उसने गर्व से कहा था।

गोदना ने वेटर से बोतल माँगी और उस पर लिखे कंटेंट्स पढ़े। उसमें 7% अल्कोहल थी। उसने मना कर दिया। त्रिशा ने वेटर को दूसरे गिलास में वाइन डालने से मना कर दिया, उठकर अपने हैंडबैग में से 50 दिरहम निकाले और वेटर को दे दिए। उसने गोदना से सॉफ्ट ड्रिंक के लिए पूछा, लेकिन उसने मना कर दिया।

''प्लीज, हमें एक गिलास ठंडा पानी दे दीजिए।'' वेटर ने उसे पानी दिया और कमरे से बाहर चला गया।

''आपको कुछ तो लेना चाहिए था। कम-से-कम मुझे चियर्स कहने के लिए साथ तो मिलता।'' उसका संकेत ड्रिंक्स शुरू करने के पहले गिलास टकराकर चियर्स बोलने की प्रथा से था। ''क्या आप मेरे शुरू करने के पहले मेरे गिलास से एक सिप ले सकते हैं?'' थोड़ी हिचकिचाहट के बाद गोदना मान गया। एक घूँट से उसके आदर्शों को कोई नुकसान नहीं पहुँचनेवाला था। उसकी हिचकिचाहट उसके अछूत होने के कारण थी। खैर, उसने एक सिप लिया और गिलास त्रिशा को थमा दिया।

''आमतौर पर हम शाम को दूध पीते हैं,'' उसने सरलता से कहा।

''मुझे विश्वास है आप बदमाशी नहीं कर रहे हैं,'' जवाब में उसने शरारत

से पूछा। गोदना को बुरा नहीं लगा, शायद वह उसकी बात समझ नहीं पाया। वह अपने लक्ष्य के प्रति इतना समर्पित था और इतना भोला था कि एक दूसरी औरत की निकटता भी उसके लिए एक सामान्य घटना के अलावा कुछ नहीं थी। जब भी उसके मन में औरत, प्यार, संबंध, शादी या सेक्स का विचार आता, तो वह सिर्फ बबुनी के बारे में सोचता। दुबई आने के बाद से वह उससे बात नहीं कर पाया था। गोवर्धन के पी.सी.ओ. में अंतरराष्ट्रीय कॉल (आई.एस.डी.) की सुविधा नहीं थी। पी.सी.ओ. के शुरू होने के बाद से पत्र-व्यवहार वैसे ही अनावश्यक हो गए थे। वैसे भी गाँव के पोस्ट ऑफिस से दुबई चिट्ठी भेजना उसके लिए पहाड़ जैसा काम था; और उसके पास गोदना का पता भी नहीं था।

वाइन का गिलास खत्म करने के बाद त्रिशा ने व्हिस्की का गिलास तैयार किया और गोदना से पूछा, ''क्या मैं आपको अपनी एक कविता सुना सकती हूँ?'' गोदना तो इंतजार ही कर रहा था। त्रिशा ने अपने हैंडबैग से एक पीली डायरी निकाली और उसमें से एक कविता पढ़ने लगी—

''डू यू वॉना कम एलॉन्ग, टू बी अमंग द क्लाउड्स?
टू टच दोज नैसेंट ड्रॉप्स, टू फ्लाई विदाउट विंग्स,
टू फील द ब्रीज विद आइज क्लोज्ड,
टू इमर्स इन द इटरनल जॉय, तो वॉक विद द बर्ड्स,
टू रीच द होराइजन फ्लाइंग टूगेदर।
डू यू वॉना होल्ड माय हैंड टू फर्म मी अप?
व्हेन आई ट्रेंबल एंड हिट द ग्राउंड,
फॉर अ टेंडर किस ऑन माय हैंड टू रिमाइंड मी दैट समवन इज अराउंड,
एंड एवरीथिंग इज नॉट लास्ट।''

एक अंग्रेजी कविता ने न तो गोदना को प्रभावित किया, न ही सम्मोहित किया। उसने पूछा, ''क्या आपने हिंदी में कुछ नहीं लिखा?'' हम हिंदी ज्यादा अच्छी तरह समझते हैं।

''हाँ बिल्कुल, मेरे पास एक हिंदी कविता भी है,'' उसने अपनी डायरी के पन्ने पलटे और एक हिंदी कविता सुना दी, जो गोदना को पसंद आई। वह कतील शिफाई की शायरी की कुछ पंक्तियाँ थीं। हालाँकि गोदना ने मान लिया कि वह

पंक्तियाँ त्रिशा ने ही लिखी थीं।

इस बीच त्रिशा ने अपने लिए एक और ड्रिंक बना ली। एक घूँट भरने के बाद उसने पूछा, ''मैं आपके नाम का मतलब पूछ सकती हूँ गोदन?''

यह सुनकर गोदना हैरान हो गया। उसे याद नहीं आ रहा था कि उसने अपना पूरा नाम, गोदन राम, किसी को बताया हो। एच.एच. इंफ्रा के अंदर और उससे संबंधित सभी लोग उसे जी. राम के नाम से जानते थे। वह एकमात्र कागज, जिसमें उसका पूरा नाम लिखा था, उसने पिछली बोर्ड मीटिंग के बाद कंपनी के रजिस्ट्रार के पास जमा किया था।

''आपको हमारा नाम कैसे मालूम है?'' वह पहली चीज थी, जिसने उसे त्रिशा से मिलने के बाद से उसके प्रति सतर्क किया।

''मुझे इसलिए पता है, क्योंकि मैं पता करना चाहती थी। असल में, मैं आपके बारे में सबकुछ जानना चाहती हूँ। क्या आप उस इनसान के बारे में सबकुछ नहीं जानना चाहते, जो आपको अच्छा लगता हो? अब बताइए, यह नाम क्यों? मेरा मतलब है, इसका मतलब क्या है?''

''क्या आपने टैटू के बारे में सुना है?'' गोदना ने पूछा, लेकिन वह अभी भी त्रिशा के जवाब से आश्वस्त नहीं था।

''हाँ, बिल्कुल। मेरे पास भी एक है। मैं आपको दिखाती हूँ,'' वह खड़ी हो गई, अपना सफेद मिनी जैकेट उतारा, गोदना के बगल में बैठ गई और अपनी छाती पर कॉलर बोन के जरा सा नीचे एक उँगली रख दी। उसकी गोरी त्वचा पर काले रंग का शंकर भगवान् का टैटू था। शंकर भगवान् के गले का नाग उसके कंधे से होते हुए उसकी बाँह तक आ रहा था। यदि उसके साहसिक बरताव और शरीर के उस अंग पर शंकर भगवान् के टैटू ने गोदना को संकोच में नहीं डाला, तो उसके गाउन से झाँक रहे वक्षस्थल ने जरूर डाल दिया। उसे शर्म आने लगी। फिर त्रिशा के प्रश्न ने उसे और असहज कर दिया, ''आपने टैटू की बात क्यों की? क्या आप पहले से जानते थे कि मेरे कंधे पर टैटू है?'' उसे किसी पर विश्वास नहीं था। उन लोगों पर भी नहीं जिन्होंने उसे यह काम सौंपा था।

''नहीं, हमें नहीं मालूम था। हिंदी में टैटू का मतलब गोदना होता है। जब हम तीन साल के थे, तो अपने माता-पिता के साथ पड़ोस के गाँव में मेले में

गए थे। हमारे माता-पिता हमें एक टैटूवाले के पास ले गए, जिसने हमारे शरीर पर भैरो बाबा का टैटू बना दिया। जब हम वापस लौटे, तो गाँव के लड़कों ने टैटू देख लिया। वह लोग हमें गोदना बुलाने लगे और फिर वही हमारा नाम हो गया। स्कूल के क्लर्क ने हमारे दाखिले के समय मात्रा की गलती कर दी और गोदना को गोदन कर दिया।''

''ओ गॉड! कितनी दिलचस्प बात है! मैं वह गाँववाला टैटू देखना चाहूँगी। प्लीज मुझे अपना टैटू दिखाइए,'' मुँह बनाते हुए उसने बच्चों की तरह जिद की। गोदना ने कोई जवाब नहीं दिया।

''क्या हुआ? प्लीज दिखाइए न!''

''हम कैसे दिखा सकते हैं?'' गोदना शरमा गया।

''क्यों नहीं दिखा सकते? मैंने भी तो अभी-अभी आपको अपना टैटू दिखाया है,'' उसने तर्क दिया और अपने लिए तीसरी ड्रिंक बना ली।

''वह हमारी कमर के नीचे है।''

उसकी बात सुनकर त्रिशा जोर से हँसने लगी। उसे गोदना का भोलापन अच्छा लगने लगा। उसे इस बात पर भी शक हो रहा था कि गोदना एक चालाक आदमी है, जैसा कि उसे बताया गया था।

''चलिए, अब मर्द बनिए। अपना कुर्ता उतारिए। मुझे आपका टैटू देखना है।'' गोदना वहाँ से भाग जाना चाहता था, त्रिशा ने अपने हाथ का गिलास नीचे रखा और उसका कुर्ता उतारने आ गई। गोदना खड़ा होकर घूम गया।

''कुर्ता उतारने की जरूरत नहीं है। आप नीचे से थोड़ा उठाकर टैटू देख सकती हैं।'' त्रिशा ने वैसा ही किया। उसने भैरो बाबा का टैटू देखा, जो समय के साथ हल्का पड़ गया था और उसकी साँवली त्वचा पर मुश्किल से दिखाई दे रहा था।

जैसे ही टैटू कांड खत्म हुआ, गोदना ने उससे खाना मँगवाने का अनुरोध किया। उनका डिनर रात 11 बजे खत्म हुआ। त्रिशा ने उसके विदा लेने से पहले उससे फोन पर संपर्क बनाए रखने के लिए कहा; उसने गोदना से मुंबई में मिलने का वादा भी लिया।

□

22

बिजली उत्पादन के लिए निजी कंपनियों को कोल (कोयला) ब्लॉक्स का आवंटन वर्ष 1991 में भारत सरकार द्वारा आर्थिक उदारीकरण की दिशा में उठाए अनेक कदमों में से एक था। इससे पहले कंपनियों के पास उनके खुद के संयंत्रों (प्लांट्स) और कारखानों के लिए कम क्षमता वाले कैप्टिव पावर प्लांट्स थे। कैप्टिव प्लांट्स के लिए उनकी कोयले की आवश्यकता छोटी थी, जो राज्य की कोयला कंपनियाँ पूरी कर देती थीं। प्रस्तावों की जाँच करने के लिए वर्ष 1992 में एक स्क्रीनिंग कमेटी गठित की गई। बिजली उत्पादन के लिए निजी कंपनियों को कोल ब्लॉक्स के आवंटन की प्रक्रिया वर्ष 1993 से शुरू हुई। ऊर्जा की बढ़ती माँग को पूरा करने के लिए सरकार द्वारा यह उपाय लागू किया गया था। सरकार का मानना था कि बिजली उत्पादन में प्रचुरता लाना औद्योगिक विकास के लिए आवश्यक है।

कोयला वहन करनेवाली जमीनों के आवंटन की सरकारी नीति ने निजी कंपनियों को आकर्षित किया। कुछ योग्य निजी कंपनियों और कुछ राज्य की बिजली उत्पादन कंपनियों को विभिन्न राज्यों में कोल ब्लॉक्स आवंटित कर दिए गए। नब्बे के दशक के अंत और दो हजार की शुरुआत में निजी कंपनियों ने बिजली उत्पादन के क्षेत्र में कदम रखा।

एक कंपनी ने, जिसे उड़ीसा में कोल ब्लॉक आवंटित किया गया था, कोयला खदान विकसित करने के लिए संयुक्त उद्यम में प्रवेश करने की दिलचस्पी दरशाते हुए एक विज्ञापन दिया। कंपनी का 500 मेगावाट का बिजली संयंत्र उड़ीसा में शुरू होनेवाला था। चूँकि उनके पास खनन कारोबार का अनुभव

नहीं था, इसलिए वे आवंटित संपत्ति से कोयला निकालने के लिए देश की किसी खदान कंपनी से हाथ मिलाना चाहते थे। खनन द्वारा धरती माँ की गोद से किसी भी खनिज को निकालना एक ऐसा काम है, जिसमें विशेषज्ञता की आवश्यकता होती है। इसमें खनिज का वास्तविक उत्पादन शुरू करने से पहले विभिन्न सांविधिक मंजूरियाँ और अनुमतियाँ प्राप्त करना भी शामिल है। चूँकि कोयला उद्योग के राष्ट्रीयकरण के बाद से देश में कोयला खनन सरकार के पास था, इसलिए इस काम के लिए एक माइनिंग कंपनी खोजना आसान नहीं था, क्योंकि अन्य खनिजों के खनन की तुलना में कोयले के खनन में पर्याप्त निवेश की आवश्यकता थी।

जीफा समारोह के लगभग एक महीने बाद गोदना को उस विज्ञापन की एक कतरन अपने मेल बॉक्स में अटैचमेंट के रूप में मिली। उसे यह देखकर सुखद आश्चर्य हुआ कि वह कतरन उसे दयाशंकर चौबे ने मेल की थी। यह उसके कारोबार के लिए अच्छा संकेत था। अब उसे एक और जिम्मेदार सहयोगी मिल गया था। विज्ञापन में खनन कंपनियों को खान के विकास और कोयले के उत्पादन हेतु एक संयुक्त उद्यम बनाने के लिए आमंत्रित किया गया था। गोदना को, जो अपने खनन कारोबार का विस्तार करना चाहता था, इस विज्ञापन में एक अवसर नजर आया। बिना दोबारा सोचे उसने इस प्रस्ताव में अपनी दिलचस्पी उन्हें प्रेषित कर दी। शाम तक उसे कंपनी के मुंबई मुख्यालय में मीटिंग के लिए अपने संभावित उद्यम के साझेदार का निमंत्रण मिल गया। वे जल्दी-से-ज़ल्दी यह मीटिंग करना चाहते थे। वे नहीं जानते थे कि वह पिछले सात महीने से दुबई में था। वैसे भी, गोदना भारत लौटने का विचार कर रहा था। उसने दुबई में निर्माण कार्य व्यवस्थित कर दिया था। अब होटल पूरा होना सिर्फ समय की बात थी। प्रगति पर निगरानी रखने के लिए उसे दुबई में रुकने की जरूरत नहीं थी; दुबई की छिटपुट यात्राएँ पर्याप्त थीं। भारत के विपरीत, दुबई में सरकारी एजेंसियों को लगातार सँभालते रहने की जरूरत नहीं थी। गोदना ने उन्हें एक अस्थायी कार्यक्रम मेल कर दिया।

गोदना ने भारत लौटने से पहले हँसमुख भाई की सलाह ली। जून के अंतिम सप्ताह में गोदना नई दिल्ली के लिए रवाना हो गया। उसने कारोबार में व्यस्त

हो जाने से पहले माई–बाबा के पास जाने की योजना बनाई। बबुनी से संपर्क करने का कोई तरीका नहीं था, इसलिए सुहागपुर की इस एक दिवसीय यात्रा में वे नहीं मिल पाए। उसने माई के पास दो जोड़ी सोने के कंगन छोड़ दिए, एक उसके लिए और एक बबुनी के लिए।

जब वह अपने ऑफिस पहुँचा, तो बबुनी की चौदह चिट्ठियाँ, सब शिकायतों से भरी हुईं, उसका इंतजार कर रही थीं। इससे पहले कि वह उनमें से एक खोलता, सिमी ने केबिन में प्रवेश किया। कुछ ही देर में पूरा ऑफिस उससे मिलने और उसका अभिवादन करने आ गया, क्योंकि वह लगभग आठ महीने से बाहर था। सबके जाने के बाद, जब वह केबिन में अकेला रह गया, तब उसने वह सारी चिट्ठियाँ पढ़ीं। चिट्ठियाँ पढ़ने के बाद उसे बबुनी से न मिलने का अफसोस हुआ। तभी फोन की घंटी बजी और वह अपने विचारों से बाहर आ गया। फोन त्रिशा का था। यह उससे बात करने के लिए सही समय नहीं था, फिर भी उसने कॉल ले लिया।

'भारत में आपका स्वागत है,' उसके पहले शब्द थे। गोदना उन्हें सुनकर हैरान हो गया।

"धन्यवाद, लेकिन आपको कैसे पता कि हम भारत में हैं?"

"मैंने न्यूज चैनल में देखा," वह बोली और फिर अपने मजाक पर खुद ही हँसने लगी। "मैंने आपको बताया था कि जब आप किसी को पसंद करते हैं, तो उसके बारे में सबकुछ जानना चाहते हैं।" एक पल रुककर वह फिर बोली, "मैंने अंदाजा लगा लिया, क्योंकि आपका दुबई का नंबर स्विच्ड ऑफ आ रहा था।" वह उसे उसकी हैरानी से बाहर ले आई। गोदना को उसकी बात पर विश्वास हो गया।

"तो आप मुझसे मिलने कब आ रहे हैं? आपने वादा किया था।"

"अगले हफ्ते मुंबई में हमारी एक मीटिंग है।"

"अरे वाह! कहाँ और कब? मैं आपसे मिलने के लिए तड़प रही हूँ।"

"तय हो जाएगा, तो हम आपको बता देंगे।"

"मैं आपके फोन का इंतजार करूँगी।" उन्होंने एक–दूसरे को बाय कहा

और फोन काट दिया। उसके मोबाइल पर दूसरा फोन आ रहा था; वह कॉल गोवर्धन के पी.सी.ओ. से था। लाइन पर बबुनी थी।

''तुम हमसे मिले क्यों नहीं? क्या तुम दुबई से कोई मैडम ले आए हो? हमने तुमको 14 चिट्ठी लिखी। कितनी बार तुम्हारा फोन मिलाया। तुम वापस कब आए?'' उसकी शिकायतें अंतहीन थीं, और जायज भी।

''हमारे पास आपको खबर करने का कोई तरीका नहीं था, और हम सिर्फ एक दिन के लिए आए थे। फिर भी हमने गलती की और हम उसकी भरपाई कर देंगे। हम भी आपसे मिलने के लिए तड़प रहे हैं। जब हम दुबई में थे, तो एक दिन भी ऐसा नहीं बीता जब हमने आपको याद न किया हो।''

''हम तुमसे गुस्सा हैं। जब तक तुम हमसे मिलते नहीं, हम तुमको रोज फोन करेंगे।''

''ठीक है, हम आपसे रोज बात करेंगे। अब आपके लिए एक अच्छी खबर है। हमने माई के पास आपके सोने के कंगन छोड़े हैं। आप जाकर ले लीजिएगा।''

''हाँ, ले लेंगे, लेकिन हमको कंगन नहीं चाहिए। हमें तुम्हारी जरूरत है।'' फिर भी कंगन की बात सुनकर उसका गुस्सा शांत हो गया।

इंटरकॉम पर सिमी के फोन ने उनकी बातचीत में बाधा डाल दी। सिमी ने बताया कि हँसमुख भाई आ चुके हैं। उन्होंने गोदना को सूचित करने के लिए कहा था। हालाँकि यह उसके कारोबार का मामला था, फिर भी वह आगे बढ़ने से पहले हँसमुख भाई की राय लेना चाहता था।

''कविता, हँसमुख भाई हमें ऑफिस में बुला रहे हैं। हम बाद में बात करेंगे। हम आपको बहुत प्यार करते हैं।'' उसने जल्दी से फोन काट दिया।

हँसमुख भाई को उद्यम में फायदा नजर आया। उनको सिर्फ परियोजना में लगनेवाले विशाल पूँजी परिव्यय और परियोजना की लंबी अवधि की चिंता थी। गोदना ने तब तक निवेश के पहलू पर ध्यान नहीं दिया था।

हँसमुख भाई की बात सही थी। अपने भावी उद्यम के साझेदार के साथ मीटिंग के बाद गोदना को एहसास हुआ कि उसे 200 से 300 करोड़ का प्रारंभिक

निवेश करना होगा। खनन कारोबार के अपने अनुभव से उसने खनन कार्य शुरू होने से पहले, जिसमें अभी डेढ़ साल की देर थी, लगभग 10 करोड़ के अतिरिक्त अमूर्त व्यय का अनुमान लगाया। कंपनी का पावर प्लांट निर्माणाधीन था और 250 मेगावाट की पहली इकाई के डेढ़ साल में चालू होने की उम्मीद थी, जबकि उतनी ही क्षमता की दूसरी इकाई के उसके एक साल बाद। प्रत्येक इकाई को चलाने के लिए प्रतिदिन लगभग 4000 टन कोयले की आवश्यकता थी। हालाँकि यह एक संयुक्त उद्यम था, लेकिन अगले डेढ़ साल में खान से उत्पादन शुरू करने का भार पूरी तरह जी. राम माइनिंग पर था। प्रस्ताव के फायदे थे खान के रिजर्व (भंडार) और वो दरें, जिनकी संयुक्त उद्यम फर्म को पेशकश की गई थी। खान में 80 मिलियन टन कोयले का भंडार था, जिसका अर्थ था, सामान्य परिस्थितियों में 30 साल का कारोबार। संयुक्त उद्यम के तहत पेश की गई दरों के साथ, दर में वृद्धि, पूँजी पर ब्याज और उपकरणों पर मूल्यह्रास (डेप्रिसिएशन) के लेखांकन के बाद लाभ-अलाभ (ब्रेक ईवन) की स्थिति चौथे वर्ष में प्राप्त कर ली जाएगी। उसके बाद अगले 26 वर्षों तक यह एक 3000 करोड़ का कारोबार होगा, जो कि एक बहुत अच्छा प्रस्ताव था।

समस्या सिर्फ पूँजी की थी। जी. राम माइनिंग की बैलेंस शीट और गुडविल (सद्‌भावना) उतनी राशि बाजार या बैंकों से जुटाने के लिए पर्याप्त नहीं थी। उसे साल 1996 याद आया, जब उसने हँसमुख भाई से 12 लाख रुपए उधार लिये थे, लेकिन 200 करोड़ 12 लाख से कई गुना अधिक थे। पूँजी निवेश एक निश्चित अवधि तक फैलाया जा सकता था, लेकिन यदि डेढ़ साल में उत्पादन चालू करना है, तो वह अवधि एक साल से अधिक नहीं हो सकती। वह जानता था कि सिर्फ हँसमुख भाई उसे रास्ता दिखा सकते हैं। वह शाम की फ्लाइट से ही अहमदाबाद लौट जाना चाहता था, लेकिन उसने त्रिशा से वादा किया था कि वह डिनर उसके घर पर लेगा। इसलिए कंपनी द्वारा बनाए जा रहे रेजिडेंशियल कॉम्प्लेक्स के क्लब हाउस के गेस्ट रूम में कपड़े बदलने के बाद वह बांद्रा रवाना हो गया। त्रिशा बांद्रा के एक पॉश इलाके में किराए के फ्लैट में रहती थी।

वह इमारत की सबसे ऊपरी मंजिल पर स्थित एक तीन कमरे का फ्लैट था। बैठने से पहले त्रिशा ने उसे अपना 2500 वर्ग गज का फ्लैट दिखाया। वह

उसे जिस कमरे में सबसे पहले ले गई, वह बेडरूम था। कमरे की साज–सज्जा बहुत अच्छी थी। गोदना ने पहली बार एक अंडाकार पलंग देखा। पलंग के पीछे त्रिशा की बड़ी सी तसवीर लगी थी, जो उसके कॉलेज में एक सौंदर्य प्रतियोगिता जीतने के बाद ली गई थी। गोदना को पहले लगा कि वह उसके कॉलेज के दीक्षांत समारोह (कन्वोकेशन) के समय ली गई तसवीर है। उसके पलंग के सामने दीवार से लगा हुआ एक स्टडी टेबल था। उस पर एक खुला हुआ राइटिंग पैड और पेन रखे थे; उसे देखकर गोदना को दुबई के ओबेरॉय होटल की मुलाकात याद आ गई। टेबल के बगलवाली दीवार पर त्रिशा की एक और तसवीर थी। उसमें वह स्विमिंग पूल के किनारे पोज दे रही थी। उसने एक पीस का स्विम सूट पहना हुआ था। उस तसवीर को देखकर गोदना शर्मिंदा हो गया। वह कमरे से बाहर आ गया। उसके पीछे त्रिशा भी निकल आई। दूसरा कमरा बेडरूम से बड़ा था। उसमें एक ट्रेडमिल और कुछ कम वजन के डंबल रखे हुए थे। तीसरा कमरा एक अतिरिक्त बेडरूम था। लिविंग रूम मास्टर बेडरूम की तुलना में साधारण था। जब फ्लैट का टूर पूरा हो गया, तो त्रिशा उसे मास्टर बेडरूम से होते हुए एक टेरेस पर ले गई। समुद्र का सामना कर रहा टेरेस पूरा खुला था, सिवाय एक कोने में बाँस की छड़ों से बने एक शेड के, जो एक शीट से ढकी थी। अठारहवीं मंजिल से समुद्र दिन में ही देखा जा सकता था। मुंबई में जुलाई की बारिश कभी भी आ सकती है। कोलाहलपूर्ण और भीड़ से भरी मुंबई में टेरेस पर एक स्वर्गीय अनुभूति हो रही थी। जब त्रिशा ने शेड के नीचे लगी गार्डन लाइट जलाई, तो गोदना की नजर एक टेबल पर रखी व्हिस्की की बोतल और गिलासों पर पड़ी। शेड के नीचे चार बेंत की कुरसियाँ रखी थीं और एक ग्रेनाइट शेल्फ पर माइक्रोवेव रखा था। रात के समय समुद्र दिखाई नहीं दे रहा था, लेकिन गोदना आँखें बंद करके उसे महसूस कर रहा था। वह पूरा माहौल उसे यादों में खींचकर ले गया। उसे लगने लगा जैसे वह बबुनी के साथ अपने गाँव की नदी के किनारे है।

"आपको पता है, राम, आज सबकुछ घर का बना है। यह खाना मैंने खुद बनाया है। मैंने आपकी पसंदीदा रोहू मछली तली है। जानते हैं, रोहू मुझे भी बहुत पसंद है।" गोदना को रोहू मछली बहुत पसंद थी। उसे बचपन से उसके स्वाद का चस्का लग गया था, क्योंकि गंडक नदी में सिर्फ रोहू मछली ही मिलती

थी। वे याद करके हँसने लगे कि दुबई में वे रूम सर्विस वाले लड़के को रोहू नहीं समझा पाए थे, इसलिए उन्हें सी फिश से संतुष्ट होना पड़ा था। त्रिशा ने गोदना के लिए मिल्क शेक बनाया था। उसे याद था कि गोदना को शाम को दूध पीना पसंद है। व्हिस्की के दो पेग पीने के बाद उसने गोदना को परेशान करनेवाला मुद्दा उठाया, ''आपने शादी क्यों नहीं की?''

गोदना ने जवाब नहीं दिया। जवाब देने के लिए उसे एक लंबी कहानी और स्पष्टीकरण का सहारा लेना पड़ता। लेकिन त्रिशा ने गोदना की चुप्पी का कोई और मतलब निकाल लिया।

''मैं जानती हूँ। क्योंकि आपको अपनी पसंद की कोई लड़की नहीं मिली,'' त्रिशा ने अपने सवाल का जवाब खुद ही दे दिया। गोदना ने हामी भर दी। उसे यह सोचकर शांति मिली कि बात खत्म हो गई, लेकिन बात खत्म नहीं हुई थी। त्रिशा ने अपनी कुरसी उसके पास खिसका ली और पूछने लगी, ''क्या मुझमें वे सब बातें हैं, जो आप अपनी जीवनसाथी में चाहते हैं?'' त्रिशा डिनर तक भी नहीं रुकी। वह सौंपा गया काम उसी रात पूरा करना चाहती थी। गोदना, जिसने उससे इस प्रश्न की उम्मीद नहीं की थी, झटके से कुरंसी से उठ गया और रेलिंग के पास चला गया। त्रिशा ने पीछे से आकर उसे बाँहों में ले लिया। हतप्रभ गोदना तुरंत कोई प्रतिक्रिया नहीं दे पाया।

''जब मैं आपसे दूसरी बार ग्रीन रूम में मिली, तो मुझे आपसे प्यार होने लगा था। जानते हैं, मेरी कल्पना में हमेशा लंबे और साँवले पुरुष ही रहे हैं।'' हालाँकि गोदना का दिमाग सुन्न हो गया था, फिर भी वह अपनी पीठ पर उसके चेहरे को महसूस कर सकता था। वह बोलती रही, ''उस रात डिनर के बाद अपने होटल के कमरे में, मैं रात भर सो नहीं पाई। उस रात आपकी सादगी, विनम्रता, बुद्धि ने मुझे जीत लिया था। क्या मैं एक बात पूछ सकती हूँ?'' उसने गोदना से अलग होकर उसे अपनी और घुमा लिया, ''क्या आप मुझसे शादी करेंगे? मैं वादा करती हूँ कि आपको कभी निराश नहीं करूँगी।''

गोदना ने सोचा कि सुन्न और अवाक् बने रहने से वह और गहरी मुसीबत में फँस जाएगा, इसलिए उसने त्रिशा को अपनी पृष्ठभूमि के बारे में खुलकर बताने का फैसला किया। उसे विश्वास था कि उसकी गाँव की पृष्ठभूमि और

अछूत जाति के बारे में सुनकर वह पीछे हट जाएगी। वह उसका प्रस्ताव अस्वीकार करने के पीछे का वास्तविक सच नहीं बता सकता था, जो कि बबुनी से उसका संबंध था। या तो उसे किसी पर विश्वास नहीं था और या वह अभी भी ठाकुर साहब से डरता था। उसने त्रिशा को बैठाया और बोला, ''देखिए त्रिशा, हम आपकी इज्जत करते हैं। हमें बचपन से हर औरत की इज्जत करना सिखाया गया है। इसीलिए हमने कभी आपका निमंत्रण नहीं ठुकराया। उसका मतलब होता, आपका अपमान करना। हम दोनों की दुनिया बिल्कुल अलग है। आप एक निपुण महिला हैं। आप खुशमिजाज हैं, लोकप्रिय हैं और एक निश्चित जीवन-शैली की आदी हैं। आपके ऊपर ईश्वर की दया रही है। हम गाँव के गरीब और वंचित पृष्ठभूमि से आए हैं। हमारे माई-बाबा अभी भी ऊँची जाति के जमींदारों के यहाँ काम करते हैं। अगर हम आपको बताएँगे कि वे क्या काम करते हैं, तो आप हमसे नफरत करने लगेंगी। वे झाड़ू लगाने से लेकर शौचालय साफ करने तक का काम करते हैं। हमारे साथ अछूतों जैसा बरताव होता है। आज तक हमारे गाँव के किसी भी सवर्ण ने हमें हाथ नहीं लगाया है। उन्हें इज्जत देने के लिए हमें उनकी चप्पलें छूनी पड़ती हैं। इस समाज में, हमें सपने देखने का भी अधिकार नहीं है, सपनों को जीना तो दूर की बात है,'' वो त्रिशा के चेहरे के भाव देखने के लिए रुका। त्रिशा के चेहरे पर कोई भाव नहीं था। वह आगे बोला, ''हवेली में पिछली बार का बचा खाना हमारा अगले समय का खाना होता है। हमारे दादा और पुरखे जिनके पास काम नहीं था और इसलिए खाना भी नहीं था, भूख मिटाने के लिए गाय के गोबर पर निर्भर रहते थे।''

''गाय का गोबर उनकी भूख कैसे मिटाता था?'' त्रिशा ने घृणित चेहरा बनाते हुए बीच में पूछा, जिससे गोदना को प्रोत्साहन मिला।

''नहीं-नहीं, वे गोबर खाते नहीं थे। तुम धान समझती हो, जिसे प्रोसेस करके चावल निकाला जाता है? जब मवेशी ढेर में से वह असंसाधित (अनप्रोसेस्ड) चावल या कोई और साबुत अनाज खा लेते हैं, तो उसे पचा नहीं पाते और वह गोबर के साथ बाहर आ जाता है। हमारे पुरखे उस गोबर को इकट्ठा करके उसमें से वह अनाज बीन लेते थे। फिर उसे हाथ से प्रोसेस करके अपने खाने के लिए तैयार करते थे।''

यह उपाय काम कर गया। उसने ऐसा मुँह बनाया जैसे उसे उलटी आ रही हो, लेकिन इस बात पर विश्वास नहीं किया।

''मैं नहीं मानती। यह विश्वास करने के लिए बहुत ही घिनौनी बात है।''

''यह सच है, त्रिशा। इसके अलावा अपनी संस्कृति के हिसाब से चलने पर हमारे साथ शादी करके आप मुसीबत में पड़ जाएँगी। आपको हमारे माई-बाबा के साथ रहना पड़ेगा। आपको उन्हें अपनाना पड़ेगा, उनके साथ हमारे गाँव के घर में रहना पड़ेगा और उनकी सेवा करनी पड़ेगी। आप हमारे घर में एक घंटा भी नहीं रह पाएँगी।''

''रह पाऊँगी। मुझे गाँव बहुत पसंद हैं। मुझे बूढ़े लोगों की सेवा करना बहुत अच्छा लगता है और अगर वह आपके माता-पिता होंगे, तो उनकी सेवा करना मेरे लिए इज्जत की बात होगी। आप मेरी परीक्षा लेना चाहते हैं तो मैं तैयार हूँ।''

गोदना को विश्वास था कि वह उसके एक कमरे के छोटे से, बदबूदार घर में नहीं रह पाएगी। उसे विश्वास था कि उसका गाँव का घर देखने के बाद और उसके माई-बाबा से मिलने के बाद वह उससे घृणा करेगी। उसे विश्वास था, क्योंकि उसे अपने खिलाफ हो रही साजिश की जानकारी नहीं थी।

''मुझे अपने गाँव का पता दीजिए और अपने माता-पिता को बता दीजिए कि उनकी होनेवाली बहू उनसे मिलने आ रही है। मुझे विश्वास है कि वे मुझे स्वीकार कर लेंगे,'' वह बहुत खुश और उत्साहित लग रही थी। गोदना खुश नहीं था। वह जानता था कि सबकुछ कितना अप्रिय होनेवाला है। उसे बबुनी की ज्यादा चिंता थी; दुनिया का कोई भी बहाना उसे समझा नहीं सकता था। सुबह मीटिंग में हुई चर्चा के बाद संयुक्त उद्यम के लिए पूँजी की व्यवस्था कैसे होगी, इससे ज्यादा चिंता उसे त्रिशा के गाँव जाने को लेकर हो रही थी।

''आप कभी उस पते पर नहीं पहुँच पाएँगी। कब जाना चाहती हैं आप? उनके साथ कितने दिन रहेंगी? हम सारी व्यवस्था कर देंगे और एक आदमी को आपके साथ भेज देंगे।'' उसके दिमाग में दयाशंकर था।

''मैं तो कभी भी फ्लाइट ले सकती हूँ। अगले 15 दिन मेरी कोई शूटिंग नहीं है। मैं आपके घर कम-से-कम एक हफ्ते रहूँगी,'' तनाव में होने के बावजूद गोदना मुसकरा दिया।

"ठीक है, हमारा आदमी आपसे कल शाम को बात कर लेगा।"

त्रिशा ने खुश होकर खाना परोसा। परोसते समय वह खुशी से एक रोमांटिक बंगाली गाना गुनगुना रही थी, "तुमीजो आमार…ओगो तुमी जो आमार…काने-काने शुधू एक बार बोलो…। तुमी जो आमार।"

क्लब हाउस के गेस्ट रूम में लौटकर उसने दयाशंकर को फोन किया और उससे अगले दिन अहमदाबाद में मिलने को कहा। उसने उससे कहा कि वह उदयपुर से जल्दी ही निकले और एक हफ्ते के सफर के लिए तैयार होकर आए। उसने सिमी को भी मेल कर दिया कि उनके लिए मुंबई से नई दिल्ली और नई दिल्ली से वाराणसी के फ्लाइट टिकट बुक कर दे और आगे की यात्रा के लिए एक मजबूत एयर कंडीशंड गाड़ी भी बुक कर दे। उसने एक टिकट बिजनेस क्लास में बुक करने का निर्देश दिया। त्रिशा की वापसी का दिन तय नहीं था इसलिए वापसी का टिकट बुक करने का कोई मतलब नहीं था। मेल के अंत में, उसने दयाशंकर के लिए अहमदाबाद से मुंबई की फ्लाइट का टिकट बुक करने के लिए भी कह दिया।

अहमदाबाद में गोदना ने दयाशंकर से अपनी खदानों के कामकाज का जायजा लिया। फिर उसने उसे वह काम समझाया, जिसके लिए उसे जाना था। गोदना को विश्वास था कि त्रिशा उसके घर में 12 घंटे भी नहीं रह पाएगी। इसलिए उसने दयाशंकर को कार्यक्रम में कटौती के लिए तैयार रहने का निर्देश दिया। अंत में उसने दयाशंकर से गाँव में यह अफवाह फैलाने के लिए कहा कि त्रिशा एक पत्रकार है, जो उसके पिछले जीवन और उसकी प्रगति के बारे में एक वृत्तचित्र (डाक्यूमेंट्री) बना रही है। इससे वह आगे जाकर बबुनी के गुस्से से बच जाएगा। दयाशंकर इस बात से उत्साहित था कि वह बॉलीवुड की एक अभिनेत्री के साथ जा रहा है और गोदना को यह चिंता सता रही थी कि हँसमुख भाई उसे पूँजी जुटाने का कोई तरीका बता पाएँगे या नहीं। हँसमुख भाई अस्वस्थ थे। उन्होंने उसे शाम को घर पर मिलने बुलाया। गोदना ने गाँव के पोस्ट ऑफिस में फोन करके पोस्टमास्टर से विनती की कि वह अगले दिन दोपहर में 3 बजे उसके माई-बाबा को बुला दें। वह जानता था कि माई को समझाना भी बहुत मुश्किल होने वाला है।

गोदना की पूरी बात सुनने के बाद हँसमुख भाई ने उससे जी. राम माइनिंग की पिछले तीन साल की बैलेंस शीट और टैक्स रिटर्न्स माँगे, जिससे गोदना निराश हो गया, क्योंकि वह जानता था कि जी. राम की बैलेंस शीट और टैक्स रिटर्न्स देखकर कोई भी बैंक इतना बड़ा कर्ज देने के लिए तैयार नहीं होगा। उसे लगा कि हँसमुख भाई भी यही सोच रहे होंगे।

हँसमुख भाई के दिमाग में कुछ और चल रहा था। जी. राम के दस्तावेज देखने के बाद उन्होंने गोदना को 200 करोड़ रुपए अधिकृत पूँजी के साथ एक प्राइवेट लिमिटेड कंपनी का निर्माण करने की सलाह दी। हँसमुख भाई मुकुंद की ओर से पूरी पूँजी का निवेश करेंगे। मुकुंद नई कंपनी का दूसरा डायरेक्टर होगा। भविष्य की रणनीति के तहत, संयुक्त उद्यम में प्रवेश करने के तीन महीने के भीतर नई कंपनी जी. राम माइनिंग का अधिग्रहण कर लेगी। अधिग्रहण की लागत 70 करोड़ रुपए होगी, जो जी. राम माइनिंग के वास्तविक मूल्य की लगभग आधी होगी। कंपनी द्वारा नियुक्त मूल्यांकनकर्ता जान-बूझकर उसका मूल्य कम करके आँकेंगे। वास्तविक मूल्य और अधिग्रहण की लागत के बीच का अंतर नई कंपनी में गोदना का आभासी निवेश होगा। चूँकि गोदना नई कंपनी का एक डायरेक्टर होगा, इसलिए एकाउंट बुक्स में थोड़ा हेर-फेर अधिग्रहण के लेन-देन को पूरा कर देगा। सफल अधिग्रहण के बाद हँसमुख भाई धीरे-धीरे 100 करोड़ रुपए निकाल लेंगे। चूँकि कंपनी में गोदना की पूँजी में हिस्सेदारी मुकुंद के 100 करोड़ रुपए के मुकाबले 150 करोड़ रुपए होगी, इसलिए कंपनी में गोदना की हिस्सेदारी 60% होगी और वह स्वामित्व की स्थिति बनाए रखेगा।

त्रिशा को पहला झटका तब लगा, जब रोमिंग की समस्या के कारण उसके सेलफोन का नेटवर्क गायब हो गया। सलेमपुर अभी भी 50 किमी. आगे था। त्रिशा को गोदना के घर छोड़कर दयाशंकर मोतीराम अड्डा में अपने घर आ गया और गाड़ी त्रिशा को वापस भेज दी। अपने मोबाइल नंबर के अलावा, उसने त्रिशा को एक और फोन नंबर दे दिया था, ताकि किसी इमरजेंसी की सूरत में वह उस पर कॉल कर सके।

गोदना का अनुमान सही निकला। अगली सुबह त्रिशा ने गोवर्धन के

पी.सी.ओ. से दयाशंकर को फोन किया और कहा कि उसे डायरिया हो गया है और अब वह एक मिनट भी गाँव में नहीं रुक सकती। एक घंटे बाद वह मोतीराम अड्डा के लिए निकल गई। दयाशंकर ने गोदना को सूचना दी, तो उसने उसे त्रिशा के साथ फौरन लौट आने को कहा।

अगली शाम हिरेन और जगन थकी-हारी त्रिशा को उसके फ्लैट में कोस रहे थे। उनकी आवाज में तिरस्कार भरा था, ''मुझे विश्वास नहीं हो रहा है कि तुम एक दिन में भाग आई। तुम एक हफ्ता भी वहाँ नहीं रह पाई? हल्दिया में क्या तुम इससे अच्छी स्थिति में रहती थी? तुम्हें पता है यह मिशन कितना महत्त्वपूर्ण था? कितनी छोटी सी उम्मीद की थी हमने तुमसे,'' हिरेन उस पर चिल्ला रहा था। हल्दिया पश्चिम बंगाल में त्रिशा का होमटाउन था।

''उसके माँ-बाप ने मुझे बासी खाना दिया। उसकी माँ ने कहा कि उनके पास खाने के लिए सिर्फ रोटी और प्याज है इसलिए वह मेरे लिए हवेली से दोपहर का बचा हुआ खाना ले आई। उस खाने से मुझे इंफेक्शन हो गया और मुझे उल्टियाँ होने लगीं। अगर मैं वहाँ से नहीं निकली होती, तो डायरिया से मर जाती,'' त्रिशा ने अपने बचाव में कहा।

''उन लोगों ने भी तो वही खाना खाया होगा न? क्या उन्हें भी उल्टियाँ हो रही थीं?'' जगन ने उसकी बात काटी। त्रिशा ने कोई जवाब नहीं दिया। जगन आगे बोला, ''एक दो दिन में तुम्हें आदत हो जाती।''

''मैं वहाँ एक-दो दिन और कैसे रुक सकती थी? तुम्हें पता है उनके पास एक ढंग का बिस्तर भी नहीं है। उनके पास सिर्फ एक खाट है, जो उनके घर के छोटे से दरवाजे से अंदर नहीं जा सकती। उसकी माँ ने मुझे बाहर सोने नहीं दिया। बोली कि गाँव में औरतें बाहर नहीं सोतीं। मुझे उस बदबूदार कमरे के फर्श पर नींद नहीं आई। उस कमरे में कितनी गरमी और उमस थी। वहाँ न पंखा था, न गाँव में बिजली थी और मुझे एसी की आदत है।''

''यही तो समस्या है। हमने तुम्हें बिगाड़ दिया है। तुम्हें मुफ्त में खाने की आदत हो गई है। तुम्हारे अनप्रोफेशनल रवैए की वजह से तुम्हारे पास काम भी नहीं है। प्रोड्यूसर तुम्हें माँ के रोल के लायक भी नहीं समझते। अगर तुम्हें

डायरिया हो गया था, तो तुम अगले दिन डॉक्टर के पास जा सकती थी। लेकिन तुम वहाँ से भाग आई। उलटी और पॉटी से तुम एक दिन में मर नहीं जाती,'' हिरेन कोई सफाई सुनने को तैयार नहीं था।

''हाँ, मैं मर जाती। तुम्हें पता है, उनके घर में एक टॉयलेट भी नहीं है। घर के पीछे पुरानी साड़ियों से घेरकर बनाया हुआ एक बाथरूम है, जो ऊपर से खुला था। वह सिर्फ यूरिन करने और नहाने के लिए है। सुबह 4 बजे उसकी माँ ने मुझे उठाया और कहा कि गाँववालों के उठने से पहले उसके साथ खेतों में पॉटी के लिए चलूँ। बुलशिट! मुझे खुले में पॉटी करनी पड़ी; वो मुझसे एक मीटर दूर बैठी थी।'' त्रिशा उनकी प्रतिक्रिया का इंतजार करने लगी।

जगन ने हिरेन की ओर देखा। जगन को लोगों के खुले में शौच करने के बारे में पता था। उसके चुनाव क्षेत्र कोलीवाड़ा में बहुत सी बस्तियाँ थीं। उन बस्तियों में रहनेवालों के झोंपड़ों में शौचालय नहीं थे। वे इस काम के लिए रेल की पटरियों और खुले मैदानों का प्रयोग करते थे। हालाँकि, जगन इस बात पर विश्वास नहीं कर पा रहा था कि एक करोड़पति के माँ-बाप ऐसा आदिम जीवन जी रहे हैं।

''पूरी शाम मैं गाँववालों के लिए उत्सुकता की चीज बनी रही। बच्चे, औरतें, आदमी, सब मुझे देखने के लिए उनके घर में भीड़ लगा रहे थे। मुझे इतना अजीब लग रहा था,'' त्रिशा सफाई देती रही।

''मुझे तुम्हारी बात पर विश्वास नहीं हो रहा है,'' जगन ने बीच में टोका, ''या तो उसने तुम्हें गलत पते पर भेज दिया या तुम झूठ बोल रही हो।

''दोनों ही बातें गलत हैं,'' त्रिशा ने विरोध किया, ''देखो, वह बहुत अच्छा इनसान है। मैंने अपने जीवन में ऐसा कोई अमीर आदमी नहीं देखा, जो इतना विनम्र, सरल और उदार हो। उसके माता-पिता से मिलने के बाद मेरे मन में उसके लिए इज्जत और बढ़ गई है। अगर वह मान जाता है, तो मुझे शादी करके उसके साथ रहने में बहुत खुशी होगी।''

''कल तक अपना डायरिया ठीक कर लेना। मैं रात को आऊँगा। तुम्हारे ऊपर समय बरबाद करने का कोई फायदा नहीं है। तुम वही काम करो, जिसमें तुम अच्छी हो,'' जगन चिल्लाते हुए उठा और फ्लैट के बाहर चला गया। उसे

त्रिशा के मुँह से गोदना की तारीफ सुनकर गुस्सा आ रहा था। उसके पीछे हिरेन भी फ्लैट के बाहर चला गया।

''कमीने!'' त्रिशा बड़बड़ाई।

उस घटना के बाद त्रिशा ने गोदना को फोन करना बंद कर दिया।

31 अगस्त, 2004 को जी.आर.एम. माइनिंग रजिस्ट्रार ऑफ द कंपनीज के ऑफिस में पंजीकृत (रजिस्टर) हो गई। तीन दिन बाद कंपनी ने उड़ीसा की खानिपाड़ा कोयला खान से कोयले के खनन के लिए संयुक्त उद्यम में प्रवेश किया। पूर्वानियोजित रणनीति के तहत, तीन महीने बाद जी.आर.एम. माइनिंग ने जी.राम माइनिंग कंपनी का अधिग्रहण कर लिया। एक महीने बाद कंपनी ने लंबी अवधि की वित्त व्यवस्था के तहत 100 करोड़ के भारी बुलडोजर इत्यादि उपकरण खरीदे। ऋण दस्तावेजों पर कंपनी का मूल्य बढ़ाकर 400 करोड़ रुपए दिखाया गया। कंपनी ने अपनी कीमत का पुनर्मूल्यांकन करने के लिए एक चार्टर्ड एकाउंटेंसी फर्म को नियुक्त किया। कुछ ही महीनों के अंदर कंपनी ने दो और खदानों के विकास के लिए संयुक्त उद्यम में प्रवेश कर लिया, एक कोयले की और एक कच्चे लोहे की। दोनों सिर्फ तीन महीने की अवधि की छोटी खदानें थीं।

□

23

वर्ष 2005 के मध्य में हँसमुख भाई ने गोदना के सामने एच.एच. इंफ्रा के साथ उसकी कंपनी के विलय का प्रस्ताव रखा। कंपनियाँ विलय को लचीलेपन, विकास और निवेशकों में वृद्धि द्वारा एक प्रतिस्पर्धात्मक लाभ विकसित करने के लिए कंपनी के पुनर्गठन के रूप में देखती हैं। विलय एक कंपनी को ऑर्गेनिक विकास करने की बजाय विस्तार समझौते के माध्यम से रातोरात बढ़ने के अवसर देता है। वित्तीय विशेषज्ञ भी एक बड़े समूह द्वारा विलय को एक आई.पी.ओ. के लिए रणनीतिक तैयारी के रूप में देखते हैं। हँसमुख भाई की योजना एच.एच. इंफ्रा को सार्वजनिक क्षेत्र में ले जाने की थी। चूँकि एच.एच. इंफ्रा और जी.आर.एम. माइनिंग के अलग और असंबंधित व्यवसाय थे, यह एक समूह विलय होता। एक समूह विलय अधिग्रहण करनेवाली कंपनी को विलय के बाद पहले से अधिक वित्तीय संसाधनों के उपयोग की सुविधा द्वारा लाभान्वित करता है। एक नए बाजार और अलग व्यवसाय में विस्तार एच.एच. इंफ्रा के लिए एक विविध पोर्टफोलियो का सृजन करता, जिससे व्यापार के जोखिम में संतुलन स्थापित होता।

आमतौर पर विलय बराबर की कंपनियों में होता है। इसलिए तकनीकी रूप से इन दो कंपनियों का विलय वास्तव में एच.एच. इंफ्रा द्वारा जी.आर.एम. माइंस का अधिग्रहण था, जिसे मीडिया और निवेशकों के सामने विलय दिखाया गया। खरीदी गई दिखाने से जी.आर.एम. माइनिंग के ग्राहक, निवेशक और संयुक्त उद्यम भागीदार नकारात्मक अर्थ निकाल सकते थे।

विलय के बाद कंपनी का नाम बदलकर एच.एच.आर. इंफ्रा एंड माइनिंग प्राइवेट लिमिटेड हो गया। आर का मतलब था राम। विलय में जी.आर.एम. माइंस का मूल्य 1000 करोड़ और एच.एच. इंफ्रा का 12,000 करोड़ दिखाया गया। जी.आर.एम. माइनिंग में 60% शेयर होने के नाते, गोदना को नई फर्म में 7% शेयर प्राप्त हो गए। हँसमुख भाई ने अपने पास 51% शेयर रखे। 1300 करोड़ रुपए की अधिकृत पूँजी को अस्थायी रखा गया। गोदना के पास नई कंपनी के 7% शेयर थे, इसलिए वह बोर्ड का सदस्य बन गया। हिरेन नई कंपनी में 25% शेयर चाहता था। बोर्ड ने सहमति नहीं दी, क्योंकि उसने जी.आर.एम. माइनिंग में किसी प्रकार का योगदान नहीं दिया था, इसलिए उसे नवगठित कंपनी में 23% शेयर से संतुष्ट रहना पड़ा।

अब अपने सपनों को पूरा करने की दिशा में बढ़ने का समय आ गया था। गोदना ने देश के हर गाँव में स्कूल, कॉलेज और अस्पताल बनाने का सपना देखा था, लेकिन शुरुआत उसे अपने गृह जिले देवरिया से करनी थी। भारत के विभिन्न राज्यों के अनेक शहरों की यात्रा करने के बाद उसे लगा कि देवरिया को इस पहल की सबसे ज्यादा जरूरत है। वह सुहागपुर जाता रहता था, लेकिन उसने वहाँ के स्कूल में कभी कोई महत्त्वपूर्ण बदलाव नहीं देखा। उसके टोले के घरों में शौचालय नहीं थे। लोग शौच के लिए खेतों में जाते थे। महिलाओं की स्थिति दयनीय थी। वे अँधेरा होने के पहले शौच के लिए नहीं जा सकती थीं। हालाँकि हर घर में शौचालय की एक सरकारी योजना थी, लेकिन वह सिर्फ कागज तक ही सीमित रह गई। गाँव में कोई अस्पताल नहीं था, यहाँ तक कि एक प्राथमिक चिकित्सा केंद्र भी नहीं था। निकटतम सरकारी प्राथमिक चिकित्सा केंद्र 7 किमी. दूर चनकापुर गाँव में था। उस केंद्र में न कोई डॉक्टर था, न दवाएँ, सिर्फ एक नर्स थी, जो नर्स से ज्यादा दाई थी। उसकी एकमात्र जिम्मेदारी थी, गाँव की औरतों की बच्चे पैदा करने में मदद करना।

उद्यम पिछड़े क्षेत्रों में निवेश करने के लिए तैयार नहीं थे, क्योंकि उसमें कोई लाभ नहीं था और चैरिटी में किसी की रुचि नहीं थी। गोदना ने दयाशंकर को गाँवों, तहसीलों, ब्लॉक और जिले की प्रत्येक तहसील के राजनीतिक नक्शे

के रिकॉर्ड एकत्रित करने के लिए प्रतिनियुक्त किया। जिले में कुल मिलाकर 5 तहसीलें और 16 ब्लॉक थे। उन 5 तहसीलों में करीब एक हजार पाँच सौ गाँव थे। उसकी तहसील सलेमपुर में 244 गाँव थे।

गोदना और उसकी टीम ने उसकी तहसील के लिए मास्टर प्लान तैयार कर लिया। पाँच हजार से अधिक जनसंख्या वाले प्रत्येक गाँव में एक प्राइमरी स्कूल, प्रत्येक बीस गाँवों के बीच एक इंटरमीडिएट स्कूल और पूरी तहसील के लिए एक डिग्री कॉलेज और एक औद्योगिक प्रशिक्षण केंद्र की परिकल्पना हुई। स्कूलों और कॉलेजों के लिए भूमि की व्यवस्था करना राज्य की जिम्मेदारी होगी। खेतों के स्वामियों से मामूली फीस ली जाएगी। भूमिहीन ग्रामीणों के बच्चों के लिए शिक्षा नि:शुल्क होगी। इसके अलावा उनके बच्चों को राज्य द्वारा एक-एक साइकिल प्रदान की जाएगी। भर्ती और शिक्षण और संबद्ध कर्मचारियों के वेतन की जिम्मेदारी राज्य की होगी।

प्रत्येक गाँव के लिए तीनों पारियों में प्रशिक्षित पुरुष/महिला नर्स के साथ एक बुनियादी प्राथमिक चिकित्सा केंद्र, आवश्यक दवाओं और टेलीफोन की सुविधा और तहसील में एक 25 बिस्तरों के अस्पताल और एंबुलेंस की योजना बनाई गई। गाँव के स्वास्थ्य केंद्रों पर हर दूसरे दिन डॉक्टरों के दौरे को दरशानेवाला रोस्टर अपनी जगह पर होगा। एक बार फिर भूमि, भर्ती और डॉक्टरों और संबद्ध कर्मचारियों के वेतनों की जिम्मेदारी राज्य पर होगी। भूमि-स्वामियों को दवाओं का मूल्य चुकाना होगा और अन्य सेवाओं के लिए मामूली शुल्क देना होगा। भूमिहीन ग्रामीणों के लिए दवाएँ और सेवाएँ नि:शुल्क होंगी।

स्कूलों, कॉलेजों, स्वास्थ्य केंद्रों और अस्पतालों का प्रशासन एच.एच.आर. इंफ्रा द्वारा स्थापित ट्रस्ट के हाथ में होगा। 5 वर्ष के संचालन के बाद ट्रस्ट पूरी व्यवस्था राज्य सरकार की एक परिषद् को सौंप देगा। परिषद् में ट्रस्ट का एक सदस्य हमेशा शामिल रहेगा। दूसरी बात, राज्य को अपने स्तर पर हर घर में शौचालय योजना लागू करनी होगी।

पहले चरण में योजना को शुरू करने के लिए 20 गाँवों को चुना जाएगा। योजना ऊपर से नीचे लागू की जाएगी। अस्पताल, कॉलेज और आई.टी.आई. का काम पहले शुरू होगा और उसके बाद उन 20 गाँवों में स्कूलों और स्वास्थ्य

केंद्रों का काम शुरू होगा। बाद में योजना का विस्तार तहसील के अन्य गाँवों में किया जाएगा। इसके बाद इसी मॉडल पर अन्य तहसीलों में काम होगा। पूरे जिले के लिए परियोजना के कार्यान्वयन की अवधि 10 साल होगी। पहले चरण में करीब 80 करोड़ की लागत का मूल्यांकन किया गया।

वर्ष 2006 में बजट पूर्व की एक औपचारिक बोर्ड मीटिंग में गोदना ने अपना प्रस्ताव सामने रखा। कॉरपोरेट सोशल रेस्पोंसिबिलिटी (सी.एस.आर. या कॉरपोरेट सामाजिक जिम्मेदारी) कोई नया शब्द नहीं था, लेकिन सामाजिक जिम्मेदारियों पर खर्च करनेवाले कॉरपोरेट घराने उँगलियों पर गिने जा सकते थे। निजी स्वामित्व वाले कॉरपोरेट घरानों द्वारा सामाजिक जिम्मेदारियों पर एक निर्धारित व्यय उस समय अनिवार्य नहीं था। हिरेन ने, जो जल्दी में था, प्रस्ताव का पुरजोर विरोध किया। वह सुबह की फ्लाइट से मुंबई से आया था। उसने तर्क दिया कि उनकी कंपनी अभी भी निर्माण की अवस्था में है और कंपनी को आगे ले जाने के लिए उन्हें विभिन्न चरणों में पूँजी की आवश्यकता होगी। समाज-सेवा बाद में भी की जा सकती है। गोदना ने खर्च पर कर छूट और सामाजिक सेवाओं के माध्यम से कॉरपोरेट प्रोफाइल के निर्माण का हवाला देते हुए तर्क प्रस्तुत किया। एक सुनियोजित और संरचित तरीके से समाज के लिए खर्च करने से उनका कॉरपोरेट विज्ञापन पर खर्च करने की अपेक्षा अधिक नाम होगा, उसने तर्क दिया। हिरेन को कॉरपोरेट विज्ञापन के उल्लेख पर बुरा लगा, क्योंकि वह उसका विचार था। गोदना ने प्रस्तावित ट्रस्ट में 50-50 फीसदी के संयोजन की पेशकश की, जिसका मतलब था ट्रस्ट के कुल कोष में आधा निवेश उसका और आधा कंपनी का होना था। मुकुंद बहस में हिस्सा नहीं ले रहा था; उसका ध्यान कहीं ओर था; रुक्मिणी, जो इससे पहले की बोर्ड मीटिंगों में उपस्थित रहती थी, शहर से बाहर थी। वह मुंबई में थी। बहस के बीच में हँसमुख भाई को आठ साल पहले गोदना को कहे हुए अपने शब्द याद आ गए, 'पैसा ताकत हासिल करने का हथियार है। लेकिन उसी पैसे का उपयोग जनता का सम्मान हासिल करने के लिए भी किया जा सकता है।' हँसमुख भाई अपने व्यक्तिगत खाते से एक पंथ को नियमित रूप से दान देते थे। उस

पंथ के अध्यक्ष गुरु महेशानंद थे, जो उनके भी गुरु थे। पंथ समाज के लिए विभिन्न चैरिटी के कार्य करता था। अंत में, जब बहस का कोई नतीजा नहीं निकला, तो हँसमुख भाई को बीच में आना पड़ा। उन्होंने बोर्ड के चेयरमैन की हैसियत से घोषणा की—

''चाहे अभी या बाद में, सभी कॉरपोरेट घरानों को सी.एस.आर. गतिविधियों में हिस्सा लेना होगा, अनिवार्य रूप से या स्वैच्छिक रूप से। कंपनियाँ अपने वार्षिक बजट में ऐसी गतिविधियों के लिए फंड निर्धारित करती हैं। हालाँकि वे उसे खर्च नहीं करतीं। चूँकि हमने इस वित्त वर्ष में कोई फंड आवंटित नहीं किया है, इसलिए यह काम फौरन हाथ में लेना संभव नहीं होगा, लेकिन कंपनी के वित्तीय परिणाम बाहर आ जाने के बाद बोर्ड इस मुद्दे पर विचार-विमर्श करेगा।''

''हँसमुख भाई, हम बोर्ड से तत्काल निर्णय लेने का आग्रह नहीं कर रहे हैं, लेकिन हम ट्रस्ट के निर्माण की प्रक्रिया तो शुरू कर सकते हैं। हमारे मास्टर प्लान में राज्य सरकार भी शामिल है। हम इस मुद्दे को बोर्ड के सामने इसलिए लाए, क्योंकि राज्य सरकार के पास जाने से पहले हमें बोर्ड की सहमति चाहिए।''

''आज की स्थिति में हम कोई वादा नहीं कर सकते, लेकिन हम तुम्हारे प्रस्ताव को खारिज नहीं कर रहे हैं। मेरा सुझाव है कि तुम राज्य सरकार से बात करो और बोर्ड के सामने एक व्यापक कार्यक्रम प्रस्तुत करो। हम अगले वार्षिक बजट में 40 करोड़ रुपए का बजट आवंटित करने का प्रयास करेंगे।''

''धन्यवाद, हँसमुख भाई,'' हिरेन के गुस्से से भरे चेहरे को अनदेखा करते हुए गोदना बोला।

हिरेन दोपहर की फ्लाइट से मुंबई चला गया। मुकुंद भी उसी दिन मुंबई रवाना हो गया, लेकिन बाद की फ्लाइट से।

उसी रात गोदना ने खूब सिंह से फोन पर अपने इरादे पर चर्चा की और मुख्यमंत्री के साथ मुलाकात तय करवाने का अनुरोध किया। वे पहले भी इस मुद्दे पर औपचारिक रूप से चर्चा कर चुके थे। खूब सिंह यादव का राजनीतिक दल 2002 से उत्तर प्रदेश में सत्ता में था।

राज्य में अगले वर्ष चुनाव होने थे। चुनाव से पहले सरकार की ओर से जनता को खुश करनेवाली, लोक-लुभावन योजनाओं की घोषणा एक सामान्य नौटंकी है। अवलंबी दल के सत्ता में आ जाने पर भी इनमें से कई योजनाएँ कभी आकार नहीं लेतीं। ऐसी परिस्थितियों में गोदना की गाँवों में शिक्षा और स्वास्थ्य पर निवेश करने की योजना, जो उत्तर प्रदेश के गाँवों के दो सर्वाधिक उपेक्षित क्षेत्र थे, सरकार के लिए एक प्रकार से वरदान बनकर आई। राज्य सरकार की मनमोहक नीतियाँ कॉरपोरेट घरानों को राज्य में अपने कारोबार स्थापित करने के लिए भी आकर्षित नहीं कर पाई थीं; चैरिटी में निवेश तो दूर की बात थी। अनियंत्रित भ्रष्टाचार और राज्य में कानून और व्यवस्था की खराब स्थिति कॉरपोरेट घरानों की उदासीनता का मूल कारण थी। सरकार अपने गाँवों पर निवेश प्राप्त करने का ऐसा मौका नहीं छोड़ सकती थी, और उसके लिए इससे बेहतर समय नहीं हो सकता था। खूब सिंह और मुख्यमंत्री दोनों ही इस निवेश का महत्त्व समझते थे।

एक हफ्ते बाद गोदना और दयाशंकर उत्तर प्रदेश के मुख्यमंत्री से उनके ऑफिस में मिले। मध्यस्थ खूब सिंह यादव के अलावा प्राथमिक शिक्षा मंत्री, उच्च शिक्षा मंत्री और स्वास्थ्य मंत्री भी मीटिंग में मौजूद थे। गोदना ने उनके पीछे की कुरसियों पर नजर डाली। वहाँ राज्य के मुख्य सचिव और विभिन्न मंत्रालयों के सचिव बैठे थे; सबके हाथों में नोटपैड और पेन थे। वे सब भारतीय प्रशासनिक सेवा (आई.ए.एस.) के अधिकारी थे। गोदना पुराने दिनों को याद करने से खुद को रोक नहीं पाया।

राज्य सरकार ने उसकी शर्तें मान लीं और समझौता ज्ञापन (मेमोरेंडम ऑफ अंडरस्टैंडिंग या एम.ओ.यू.) पर हस्ताक्षर करने की पेशकश की। गोदना को एम.ओ.यू. पर हस्ताक्षर करने से पहले हँसमुख भाई की सहमति की आवश्यकता थी। उसने लंच के बाद हस्ताक्षर करने का प्रस्ताव रखा। लंच राजभवन कॉलोनी के वी.वी.आई.पी. गेस्टहाउस में था। उसे अपने पी.डब्ल्यू.डी. के दिन याद आ गए। उस गेस्टहाउस ने उसके जीवन में महत्त्वपूर्ण निर्णायक भूमिका निभाई थी।

लंच ब्रेक के दौरान गोदना ने हँसमुख भाई को फोन किया। उनका सेलफोन बंद था। उसने मुकुंद को फोन किया। उसका फोन भी बंद था। ऐसा पहले कभी नहीं हुआ था। गोदना ने सिमी को फोन किया। उसने बताया कि हँसमुख भाई अस्वस्थ थे। मुकुंद के बारे में कोई जानकारी नहीं है। हिरेन से बात करने का कोई फायदा नहीं था। यदि वह उसे हँसमुख भाई से सलाह लिये बिना एम.ओ.यू. पर हस्ताक्षर कर देता, तो एक जटिल स्थिति में पड़ सकता था। गोदना ने उनके घर पर कॉल किया और फोन उठानेवाले नौकर से पूछा। नौकर ने बताया कि घर पर कोई नहीं है। उसे हर फोन करनेवाले को और हर आगंतुक को यही बताने का निर्देश मिला था। गोदना को कुछ गड़बड़ लगी, लेकिन उसे लंच समाप्त होने से पहले निर्णय लेना था।

उसने सिर्फ पहले चरण के लिए एम.ओ.यू. पर हस्ताक्षर करने का प्रस्ताव रखा। उसने कहा कि पूरी परियोजना के एम.ओ.यू. पर बाद की एक मीटिंग में हस्ताक्षर होगा, क्योंकि उसके पास 100 करोड़ से अधिक के सौदों पर हस्ताक्षर करने का अधिकार नहीं है। उसने किसी प्रकार स्थिति सँभालने की कोशिश की और सफल रहा। सरकार को, जो वैसे भी अल्पकालिक उपायों को देख रही थी, कोई आपत्ति नहीं थी। अस्पताल, कॉलेज और आई.टी.आई. का शिलान्यास 26 जून को करने का निर्णय लिया गया, जिस दिन पार्टी अपने चुनाव अभियान की शुरुआत करनेवाली थी।

गोदना मीटिंग की सफलता से बहुत उत्साहित था, लेकिन अहमदाबाद से फोन कॉल्स का कोई जवाब न आने से उसे बेचैनी महसूस हो रही थी। उसने सिमी के पास हँसमुख भाई के लिए एस.ओ.एस. भी छोड़ा था, लेकिन उसका भी जवाब नहीं आया। एअरपोर्ट से वह सीधे हँसमुख भाई के घर चला गया। बँगले में उदासी छाई हुई थी। रुक्मिणी गेस्टरूम में उससे मिलने आई। उसने पिता-पुत्र के सेलफोन बंद होने के पीछे का रहस्य खोला तो गोदना हक्का-बक्का हो गया।

मुकुंद ने बौद्ध भिक्षु बनने के लिए घर छोड़ दिया था। एक दिन पहले जब वह लेह के एक मठ में जाने के लिए घर से निकला था, तो उसके शरीर

पर सिर्फ एक गेरुआ चोगा था। मुंबई से लौटने के बाद मुकुंद ने एक पावर ऑफ अटॉर्नी तैयार करवाई, जिसमें उसने कंपनी से संबंधित सभी मामलों के लिए अपनी ओर से हँसमुख भाई को अधिकृत किया। हँसमुख भाई और कादंबरी बेन ने उसको रोकने की बहुत कोशिश की, लेकिन वह नहीं रुका। रुक्मिणी के बदले हँसमुख भाई को अधिकृत करने के उसके फैसने ने गोदना को हैरान कर दिया। गोदना को याद आया कि सी.एस.आर. के मुद्दे पर चल रही बहस में मुकुंद हिस्सा नहीं ले रहा था। हँसमुख भाई इस अचानक आई परेशानी के बारे में कुछ बता सकते थे, लेकिन वे बात करने को तैयार नहीं थे। उससे मिलने न हँसमुख भाई आए और न कादंबरी बेन।

इन परिस्थितियों में गोदना को ही कादंबरी ग्रुप की पूरी जिम्मेदारी सँभालनी पड़ी, एफ.एम.सी.जी. सहित। हैरानी की बात थी कि रुक्मिणी, जिसे पहले अपना अधिकांश समय मुंबई में बिताना पसंद था, कारोबार में दिलचस्पी लेने लगी। वह प्रतिदिन न सिर्फ ऑफिस, बल्कि फैक्टरी भी आने लगी। इस घटना ने हँसमुख भाई और कादंबरी बेन को तोड़ दिया। शादी के पाँच साल बाद भी मुकुंद और रुक्मिणी का कोई बच्चा नहीं था, जिसे देखकर उन्हें कुछ शांति मिलती। अगले दो हफ्तों तक हँसमुख भाई न तो घर से बाहर निकले, न ही किसी आगंतुक से मिले। अंत में जब वे निकले, तो लेह जाकर मुकुंद को मनाने के लिए। कादंबरी बेन भी उनके साथ गईं। मुकुंद पर अपने माता-पिता के आँसुओं का कोई असर नहीं हुआ; न ही उसने अपने अचानक लिये इस निर्णय का कारण बताया।

मुकुंद के जाने के बाद के चौथे हफ्ते में, एक दिन गोदना को रुक्मिणी के माध्यम से संदेश मिला कि हँसमुख भाई उससे मिलना चाहते हैं। कारण कुछ भी हो सकता था; शायद वे लखनऊ में साइन किए उसके एम.ओ.यू. को समाप्त करना चाहते हों! आशंका से भरा गोदना हँसमुख भाई से मिलने गया। वहाँ रुक्मिणी भी मौजूद थी। गोदना को उस बात की उम्मीद नहीं थी, जो हँसमुख भाई ने सबसे पहले कही, ''हम मुकुंद के नाम पर एक ट्रस्ट बनाएँगे। तुम, मैं और स्वामीजी उसके ट्रस्टी होंगे। कंपनी के 2005-06 के पूरे लाभ

में से कर्मचारियों को बोनस देने की बाद जो रकम बचेगी, वह ट्रस्ट को दान कर दी जाएगी। मैं हिरेन से बात कर लूँगा।''

चूँकि हिरेन भी कंपनी का एक डायरेक्टर था, इसलिए लाभ की रकम ट्रस्ट को दान करने से पहले उसकी सहमति लेना आवश्यक था। स्वामीजी का मतलब था, हँसमुख भाई के आध्यात्मिक गुरु स्वामी महेशानंद। इनकम टैक्स भरने के बाद, 2005-06 में कंपनी का लाभ था 840 करोड़; दस चरणों के लिए पर्याप्त।

''हँसमुख भाई, हम सब आपको पहले की तरह वापस चाहते हैं। कारोबार चलाने के लिए आपके आशीर्वाद की जरूरत है। आपके देखने और हस्ताक्षर करने के लिए कुछ प्रस्ताव और दस्तावेज रखे हैं,'' गोदना ने यह कहते हुए रुक्मिणी की ओर देखा, जो कुछ घबराई हुई सी लग रही थी।

''राम, मैं कल से काम शुरू करूँगा,'' हँसमुख भाई के आश्वासन से गोदना खुश हो गया।

जब अगली सुबह हँसमुख भाई ने ट्रस्टियों में हिरेन का नाम भी शामिल करने के लिए कहा, तो गोदना हैरान हो गया। असल में हिरेन पिछली शाम ही अहमदाबाद पहुँच गया था और उसने ट्रस्ट के बारे में हँसमुख भाई के साथ मीटिंग भी कर ली थी। वह ट्रस्टियों में अपना नाम चाहता था, लेकिन पूरा लाभ ट्रस्ट को दान करने के पक्ष में नहीं था। वह लाभ में से अपने हिस्से का आधा ट्रस्ट में देने को तैयार था। हँसमुख भाई नहीं माने। उन्होंने कहा कि या तो वह लाभ में अपना पूरा हिस्सा लेकर ट्रस्ट से दूर रहे या पूरा हिस्सा दान करके ट्रस्टी बन जाए। हिरेन ने दूसरे विकल्प का चुनाव किया।

चूँकि गोदना को दाल में कुछ काला लग रहा था, इसलिए उसने हिम्मत करके हँसमुख भाई से पूछा कि क्या उन्होंने हिरेन को अहमदाबाद फोन करके उससे ट्रस्ट के बारे में चर्चा की थी। हँसमुख भाई ने हिरेन को फोन नहीं किया था। गोदना का रुक्मिणी पर शक और मजबूत हो गया। हालाँकि अत्यधिक व्यस्त होने के कारण वह इस मुद्दे पर ध्यान नहीं दे पाया और धीरे-धीरे इस बात को भूल गया।

□

24

राज्य सरकार ने 26 जून के आयोजन को सुर्खियों में लाने के लिए व्यापक मीडिया प्रचार किया। पूरे जिले में मुख्यमंत्री के आदमकद चित्र के साथ रंगीन बैनर लग गए जिनमें लिखा था—

'माननीय मुख्यमंत्रीजी द्वारा एक 25 बिस्तरों वाले अस्पताल, एक डिग्री कॉलेज और एक आई.टी.आई. का शिलान्यास समारोह : राज्य के प्रत्येक दलित और पिछड़े वर्ग के परिवार को निःशुल्क शिक्षा और निःशुल्क स्वास्थ्य सेवाएँ प्रदान करने के लिए प्रतिबद्ध।

मेसर्स एच.एच.आर. इंफ्रा एंड माइनिंग प्रा.लि. के सहयोग से राज्य सरकार द्वारा एक नूतन निजी-सार्वजनिक भागीदारी (पी.पी.पी.) की पहल।'

चूँकि बबुआ सत्तारूढ़ दल का सदस्य था, इसलिए उसने 7 बैनर इकट्ठा करके पूरे गाँव में और अपनी दुकान में लगा दिए, जैसे कि बैनर में लिखे दावों के लिए वह खुद जिम्मेदार हो। उसने दो बैनर टोले में भी लगाए। सुहागपुर में कोई भी बैनर में लिखी बातों का मतलब नहीं समझा। वे जानकारी की उम्मीद में ठाकुर साहब और बबुआ की ओर देख रहे थे, लेकिन वे दोनों भी अज्ञानी ही थे। बबुआ ने गाँववालों से समारोह में बड़ी संख्या में उपस्थित होने और उसे सफल बनाने का आग्रह किया। इससे पहले भी बबुआ और उसके पिताजी ने चुनावी टिकट के लालच में समकालीन राजनीतिक दलों के हर बुलावे का तहेदिल से जवाब दिया था।

बुजुर्गों और युवाओं, सबका कहना था कि उन्होंने इससे पहले कभी सलेमपुर में किसी अवलंबी मुख्यमंत्री की जनसभा नहीं देखी थी। राज्य सरकारों

ने हमेशा इस क्षेत्र की उपेक्षा की थी। सलेमपुर तहसील के दो सौ चौवालीस गाँवों के प्रमुखों को 26 जून की आम सभा में विशेष रूप से आमंत्रित किया गया। बड़ा बाजार के खेल के मैदान को आम सभा के लिए शानदार तरीके से सजाया गया। जनता की तीन अग्रिम पंक्तियाँ गाँव प्रमुखों के लिए आरक्षित थीं।

गोदना ने हँसमुख भाई से समारोह में चलने का आग्रह किया, लेकिन वे नहीं माने। हिरेन को न तो गोदना ने खुद कहा, न ही हँसमुख भाई ने उसे हिरेन को बुलाने का सुझाव दिया। स्वामीजी ऐसे राजनीतिक समारोहों से दूर रहना पसंद करते थे, इसलिए गोदना अकेला ही अपने ट्रस्ट और अपनी कंपनी, दोनों का प्रतिनिधित्व कर रहा था।

12 सीटों वाला हेलिकॉप्टर राज्य के मुख्यमंत्री, उनके निजी सचिव, दो मंत्रियों, राज्य के मुख्य सचिव, दो अन्य सचिवों, गोदना और उसके कार्मिक सचिव को लेकर लाल बाजार रोड के नवनिर्मित हेलिपैड पर उतरा। जब लाल और पीली बत्तियों वाले वाहनों का काफिला उद्घाटन के लिए अस्पताल की ओर बढ़ रहा था, तो गोदना की नजरें उस भीड़ में बबुनी को ढूँढ़ रही थीं, जो हेलिकॉप्टर देखने के लिए इकट्ठा हो गई थी।

गोदना और बबुनी फोन के माध्यम से लगातार संपर्क में बने हुए थे। अब बबुनी के पास भी सेलफोन आ गया था। हालाँकि गाँव के आधे से ज्यादा घरों में अभी भी शौचालय नहीं थे, न ही आसपास कोई अच्छा दवाखाना या स्कूल था, लेकिन 2005 के अंत तक गाँव में मोबाइल नेटवर्क जरूर आ गया था। गोदना ने बबुनी से अनुरोध किया था कि वह अपने पापा और भाई के साथ सभा में जरूर आए। बबुनी ने उन्हें सभा में आने के लिए राजी कर लिया था। वे आगे की पंक्ति में सीट सुनिश्चित करने के लिए सुबह 8 बजे ही आयोजन स्थल पर पहुँच गए थे, सभा 11 बजे शुरू होनेवाली थी।

गोदना मंच पर मुख्यमंत्री के बगल में बैठा था। बबुनी ने उसे पहचान लिया। वह उसे देखकर हाथ हिलाना चाहती थी। जब गोदना माला स्वीकार करने के लिए खड़ा हुआ, तो बबुआ ने भी उसे पहचान लिया। पार्टी के 45 स्थानीय पदाधिकारियों ने मंच पर बैठे गण्यमान्य अतिथियों का मालाएँ पहनाकर स्वागत किया। गोदना को मंच पर देखना बबुआ के लिए दुनिया के आठवें आश्चर्य के

समान था। उसे विश्वास नहीं हुआ तो उसने फुसफुसाकर ठाकुर साहब से पूछा, ''मुख्यमंत्रीजी के बगल में गोदना ही है न?''

बबुनी यह सुनकर मुसकराने लगी। ठाकुर साहब की दूर की नजर कमजोर हो गई थी, हालाँकि वे इस बात से अनजान थे, क्योंकि वे कभी आँखों के डॉक्टर के पास नहीं गए थे। इसलिए आँखों पर बहुत जोर डालने के बाद भी वे गोदना को नहीं पहचान पाए। मंच पहली पंक्ति से कुछ दूर था। ज्यादा जोर देने से उनकी दृष्टि धुँधला गई और उनकी आँखों में पानी आ गया। बबुआ ने बबुनी से पूछा। वह जानते हुए भी अनजान बनी रही।

''कहाँ है गोदना? हमें नहीं दिख रहा है।''

''वह वहाँ है, मुख्यमंत्री के बगल में। ध्यान से देखो।''

''अरे हाँ! गोदना ही है,'' वह बोली, तो दोनों बेचैन हो गए।

मुख्यमंत्री के भाषण से उन्हें पता चला कि गोदना किसी बड़ी कंपनी का डायरेक्टर था और उसकी कंपनी जिले की हर तहसील में अस्पताल और कॉलेज के साथ-साथ हर गाँव में प्राथमिक स्वास्थ्य केंद्र और स्कूल भी बनवानेवाली थी। योजना को लागू करने के लिए सरकार ने सबसे पहले उनकी तहसील को चुना। बबुआ और ठाकुर साहब खुले मुँह से भाषण सुन रहे थे। जब मुख्यमंत्री ने भीड़ से श्री जी. राम के लिए तालियाँ बजाने को कहा, तो ठाकुर साहब और बबुआ के अहं ने उन्हें तालियाँ बजाने से रोक दिया। बबुनी ताली बजाने लगी, लेकिन जब उसने उन दोनों को अपनी ओर घूरते पाया, तो वह रुक गई। उस समय ठाकुर साहब को पछतावा हो रहा था कि उन्होंने 15 साल पहले साजिश करके गोदना को कलेक्टर बनने से रोक दिया था। उन्हें एहसास हो रहा था कि कलेक्टर चाहे जितना भी बड़ा हो, कभी मुख्यमंत्री के साथ मंच पर नहीं बैठ सकता।

गोदना ने भी मंच से भाषण दिया। जब वह बोल रहा था, तो बबुनी के अंदर भावनाओं का ज्वार उमड़ रहा था। उसका मन कर रहा था कि मंच पर जाए, अपने प्रियतम से लिपट जाए और सबको अपने रिश्ते के बारे में बता दे। उनतालीस वर्षीय गोदना भी वैसा ही महसूस कर रहा था। वह खुद को रोक नहीं पा रहा था और अपने दस मिनट के भाषण के दौरान उसने पाँच बार बबुनी की ओर देखा। गोदना ने अपने भाषण में उस बात को भी शामिल किया, जो

मुख्यमंत्री अनजाने में बताना भूल गए थे; जिन घरों में शौचालय नहीं है, उन सबमें शौचालय का निर्माण।

समारोह के बाद गोदना अपने माई–बाबा से मिलने सुहागपुर रवाना हो गया। चूँकि इस मौके पर वह राज्य का मेहमान था, इसलिए वह लाल बत्ती की गाड़ी में जा रहा था। उसके साथ एक और गाड़ी चल रही थी। जब वह टोले में अपने घर पहुँचा, तो उसने दरवाजे पर ताला देखा। पहले उनके घर में ताले की सुविधा नहीं थी। जब से उसने माई को सोने के गहने दिए थे, उसने घर के दरवाजे पर कुंडी लगवाकर ताला लगाना शुरू कर दिया था। वह घर के पिछवाड़े शौचालय की जाँच करने गया। उसने बाबा से कहा था कि वह अगली बार आए, उससे पहले शौचालय बनवा लें।

बाबा और माई सलेमपुर से लौटे नहीं थे। वे जनसभा में शामिल होने गए थे। गोदना का सुहागपुर आना निश्चित नहीं था, इसलिए वह उन्हें पहले से सूचित नहीं कर पाया था। बाकी सारी बातें, जो उसने उन्हें फोन पर समझाने की कोशिश की थी, वह उनकी समझ से परे थीं। गोदना बाहर खाट पर बैठकर उनका इंतजार करने लगा। कुछ ही देर में सभा से लौटे गाँववाले उसके घर में जमा होने लगे। उसके आने की खबर पूरे गाँव में और हवेली में भी फैल गई। वैसे भी, लाल बत्ती की गाड़ियाँ हमेशा ही गाँववालों को आकर्षित करती थीं। कई लोगों ने कुछ घंटे पहले उसे मंच से बोलते हुए सुना भी था। इस बीच, उनके पड़ोसी सुमेसर काका की बहू ने अपने दस साल के बेटे के साथ उसके लिए गुड़ और पानी भेज दिया।

हवेली में बेचैन ठाकुर साहब भगवान् से प्रार्थना कर रहे थे कि वे गोदना को हवेली आकर उनसे मिलने की बुद्धि दे दें। हालाँकि बबुनी ने इंतजार नहीं किया। वह उससे मिलने टोले में चली गई। जब उसके माई–बाबा आ गए, तब बबुनी वहाँ से लौट आई। उन्हें सलेमपुर से आनेवाली यात्री जीप के लिए बस स्टैंड पर एक घंटा रुकना पड़ा था। माई ने वहाँ जमा सब लोगों से निवेदन किया कि वह उन्हें अकेला छोड़ दें। गोदना ने अपने साथ आए अनुरक्षकों से गाड़ी में रखे मेवे मँगवा लिये। तीनों, माई–बाबा और बेटा घर के अंदर चले गए।

शाम को गोदना देवरिया के सर्किट हाउस में चला गया। वह माई–बाबा

के साथ रुक सकता था, लेकिन वहाँ ड्राइवरों और दोनों अनुरक्षकों के लिए कोई व्यवस्था नहीं थी। अगली सुबह, उसे लखनऊ जाना था।

''तुमको टोला जाने की इजाजत किसने दी?'' ठाकुर साहब बबुनी पर चिल्ला रहे थे, जो हवेली के अंदर आँगन के बीचोबीच खड़ी थी। बबुआ, उसकी माँ और दादी आँगन के एक किनारे खड़े थे।

''हम उसको धन्यवाद कहने गए थे। वह हमारे इलाके के लिए इतना सब कर रहा है,'' बबुनी ने हिम्मत करके कहा।

''हम लोग ने गलती की, जो तुमको सभा में ले गए। औरतों को घर के अंदर ही रहना चाहिए। उनके पास कायदे से सोचने की बुद्धि नहीं होती। तुमको समझ में नहीं आता कि टोले में उन छोटी जातवालों के बीच जाकर तुमने हम सबकी कितनी बदनामी करवाई है!'' बबुआ भी मैदान में कूद पड़ा।

''एक दलित आप सबसे 10 फीट ऊपर उस बड़े से मंच पर मुख्यमंत्री के साथ छाया में बैठा था, और आप सब ठाकुर लोग नीचे धूप में बैठे थे। क्या इस बात से आप लोग की बदनामी नहीं हुई? क्या इस बात ने आप लोग की मर्दानगी को चुनौती नहीं दी?''

''यह पागल हो गई है। क्या इसको समझ में नहीं आता कि एक दलित कभी ठाकुरों की बराबरी नहीं कर सकता? उसे हमेशा हमारी छाया के नीचे रहना पड़ता है।''

''यह सब आप लोगों के मन की पुरानी सोच है। समय बदल गया है। जिस दलित की आप लोग बात कर रहे हैं, उसकी औकात एक हजार करोड़ की है। वह चाहे तो बारह गाँवों के ठाकुरों की सारी जमीन खरीद सकता है, फिर भी उसमें घमंड नहीं है,'' वह बबुआ की ओर मुड़ी, ''वह हमारे इलाके के लोगों की भलाई के लिए अपने पैसे खर्च कर रहा है। आपने कब दूसरों के बारे में सोचा है? एक आदमी अपनी जाति या जन्म से बड़ा या छोटा नहीं बनता, अपने काम से बनता है। और आज हमें गोदना के काम और उसकी उपलब्धियों पर गर्व है। हमें और गर्व होता है, क्योंकि वह हमारे गाँव का है और हमारे बचपन का दोस्त है।''

अपनी बात खत्म करते-करते उसका चेहरा वेदना से लाल हो गया। उसके शब्द सीधे उसके दिल से निकले थे। वह उसी समय सबको बता देना चाहती थी कि वह गोदना से प्यार करती है, लेकिन गोदना ने उससे वादा किया था कि वह शिलान्यास हो जाने के बाद तीन महीने के अंदर ठाकुर साहब से उनकी शादी की बात करेगा। अब सिर्फ तीन महीने की बात थी।

उसकी आवेशपूर्ण बात के जवाब में बबुआ ने वही किया, जो औरतों की बात का जवाब न दे पाने पर मर्द अकसर करते हैं। उसने बबुनी को थप्पड़ मार दिया। बबुनी के जन्म के बाद से पहली बार किसी ने उस पर हाथ उठाया था। ठाकुर साहब और ठकुराइन बबुआ पर चिल्लाने लगे। बबुनी दौड़कर अपने कमरे में चली गई और दरवाजा अंदर से बंद कर लिया। सब लोग बाहर से दरवाजा पीटने लगे। उसने दरवाजा खोला और बोली, "चिंता मत करिए। हम अपनी जान नहीं देंगे। हम आप लोगों की तरह कायर नहीं हैं। हम एक अच्छे जीवन के इंतजार में जिंदा रहेंगे। अब बस तीन महीने की बात है," और उसने भड़ाक से दरवाजा बंद कर लिया।

ठाकुर साहब और बबुआ ने एक-दूसरे को उलझन भरी नजरों से देखा, लेकिन ठकुराइन को कोई उलझन नहीं थी। माँ ने अपनी बेटी के दिल की बात समझ ली थी। उनकी आँखें आँसुओं से भर गईं। आँसू सबकुछ छुपा लेते हैं।

□

25

जब गोदना ने बबुनी से तीन महीने का वादा किया था, तो उसके दिमाग में सुहागपुर में स्कूल और प्राथमिक शिक्षा केंद्र के शिलान्यास के समय से मेल बैठाने का इरादा था। सुहागपुर बीस गाँवों की श्रृंखला में पहला गाँव था, जिसमें यह योजना लागू होनेवाली थी। वह समारोह के उद्घाटन के लिए किसी प्रख्यात शिक्षाविद् को बुलाना चाहता था, लेकिन सत्ताधारी पार्टी द्वारा एक राजनीतिज्ञ का चुनाव उसकी इच्छा पर भारी पड़ गया। पार्टी द्वारा आधारशिला रखने के लिए आगामी चुनावों में विधानसभा क्षेत्र से पार्टी का संभावित उम्मीदवार चुना गया। उम्मीदवार गोदना की जाति का था। वह कभी स्कूल नहीं गया था और पहली बार चुनाव में खड़ा हो रहा था।

गोदना जानता था कि ठाकुर साहब से इस मुलाकात का परिणाम कितना भयानक हो सकता है। यह आशा करना कि इस प्रस्ताव को खुशी से स्वीकार कर लेंगे, एक कल्पना ही हो सकती है। उसने राज्य सरकार से निवेदन किया था कि राज्य की यात्रा के दौरान उसे सुरक्षा प्रदान करें। सरकार को उसकी माँग तर्कसंगत लगी, इसलिए वह मान गई। जबरन वसूली और अपहरण की आशंका ने कई निवेशकों को राज्य से दूर रखा था।

दोपहर में गोदना हवेली पहुँचा। उसके साथ दो पुलिसवाले थे। ठाकुर साहब को पहले ही सूचित किया जा चुका था, इसलिए वे और बबुआ उत्सुकता से प्रतीक्षा कर रहे थे। वे खुश और संतुष्ट थे, क्योंकि गोदना ने उनसे मिलने के लिए पहल की थी। वे उसके बड़प्पन के आगे झुके नहीं थे। हवेली के अंदर

घबराई हुई बबुनी सुबह से कई बार शंकर भगवान् से प्रार्थना कर चुकी थी। वह इस मुलाकात के बारे में जानती थी। ठकुराइन भी, जो अब मामला समझने लगी थीं और अपनी बेटी को ध्यान से देख रही थीं, बेटी के सुखद भविष्य के लिए प्रार्थना कर रही थीं।

ठाकुर साहब, जो बैठक के बाहर टहल रहे थे, गाड़ी देखकर तेजी से अंदर चले गए। बबुआ पहले से अंदर था। गोदना ने दोनों सशस्त्र पुलिसवालों से गाड़ी के पास रुकने के लिए कहा। गोदना को, जो 14 साल बाद हवेली में प्रवेश कर रहा था, वहाँ की पुरानी भव्यता नजर नहीं आई। बैठक में दीवान के अलावा एक कुरसी रखी थी। कुरसी की मौजूदगी संकेत कर रही थी कि वह बैठ सकता था, और वह बैठ भी गया। आरंभिक अभिवादन के आदान-प्रदान के बाद सन्नाटा छा गया। यह गोदना के लिए इस यात्रा के पीछे के मुद्दे को सामने लाने का मौन संकेत था। गोदना ने दीवार पर टँगी दुनाली बंदूक पर नजर डाली और खड़ा हो गया। वह दीवान के पास गया और अपने हाथ जोड़कर जिससे बाप-बेटे खुश हो गए, बोला, ''ठाकुर साहब, हमारे माता-पिता और उनके माता-पिता ने हमेशा आपके परिवार को सबसे श्रेष्ठ माना है। हम लोगों ने कभी सपने में भी आपके परिवार का अपमान करने के बारे में नहीं सोचा। हमने अपने सपने का त्याग कर दिया, क्योंकि आप ऐसा चाहते थे। लेकिन आज न हमारे मन में आपके लिए कोई शिकायत है, न हमारे माई-बाबा के मन में। आइए, हम पुरानी बातों को भूलकर एक नई, पवित्र शुरुआत करते हैं। हम यहाँ शादी के लिए आपकी बेटी का हाथ माँगने आए हैं। हम दोनों एक-दूसरे से प्यार करते हैं। हम उससे शादी करना चाहते हैं और वादा करते हैं कि उसे हमेशा खुश रखेंगे।''

अगले दो मिनट के लिए वहाँ गहरी घाटी जैसा सन्नाटा छा गया। अपमान की भावना इतनी गहरी थी कि ठाकुर साहब और बबुआ न एक-दूसरे की ओर देख सके, न गोदना की ओर। वे जमीन की ओर देख रहे थे। वे अपमानित महसूस कर रहे थे, क्योंकि उन्होंने कभी कल्पना नहीं की थी कि एक दलित उनसे इतना आगे निकल जाएगा कि उनकी बेटी का हाथ माँगने की हिम्मत करेगा। जब बबुआ थोड़ा सँभला, तो उसने आगे बढ़कर गोदना को थप्पड़ मार दिया। जीवन

में पहली बार उसने एक दलित को हाथ लगाया था। गोदना ने कोई प्रतिक्रिया व्यक्त नहीं की। लेकिन ठाकुर साहब की प्रतिक्रिया अपेक्षित थी, उन्होंने दीवार से बंदूक उतारी और गोदना की ओर तान दी। बंदूक खाली थी।

''हम भकोला की खातिर तुमको जिंदा छोड़ रहे हैं। यहाँ जो बात हुई, वह किसी को पता नहीं चलनी चाहिए। यहाँ से चले जाओ और आज के बाद कभी इस गाँव में अपना चेहरा मत दिखाना। अपने माई–बाबा के साथ यहाँ से गायब हो जाओ।''

दौड़ते कदमों की आवाज सुनकर उन्होंने बंदूक नीचे कर ली। उनके चिल्लाने से पुलिसवाले चौकन्ने हो गए थे और दौड़ते हुए बैठक की ओर आ रहे थे। ठकुराइन और बबुनी, जो मवेशीखाने के थोड़े से खुले हुए लकड़ी के दरवाजे से झाँक रही थीं, बैठक की ओर भागीं। ठाकुर साहब के हाथ में बंदूक देख, आकर दोनों पुलिसवालों ने अपनी बंदूकें तान लीं। ठाकुर साहब अपनी बंदूक फेंककर चिल्लाए, ''गोली मत चलाना। हम लोग सिर्फ बात कर रहे हैं।''

बैठक में चल रहा नाटक देखकर ठकुराइन और बबुनी रोने लगीं। किस्मत से यह नाटक देखने के लिए वहाँ कोई नौकर मौजूद नहीं था। वैसे भी पिछले कुछ वर्षों में सिर्फ भकोला और सुमेसर हवेली की सेवा में रह गए थे। बाकी नौकर बेहतर अवसरों की तलाश में हवेली छोड़कर चले गए थे। हवेली में चल रहे नाटक से अनजान भकोला और माई, टोले के अपने घर में गोदना का रास्ता देख रहे थे।

जब गोदना हवेली से बाहर जाने के लिए मुड़ा, तो बबुआ ने उसे आवाज दी, ''एक मिनट रुको। हमें तुमसे बात करनी है,'' चालीस वर्षीय बबुआ ने मामला अपने हाथ में ले लिया, ''आप दोनों कृपया गाड़ी में जाकर राम साहब का इंतजार करिए,'' उसने दोनों पुलिसवालों से कहा और फिर गोदना की ओर देखा। गोदना समझ गया। उसने भी उनसे गाड़ी में जाकर इंतजार करने को कहा। बबुआ आधुनिक समय का अवसरवादी था। वह समझ चुका था कि सामंतवाद समाज में अपना स्थान खो चुका है और सिर्फ गर्व की खातिर पुरानी लीक पर चलते रहने का कोई मतलब नहीं है। हालाँकि यह वादा करते हुए उसके मन में ईमानदारी बिल्कुल नहीं थी, ''अगर तुम आनेवाले चुनाव में हमारे लिए टिकट

की व्यवस्था करा दो, तो हम इस बारे में सोचेंगे।''

''बबुआआआ···,'' ठाकुर साहब चीखे, ''ऐसा होने से पहले हम खुद को गोली मार लेंगे।''

बबुआ ने उनकी बात पर ध्यान नहीं दिया, ''हम जानते हैं, मुख्यमंत्रीजी तुम्हारी बात कभी नहीं टालेंगे। पापा की चिंता मत करो, हम उनको सँभाल लेंगे।''

गोदना को विश्वास नहीं हुआ कि उसकी समस्या का हल इतना आसान हो सकता था। वह फौरन मान गया। उसने सबका अभिवादन किया, बबुनी की ओर देखा और वहाँ से निकल गया।

उसके जाने के बाद बबुआ ने ठाकुर साहब के कान में कहा, ''चिंता मत करिए, पापा। एक बार हम चुनाव जीत जाएँ, फिर हम उसके टुकड़े-टुकड़े करके गंडक नदी में फेंक देंगे। हरामखोर, उसकी हिम्मत कैसे हुई हमारी बहन के बारे में सोचने की!''

एक दिन बाद गोदना लखनऊ में मुख्यमंत्री से मिला। उसके साथ खूब सिंह यादव भी था। खूब सिंह ने गोदना की ओर से बात शुरू की, ''राम साहब राज्य के लिए इतना कुछ कर रहे हैं, जिससे परोक्ष रूप से हमारी पार्टी को भी फायदा हो रहा है। बदले में इन्होंने हमसे किसी अनुग्रह की माँग नहीं की है। यह एक छोटा सा निवेदन करना चाहते हैं, जिसके लिए आपके आशीर्वाद की जरूरत है।''

''हमें इनके लिए कुछ करने में खुशी होगी,'' मुख्यमंत्री ने आगे झुकते हुए कहा।

''ठाकुर चंद्र देव सिंह सलेमपुर तहसील में हमारी पार्टी के सक्रिय कार्यकर्ता हैं। उनके पिता सूरज देव सिंह सुहागपुर गाँव के प्रमुख हैं। राम साहब भी उसी गाँव से हैं। इनके उस परिवार से करीबी संबंध हैं। ठाकुर साहब इनको अपने बेटे की तरह मानते हैं। ठाकुर साहब आगामी चुनावों में एक टिकट चाहते हैं।''

मुख्यमंत्री ने अपने राजनीतिक सचिव को बुलाया और उससे जानकारी ली। अपने हाथ में पकड़े कागजों को देखने के बाद सचिव ने बताया,

"सर, हमने सलेमपुर से गेंदालाल पासी का नाम तय किया है।"

"अरे हाँ!" मुख्यमंत्री को याद आ गया, "हम वहाँ से गेंदालाल को खड़ा कर रहे हैं, जिसने सुहागपुर में स्कूल का भूमि पूजन किया था। वह अनुसूचित जाति से है।"

"मैं जानता हूँ आप गेंदालाल को खड़ा कर रहे हैं, लेकिन आपने अभी आधिकारिक रूप से उसके नाम की घोषणा नहीं की है। उसे पास के किसी और निर्वाचन क्षेत्र से खड़ा किया जा सकता है।"

"लेकिन सलेमपुर आरक्षित निर्वाचन क्षेत्र है। हम वहाँ से सिर्फ अनुसूचित जाति का उम्मीदवार खड़ा कर सकते हैं," सचिव बीच में बोला।

"यह चंद्र देव सिंह किस प्रकार का राजनीतिज्ञ है? उसे यह भी नहीं मालूम कि सलेमपुर आरक्षित निर्वाचन क्षेत्र में परिवर्तित हो गया है," मुख्यमंत्री ने खूब सिंह को देखते हुए कहा, जो चुप रहा। इस बात की जानकारी गोदना को भी नहीं थी। मुख्यमंत्री ने प्रस्ताव रखा, "राम साहब, अगर आप चाहें तो हम सलेमपुर का टिकट आपको दे सकते हैं," वह जानते थे कि गोदना अनुसूचित जाति से था। गोदना ने मना कर दिया। मीटिंग बिना किसी निर्णय के समाप्त हो गई, लेकिन मुख्यमंत्री ने गोदना को आश्वासन दिया कि वे कोई उपाय निकालेंगे।

देर शाम गोदना मुंबई रवाना हो गया।

पंद्रह दिन बाद खूब सिंह ने गोदना को फोन करके बताया कि मुख्यमंत्री ने उपाय ढूँढ़ लिया है। इस खबर से गोदना उत्साहित हो गया। खूब सिंह ने अगली शाम उसे विक्रमादित्य मार्ग स्थित पार्टी ऑफिस में मुख्यमंत्री के साथ मीटिंग के लिए बुलाया।

मुख्यमंत्रीजी रात 10 बजे तक नहीं आए। खूब सिंह ने उनसे फोन पर संपर्क किया। चूँकि मुख्यमंत्री एक राजनीतिक सभा में व्यस्त थे, इसलिए उन्होंने पार्टी के एक प्रमुख नेता रघुनाथ प्रसाद को, जो समाज कल्याण मंत्री भी थे, उनसे मिलने के लिए भेजा। रघुनाथ प्रसाद ने उन्हें सूचित किया कि पार्टी ने चंद्र देव सिंह को वाराणसी के बुंदा निर्वाचन क्षेत्र से टिकट देने का निर्णय लिया था। गोदना निराश हो गया। वह जानता था कि बबुआ देवरिया से बाहर

जाने के लिए तैयार नहीं होगा। उसने इस प्रस्ताव का विरोध किया, "हमको मुख्यमंत्रीजी से बात करने दीजिए। उन्होंने कोई अनुकूल रास्ता निकालने का आश्वासन दिया था।"

"राम साहब, मैं उन्हीं के शब्द दोहरा रहा हूँ। यही सबसे अच्छा उपाय है।"

"क्या हम एक बार मुख्यमंत्रीजी से बात कर सकते हैं?" गोदना ने जोर देकर कहा।

खूब सिंह और रघुनाथ प्रसाद ने एक-दूसरे को देखा। फिर रघुनाथ प्रसाद ने मुख्यमंत्री का मोबाइल नंबर मिलाया और कमरे से बाहर चले गए। कुछ ही देर में वे अंदर आए; फोन चालू था, उन्होंने उसे स्पीकर पर डाल दिया। मुख्यमंत्री ने गोदना से कहा, "राम साहब, बुंदा आपके उम्मीदवार के लिए सर्वश्रेष्ठ निर्वाचन क्षेत्र है। क्षेत्र की अधिकांश जनसंख्या ठाकुरों की है; 38 प्रतिशत। 19 प्रतिशत वोट पिछड़ी जाति के हैं और 20 प्रतिशत अनुसूचित जाति के। इन तीनों का हमारे पक्ष में ध्रुवीकरण किया जा सकता है। बाकी बातें आपको रघुनाथजी समझा देंगे।"

बबुआ ने चुनाव का टिकट दिलवाने की शर्त रखी थी, चुनाव जिताने की नहीं, इसलिए गोदना मान गया। वह नहीं जानता था कि बबुआ के लिए सीट जीतना उसका व्यक्तिगत मिशन बन जाएगा।

"रघुनाथजी, बुंदा का वर्तमान विधायक कौन है, और हमारा प्रमुख प्रतिद्वंद्वी कौन हो सकता है?"

"दोनों एक ही हैं," रघुनाथ ने जवाब दिया, "बुंदा की सीट राज्य में हमारे प्रमुख विरोधी दल के पास है। उनके लिए सीट पार्टी नहीं, बल्कि उनका उम्मीदवार जीतता है। वह अन्यथा दलित बहुमत पार्टी के कुछ ऊँची जाति के नेताओं में से एक हैं। विजय बहादुर सिंह पिछले दो चुनाव जीत चुका है; पहला निर्दलीय उम्मीदवार के रूप में और दूसरा विरोधी पार्टी के टिकट पर।"

गोदना यह नाम पहले सुन चुका था। वह याद करने की कोशिश करने लगा। लड़ाई व्यक्तिगत होनेवाली थी, "क्या यह लखनपुर गाँव से है? सिविल इंजीनियर है?"

"हाँ। लगता है, आप पहले से ही तैयारी कर चुके हैं। उसके पहले उसके पिता जंग बहादुर सिंह ने दो बार वह सीट जीती थी। फिर उनके सपनों को पंख लग गए। उनकी नजर केंद्र पर थी। जब किसी पार्टी ने उन्हें टिकट नहीं दिया, तो 1998 के आम चुनावों में उन्होंने निर्दलीय उम्मीदवार के रूप में चुनाव लड़ा और हार गए। उससे पहले, उन्होंने अपने बेटे के लिए बुंदा की विधानसभा सीट छोड़ दी थी, जिसे उसने 1997 में आराम से जीत लिया। जंग बहादुर ने उसके बाद कोई चुनाव नहीं लड़ा। चंद्र देव सिंह की उम्मीदवारी की अधिकृत घोषणा दिसंबर में की जाएगी, जब हमारे उम्मीदवारों की पहली सूची निकलेगी। बाकी बातें आपको खूब सिंह समझा देंगे।" इसके साथ ही मीटिंग समाप्त हो गई।

कमरे के बाहर आकर खूब सिंह ने गोदना को सुझाव दिया कि वह चंद्र देव से पार्टी के फंड में 1 करोड़ रुपए दान करने के लिए कहे। गोदना ने उसे आश्वासन दे दिया, क्योंकि वह जानता था कि वह रकम चंद्र देव को नहीं, बल्कि उसे देनी थी।

बाद में गोदना को पता चला कि किसी भी पार्टी ने अपने सबसे मजबूत उम्मीदवार को भी बुंदा से खड़ा करने की हिम्मत नहीं की। उस निर्वाचन क्षेत्र पर विजय बहादुर का वर्चस्व था। पिछले चुनाव में सभी विरोधी उम्मीदवारों की जमानत जब्त हो गई थी। गोदना ने बबुआ के लिए वह सीट जीतना अपना व्यक्तिगत लक्ष्य बना लिया, इसलिए नहीं कि वह उसकी बहन से प्यार करता था, बल्कि इसलिए कि एक पुराना जख्म फिर हरा हो गया था। गोदना एक शैतानी दृष्टिकोण और दोहरे मापदंड वाले आदमी को सत्ता में आगे नहीं बढ़ने दे सकता था। गोदना को पक्का विश्वास था कि सिर्फ सत्ता में बने रहने के लिए उसने दलितों के साथ गठबंधन कर लिया होगा।

जनवरी 2007 में गोदना उस अखबार के साथ हवेली गया, जिसमें पार्टी द्वारा बुंदा से चंद्र देव की उम्मीदवारी की घोषणा करते हुए प्रेस विज्ञप्ति छपी थी। इस बार उसके साथ पुलिस सुरक्षा नहीं थी। हालाँकि बबुआ को पहले ही सूचना मिल चुकी थी, इसलिए वह बहाने के साथ तैयार था, "तुमको और तुम्हारे मुख्यमंत्री को लगता है कि हम लोग मूर्ख हैं। हमने अपने इलाके का टिकट माँगा

था, चार जिला दूर का नहीं, और वह भी ऐसे ताकतवर उम्मीदवार के खिलाफ, जिसका परिवार पिछले 20 साल से उस निर्वाचन क्षेत्र पर राज कर रहा है।''

''बबुआ, सलेमपुर आरक्षित निर्वाचन क्षेत्र है। तुमको यहाँ से टिकट कैसे मिल सकता है?'' गोदना ने समझाने का प्रयास किया।

''देवरिया जिले में पाँच निर्वाचन क्षेत्र हैं। हम भाटपुर रानी से चुनाव लड़ सकते हैं, लेकिन बुंदा में हमारा कोई आधार नहीं है। हम अपनी जमानत भी नहीं बचा पाएँगे। तुम हमारा राजनीतिक जीवन खत्म करना चाहते हो?''

''बबुआ, मुख्यमंत्री ने हमें भरोसा दिलाया है कि हम लोग जीत जाएँगे। चुनाव में पिछड़ी और अनुसूचित जातियों के वोट महत्त्वपूर्ण भूमिका निभाएँगे और वे हमारे पक्ष में हैं। तुम अपने विरोधी के ठाकुर वोट काटोगे।''

''वोटिंग से एक दिन पहले विजय बहादुर गरीबों में पैसे और शराब बाँटता है। वह बहुत संपन्न है। पानी की तरह पैसा बहाता है। वह कुछ भी करके चुनाव जीत जाएगा। जब हमने तुम्हारे सामने शर्त रखी थी, तो वह सिर्फ उम्मीदवारी के लिए नहीं थी, बल्कि विधायक की सीट के लिए थी।''

ठाकुर साहब यह वार्त्तालाप सुन रहे थे। उन्हें विश्वास था कि बबुआ अपनी बहन की शादी गोदना से करने के लिए कभी राजी नहीं होगा, लेकिन वह जिस तरह गोदना से सौदेबाजी कर रहा था, वह ठाकुर साहब को अच्छा नहीं लगा, क्योंकि सौदे के एक छोर पर उनकी बेटी थी। उन्होंने वार्त्तालाप में दखल दिया, ''बबुआ, तुमको बुंदा से टिकट चाहिए कि नहीं?''

''पापा, हम अपनी शर्त में संशोधन कर रहे हैं। हम बुंदा से चुनाव लड़ेंगे, लेकिन इसके प्रस्ताव पर तभी विचार करेंगे जब हम चुनाव जीत जाएँगे,'' उसने दोनों में से किसी की ओर देखे बिना जवाब दिया।

बबुआ को लग रहा था कि उसने एक चतुर, दोहरी मार वाला दाँव फेंका है। यदि वह जीत जाता है, तो वह विधायक या शायद मंत्री बन जाएगा और इतना ताकतवर हो जाएगा कि गोदना को गाँव से बाहर फिंकवा देगा। बबुआ के मन के किसी कोने में गोदना के प्रति विश्वास था। उसे समझ आ गया था कि गोदना उसे चुनाव जिताने में अपना पूरा जोर लगा देगा।

बाद में खूब सिंह ने इस बात की पुष्टि कर दी कि विजय बहादुर चुनाव

से एक दिन पहले पैसे और शराब बाँटता है। गोदना में राजनीतिक कौशल का अभाव था इसलिए उसने खूब सिंह से उसका मुकाबला करने का उपाय पूछा। खूब सिंह ने उसे आश्वासन दिया कि वह उसे विजय बहादुर को हराने का कोई उपाय बताएगा। गोदना ने उससे कहा कि वह चुनाव जीतने के लिए कोई भी हथकंडे अपना सकता है, चाहे उसके लिए कोई गंदा खेल खेलना पड़े और चाहे कितने भी पैसे खर्च करने पड़ें।

चुनाव से दो महीने पहले खूब सिंह ने गोदना को फोन करके बताया कि उसने एक उपाय खोज लिया है और उन्हें उसके बारे में बात करने की आवश्यकता है। गोदना पहली फ्लाइट से लखनऊ रवाना हो गया। खूब सिंह ने उसे बताया कि उन लोगों ने एक मध्यस्थ के माध्यम से विजय बहादुर को संपर्क किया था। हालाँकि दोनों विरोधी दलों से थे, लेकिन वह मध्यस्थ एक समय उसका अच्छा दोस्त था और इतने वर्षों से वे लगातार संपर्क में थे। उसने बताया कि विजय बहादुर चंद्र देव के पक्ष में बुंदा की सीट गँवाने के लिए तैयार है, लेकिन उसने कीमत माँगी है।

''और वह कीमत क्या है ?'' गोदना अधीर हो रहा था।

''बताता हूँ। पहले मुझे रणनीति समझाने दीजिए। विजय बहादुर अपनी पार्टी का भरोसा नहीं खो सकता। इसलिए वह चुनाव आयोग द्वारा घोषित अवधि के अंतिम दिन अपना नामांकन दाखिल करेगा। वह नामांकन फॉर्म 2(बी) में जान-बूझकर कोई गलती कर देगा या कोई गलत जानकारी देगा और यह उल्लंघन जाँच के दौरान उसके नामांकन को अस्वीकृत करने के लिए पर्याप्त होगा। जब हम उसे पैसे देंगे तब वह हमें उसके बारे में सूचित कर देगा, ताकि नामांकन के समय उसकी बात को सत्यापित करने के लिए हम अपना आदमी तैनात कर सकें। चुनाव आयोग नामांकन भरने और उसकी जाँच करने के लिए एक निश्चित विंडो पीरियड निर्धारित करता है। विजय बहादुर और चंद्र देव के अलावा मैदान में दो-एक निर्दलीय उम्मीदवार भी हो सकते हैं, जिनसे कोई फर्क नहीं पड़ेगा। विजय बहादुर के दौड़ से बाहर हो जाने के बाद, भगवान् भी आपके उम्मीदवार को जीतने से नहीं रोक सकता।''

हालाँकि कार्य योजना गोदना को ठोस लग रही थी, फिर भी उसके मन में कुछ संदेह थे। अपने संदेह बताने से पहले वह विजय बहादुर की कीमत जानना चाहता था।

''आपने बताया नहीं उसने क्या कीमत माँगी है?''

''दस करोड़, एडवांस में। नामांकन से एक दिन पहले।''

यह बहुत बड़ी राशि थी, लेकिन उसे आगे बढ़ना था, इसलिए उसने अपना संदेह सामने रखा, ''वह सिर्फ पैसों के लिए अपनी सीट गँवा देगा? दूसरी बात, अगर वह पैसे लेने के बाद हमें धोखा दे दे और वैध नामांकन दाखिल कर दे तो?''

''10 करोड़ किसी का भी ईमान हिलाने के लिए काफी होते हैं। देखिए, अगर उसकी पार्टी जीत जाती है और उसे मंत्री पद मिल जाता है, वह भी किसी फायदे वाले मंत्रालय में, तो शायद वह अगले पाँच सालों में इतने पैसे कमा सकता है। हालाँकि उसकी पार्टी के सत्ता में आने की उम्मीद बहुत कम है और वह यह बात जानता है। दूसरी बात, हमारे सूत्रों ने जानकारी दी है कि दो साल बाद वह आम चुनावों में खड़े होने का मन बना रहा है। वह राज्य विधानसभा से तंग आ चुका है, क्योंकि राज्य में अगर आप विधायक हैं, लेकिन सत्ता में नहीं हैं, तो आप गरीब ही रह जाते हैं, लेकिन संसद् सदस्य के रूप में उसे कहीं अधिक ताकत, सम्मान, सुविधाएँ और धन मिलेगा।''

''हम मुंबई में पैसों की व्यवस्था कर सकते हैं, यहाँ नहीं।''

''कोई समस्या नहीं है।''

गोदना ने दयाशंकर को विजय बहादुर पर नजर रखने के लिए कहा। नामांकन दिवस की दोपहर दयाशंकर ने उसे संदेश भेजा कि कि विजय बहादुर ने एक वैध नामांकन भरा है, जिसे निर्वाचन अधिकारी अस्वीकृत नहीं कर सकते। इसका मतलब था, उसने उन लोगों को धोखा दिया। गोदना तमिलनाडु सरकार के साथ एक समझौते पर हस्ताक्षर करने के लिए एक मीटिंग में चेन्नई आया था। जैसे ही औपचारिकताएँ पूरी हुईं, उसने पी.डब्ल्यू.डी. मंत्री के ऑफिस से बाहर निकलकर खूब सिंह को फोन किया।

इसका मतलब आपको खबर मिल गई। ''मैं जानता था, कमीना हमें दगा देगा,'' खूब सिंह ने बिना किसी औपचारिकता के स्वीकार कर लिया। ''आप चिंता न करें। अब प्लान बी लागू होगा।''

''वह क्या है?'' निराश और उदास गोदना ने उत्सुकता से पूछा?

''हमें उसके बारे में फोन पर बात नहीं करनी चाहिए। आप हमारे ऊपर भरोसा रखिए, आराम से बैठिए और शाम को कोई भी न्यूज चैनल देख लीजिएगा। आपसे ज्यादा, वह मेरा दुश्मन है। आज उसकी राजनीतिक मौत हो जाएगी। पंद्रह साल पहले, मेरा दूर का भाई उसके पिता के खिलाफ बुंदा से खड़ा था और चुनाव पूर्व लहर उसके साथ थी। हम लोग आज तक उसकी तलाश कर रहे हैं, जिंदा या मुर्दा।''

शाम को गोदना होटल ली मेरीडियन के अपने कमरे में बेसब्री से इंतजार कर रहा था। टी.वी. पर एक हिंदी न्यूज चैनल चल रहा था। 9 बजे के समाचार की सुर्खियाँ, जो उसमें जीवन वापस ले आई थीं, नकली मुद्राएँ रखने के आरोप में विजय बहादुर की गिरफ्तारी। विस्तृत समाचार थे—

''उत्तर प्रदेश पुलिस ने बुंदा के वर्तमान विधायक विजय बहादुर के नंदपुर स्थित फार्महाउस से 30 करोड़ मूल्य के नकली नोट बरामद किए हैं। पुलिस ने विजय बहादुर को गिरफ्तार कर लिया है। अधिक चौंकानेवाला तथ्य यह है कि जिन सूटकेसों में यह नकली नोट रखे थे, उनमें नोटों के नीचे पाकिस्तान के प्रतिष्ठित अंग्रेजी समाचार-पत्र 'द डॉन' की प्रतियाँ बिछी हुई थीं। आरोप है कि विजय बहादुर के आतंकवादियों से और शायद आई.एस.आई. से भी संपर्क हैं, क्योंकि इससे पहले भी आतंकवादी मॉड्यूल तस्करी द्वारा देश में नकली मुद्राएँ ला चुके हैं। नकली मुद्राओं का उपयोग तथाकथित रूप से राज्य के चुनावों में होनेवाला था। सूत्रों का कहना है कि विजय बहादुर जब्त की हुई नकली मुद्राओं का वोटरों के बीच वितरण करनेवाले थे। इसलिए विजय बहादुर न सिर्फ एक गद्दार हैं, बल्कि बुंदा की जनता के अपराधी भी हैं, जिन्होंने पिछले कई वर्षों से उनके और उनके परिवार के प्रति विश्वास दिखाया है। विपक्ष के नेता ने उन्हें तत्काल प्रभाव से पार्टी ने निष्काषित कर दिया है। विजय बहादुर के परिवार के सदस्यों और निकट सहयोगियों का दावा है कि यह सत्तारूढ़ दल की साजिश

है। प्रथमदृष्टया, उनके दावे सिर्फ चेहरा बचाने का प्रयास लग रहे हैं। पुलिस आगे की जाँच कर रही है,''

गोदना ने टी.वी. की आवाज बंद कर दी और बुदबुदाया, 'गंदी राजनीति!' लेकिन फिर उसे याद आया कि प्यार और जंग में सब जायज है, और उसका दाँव तो दोनों में था।

तीन दिन बाद चुनाव आयोग ने एक अभूतपूर्व निर्णय लिया; उसने विजय बहादुर का नामांकन रद्द कर दिया।

□

26

हिरेन को, जो आसानी से और तेजी से पैसे कमाने के लिए हमेशा शॉर्टकट की तलाश में रहता था, एक अवसर नजर आया, जब जगन ने उसे बताया कि क्रिकेट बोर्ड यूरोपीय देशों की फुटबॉल लीग की तरफ से भारत में एक क्रिकेट लीग शुरू करने पर विचार कर रहा था। सट्टेबाजी, चाहे वह किसी भी तरह की हो, हमेशा से हिरेन की कमजोरी रही थी। समय के साथ, जब खेल में सट्टेबाजी दुनिया भर में लोकप्रिय होने लगी, जो भारत में अवैध है, लेकिन दुनिया के कई अन्य देशों में वैध है, उसने अपने दाँव सिर्फ घोड़ों तक ही सीमित नहीं रखे। अपने सट्टेबाजी के कौशल की परीक्षा लेने के लिए उनका पसंदीदा खेल था—यूरोपियन फुटबॉल लीग। उनका जुनून ऐसा था कि मार्च के अंत में लीग के अंतिम चरण के दौरान हिरेन और जगन अकसर अपना समय यूरोप में बिताते थे। छुट्टियों में त्रिशा और उसके जैसी अन्य लड़कियाँ इन सट्टेबाजों के साथ जाती थीं। हालाँकि अंत में हिरेन कुल मिलाकर नुकसान में ही रहा था।

इसलिए जब उसे पता चला कि क्रिकेट बोर्ड कॉरपोरेट जगत् को एन.बी.ए. और ई.पी.एफ.एल. की तर्ज पर उनकी खुद की टीम खरीदने और उसे बनाए रखने के लिए मना रहा है, और उसके लिए एक निश्चित प्रतिफल भी प्रमाणित किया है, तो उसे अपने नुकसान की वसूली करने का एक अवसर नजर आया। वह टीम के मालिकों की शानदार जीवन-शैली से बहुत प्रभावित था, जिन्हें उसने यूरोप के स्टैंड्स में देखा था। उसकी आकांक्षाओं में से एक किसी स्पोर्ट्स टीम का मालिक बनना भी थी। पहले वह टीमों की ताकत पर शर्त लगाता था। अगर

उसकी खुद की टीम होगी, तो उसे शर्त लगाकर परिणाम अपने पक्ष में मोड़ने का अवसर मिल सकता है। इस विचार ने उसे रोमांचित कर दिया।

जगन नगवाले ने एक संघ बनाने का प्रस्ताव रखा। हितधारकों में से एक जगन खुद होगा। एच.एच.आर. इंफ्रा एंड माइनिंग संघ का नेतृत्व करेगी। चूँकि हँसमुख भाई और जी. राम, दोनों को ही क्रिकेट में रुचि नहीं थी इसलिए संघ की समग्र गतिविधि का प्रभारी हिरेन होगा। उसे संघ के मामलों से निपटने की पूरी आजादी होगी। बोर्ड द्वारा प्रमाणित निश्चित प्रतिफल संघ में जाएगा और सट्टेबाजी से कमाया पैसा सिर्फ उनका होगा। यह हिरेन और जगन के लिए हर तरह से फायदेमंद सौदा था। हालाँकि उनकी योजनाओं पर पानी फिर गया, जब हिरेन ने बोर्ड के अन्य सदस्यों–हँसमुख भाई और गोदना के सामने यह प्रस्ताव रखा। मीटिंग में रुक्मिणी भी मौजूद थी, लेकिन उसके पास वोट करने का अधिकार नहीं था। हिरेन के पाँच मिनट के छोटे से प्रेजेंटेशन के बाद गोदना ने सबके सामने एक प्रश्न रखा। गोदना को एजेंडे की जानकारी थी, क्योंकि वह उसे एक हफ्ते पहले ही मेल कर दिया गया था।

''हम जानना चाहते हैं कि पहली लीग के शुरू होने से पहले हमारा निवेश मोटे तौर पर कितना होगा और लीग के समाप्त होने पर हमें उसमें से कितना या उससे कितना ऊपर वापस मिलेगा?''

''मैंने अभी इन सबका हिसाब नहीं लगाया है, लेकिन रिटर्न्स निश्चित रूप से कई गुना होंगे,'' हिरेन ने उन्हें आश्वस्त करने का प्रयास किया।

''हँसमुख भाई, हम सिर्फ आँखें बंद करके हवा में गोली चलाने की कोशिश कर रहे हैं। अगर हम इसे एक व्यापार के प्रस्ताव के रूप में देख रहे हैं, तो किसी निष्कर्ष पर पहुँचने के लिए हमारे पास संबंधित आँकड़े होने चाहिए, जैसा कि हमेशा से हमारे काम करने का तरीका रहा है। वैसे हमने भी थोड़ी–बहुत रिसर्च की है। हमें न सिर्फ फ्रैंचाइजी खरीदने के लिए एक बहुत बड़ी राशि देनी पड़ेगी, बल्कि टीम खरीदने के लिए सुरक्षा के रूप में लाखों की बैंक गारंटी के अलावा उससे कई गुना बड़ी राशि खिलाड़ियों को खरीदने में खर्च करनी पड़ेगी। हमने सुना है कि खिलाड़ी सिर्फ नीलामी के माध्यम से खरीदे जा सकते हैं, और बोली की शुरुआत लाखों से होती है, जो कि बहुत हास्यास्पद बात है। ऊपर से अभी

तक यह भी स्पष्ट नहीं है कि खिलाड़ियों के किट, टूर्नामेंट के दौरान उनके रहने-खाने का खर्च और सहायक स्टाफ का खर्च कौन वहन करेगा। इसके विपरीत, रिटर्न्स की सूची छोटी है, सिर्फ तीन चीजें हैं—विज्ञापन, दर्शकों की राजस्व में साझेदारी और और टी.वी. अधिकारों के राजस्व में से एक छोटा सा हिस्सा। पहले की हमें जरूरत नहीं है और बाकी दोनों का पहले से अनुमान नहीं लगाया जा सकता,'' गोदना ने बताया।

''हँसमुख भाई, मैं संघ का हिस्सा बनने के लिए किसी फिल्म स्टार या करोड़पति सेलिब्रिटी को तैयार कर सकता हूँ। अगर हम अपने सफेद पैसे को जोखिम में नहीं डालना चाहते, तो हम उसकी तरफ से काले पैसे को निवेश कर देंगे और इस बात की जमानत ले लेंगे कि वह रिटर्न्स पर दावा नहीं करेगा या करेगी,'' हिरेन ने नहीं सोचा था कि गोदना इस मीटिंग के लिए इतनी तैयारी के साथ आएगा।

''हिरेन भाई, आप इतने अधीर क्यों हैं कि इस तरह की बात कर रहे हैं? हमारा मतलब है, जब किसी परियोजना में प्रवेश करने से पहले ही उसमें जोखिम दिखाई दे रहा है, तो हम उसमें प्रवेश ही क्यों करें? वैसे इसमें और भी बड़े जोखिम हैं; हमारे कारोबार के लिए और हमारी प्रतिष्ठा के लिए; ऐसी फैंसी लीग्स आसानी से भ्रष्टाचार की चपेट में आ जाती हैं। हम खुद को रोक सकते हैं, लेकिन दूसरों को नहीं। निवेशक, जो अपना इतना पैसा इसमें डाल रहे हैं, लाभ कम होने की स्थिति में दूसरे तरीके ढूँढ़ सकते हैं। अगर हम उस भँवर में फँस गए तो हम बरबाद हो जाएँगे। हमने अपने कारोबार का निर्माण नैतिकता पर किया है।''

बोर्डरूम में कुछ देर के लिए सन्नाटा छा गया और फिर हँसमुख भाई ने मीटिंग समाप्त करते हुए कहा, ''हिरेन, मुझे लगता है, हमें इंतजार करने और देखनेवाली नीति अपनानी चाहिए। यह लीग भारत के लिए नई है। हम इसके एक-दो संस्करण देख लेते हैं। अगर यह लाभप्रद लगी, तो हम बाद में इसमें प्रवेश कर लेंगे।''

हिरेन और रुक्मिणी ने तुरंत एक-दूसरे की ओर देखा और यह बात गोदना की नजरों से नहीं बच पाई।

□

27

ठाकुर चंद्र देव सिंह ने अपने परिवार के बरसों पुराने सपने को पूरा कर दिया। वह चुनाव जीत गया। उसकी जीत बहुत खास थी, क्योंकि उसने अपनी जेब से सिर्फ 1 लाख रुपए खर्च किए थे, हालाँकि गोदना के 11 करोड़ रुपए खर्च हो गए थे। बबुआ इतना तटस्थ था कि जब परिणाम की घोषणा हो रही थी, तो वह सुहागपुर में था। उसने मतगणना के दिन गिरी बाबा के बेटे भुलवा, जिसने अपने पिता का काम सँभाल लिया था और कुछ अन्य आदमियों को बुंदा तहसील के दफ्तर में तैनात कर दिया था। बुंदा से लौटते समय भुलवा अपने साथ एक पेंटर ले आया, जिसने जीप के आगे विधायक और पीछे एम.एल.ए. लिख दिया।

हालाँकि बबुआ बुंदा से जीता था, फिर भी सुहागपुर से सलेमपुर तक पचास वाहनों और सैकड़ों लोगों का जुलूस निकाला गया। ठाकुर साहब को 1979 के चुनावों में धोखा देनेवाले बहुत से ठाकुर और उनके बेटे भी जुलूस में शामिल हुए। आमतौर पर लोग नेताओं और नौकरशाहों से संबद्ध होना पसंद करते हैं। उन्होंने सलेमपुर के विजयी उम्मीदवार गेंदालाल पासी के जुलूस में शामिल होने की बजाय, जो उसी दिन निकला था, बबुआ के जुलूस में शामिल होना पसंद किया। जातिवाद इस तथ्य पर हावी हो गया कि बबुआ सलेमपुर के लिए कुछ नहीं करेगा, क्योंकि वह उसका निर्वाचन क्षेत्र नहीं था।

एक अकेले व्यक्ति की जीत की खुशी ने पार्टी की हार के झटके को दबा दिया। बबुआ की पार्टी को बहुमत नहीं मिल पाया और वह विपक्षी दल द्वारा सत्ता से बाहर कर दी गई। जो पार्टी सत्ता में आई वह दलितों की पार्टी मानी

जाती थी और उसका नेतृत्व एक मजबूत और लोकप्रिय दलित महिला के हाथों में था। पार्टी ने उसे राज्य का मुख्यमंत्री चुन लिया। 13 मई, 2007 को उसने मुख्यमंत्री पद की शपथ ली और 15 मई को गोदना को उसके निजी सचिव का निमंत्रण मिला, हालाँकि सचिव ने उसे मीटिंग का एजेंडा नहीं बताया।

गोदना सुहागपुर जाने के बारे में सोच रहा था, ताकि वह बबुआ और उसके पिता के सामने अपना दावा पेश कर सके। उसने अपना वादा पूरा कर दिया था, अब वादा पूरा करने की बारी उनकी थी। आठ महीने पहले जब वह बबुनी का हाथ माँगने हवेली गया था, उसके बाद से वह उसके संपर्क में नहीं था। 26 जून के शिलान्यास के बाद बबुनी की उत्तेजित बातों और उसके बाद गोदना के हवेली जाने से ठाकुर साहब के मन में संदेह उत्पन्न हो गया था। उन्होंने बबुनी का सेलफोन जब्त कर लिया और ठकुराइन को निर्देश दिया कि उस पर नजर रखें। इसलिए बबुनी उसे गोवर्धन की दुकान से भी फोन नहीं कर पाती थी।

लोकसभा चुनावों के विपरीत राज्यसभा के सदस्य जनता द्वारा नहीं चुने जाते। राज्यसभा के सदस्य राज्य के विधायक चुनते हैं। यह भी एक विडंबना है कि राज्यसभा के ज्यादातर सदस्य वास्तव में उस राज्य में नहीं रहते, जिसका वे प्रतिनिधित्व करते हैं और न ही उन्हें उस राज्य की जनता का विश्वास प्राप्त होता है, जिसकी तरफ से वे नई दिल्ली में बात करते हैं। इसके अलावा इस बात पर भी बहुत कम बहस हुई है कि कैसे मुकाबले की एक झलक के बिना राजनीतिक दल राज्यसभा के टिकट वितरित करते आए हैं। छोटे राज्यों के विपरीत बड़े राज्य राज्यसभा की संरचना को अनुपातहीन रूप से प्रभावित करते हैं। उत्तर प्रदेश के पास, जो देश का सबसे अधिक जनसंख्या वाला राज्य है, राज्यसभा की सर्वाधिक 31 सीटें हैं। राजनीतिक दल अपनी पसंद के लोगों को राज्यसभा में भेजने के लिए अकसर खरीद-फरोख्त और राजनीतिक चालों में लिप्त होते हैं। नई सरकार, जिसके लोकसभा में 17 सांसद थे, 2004 के आम चुनावों के समय से केंद्र में सत्तारूढ़ पार्टी का समर्थन कर रही थी। आपसी समझ के तौर पर केंद्र में सत्तारूढ़ पार्टी ने राज्य में राज्यसभा की एक खाली सीट के लिए चुनाव में समर्थन देने का आश्वासन दिया था।

अगले आम चुनावों में दो साल का समय था और विधानसभा चुनाव हाल में ही संपन्न हुए थे। इसलिए पिछली सरकार के कार्यकाल में गोदना द्वारा शुरू की गई परियोजनाओं का श्रेय लेने के लिए नई मुख्यमंत्री ने गोदना के सामने राज्यसभा की सदस्यता का दाँव फेंका। उन्होंने गोदना को अपनी पार्टी से राज्यसभा की सदस्यता की पेशकश की। उनकी पार्टी के टिकट पर राज्यसभा की सदस्यता मिलने से अंततोगत्वा वह उनकी पार्टी का सदस्य बन जाता। चूँकि गोदना एक दलित था, इसलिए उनके विधायक उसके नामांकन के लिए मान जाते। गोदना का दलित होने के साथ-साथ अमीर होना और भी अच्छा था। राज्यसभा के बारे में गोदना की जानकारी उन पाठ्यपुस्तकों तक सीमित थी, जो उसने बरसों पहले पढ़ी थीं।

मुख्यमंत्री से मिलने के बाद गोदना सुहागपुर चला गया। उसने बबुआ को पहले ही सूचना दे दी थी। जब वह हवेली में उससे मिलने गया, तो बबुआ वहाँ नहीं था। ठाकुर साहब ने उसे बताया कि बबुआ एक दिन पहले एक पार्टी मीटिंग के लिए लखनऊ चला गया। ठाकुर साहब से बात करने का कोई मतलब नहीं था। उन्होंने कोई वादा नहीं किया था। ऊपर से बबुआ के चुनाव जीतने के बाद उसका कद बढ़ गया था और 67 वर्षीय ठाकुर साहब का हवेली में ज्यादा जोर नहीं रह गया था। गोदना ने बबुआ से लखनऊ में मिलने का समय ले लिया। उसे हैरानी हुई जब लखनऊ पहुँचकर बबुआ को फोन करने पर उसे पता चला कि वह एक सरकारी कार्यक्रम के लिए बुंदा चला गया। वास्तव में बबुआ गोदना का सामना नहीं करना चाहता था। निराश गोदना अहमदाबाद लौट गया।

बबुआ बुंदा किसी सरकारी कार्यक्रम के लिए नहीं गया था। उसको राज्य सरकार द्वारा विधायकों को उनके निर्वाचन क्षेत्रों के विकास के लिए वितरित फंड का उपयोग करने का कोई रास्ता खोजना था। बुंदा में शहीद रोड का वह घर, जो उसने चुनाव से पहले किराए पर लिया था, अब उसके कार्यालय से घर में परिवर्तित हो गया था। दो नौकर, जिन्हें वह सुहागपुर से लाया था, घर की देखरेख करते थे। शाम को जब बबुआ अपने लॉन में खाना खा रहा था, तभी दस लोगों का एक झुंड घर में घुस आया। उनमें से एक ने जेब से देसी पिस्तौल निकाली और बबुआ पर तानते हुए चिल्लाया, "अब पूरे राज्य को पता चलेगा

कि विजय भैया के खिलाफ राजनीति करने का क्या अंजाम होता है। अगर तुम सोच रहे हो कि विजय भैया जेल में रहेंगे और तुम यहाँ ऐश करोगे, तो तुमने बहुत बड़ी गलती कर दी।'' बबुआ स्तब्ध खड़ा था। वह सुहागपुर से एक बंदूक लाया जरूर था, लेकिन वह अंदर ट्रंक में रखी थी। वह दोनों नौकरों से किसी बहादुरी की अपेक्षा नहीं कर सकता था। लेकिन अगर पिस्तौल वाले आदमी ने अब तक गोली नहीं चलाई, तो बातचीत की गुंजाइश थी।

''हमारी विजय भैया से कोई व्यक्तिगत दुश्मनी नहीं है। हम उनके खिलाफ खड़े भी नहीं होना चाहते थे और उनके खिलाफ साजिश में भी हमारा कोई हाथ नहीं है।'' वह सच बोल रहा था। ''हम आपको उस आदमी का नाम बता सकते हैं, जो इसके पीछे है,'' उसे गोदना से पीछा छुड़ाने का मौका मिल गया।

''कौन है वह आदमी?''

''गोदन राम। वह हमारे गाँव का है, लेकिन अहमदाबाद में रहता है। वह बहुत बड़ा व्यापारी है।''

''वह भैयाजी के खिलाफ यह सब क्यों करेगा?''

''उसकी भैयाजी से कोई पुरानी दुश्मनी है,'' बबुआ ने झूठ बोल दिया, हालाँकि उसकी बात सही थी।

''ठीक है, अभी हम तुमको छोड़ रहे हैं, लेकिन अगर तुम्हारी सूचना गलत निकली, तो तुम्हें झूठ बोलने का दूसरा मौका नहीं मिलेगा,'' उसने सबको धमकाया और फिर अपने साथियों के साथ वहाँ से चला गया। बबुआ ने राहत की साँस ली।

अहमदाबाद लौटने के बाद गोदना ने हँसमुख भाई से सलाह ली, जिन्होंने उसे बताया कि राजनीति एक बिल्कुल ही अलग खेल होता है, लेकिन निश्चित रूप से, राज्यसभा के सदस्य के रूप में चुने जाना एक बहुत बड़ी छलाँग होगी। उन्होंने यह भी कहा कि एक व्यापारी के लिए राजनीति एक उपयोगी बैकअप है। उन्होंने उसे यह भी बताया कि देश के तत्कालीन प्रधानमंत्री भी राज्यसभा के सदस्य थे। गोदना नहीं जानता था कि भारत में राजनीति का रास्ता पैसे से होकर गुजरता है, और उसके पास पैसा था। उस रात उसने एक राज्यसभा सदस्य की

भूमिका, जिम्मेदारियाँ और कर्तव्य पता करने के लिए फिर से पाठ्यपुस्तकों की शरण ली। अंत में, वह यह सोचकर संतुष्ट हो गया कि राज्यसभा की सदस्यता उसे समाज और भारतीय राजनीति के लिए कुछ अच्छा करने का अवसर प्रदान करेगी।

अगले दिन उसने मुख्यमंत्री के निजी सचिव को फोन किया और राज्य में हाल ही में खाली हुई राज्यसभा सीट के लिए जुलाई के अंत में होनेवाले चुनाव में नामांकन के लिए अपनी सहमति दे दी।

सलेमपुर में बन रहे अस्पताल का काम पूरा होने की कगार पर था। अस्पताल को कॉलेज और आई.टी.आई. पर प्राथमिकता दी गई थी। गोदना ने हँसमुख भाई से अस्पताल का उद्घाटन करने का अनुरोध किया, जो 14 अगस्त के लिए निर्धारित था; आखिर वे ट्रस्ट के चेयरमैन थे। गोदना के बहुत विनती करने पर हँसमुख भाई मान गए। हालाँकि उन्होंने गोदना से उसे एक साधारण प्रसंग बनाए रखने के लिए कहा। उनका मतलब था लाल बत्ती की गाड़ियाँ नहीं, पुलिस सुरक्षा नहीं, नेता, नारेबाजी, मीडिया वगैरह कुछ नहीं। गोदना ने उन्हें बताया कि अंतिम तीन चीजें टाली नहीं जा सकतीं। सरकार की ओर से कोई-न-कोई नेता समारोह में अवश्य आएगा, और एक नेता को प्रचार से बहुत प्यार होता है। कार्यक्रम के अनुसार हँसमुख भाई को रिबन काटना था और स्वास्थ्य मंत्री विशिष्ट अतिथि थे।

7 अगस्त, 2007 को गोदन राम निर्विरोध रूप से राज्यसभा का सदस्य निर्वाचित हो गया। खूब सिंह की पार्टी के सदस्यों ने भी, जो अब विपक्ष में थे, उसके पक्ष में वोट दिए। आखिर उसने 11 करोड़ का चंदा दिया था। गोदना 10 अगस्त से शुरू होनेवाले संसद् के मानसून सत्र में शामिल होने को लेकर उत्साहित था।

10 अगस्त की रात को लखनऊ शहर से बाहर सीतापुर रोड पर सड़क के किनारे स्थित एक ढाबे में एक अनजान व्यक्ति और पेशेवर हत्यारों के एक गैंग के दो सदस्यों के बीच एक मुलाकात हुई।

"यही वह पंछी है, जिसका तुम्हें कत्ल करना है," अनजान व्यक्ति ने

अपने मोबाइल फोन में गोदना की तसवीर निकाल कर गैंग के सदस्यों को दिखाई, ''यह इसी राज्य का है, लेकिन इसका कारोबार अहमदाबाद और उदयपुर में है। इसलिए यह कभी-कभार ही उत्तर प्रदेश में आता है। फिलहाल यह 14 तारीख को अपने सेठ के साथ यहाँ आ रहा है। देवरिया जिले के सलेमपुर में किसी अस्पताल का उद्घाटन है। ये लोग 14 की सुबह चार्टर्ड प्लेन से गोरखपुर पहुँचेंगे और वहाँ से सीधे सलेमपुर निकल जाएँगे, फिर उसने हँसमुख भाई की एक तसवीर दिखाई, यह उसका सेठ है। इसको कोई नुकसान नहीं पहुँचना चाहिए। ये दोनों हर समय साथ रहेंगे, इसलिए ध्यान रखना। पंछी को खत्म करने के लिए विस्फोटक का इस्तेमाल मत करना। मैं फिर कह रहा हूँ, सेठ को कुछ नहीं होना चाहिए। मैं तुम लोगों को उनकी तसवीरें दे दूँगा। हमारा पंछी सेठ के साथ उसी चार्टर्ड प्लेन में वापस चला जाएगा या रुकेगा, इसकी जानकारी हमें नहीं है, लेकिन प्लेन दोपहर में वापस जाएगा। और हाँ, चूँकि हमें 14 के बाद के उसके कार्यक्रम की जानकारी नहीं है, इसलिए तुम्हें यह काम 14 को ही करना होगा, उसके प्लेन से उतरने और चढ़ने के बीच, अगर वह चढ़ेगा तो। अगर वह रुकता है, तो तुम्हें और मौके मिल सकते हैं, उसने उन्हें एक बैग पकड़ाया, यह 40 लाख रुपए हैं, तुम्हारा पूरा भुगतान। एक काम की जानकारी सुन लो, उन्होंने पुलिस सुरक्षा या सिक्योरिटी के लिए मना कर दिया है, लेकिन सलेमपुर से लौटते समय स्थिति बदल सकती है, बाकी तुम लोग खुद समझदार हो।''

गोरखपुर में कोई नागरिक हवाईअड्डा नहीं है। भारतीय वायु सेना, जिसका गोरखपुर में विशाल एयरबेस है, यात्री या निजी विमानों को अपने हवाईअड्डे के उपयोग की अनुमति दे देती है।

□

28

गोदना ने सुनिश्चित कर लिया था कि उनकी यात्रा एक सामान्य सा प्रसंग बनी रहे। इसके अलावा चूँकि उनमें से किसी को किसी प्रकार की धमकी वगैरह नहीं मिली थी, इसलिए सरकार ने भी गोदना का अनुरोध मान लिया। इसलिए जब वे गोरखपुर हवाईअड्डे पर उतरे, तो वहाँ न लाल बत्ती की गाड़ियाँ थीं, न पुलिस का बंदोबस्त और न उनके स्वागत के लिए फूलों के गुलदस्ते लिये जनता। दयाशंकर एक मर्सिडीज गाड़ी के साथ उनका इंतजार कर रहा था, जो लखनऊ से आई थी। प्रोटोकोल के मुताबिक हँसमुख भाई ने कार की बाईं ओर से प्रवेश किया और पीछे की सीट पर ड्राइवर की तिरछी ओर बैठ गए। दयाशंकर ड्राइवर की बगल में बैठ गया। गोदना ने दाएँ दरवाजे से प्रवेश किया और हँसमुख भाई की बगल में, ड्राइवर के बिल्कुल पीछे बैठ गया। वे इस बात से अनजान थे कि कोई उन पर नजर रख रहा था।

नजर रखनेवाले ने अपने सेलफोन से किसी को कॉल किया, ''वे लोग हवाईअड्डे से सफेद मर्सिडीज में रवाना हो गए हैं। गाड़ी का नंबर है UP53F3425। लखनऊ की गाड़ी है। पंद्रह मिनट में वे लोग कूड़ा घाट से मुड़ेंगे। हमारा पंछी पिछली सीट पर ड्राइवर के बिल्कुल पीछे बैठा है। याद रखना, दोनों ने चश्मे पहने हैं, इसलिए सँभलकर काम करना। बस इतना ध्यान रखना कि हमारा आदमी ड्राइवर के बिल्कुल पीछे है और उसके बगल में दूसरा आदमी है, जिसे कोई नुकसान नहीं पहुँचना चाहिए।'' उसने फोन काट दिया। फिर उसने दोबारा फोन मिलाया और यही संदेश दूसरे गुट को दिया। उन लोगों

ने इस काम के लिए तीन मोटरसाइकिल गुट बनाए थे। मोटरसाइकिल पर पीछे बैठा आदमी शूटर था, बाइक चलानेवाले की जिम्मेदारी थी, कार का पीछा करना और काम हो जाने के बाद उसे भगा ले जाना। पहले गुट को कार का चौरी–चौरा तक पीछा करना था। वहाँ से दूसरे गुट को कमान सँभालकर देवरिया बाइपास तक कार का पीछा करना था। तीसरे गुट को समारोह स्थल तक कार का पीछा करना था। सलेमपुर तक पहुँचने में डेढ़ घंटा लगना था। कार का रास्ता रोककर गोली चलाने से उसमें बैठे यात्रियों के सतर्क होने का खतरा था, जिससे काम बिगड़ सकता था, इसलिए उन्होंने योजना बनाई कि जब भी कार रुकेगी, वे अपना काम कर देंगे। कार को रोककर शूट करना अंतिम विकल्प होगा। कार और कहीं नहीं तो रेलवे क्रॉसिंग पर तो अवश्य रुकेगी। रास्ते में दो रेलवे क्रॉसिंग थी, एक चौरी–चौरा में और दूसरी सलेमपुर से थोड़ा पहले। दोनों ही क्रॉसिंग बहुत व्यस्त थीं, इसलिए ज्यादातर समय बंद रहती थीं। अगर दोनों क्रॉसिंग खुली मिलीं, तो मर्सिडीज के लिए बहुत सौभाग्य की बात होगी।

किस्मत से चौरी–चौरा की रेलवे क्रॉसिंग खुली थी। रास्ते में गोदना ने देखा कि कार की खिड़की पर सनस्क्रीन लगी होने के बावजूद धूप हँसमुख भाई को परेशान कर रही थी, क्योंकि वे पूरब की ओर बैठे थे। गोदना ने उनसे अनुरोध किया, ''हँसमुख भाई, आपको धूप से परेशानी हो रही है। आप इस तरफ आ जाइए। आपकी जगह हम बैठ जाते हैं।''

''कोई बात नहीं राम, मैं ठीक हूँ।''

''प्लीज, हँसमुख भाई, इस इलाके में बहुत ज्यादा गरमी और उमस होती है।''

''ठीक है, जैसा तुम कहो,'' हँसमुख भाई मान गए।

''ड्राइवर, गाड़ी रोको,'' गोदना ने ड्राइवर को आदेश दिया।

''गाड़ी रोकने की कोई जरूरत नहीं है। हमें लू लग सकती है। हम ऐसे ही जगह बदल लेंगे,'' और दोनों ने चलती कार में जगह बदल ली। गोदना को कोई परेशानी नहीं हुई।

कार की किस्मत इतनी अच्छी नहीं थी कि उसे सलेमपुर क्रॉसिंग भी खुली

मिलती। उनकी मंजिल सिर्फ पाँच किमी. दूर थी। क्रॉसिंग पर वाहनों की लंबी लाइन लगी थी। ड्राइवर ने कार रोक दी, लेकिन इंजन बंद नहीं किया। क्रॉसिंग से एक पैसेंजर ट्रेन गुजर रही थी। कार की दाहिनी ओर एक मोटरसाइकिल आकर रुकी। पीछे बैठे सवार ने अपने दाहिने हाथ से खिड़की पर दस्तक दी। हँसमुख भाई ने खिड़की का शीशा थोड़ा सा नीचे किया, जो शूटर के लिए पर्याप्त था, उसने हँसमुख भाई पर तीन गोलियाँ चला दीं। तीनों गोलियाँ उनकी छाती के दाहिनी ओर लगीं। मोटरबाइक मुड़ी और तेजी से चली गई। कार में बैठे किसी आदमी को बाइक का पीछा करने का मौका नहीं मिला। गोदना इस घटना से स्तब्ध रह गया। जब दयाशंकर ड्राइवर पर चिल्लाया तब उसे होश आया। ट्रेन जा चुकी थी और रेलवे फाटक खुल गया था। ड्राइवर ने लाइन तोड़कर गाड़ी भगाई। दयाशंकर जानता था कि वे अस्पताल के उद्घाटन के लिए जा रहे थे। हँसमुख भाई के जख्म से बुरी तरह खून बह रहा था।

अस्पताल के डॉक्टर ने गोदना को बताया कि अस्पताल का ऑपरेशन थिएटर अभी चालू नहीं हुआ है। बिना समय बरबाद किए उसने उनसे फौरन गोरखपुर जाने के लिए कहा, क्योंकि उसे देवरिया की ऑपरेशन सुविधाओं पर भरोसा नहीं था। डॉक्टर ने अपने साथ एक फर्स्ट एड किट ली और उनके साथ उसी कार में बैठ गया। दयाशंकर एक पुलिस की जीप में था, जो सायरन और बत्ती चालू रखकर उनके साथ चल रही थी।

रास्ते में गोदना के मन में हजारों विचार आते रहे। उसे हँसमुख भाई को अस्पताल के उद्घाटन के लिए आग्रह करने का पछतावा हो रहा था। एक बात वह समझ गया था कि शूटर के निशाने पर हँसमुख भाई नहीं, बल्कि वह खुद था। वह उन लोगों के बारे में भी विचार कर रहा था, जो इस शूटिंग के पीछे हो सकते थे। जब तक वे गोरखपुर मेडिकल कॉलेज पहुँचे, उसका संदेह तीन नामों पर टिक चुका था—बबुआ, विजय बहादुर और हिरेन। दूर होने और कोई प्रत्यक्ष उद्देश्य न होने के कारण हिरेन के इस घटना के पीछे होने की संभावना सबसे कम थी। गोरखपुर से कुछ किलोमीटर पहले गोदना के पास बबुनी का फोन आया था, उसने इस गोलीबारी के बारे में सुना, तो अपने ऊपर लगी रोक के बावजूद वह उसका हाल-चाल पूछने बाहर आ गई।

चूँकि यह एक हाई प्रोफाइल शूटिंग का मामला था, इसलिए पूरा राज्य प्रशासन हरकत में आ गया। जब वे अस्पताल पहुँचे, तो काबिल डॉक्टरों की टीम उनका इंतजार कर रही थी। ऑपरेशन के दौरान गोदना के पास मुख्यमंत्री का फोन आया, "पटेल जी कैसे हैं?" उन्होंने हँसमुख भाई के बारे में पूछा।

"अभी ऑपरेशन थिएटर में हैं। प्रार्थना करिए कि वे ठीक हो जाएँ," गोदना ने जवाब में कहा।

"हमने इस कार्य में स्पेशल टास्क फोर्स (एस.टी.एफ) को लगा दिया है। गृह सचिव स्वयं मामले की निगरानी कर रहे हैं। पुलिस ने बिहार और नेपाल बॉर्डर तक का सारा इलाका सील कर दिया है। अपराधी अभी भी उसी इलाके में हैं। हम बहुत जल्दी उन्हें पकड़ लेंगे।"

"धन्यवाद मैडम," गोदना इससे अधिक कुछ नहीं कह पाया। एक घंटे बाद, डॉक्टर ऑपरेशन थिएटर से निकले। गोदना और राज्य के स्वास्थ्य मंत्री, जो सलेमपुर से आ गए थे, लगभग दौड़ते हुए उनके पास गए।

"हमने गोलियाँ निकाल दी हैं। उनकी किस्मत अच्छी थी कि उन्हें छाती की दाहिनी तरफ गोलियाँ लगी थीं, लेकिन हमें उनका अत्यधिक खून बह जाने को लेकर चिंता है। हमें उनके होश में आने का इंतजार है," डॉक्टर ने बताया।

"आपको अत्यधिक खून बह जाने की चिंता क्यों है?" गोदना ने पूछा।

"वे कोमा में जा सकते हैं," डॉक्टर ने जवाब दिया।

"क्या आप उनका इलाज कर सकते हैं या आप उन्हें बेहतर अस्पताल में ले जाने की राय देंगे?"

"बेहतर होगा यदि आप उन्हें एस.जी.पी.जी.आई. लखनऊ या नई दिल्ली के सर गंगाराम अस्पताल में ले जाएँ।"

वह समय त्वरित निर्णय लेने का था, क्योंकि यहाँ सवाल उनके जीवन का था, और गोदना ने उन्हें दिल्ली ले जाने का निर्णय लिया। चूँकि स्वास्थ्य मंत्री भी वहीं मौजूद थे, इसलिए चार्टर्ड प्लेन में एयर एंबुलेंस जैसी व्यवस्था करने में न परेशानी हुई, न देर लगी। दोपहर में डेढ़ बजे विमान बेहोश हँसमुख भाई, चिंतित गोदना और दो डॉक्टरों को लेकर नई दिल्ली रवाना हो गया।

कादंबरी बेन, रुक्मिणी और हिरेन उसी रात दिल्ली पहुँच गए। गोदना उनके सामने खुद को शर्मिंदा महसूस कर रहा था, क्योंकि उसी ने हँसमुख भाई से उत्तर प्रदेश चलने का आग्रह किया था। हँसमुख भाई अगले दो दिन तक कोमा से बाहर नहीं आए। आई.सी.सी.यू. के बाहर गोदना के सेलफोन पर लगातार कारोबार संबंधी कॉल आ रहे थे। उसे एहसास हो रहा था कि हँसमुख भाई के होने से वह कितना निश्चिंत रहता था। उसे यह एहसास भी हुआ कि अपनी राजनीतिक गतिविधियों के कारण वह पिछले कुछ महीनों से कारोबार को कितना कम समय दे पाया था। 16 तारीख की शाम को हँसमुख भाई की बेटी अपनी दोनों बच्चों के साथ अमेरिका से आ गई। चूँकि हँसमुख भाई के साथ परिवार के केवल एक सदस्य को रहने की अनुमति थी, इसलिए उनकी बेटी होटल में रुकी। गोदना सरकार द्वारा आवंटित फ्लैट में रुका था।

17 अगस्त की दोपहर को राज्य के गृह सचिव ने गोदना को बताया कि उन्होंने नेपाल सीमा पर सोनौली में दो आदमियों को गिरफ्तार किया है। वे संदिग्ध शूटर्स हो सकते हैं। उसने गोदना से उनकी शिनाख्त के लिए तुरंत लखनऊ आने का अनुरोध किया। वे उससे बात भी करना चाहते थे, क्योंकि हँसमुख भाई के इतना निकट होने के कारण और उससे भी महत्त्वपूर्ण, घटना के समय उनके साथ होने के कारण वह कोई सुराग दे सकता था। इस खबर ने गोदना को उत्साहित नहीं किया। इस समय उसे किसी और बात से ज्यादा हँसमुख भाई के ठीक होने की चिंता थी। चूँकि हिरेन शाम को जाने वाला था, इसलिए गोदना उस रात वहीं रुक गया। अगली सुबह वह लखनऊ रवाना हो गया।

पकड़े गए आदमी के पास से हथियार—.22 कैलिबर की पिस्तौल की बरामदगी से एस.टी.एफ. को काफी प्रोत्साहन मिला, क्योंकि हँसमुख भाई पर गोलियाँ .22 कैलिबर के पिस्तौल से ही चली थीं। हालाँकि, एस.टी.एफ. जानती थी कि पकड़े गए आदमी भाड़े के हत्यारे थे, इसलिए उन्हें असली अपराधी तक पहुँचने में कड़ी मेहनत करनी होगी। लखनऊ के पुलिस हेडक्वार्टर पर मीटिंग में राज्य के पुलिस प्रमुख और एस.टी.एफ. से केस के प्रभारी अधिकारी (ऑफिसर इनचार्ज) मौजूद थे।

''सर, क्या आप उन्हें पहचान सकते हैं?'' एस.टी.एफ. अधिकारी ने गोदना को दो तसवीरें दिखाईं। उन्हें बिना देखे गोदना बोला, ''दोनों हेलमेट पहने हुए थे। हम उन्हें कैसे पहचान सकते हैं?'' फिर भी उसने तसवीरों पर एक नजर डाली और उन्हें लौटा दी।

''बहुत करीबी रेंज की फायरिंग थी, लगभग पॉइंट ब्लैंक। उन्होंने .22 कैलिबर की गोलियाँ इस्तेमाल की थीं। ये सुनिश्चित करने के लिए कि उनका टारगेट मर जाए, उन्होंने तीन गोलियाँ चलाई थीं। आमतौर पर 0.22 कैलिबर की 3-4 गोलियाँ टारगेट की जान लेने के लिए पर्याप्त होती हैं। लेकिन भाग्यवश छाती की दाईं ओर गोलियाँ लगने के कारण मि. पटेल बच गए। क्या आप हथियार को पहचान सकते हैं?'' गोदना ने नहीं में जवाब दिया।

''सर, सबसे महत्त्वपूर्ण बात, क्या आपको किसी पर शक है?''

गोदना के शक के घेरे में तीन लोग थे, लेकिन वह उनका नाम लेने में हिचकिचा रहा था।

''सर, हमारा विश्वास करिए, वे नाम इस कमरे के बाहर नहीं जाएँगे। केस में आगे बढ़ने के लिए वे नाम जानना बहुत जरूरी हैं। हम आपके शक के पीछे का कारण नहीं पूछेंगे,'' पुलिस प्रमुख ने दोहराया और एस.टी.एफ. अधिकारी की ओर देखा, जिसने सहमति में सिर हिला दिया।

''हमको तीन लोगों पर शक है; बुंदा के विधायक ठाकुर चंद्र देव सिंह, बुंदा के भूतपूर्व विधायक विजय बहादुर सिंह, लेकिन वो जेल में हैं,'' गोदना तीसरा नाम लेने में हिचकिचा रहा था; उस पर शक करने का उसके पास कोई आधार नहीं था।

''विजय बहादुर जेल में रहकर भी बड़े-बड़े कारनामों को अंजाम दे सकता है। वैसे तीसरा आदमी कौन है?'' एस.टी.एफ. अधिकारी ने पूछा।

''हिरेन गुराडिया, हमारी कंपनी के एक डायरेक्टर, लेकिन हम यकीन से नहीं कह सकते, क्योंकि उस पर शक करने का हमारे पास कोई कारण नहीं है।''

पुलिसवाले उसकी ओर झुक गए, क्योंकि इस नाम ने उनमें सबसे ज्यादा दिलचस्पी जगाई थी। वे इस अपराध के पीछे का उद्‌देश्य जानने के लिए अपने दिमाग पर बहुत जोर डाल रहे थे। उस राज्य में, ऐसे अपराधों के पीछे के

उद्देश्य मुख्यत: राजनीतिक होते हैं और हँसमुख भाई का राजनीति से कोई लेना-देना नहीं था। उनके कारोबार के अंदरूनी मामले उद्देश्य हो सकते थे, इस विचार ने उन्हें उत्साहित कर दिया, लेकिन गोदना की अगली बात सुनकर वे निराश हो गए।

''उन्होंने हमारे बदले हँसमुख भाई पर गोली चला दी। उनका निशाना हम रहे होंगे।'' यह सुनकर वह हैरान हो गए। यह एक ऐसा मोड़ था, जो उनकी जाँच की दिशा बदल सकता था। गोदना ने अपनी बात के पीछे का तर्क समझाया, जो उन्हें उचित लगा, क्योंकि शूटर ने सिर्फ ड्राइवर के पीछे बैठे हुए व्यक्ति पर गोलियाँ चलाई थीं; किसी और को कोई नुकसान नहीं पहुँचाया था।

''हम इन तीनों संदिग्धों के सेलफोन टेप कर लेंगे। अगर कोई नौकरशाही बाधा आएगी, तो मैडम सँभाल लेंगी। आपके पास उनके फोन नंबर हों तो दे दीजिए।'' गोदना के मोबाइल में हिरेन और बबुआ के नंबर थे। देर शाम गोदना नई दिल्ली लौट गया। हँसमुख भाई अभी भी कोमा में थे। रुक्मिणी शाम की फ्लाइट से वापस चली गई थी।

एक दिन बाद गोदना के पास त्रिशा का फोन आया। पिछले तीन सालों में उनके बीच कोई बात नहीं हुई थी, इसलिए गोदना को उसके कॉल से हैरानी हुई, त्रिशा ने उसका हाल-चाल पूछा। उसकी चिंता देखकर गोदना सतर्क हो गया, ''मैं आपको कुछ बताना चाहती हूँ, लेकिन मुझे नहीं पता इस बारे में फोन पर बात करना ठीक होगा या नहीं।''

''बात किस संदर्भ में है ?

''मैं नहीं जानती। हिरेन किसी से बात कर रहा था। उसने आपका नाम लिया। फिर उसने कहा कि भले ही आपके ऊपर निशाना चूक गया था, लेकिन उन्हें इस स्थिति का फायदा उठाना चाहिए। वह किसी ऐसी योजना की बात कर रहा था, जिससे एक तीर से दो निशाने लग सकते थे। उसने दूसरे आदमी को यह आश्वासन भी दिया कि कंपनी का मालिक बनने के बाद वह उसे मोटा इनाम देगा।''

''इस जानकारी के लिए बहुत-बहुत धन्यवाद त्रिशा। यहाँ हालात ठीक नहीं हैं। किसी ने हमारी हत्या करने की कोशिश की थी।''

''हे भगवान्!'' त्रिशा के मुँह से निकला।

"हमको आपकी मदद की जरूरत पड़ सकती है त्रिशा।"

"बिल्कुल, मैं हमेशा आपकी मदद के लिए तैयार हूँ। आप जब चाहें मुझे कॉल कर सकते हैं।"

गोदना त्रिशा की बातों में कोई सुराग ढूँढ़ने की कोशिश करने लगा। वह सोच रहा था कि क्या हिरेन इस घटना के पीछे हो सकता है? अचानक गोदना को बहुत अकेलापन महसूस होने लगा। वह जानता था कि अगर जो वह सोच रहा था वह सही है, तो स्थिति बहुत जटिल होनेवाली है।

परिवार के सदस्यों को बेहोश हँसमुख भाई के पास शाम 7 बजे आधे घंटे के लिए जाने की अनुमति थी। उस शाम जब कादंबरी बेन और गोदना आई.सी.सी.यू. से बाहर जाने के लिए खड़े हुए, तो हँसमुख भाई की आँखों में कुछ हलचल हुई। उनकी आँखों की पुतलियाँ, जो अब तक छत से चिपकी थीं, नीचे आकर दीवार पर लगे एक चित्र से चिपक गईं। वह एक सीनरी थी जिसमें पहाड़, बादल, झील, घोड़ें और भेड़ें बनी हुई थीं। वह शायद न्यूजीलैंड का कोई गाँव था। उनके शरीर में पाँच दिन बाद हुई इस हलचल से नर्स उत्साहित हो गई। उसने तुरंत डॉक्टर को बुलाया। डॉक्टर ने उन्हें आई.सी.सी.यू. के बाहर इंतजार करने का अनुरोध किया।

इस नए सुधार से कादंबरी बेन की आँखों में उम्मीद की किरण जाग गई लेकिन गोदना ने कुछ और ही देखा था। वह उस सीनरी के बारे में सोच रहा था, जहाँ आकर हँसमुख भाई की आँखें स्थिर हो गई थीं। क्या वे कोई संकेत दे रहे थे? उसने कादंबरी बेन से पूछा। चूँकि उनका पूरा ध्यान हँसमुख भाई पर था, इसलिए उन्होंने वह सीनरी नहीं देखी। गोदना डॉक्टर से विनती करके उन्हें फिर से अंदर ले गया। हँसमुख भाई की आँखें अभी भी उस सीनरी पर अटकी थीं। कादंबरी बेन बुदबुदाईं, 'मुकुंद!' एक पत्नी ने, जो एक माँ भी थी, बात समझने में एक पल भी नहीं लगाया।

"यह मुकुंद को देखना चाहते हैं। हमें मुकुंद को यहाँ बुलाना पड़ेगा।"

"हम मुकुंद को ले आएँगे। आपको वह मठ याद हैं, जहाँ आप उससे मिलने गई थीं?"

''मुझे याद नहीं है। ये जानते होंगे,'' उन्होंने हँसमुख भाई की ओर संकेत किया। उन्होंने उसे बताया कि लेह से लौटने के बाद वह न तो दोबारा उससे मिलने गई थीं, न ही उससे फोन पर बात हुई थी। हँसमुख भाई उसके संपर्क में थे या नहीं, उन्हें नहीं मालूम। गोदना ने अपने निजी सचिव को फोन किया और उसे लेह में स्थित सभी मठों की सूची बनाकर मेल करने के लिया कहा। वह जानता था कि मुकुंद को समझाकर लाने के लिए उसे लेह जाना पड़ेगा। जब वह अपने सचिव से बात कर रहा था, तब उत्तर प्रदेश के गृह सचिव का फोन भी वेटिंग में था। उसने उन्हें फोन मिलाया, ''राम सर, हमने केस सुलझा लिया है। हमें एक आदमी की शिनाख्त करने में आपकी मदद चाहिए।''

''क्या? कौन है वह आदमी?''

''हमारी हिरासत में वे बदमाश हैं, जिन्होंने इस अपराध को अंजाम देने के लिए पैसे लिये थे। उनके द्वारा किए वर्णन के आधार पर हमने उस संदिग्ध का स्केच तैयार किया है, जिसने उन्हें पैसे दिए थे। हमें उस स्केच वाले आदमी की शिनाख्त करने में आपकी मदद चाहिए। आवश्यकता हुई, तो हम वह स्केच मीडिया में जारी कर देंगे।''

''ठीक है। हम कल सवेरे पहुँच जाएँगे।''

''शुभरात्रि सर,'' गृह सचिव ने कहा और फोन काट दिया।

आँख में हुई हलचल से जो उम्मीद की किरण जगी थी, वह रात तक डूब गई। हँसमुख भाई की स्थिति यथावत् बनी रही।

अगली सुबह गोदना लखनऊ रवाना हो गया। हालाँकि उसने स्केच में बने आदमी को नहीं पहचाना।

''एक आदमी है, जो इसे पहचान सकता है,'' गोदना बोला।

''कौन है वह? कहाँ है?''

''वह इनमें से एक संदिग्ध को अच्छी तरह जानती है; हिरेन को। मुझे उससे बात करने दीजिए,'' गोदना ने त्रिशा को फोन करके उससे लखनऊ आने का अनुरोध किया। त्रिशा ने अगले दिन पहुँचने का वादा किया।

''वह कल तक लखनऊ आ जाएगी।''

दो मिनट के अंतराल के बाद एस.टी.एफ. अधिकारी बोला, ''सर, क्या

आप उससे कह सकते हैं कि यहाँ आने के बाद वह हमसे अकेले आकर मिले? आप मुझे बता दीजिएगा, मैं यहाँ आ जाऊँगा। आपकी गतिविधियों पर किसी की नजर हो सकती है। आपके लिए तो सुरक्षा है, लेकिन वह बाद में मुसीबत में पड़ सकती है।''

''चिंता मत करिए। हम लखनऊ में नहीं रहेंगे। हम शाम को वापस जा रहे हैं। हमें एक बहुत जरूरी काम पूरा करना है,'' उसके दिमाग में मुकुंद था।

अगले दिन त्रिशा शाम को पुलिस हेडक्वार्टर पहुँच गई। जैसे ही उसने स्केच देखा, उसके मुँह से निकला, ''मकबूल!''

''आप इसे जानती हैं?'' एस.टी.एफ. अधिकारी ने पूछा।

''हाँ, इसके मुंबई के अंडरवर्ल्ड से संबंध हैं।''

''क्या यह हिरेन से संबंधित है?''

''हाँ, हिरेन का दोस्त जगन और मकबूल मिलकर सायन में एक डांस बार चलाते हैं।''

''लेकिन मुंबई के डांस बार तो महाराष्ट्र सरकार द्वारा दो साल पहले बंद करवा दिए गए थे?''

''जगन नगवाले मुंबई का एक शक्तिशाली नेता है। वह राज्य विधानसभा का सदस्य भी है।''

अधिकारी ने राज्य के पुलिस प्रमुख को फोन पर उत्साहित होकर सूचना दी, ''सर, मुझे लगता है हमें एक बड़ी सफलता मिल गई है।''

देर रात गोदना ने त्रिशा को फोन किया। राज्य पुलिस प्रमुख उसे पहले ही खबर सुना चुका था।

''आप पिछली बार मकबूल से कब मिली थीं? क्या आप कभी हिरेन के साथ उससे मिली हैं? आपको पूरा यकीन है कि वह मकबूल है?''

''मैं कई बार दोनों से साथ में मिली हूँ। मैं उसे पहचानने में कभी गलती नहीं कर सकती। मैं उसके साथ...,'' वह हिचकिचाई।

''संकोच मत करिए। हमें सबकुछ बताइए।''

''मैं उसके साथ सो चुकी हूँ। हिरेन ने एक बार जबरदस्ती मुझे उसके साथ भेजा था।''

"ओह, हमें अफसोस है," गोदना को सच में अफसोस हो रहा था। "खैर, अब सारे दानवों का अंत बहुत निकट था।"

गोदना ने सुबह की फ्लाइट से लेह का टिकट बुक करा लिया था। उसने उसे कैंसिल करा के अगली सुबह का टिकट बुक कराया। फिर उसने दयाशंकर को उसके मोबाइल पर फोन किया, जो नागपुर में था और उससे पहली फ्लाइट लेकर दिल्ली पहुँचने को कहा। उसे कुछ महत्त्वपूर्ण कानूनी कागजात तैयार करवाने में उसकी मदद चाहिए थी। सक्रिय होने का समय आ गया था।

22 अगस्त को लेह के सभी बौद्ध मठों की सूची साथ लेकर गोदना सुबह 6:25 की फ्लाइट से मुकुंद को वापस लाने के लिए लेह रवाना हो गया। □

29

गोदना का कमरा द ग्रैंड ड्रैगन नाम के होटल में बुक था। बिना समय बरबाद किए उसने अपना अभियान शुरू कर दिया। लेह और उसके आसपास में कुल मिलाकर आठ मठ थे। उनमें से चार, हेमिस, शे, स्पितुक और थिकसे पर्यटकों के बीच प्रसिद्ध थे। हेमिस गोंपा (मठ) के अलावा बाकी सब लेह से 20 किमी. के अंदर थे, इसलिए उसने पहले उन्हीं में जाने का निर्णय लिया। वह उन मठों के कुशक (लामाओं के मुखिया) से मिला और उन्हें मुकुंद की तसवीर दिखाई। उन्होंने उसे नहीं देखा था। तसवीर में मुकुंद के बाल थे, जबकि भिक्षुक गंजे होते हैं। इसलिए यह प्रयास व्यर्थ गया। लेह–श्रीनगर हाइवे पर स्थित स्पितुक गोंपा से वह फुंग गोंपा गया, जो लेह से 20 किमी. और लेह–श्रीनगर हाईवे से 6 किमी. दूर था। शे और हेमिस मठ लेह के दक्षिण में थे। इसलिए वह शे गोंपा में अंत में गया। शे से वह सीधे हेमिस गया, जो लेह से 45 किमी. दूर था। उसने मुश्किल से एक किमी. का सफर किया होगा कि उसे चक्कर आने लगे। उसने खुद को इतनी ऊँचाई की जलवायु के अनुकूल बन पाने का समय नहीं दिया था। उसने दो बार उलटी की और अपने होटल वापस आ गया।

शाम को वह हेमिस गया और वहाँ से भी निराश होकर लौटा। अगली सुबह वह लामायुरु गया, जो लेह से 10 किमी. दूर कारगिल–लेह रोड पर है। दसवीं शताब्दी में स्थापित लामायुरु लेह का सबसे प्राचीन मठ है। यह सिंधु नदी के सामने एक बड़ी–सी चट्टान पर स्थित है। वहाँ के कुशक ने मुकुंद को पहचान लिया और एक शिष्य से भिक्कू सुगातो को बुलाने के लिए कहा, जो मुकुंद का

बौद्ध नाम था। मुकुंद को देखकर गोदना भावुक हो गया। मुकुंद भावुक नहीं हुआ। गोदना को उम्मीद थी कि हँसमुख भाई के बारे में और उसके आने के उद्देश्य के बारे में जानकर मुकुंद दुःखी हो जाएगा, लेकिन मुकुंद के चेहरे पर दुःख का कोई भाव नहीं था। बल्कि वह गोदना को उपदेश देने लगा—"हम नहीं मानते कि मृत्यु जीवन का अंत है। जब किसी की मृत्यु होती है, तो उसकी चेतना उसे छोड़कर पुनर्जन्म के छह रास्तों में से एक में प्रवेश करती है। हमारे साथ वही होता है, जो होना चाहिए। हमें वही मिलता है, जो हम अर्जित करते हैं, अच्छा या बुरा। हम जो कहते हैं, करते हैं या सोचते हैं, उसके द्वारा हर पल एक नए कर्म का निर्माण करते हैं। कर्म कारण और प्रभाव का सिद्धांत हैं। कारण और कर्म के सिद्धांत के कारण निरंतर बदलाव होता रहता है।"

"जहाँ तक हम जानते हैं, हँसमुख भाई ने न कभी कुछ बुरा कहा है, किया है और न सोचा है, फिर उन्हें कष्ट क्यों सहना पड़ रहा है?"

"मनुष्य के कष्टों का कारण अज्ञानता और लोभ है। हम कर्म से अनभिज्ञ हैं और गलत तरह के सुखों के लोभी हैं। डैड कष्ट भोग रहे हैं, क्योंकि वे अपने कर्मों से अनभिज्ञ हैं। मैंने कष्ट भोगा, क्योंकि मैं अपने कर्मों से अनभिज्ञ था। मैंने लोभ और अज्ञानता काटकर अपने दुःखों का अंत कर लिया है। हम इसे निर्वाण कहते हैं। इच्छाओं का अंत निर्वाण है। मैं सुखी और संतुष्ट हूँ।"

"हम बौद्ध दर्शन को ज्यादा नहीं समझते, लेकिन मानवता कहती है कि एक मनुष्य को दूसरे का जीवन बचाने के लिए सबकुछ करना चाहिए। वे कोमा में भी आपको याद कर रहे थे। हम चाहते हैं कि आप हमारे साथ चलकर उन्हें होश में वापस लाएँ। हम बुराई को जीतने नहीं देंगे," गोदना ने जोर देकर कहा।

"मैं भौतिक दुनिया में वापस जाकर उसके झूठे सुखों के लोभ में नहीं फँसना चाहता।"

"अगर तुम्हें लगता है कि तुम भौतिक दुनिया के लोभ में आ सकते हो, तो तुम्हें अवश्य जाना चाहिए," कुशक, जिन्होंने मुकुंद का अंतिम वाक्य सुन लिया था, बीच में बोले। "तुम्हें जाकर अपनी परीक्षा लेनी चाहिए। तुम्हें जाकर पता करना चाहिए कि क्या तुम्हारे अंदर झूठे भौतिक सुखों का लोभ अभी भी बचा है?"

"सर, इनके पिता एक हफ्ते से कोमा में हैं, उन्होंने संकेत दिया है कि वे अपने बेटे को देखना चाहते हैं। हमें लगता है कि अगर वे अपने बेटे को अपने पास देख लेंगे तो अच्छे हो जाएँगे।"

"सुगातो, तुम्हें जाना चाहिए," कुशक ने सुझाव दिया।

नई दिल्ली जानेवाली अगली फ्लाइट शाम को थी, इसलिए मुकुंद गोदना के साथ उसके होटल आ गया।

"यह सब कैसे हुआ?" मुकुंद सामान्य होने लगा था। गोदना ने पूरी कहानी और अब तक की जाँच के बारे नें बताया—त्रिशा द्वारा मकबूल की शिनाख्त और मकबूल की हिरेन से नजदीकी तक।

"यह सब हिरेन की साजिश है। लेकिन वह डैड को नुकसान पहुँचाने के लिए इस हद तक चला जाएगा, मैंने नहीं सोचा था।"

"उसने हँसमुख भाई को मारने के लिए साजिश नहीं रची थी। वह हमें मारना चाहता था।" फिर गोदना ने उसे बताया कि कैसे सीट बदलने के कारण उसके बदले हँसमुख भाई गोलियों का निशाना बन गए।

"हिरेन अकेला नहीं है। रुक्मिणी उसका साथ दे रही है," गोदना को आभास तो था, लेकिन मुकुंद की बात ने उसे हैरान कर दिया।

"लेकिन रुक्मिणी तो आपकी पत्नी है?"

"हाँ, वह मेरी पत्नी थी, लेकिन वह हिरेन के प्रति वफादार है। एक तरह से उसे मेरी पत्नी के रूप में स्थापित किया गया है।"

"उनका मकसद क्या हो सकता है? आप इतने यकीन से कैसे कह सकते हैं? आपने क्या कभी कुछ देखा है?" गोदना ने मामले को आगे बढ़ाया। वह सच जानने के लिए बेताब हो रहा था।

"हिरेन और रुक्मिणी के पहले से संबंध थे," उसने रुककर गोदना के चेहरे पर आए शर्म के भाव देखे, "हमारी शादी के बहुत पहले से। शायद तुमने ध्यान दिया हो, हम शादी के बाद कभी मुंबई साथ में नहीं गए, उस रेजिडेंशियल कॉम्प्लेक्स के प्री-लॉञ्च के अलावा। किसी-न-किसी बहाने से वह मेरे साथ मुंबई जाने से बचती थी। एक बार मैं अगली फ्लाइट से उसके पीछे मुंबई गया। मेरा इरादा सिर्फ उसे सरप्राइज देने का था। वह अपने घर नहीं

गई। उसके मम्मी-पापा को उसके आने की जानकारी भी नहीं थी। सुबह की फ्लाइट से लौटने के पहले मैंने एक बार फिर उसके मम्मी-पापा से बात की। उन्हें उसकी कोई खबर नहीं थी। शाम की फ्लाइट से वह वापस आ गई। मेरे पूछने पर उसने बताया कि वह अपनी किसी सहेली के घर किसी समारोह में शामिल होने गई थी और वहीं ठहरी थी। इसलिए उसके मम्मी-पापा को बताने का कोई मतलब नहीं था। अगली बार जब उसने मुंबई जाने का निर्णय लिया, तो मेरा एक दोस्त उसके पीछे गया। उसने भी वही फ्लाइट ली। जिस पते पर वह गई थी, वह हिरेन का था। फिर भी मैं पक्का करना चाहता था, इसलिए अगली बार मैं खुद उसके पीछे मुंबई गया। मैंने उसके बाद वाली फ्लाइट ली। मैंने पूरी रात उस बिल्डिंग के बाहर एक पार्क में गुजारी, जिसमें हिरेन का फ्लैट था। वह हिरेन के साथ सुबह 10 बजे बाहर निकली।'' मुकुंद सुबकने लगा। शायद उसने अभी तक निर्वाण प्राप्त नहीं किया था और अब तक अपने दुःखों से बाहर नहीं निकला था।

''आपको उनकी सच्चाई सामने लानी चाहिए थी। उन्हें तो कड़ी सजा मिलनी चाहिए,'' उसकी कहानी सुनकर गोदना उत्तेजित हो गया।

''मैंने रुक्मिणी से इस बारे में बात की, लेकिन उसके मन में कोई पछतावा नहीं था। बल्कि उसने मुझे धमकी दी कि अगर मैंने मुँह खोला तो वह मुझे बदनाम कर देगी। उसने समाज में यह अफवाह फैला देने की धमकी दी कि मैं नपुंसक हूँ।''

''क्या ऐसा सच में है?''

''नहीं, मैं नपुंसक नहीं हूँ। लेकिन सोचो, ऐसी अफवाह फैलने से मेरे माता-पिता की कितनी बदनामी होती!''

'कितना कमजोर था मुकुंद, जो उसने इतनी आसानी से उनके आगे घुटने टेक दिए,' गोदना सोच रहा था। उसे त्रिशा के साथ बिताया समय याद आया। उसे याद आया कि त्रिशा उससे शादी करने के लिए कितनी बेताब थी। हिरेन ने वही चाल उसके साथ भी चलने की कोशिश की थी। लेकिन त्रिशा रुक्मिणी जितनी बुरी औरत नहीं थी।

''क्या आपने इस बारे में हिरेन से बात की?''

"नहीं।"

"क्यों नहीं की? हमारा मतलब है, आप अपने माता–पिता को उन बदमाशों के साथ कैसे छोड़ सकते थे?"

मुकुंद कुछ पल उसे देखता रहा, फिर बोला, "क्योंकि उनके साथ तुम थे। डैड को तुम्हारे ऊपर भरोसा हैं, और मुझे भी।"

इस जवाब के बाद गोदना के पास कहने के लिए कुछ नहीं बचा।

जैसे ही गोदना ने नई दिल्ली के इंदिरा गांधी एयरपोर्ट पर अपना सेलफोन चालू किया, उसके पास दयाशंकर का कॉल आया, जिसने उसे बताया कि उसकी अनुपस्थिति में हिरेन ने अफवाहों को शांत करने और निवेशकों का भरोसा बनाए रखने के लिए कंपनी के चेयरमैन की हैसियत से एक प्रेस कॉन्फ्रेंस बुलाई थी। उस प्रेस कॉन्फ्रेंस में उसने बकवास बयान दिए। अप्रत्यक्ष रूप से, उसने हँसमुख भाई पर गोली चलाने के लिए गोदना पर उँगली उठाई। इस जानकारी से गोदना बिल्कुल परेशान नहीं हुआ। उसने राज्य के पुलिस प्रमुख को उनके सेलफोन पर कॉल किया, तो उन्होंने बताया कि पुलिस टीम मकबूल को गिरफ्तार करने के लिए मुंबई रवाना हो चुकी है।

जब वे सर गंगाराम अस्पताल पहुँचे, तो रात के 8 बजे चुके थे और मिलने का समय समाप्त हो चुका था। गोदना ने ड्यूटी पर मौजूद डॉक्टर से अनुरोध किया कि वह बेटे को पिता से मिलने दे। जब मुकुंद ने अपने पिता का सिर सहलाया, तो उनके होंठों में हलचल हुई। डॉक्टर तुरंत मॉनिटर के पास पहुँचा। फिर उसने उनकी नब्ज जाँची। डॉक्टर की प्रतिक्रिया उत्साहजनक थी। उसने सीनियर डॉक्टर को बुलाया और सबसे आई.सी.सी.यू. के बाहर इंतजार करने को कहा।

अगली शाम हँसमुख भाई कोमा से बाहर आ गए। गोदना ने डॉक्टरों से और कादंबरी बेन से विनती की कि वे कमरे के बाहर यह बात किसी को न बताएँ। वह नहीं चाहता था कि हिरेन और रुक्मिणी को यह बात पता चले। वह चाहता था कि मकबूल की गिरफ्तारी तक वे दोनों उत्साहित बने रहें। लेकिन तीन दिन तक मुंबई में मकबूल का पता न चल पाने से पुलिस और गोदना दोनों निराश हो

गए। मुंबई पुलिस में कोई भेदिया था, जिसने उसे सतर्क कर दिया था। उसके आसपास शिकंजा कसने के लिए पुलिस ने उसके डांस बार पर छापा मारा, उसे सील कर दिया और उसके पार्टनर जगन से पूछताछ की, जिसने मकबूल की कोई जानकारी होने से इनकार कर दिया। मुंबई से बाहर जानेवाले सभी रास्तों पर नाकाबंदी कर दी गई। जगन और हिरेन चौबीस घंटे की पुलिस की निगरानी में थे। उनके प्रयास चौथे दिन रंग लाए। पुलिस ने मुंबई–कोंकण हाइवे की एक चेक–पोस्ट पर मकबूल को धर दबोचा। वह एक कार की डिक्की में मुंबई से बाहर निकलने की कोशिश कर रहा था।

पुलिस मकबूल का रिमांड प्राप्त करके उसे लखनऊ ले आई। शुरू में उसने होशियारी दिखाई और निर्दोष होने का दावा किया। जब पुलिस उसे जिरह के लिए उन दोनों आदमियों के सामने लाई, जिन्हें उसने पैसे दिए थे, तो उसने उन्हें पहचानने से इनकार कर दिया, लेकिन उन आदमियों ने उसे पहचान लिया। अंत में पुलिस को उस पर थर्ड डिग्री का इस्तेमाल करना पड़ा। आखिर वह टूट गया। हिरेन ने उसे इस काम के बदले 50 लाख पेशगी दी थी। मकबूल ने दस लाख खुद रखकर बाकी उन भाड़े के हत्यारों को दे दिए थे।

मकबूल की गिरफ्तारी के अगले दिन हँसमुख भाई को एयर एंबुलेंस में अहमदाबाद ले जाया गया। रुक्मिणी ने उनका स्वागत किया। वह मुकुंद को देखकर बहुत हैरान हुई। चीजें उसके हिसाब से नहीं हो रही थीं। हालाँकि दो दिन बाद मुकुंद के चले जाने से उसने राहत की साँस ली। गोदना ने मुकुंद के फोन नंबर के साथ उससे दोबारा आने का वादा भी लिया। गोदना ने उससे अनुरोध किया कि वह अपराधी को बाहर निकालने में उसकी मदद चाहता था। अगले दिन हँसमुख भाई की बेटी भी अमेरिका वापस चली गई।

जब पुलिस ने मकबूल को गिरफ्तार किया, तो हिरेन ने संकट भाँप लिया। वह देश से बाहर भागने की तैयारी करने लगा। चूँकि वह पुलिस की निगरानी में था, इसलिए जैसे ही मकबूल ने उसका नाम लिया, मुंबई पुलिस ने फौरन एयरपोर्ट पहुँचकर उसे ब्रिटिश एयरवेज के काउंटर से गिरफ्तार कर लिया, जहाँ से वह अपना बोर्डिंग पास ले रहा था। वह लंदन भाग रहा था। पुलिस ने जगन नगवाले को भी पकड़ लिया।

चूँकि वह एक हाई प्रोफाइल केस था, जिसमें एक बड़ा व्यवसायी और एक राज्यसभा का सदस्य शामिल थे, राज्य सरकार ने उसे सलेमपुर से—जहाँ अपराध हुआ था—लखनऊ स्थानांतरित कर दिया। पुलिस ने हिरेन पर हत्या के प्रयास के लिए धारा-307 और आपराधिक षड्यंत्र के लिए धारा-120 बी लगाई। जगन की किस्मत अच्छी रही, जिस पर अपराधी को बचाने के लिए गलत जानकारी देने के आरोप में सिर्फ धारा-201 लगी। उसे बेल भी मिल गई। हिरेन को बेल नहीं मिली। अपराध में शामिल सभी कड़ियाँ पुलिस की हिरासत में थीं—शूटर, आयोजक और सरगना। मामले को सुलझाने की प्रक्रिया में पुलिस ने राज्य में एक आपराधिक गिरोह का पर्दाफाश कर दिया था।

10 सितंबर को पुलिस ने लखनऊ की निचली जिला अदालत में चार्जशीट कर दी। संसद् के मानसून सत्र का अंतिम दिन होने के कारण गोदना नई दिल्ली में था। केस की सुनवाई एक सप्ताह बाद जिला जज मनोहर श्रीवास्तव की अदालत में हुई। सुनवाई के समय गोदना भी मौजूद था। घटना के चश्मदीद गवाह के रूप में जब गोदना ने अपनी पहचान बताई, तो जिला जज ने उसकी ओर ऐसे देखा, जैसे वे उसे पहचानते हों। जब कोर्ट की काररवाई समाप्त हो गई और जज साहब सुनवाई की अगली तारीख देने के बाद कोर्ट से बाहर चले गए, तो एक क्लर्क गोदना के पास आया। उसने गोदना से उसके साथ माननीय जज साहब के चैंबर में चलने का अनुरोध किया।

□

30

सुनवाई से दो दिन पहले गोदना एक विशेष उद्देश्य लेकर हँसमुख भाई से मिलने गया। हँसमुख भाई अभी भी बिस्तर पर थे और उनकी देखभाल के लिए एक नर्स नियुक्त की गई थी। वे साफ बोल नहीं पाते थे, लेकिन लिखकर अपनी बात समझा देते थे। वे अभी पूरी तरह ठीक नहीं हुए थे, इसलिए डॉक्टरों ने उन्हें बोलने से बचने की सलाह दी थी। जब गोदना लिविंग रूम में इंतजार कर रहा था, तो वहाँ रुक्मिणी आई। ऐसा पहले भी हो चुका था। गोदना जानता था कि रुक्मिणी की मौजूदगी में वह हँसमुख भाई से अपनी बात नहीं कह पाएगा, इसलिए उसने साफ-साफ कहने का निर्णय लिया, ''रुक्मिणीजी, हमें हँसमुख भाई से बहुत ही महत्त्वपूर्ण कारोबारी मुद्दे पर बात करनी है।''

''जरूर, मैं आपको डैडी के पास ले चलती हूँ।''

''माफ करिए, लेकिन उस चर्चा में आपकी जरूरत नहीं होगी।''

''पहले भी कई बार कई चर्चाओं में मेरी जरूरत नहीं रही है, लेकिन फिर भी मैं डैडी के साथ रही हूँ।''

''माफ करिए, लेकिन हमारा मतलब है कि हम नहीं चाहते कि आप उस चर्चा के समय वहाँ रहें।''

''आप मुझे इस तरह कैसे रोक सकते हैं? यह मेरे परिवार का मामला है।''

''यह आपके परिवार का मामला था, अब नहीं है। अगर हिरेन भाई जीवन भर के लिए सलाखों के पीछे जा सकते हैं, तो इस षड्यंत्र में उनके सहयोगी 2-3 साल के लिए तो जा ही सकते हैं।'' उसकी बात का असर हुआ। उसने एक

कदम भी आगे नहीं बढ़ाया। गोदना हँसमुख भाई के कमरे की ओर बढ़ गया।

नर्स ने हँसमुख भाई को सहारे के साथ बिस्तर पर बैठा दिया। गोदना ने उसे कहा कि वह उन दोनों को अकेला छोड़ दे।

''हँसमुख भाई, हमें हिरेन भाई को अदालत द्वारा सजा सुनाए जाने का इंतजार नहीं करना चाहिए। हमें भी कंपनी के नियमों और कानून के अनुसार उनके खिलाफ काररवाई शुरू करनी चाहिए।'' हँसमुख भाई को सूचना मिल चुकी थी कि उनकी हत्या के प्रयास के पीछे हिरेन का षड्यंत्र था। निशाना कौन था, इससे उनको फर्क नहीं पड़ता था। गोदना ने उनके बिस्तर के पास रखा राइटिंग पैड और पेन उठाकर हँसमुख भाई को दिया। उन्होंने लिखा, ''तुम क्या काररवाई करने का विचार कर रहे हो ?''

''हम क्लॉज 6.21 के साथ क्लॉज 6.12 के तहत काररवाई करने का प्रस्ताव रखना चाहते हैं।'' उसने एक कागज में से दोनों क्लॉज पढ़कर हँसमुख भाई को सुनाए। हँसमुख भाई को याद आया कि उन्होंने क्लॉज 6.21 कंपनी में जगन के शेयरहोल्डर के रूप में शामिल होने के बाद जोड़ा था। गोदना ने आगे कहा, ''लेकिन इतने लंबे समय से आपका सहयोगी होने के कारण, हम हिरेन भाई को एक बेहतर विकल्प देंगे। हम उसके 17 प्रतिशत शेयर अपनी कीमत पर खरीदने का प्रस्ताव रखेंगे। अपने 17 प्रतिशत शेयर बेचने के बाद वह बोर्ड से बाहर हो जाएगा।''

''वह मान जाएगा ?'' हँसमुख भाई ने लिखा।

''हाँ, मान जाएगा।'' उसके पास इससे भी बुरा विकल्प है।

''शेयर कौन खरीदेगा ?''

''हम खरीदेंगे। आपके नाम पर।''

''इसमें काफी पैसे लगेंगे।''

''हमने सब व्यवस्था कर ली है, आप बस अपनी सहमति दे दीजिए।''

हँसमुख भाई गहरी सोच में डूब गए। उसके बाद उन्होंने जो लिखा, उसमें गोदना को 3600 करोड़ रुपए का आदमी बनाने का प्रस्ताव था।

''राम; वे शेयर तुम खरीद लो। वैसे भी इस घटना के बाद मैं टूट गया हूँ। कंपनी तुमको चलानी है। मैं कादंबरी और रुक्मिणी के साथ अधिक समय बिताना चाहता हूँ।''

गोदना को इस बात का अनुमान हो गया था, इसीलिए उसने लेह जाने से पहले दयाशंकर से दस्तावेजों के दो सेट तैयार करने को कहा था। यह समय उत्तर होने के लिए पूरी तरह अनुकूल नहीं था।

"हँसमुख भाई, एक और विनती है। क्या आप वह लिख देंगे, जो हम कह रहे हैं?" हँसमुख भाई ने हामी भर दी। गोदना बोलता गया और वे लिखते गए। फिर उसने हँसमुख भाई से उस पर हस्ताक्षर करने के लिए कहा और अपने कैमरे के फोन से उसकी फोटो लेने के लिए खड़ा हो गया। उसने हँसमुख भाई से कहा कि वे कागज कैमरे की ओर कर दें।

गोदना इस एहसास के साथ कमरे से निकला कि उसे जल्द-से-जल्द रुक्मिणी के बारे में कुछ करना था। शाम को वह लखनऊ रवाना हो गया।

सुनवाई से एक दिन पहले साढ़े दस बजे पुलिस की एक जीप हिरेन को लेकर सर्किट हाउस रवाना हो गई। हिरेन ने शुरू में विरोध किया, क्योंकि उसे बताया नहीं गया था कि कहाँ जाना है। गोदना का लैपटॉप खुला था, जब हैरानी से भरा हिरेन सर्किट हाउस के उस सुइट में उसके सामने आकर बैठा। गोदना सीधे मुद्दे पर आ गया, "हम वर्तमान बाजार भाव से 20 प्रतिशत कम कीमत पर आपके 17% शेयर खरीदने का प्रस्ताव रख रहे हैं। वैसे भी आपको यह केस लड़ने के लिए काफी पैसों की आवश्यकता होगी।"

"तुम्हें मैं बेवकूफ लगता हूँ? तुम्हें यह प्रस्ताव रखने का अधिकार किसने दिया? मैं बोर्ड का संस्थापक सदस्य (फाउंडर मेंबर) हूँ।"

"हमको यह अधिकार क्लॉज 6.12 ने दिया है। आप कंपनी को यहाँ तक लेकर आए, इसके लिए हम आपके आभारी हैं, और इसीलिए हम आपके सामने यह प्रस्ताव रख रहे हैं, वरना…"

"वरना क्या? अगर मैं अपने शेयर बेचने से मना कर दूँ तो?"

"हम आपको क्लॉज 6.12 पढ़कर सुनाते हैं। यह कहता है निदेशक यदि सामूहिक रूप से या व्यक्तिगत रूप से अपनी जिम्मेदारियों का उल्लंघन करते हैं, तो परिणामों के लिए वे संयुक्त, व्यक्तिगत और पृथक् रूप से जिम्मेदार माने जा सकते हैं। देनदारी असीमित हो सकती है, इसलिए निदेशक अन्य निदेशकों

के निर्णय से दिवालिया हो सकता/सकते हैं।''

हिरेन ने यह क्लॉज कभी नहीं पढ़ा था, ''तो दूसरा विकल्प दिवालिया होना है ? मुझ पर अपराध अभी साबित नहीं हुआ है। मामले की सुनवाई चल रही है, तो फिर मैंने अपनी जिम्मेदारियों का उल्लंघन कैसे किया ?''

''आप ठीक कह रहे हैं, हिरेन भाई। इसलिए अब हम क्लॉज 6.21 पढ़ते हैं। यह कहता है—निदेशकों के बीच आपसी विश्वास और धर्मदान इस कंपनी का आधार है। मौद्रिक लाभ या परिग्रहण के इरादे से किसी निदेशक द्वारा संयुक्त या व्यक्तिगत रूप से बोर्ड ऑफ डायरेक्टर्स के एक या सभी निदेशकों को नुकसान पहुँचाना जिम्मेदारियों का उल्लंघन समझा जाएगा, जिसे जिम्मेदारियों का सकल उल्लंघन माना जाएगा। अन्य निदेशक, बगैर अदालत के फैसले का इंतजार किए, एक उचित निर्णय ले सकते हैं।'' इतना कहकर वह हिरेन की प्रतिक्रिया का इंतजार करने लगा। जब उसे कोई प्रतिक्रिया नहीं मिली, तो वह आगे बोला, ''और अन्य निदेशकों ने आपको दिवालिया बनाने का निर्णय लिया है, जो उचित भी है। हमारा प्रस्ताव आपके लिए एक व्यक्तिगत उपकार है, बेशक अन्य निदेशकों की सहमति से। हमने शेयरों की आंतरिक खरीद की शर्तों का पालन किया है, और अन्य निदेशकों को सूचना भी दे दी है। यदि आप यह प्रस्ताव स्वीकार करते हैं, तो आपका एक और फायदा होगा।''

''वह क्या ?''

''नवंबर में राज्य सरकार मकोका (MCOCA—महाराष्ट्र कंट्रोल ऑफ ऑर्गनाइज्ड क्राइम एक्ट) की तर्ज पर एक विधेयक ला रहा है। आपका केस एक संगठित अपराध की श्रेणी में आता है और जो अपराध आपने किया है, उसके लिए विधेयक के मसौदे में उम्रकैद का प्रावधान है। उसमें आपको छूट मिल सकती है।''

हिरेन को मकोका की जानकारी थी। महाराष्ट्र कंट्रोल ऑफ ऑर्गनाइज्ड क्राइम एक्ट महाराष्ट्र में संगठित अपराध और आतंकवाद का मुकाबला करने के लिए 1999 से लागू किया गया एक अधिनियम है।

''मैं तुम्हारा विश्वास क्यों करूँ ? तुम मुझे डबल क्रॉस कर सकते हो। मुझे हँसमुख भाई से बात करने दो।''

''डॉक्टर ने उन्हें बात करने से मना किया है, लेकिन उन्होंने लिखित में अपनी सहमति दे दी है। हम आपको दिखाते हैं।'' गोदना ने अपने लैपटॉप पर एक तसवीर खोली और उसे जूम कर दिया। हिरेन ने राइटिंग पैड पर हँसमुख भाई का लिखा हुआ नोट पढ़ा। उसमें लिखा था—''हिरेन, कंपनी में तुम्हारे लंबे समय के योगदान को देखते हुए सभी डायरेक्टर्स ने तुम्हें एक न्यायपूर्ण विकल्प देने का फैसला किया है। तुम अपने 17% शेयर जी. राम को बाजार से 20% कम कीमत पर बेच दो। सभी शर्तों का अनुपालन कर लिया गया है।''

''मैं अपने वकील से बात करने के बाद फैसला लूँगा,'' हिरेन बोला।

''क्लॉज 6.39 सुनने के बाद आप अपने वकील से बात करने के बारे में दोबारा सोचिएगा। यह कहता है, यदि एक निदेशक का कोई क्रिमिनल केस कोर्ट में दाखिल होता है, तो बोर्ड के सदस्य के रूप में उसकी शक्तियाँ निलंबित कर दी जाएँगी, और उसके बरी होने तक उसके शेयर निश्चल कर दिए जाएँगे।''

यह सुनकर हिरेन प्रस्ताव के बारे में दोबारा सोचने पर मजबूर हो गया। वह जानता था कि बेल मिल जाने की सूरत में भी उसे बरी होने में सालों लग जाएँगे, अगर वह बरी हुआ तो।

''लेकिन मैं शेयर कैसे बेच सकता हूँ? मैं तो पुलिस की हिरासत में हूँ।''

''इसका भी इंतजाम हो चुका है। हमने पिछली तारीख के दस्तावेज तैयार करवा लिये हैं। यह उस तारीख के हैं, जब आप आजाद थे। हमें उसी तारीख पर आपके हस्ताक्षर चाहिए।''

''और पैसे?''

''दस्तावेज के अनुसार सौदे के तहत पूरे पैसों का भुगतान खरीदार द्वारा सौदा होने के तीन महीनों के अंदर कर दिया जाएगा, वरना सौदा अमान्य हो जाएगा। पूरा सौदा सफेद में और पारदर्शी होगा।''

''मुझे इस सौदे में कितना रुपया मिलेगा?''

''आपको 1,728 करोड़ रुपए मिलेंगे।''

''मैं तैयार हूँ।''

हिरेन नहीं समझ पाया कि दस्तावेज पर हस्ताक्षर करने के बाद कंपनी में उसके सिर्फ 6 प्रतिशत शेयर रह जाएँगे, जिससे उसकी बोर्ड के डायरेक्टर के

रूप में सदस्यता समाप्त हो जाएगी। इस सौदे के बाद वह रुक्मिणी और जगन की तरह सिर्फ एक शेयरहोल्डर रह जाएगा।

एच.एच.आर. इंफ्रा एंड माइनिंग के समझौते के अनुच्छेद में कोई क्लॉज 6.39 नहीं था।

अगली सुनवाई एक और तारीख की घोषणा के साथ समाप्त हो गई। गोदना को उसकी चिंता नहीं थी। वह जानता था कि केस बहुत लंबा चलनेवाला था। हिरेन इतनी जल्दी हार नहीं माननेवाला था। उसकी एकमात्र चिंता यह थी कि हिरेन को बेल नहीं मिलनी चाहिए। हत्या के प्रयास के मामले में बेल की मंजूरी जज के विवेक पर निर्भर करती है। सरकारी वकील ने गोदना को आश्वासन दिया था कि उन्होंने हिरेन के खिलाफ एक मजबूत केस बनाया है और उनके पास पर्याप्त सबूत हैं, जो जज को हिरेन की बेल मंजूर न करने का यकीन दिला सकते हैं। उस शाम गोदना राज्य के गृह सचिव से मिला। वह गिरफ्तारी से पहले हिरेन द्वारा किए फोन कॉल्स की प्रतिलिपि चाहता था। प्रतिलिपि हासिल करने के लिए उसे एक दिन और रुकना पड़ा। वह रुक्मिणी और हिरेन के बीच हुई बातचीत की जानकारी चाहता था। मकबूल की गिरफ्तारी से पहले छह दिन में उनके बीच सात बार बात हुई थी। इस जानकारी ने गोदना की दिलचस्पी जगा दी। आठवीं बार के वार्त्तालाप के अलावा, जो मकबूल की गिरफ्तारी के बाद हुआ था और जिसमें रुक्मिणी ने हिरेन से स्थिति सँभालने तक दूर रहने को कहा था, उनमें हँसमुख भाई की मृत्यु के बाद कंपनी के स्वामित्व को लेकर और रुक्मिणी की शेयरों में बड़ी हिस्सेदारी को लेकर बात हुई थी। रिकॉर्ड सार्वजनिक न करने का एक अनौपचारिक हलफनामा देकर गोदना ने प्रतिलिपि प्राप्त कर ली।

तीन दिन बाद गोदना मुंबई में रुक्मिणी से मिला। चूँकि गोदना पिछले डेढ़ महीने से मामले के केंद्र में था, इसलिए रुक्मिणी उससे मिलने के लिए मना नहीं कर पाई। दूसरी बात उसका रक्षक अब जेल में था।

''मुकुंद भाई तलाक चाहते हैं। यह तलाक के कागजात हैं। कृपया इन पर हस्ताक्षर कर दीजिए,'' गोदना बिना समय बरबाद किए सीधे मुद्दे पर आ

गया। वह जल्दी में था। वह अब बबुनी के फोन कॉल्स की उपेक्षा नहीं कर सकता था। उसे बबुआ से मिलकर सब तय करना था।

''तुम मजाक कर रहे हो? मुझे तलाक नहीं चाहिए। मैं अपने सास-ससुर के साथ खुश हूँ।''

''एक बात और। इन कागजातों के अनुसार सिर्फ मुकुंद नहीं, बल्कि आप भी तलाक चाहती हैं,'' गोदना ने उसकी बात पर ध्यान नहीं दिया, ''आपको अपने सास-ससुर के सामने यही दिखाना है।''

जवाब में वह खड़ी हो गई और बोली, ''अगर तुमने मुझे इसी बकवास के लिए बुलाया है तो तुमने मेरा समय बरबाद किया है।''

''पहले इसको सुन लीजिए फिर आपको लगेगा कि हम आपका समय बरबाद नहीं कर रहे हैं, बल्कि बना रहे हैं,'' उसने अपने बैग से एक सी.डी. प्लेयर निकाला और रिकॉर्ड किया हुआ वार्त्तालाप चालू कर दिया। दूसरे वार्त्तालाप के खत्म होने तक वह बैठ गई और उसने गोदना से टेप बंद करने को कहा।

''इस टेप से क्या फर्क पड़ेगा?''

''ज्यादा नहीं, बस ये आपको कुछ सालों के लिए या शायद जीवन भर के लिए जेल में पहुँचा सकता है।''

''मुझे एलिमनी (गुजारा भत्ता) कितनी मिलेगी?''

''एक पैसा भी नहीं। आप अपने 2.7% शेयर अपने पास रख सकती हैं। हम आपके खिलाफ क्लॉज 6.12 नहीं लगाएँगे।''

''क्लॉज 6.12 क्या है?''

''क्लॉज 6.12 आपको दिवालिया बना सकता है; आप अपने शेयर गँवा देंगी। एच.एच.आर. इंफ्रा एंड माइनिंग में 2.7 प्रतिशत का मतलब है लगभग 400 करोड़ रुपए, आपकी औकात से कहीं अधिक। वैसे, आप 50 लाख रुपए अतिरिक्त भी कमा सकती हैं।''

''वह कैसे?''

''आप हिरेन के खिलाफ सरकारी गवाह बन जाइए।''

उसने कुछ क्षण सोचने के बाद कहा, ''क्या मैं तलाक दिए बिना गवाही नहीं दे सकती?''

''नहीं। फैसला आपको करना है; जीरो या 2.7 शेयर और इनाम के रूप में 50 लाख।''

''लेकिन हिरेन मुझे नुकसान पहुँचा सकता है।''

''हिरेन को उम्रकैद नहीं तो कम-से-कम दस साल की कैद तो मिलेगी ही। उसे बेल हरगिज नहीं मिलेगी। हमने उसके खिलाफ बहुत मजबूत मुकदमा बनाया है। दस साल में वह आपको भूल जाएगा। और फिर फायदा आपका है, तो जोखिम भी आपको उठाना पड़ेगा!''

''मुझे कहाँ हस्ताक्षर करने हैं और मेरे 50 लाख कब मिलेंगे?''

''आपको आपका इनाम लखनऊ से लौटने के बाद मिलेगा। आपको 18 अक्तूबर को अगली सुनवाई के दिन हिरेन के खिलाफ गवाही देने लखनऊ जाना होगा। आप दो दिन बाद सिमी से अपनी फ्लाइट की टिकट ले सकती हैं।''

जब वह नरीमन प्वॉइंट में स्थित एच.एच.आर. इंफ्रा एंड माइनिंग के सबसे ऊपरवाली मंजिल के ऑफिस से बाहर चली गई, तो गोदना ने रिसेप्शन पर इंतजार कर रहे वकील को बुलाकर वह कागजात दिखाए और उससे जल्दी-से-जल्दी की तारीख लेने के लिए कहा।

अगली शाम वकील ने उसे बताया कि उन्हें तारीख मिल गई। गोदना ने मुकुंद को फोन करके अनुरोध किया कि वह तारीख से एक दिन पहले आ जाए। उसने मुकुंद को वकील का मोबाइल नंबर भी दे दिया।

दस दिन बाद, मुकुंद और रुक्मिणी पति-पत्नी के रिश्ते से मुक्त हो गए। चूँकि उन्हें अलग रहते एक साल से ज्यादा समय हो गया था और वे दोनों ही तलाक चाहते थे, इसलिए जज ने बिना किसी विवेचना के उनका तलाक मंजूर कर लिया।

□

31

विजयदशमी से पाँच दिन पहले गोदना ने बबुआ को फोन किया, लेकिन उसने कॉल नहीं लिया। गोदना ने उसके सेलफोन पर कॉल करने के चार प्रयास किए, लेकिन सब असफल रहे। बबुआ के सेलफोन में गोदना का नंबर मौजूद था। उसके कॉल न लेने का मतलब था कि उसके इरादे में खोट है, गोदना यह बात समझ गया। गोदना ने मामले के निपटारे के लिए 21 अक्तूबर, विजयदशमी का दिन चुना। उसने 20 अक्तूबर को नई दिल्ली में संसदीय समिति की एक बैठक में शामिल होने के बाद सीधे गोरखपुर की फ्लाइट लेने का निर्णय लिया। वह सामाजिक न्याय और सशक्तीकरण की संसदीय समिति के सदस्य के रूप में मनोनीत हुआ था। उसने ठाकुर साहब को फोन किया। उसने उन्हें सूचित किया कि वह 21 की सुबह उन लोगों से मिलने आएगा। मिलने का उद्देश्य बताने की कोई आवश्यकता नहीं थी। ठाकुर साहब बुद्धिमान थे। अंत में गोदना ने उनसे अनुरोध किया कि वे बबुआ को भी यह संदेश दे दें, क्योंकि वह उसके कॉल नहीं ले रहा। फिर गोदना ने गाँव के पोस्ट ऑफिस में फोन किया और पोस्टमास्टर से माई-बाबा तक उसका संदेश पहुँचाने का अनुरोध किया। पोस्टमास्टर ने जब से उसे सलेमपुर की जनसभा में मुख्यमंत्री की बगल में बैठे देखा था, तब से वह उसकी इज्जत करने लगा था। उसने उसके अनुरोध को आदेश की तरह लिया। अब सिर्फ बबुनी को सूचित करना बाकी था। हालाँकि उस पर लगे प्रतिबंधों में समय के साथ ढील दे दी गई थी और वह गोवर्धन की दुकान से उसे फोन कर सकती थी, लेकिन उसे उसका सेलफोन वापस नहीं

मिला। दो दिन बाद गोदना के पास उसका फोन आया। इस खुशखबरी ने उसे उत्साहित नहीं किया। उसे खुद भी अपने भाई के इरादों पर संदेह था।

जिस समय गोदना ने ठाकुर साहब को फोन किया, तब बबुआ बुंदा में था। ठाकुर साहब ने फौरन उसके सेलफोन पर कॉल करके उसे जल्दी-से-जल्दी सुहागपुर पहुँचने को कहा। वे बहन का सौदा करने के लिए बबुआ को कोसने लगे और इस मुसीबत से बाहर निकालने की जिम्मेदारी उसी पर डाल दी।

बबुआ सुहागपुर नहीं आया। उसकी बजाय वह सुहागपुर से 77 किमी. दूर जयनगर गाँव में अपने ससुराल चला गया। उसके ससुर ठाकुर दुर्योधन सिंह ठाकुर साहब से एक कदम आगे थे। उनमें अपनी जाति और विरासत को लेकर अत्यधिक गर्व और अहंकार था। वे नीची जाति के लोगों से बहुत घृणा करते थे। बबुआ ने उन्हें विस्तार से पूरी बात बताई। एक दलित आदमी की इतनी हिम्मत हो गई कि वह ठाकुर साहब के पास उनकी बेटी से शादी करने का प्रस्ताव लेकर चला गया—यह सोचकर उनका दिमाग गरम हो गया, ''जब उसने यह प्रस्ताव सामने रखा, तो आप लोगों ने उसे हवेली से बाहर कैसे जाने दिया? हमें यह सोचकर शर्म आ रही है कि आप हमारे दामाद हैं। आपको उसी समय उसको मार डालना चाहिए था। ठाकुर साहब का खून भी पतला हो गया है।'' बबुआ सिर झुकाकर सुन रहा था। ''और आप विधायक किस बात के लिए हैं अगर आप एक मजदूर को ठिकाने नहीं लगा सकते?''

''वह अब एक साधारण मजदूर नहीं है। वह अब एक करोड़पति है और साथ में राज्यसभा का सदस्य भी,'' बबुआ ने अपने ससुर की बात में संशोधन किया, क्योंकि वो यह बात नहीं जानते थे।

ठाकुर साहब को प्रतिक्रिया व्यक्त करने में कुछ देर लगी।

''इसका मतलब पैसे और ताकत ने उसको दुस्साहसी बना दिया। वह चाहे जो भी बन गया हो, उसे यह हिम्मत नहीं करनी चाहिए थी। आज यह लोग हमारी बेटियों के लिए शादी के प्रस्ताव ला रहे हैं, कल जबरदस्ती हमारे घरों में घुसकर उनका बलात्कार करेंगे। इन्हें एक घातक सबक सिखाने की जरूरत है। आपने बताया कि वह आपसे मिलने आ रहा है। वह कितने दिन रुकेगा यहाँ?''

''पता नहीं। उसने पापा को बताया कि वो 21 को हमसे मिलने आएगा।

कमीना हमारा दशहरा खराब करेगा।''

''उससे बात करके उसका कार्यक्रम पूछिए और उससे अनुरोध कीजिए कि इस बारे में किसी से बात न करे, क्योंकि आपके परिवार की इज्जत का सवाल है। उम्मीद है आप हमारी बात समझ रहे हैं।'' बबुआ हिचकिचाया, लेकिन अपने ससुर के जोर देने पर उसने गोदना से बात करके उसका कार्यक्रम पूछ लिया। बबुआ ने बहाना बनाया कि वह उसका फोन इसलिए नहीं ले पाया था, क्योंकि वह राज्य के विधानसभा सत्र को लेकर वह बहुत व्यस्त था, जबकि ऐसा कुछ नहीं था। वह इतना बेवकूफ था कि उसने यह भी नहीं सोचा कि गोदना इस बात की पुष्टि करवा सकता है।

''वह यहाँ 20 की शाम को आएगा और अपने माँ-बाप के साथ रहेगा। अगली सुबह वह हमसे मिलने हवेली में आएगा।''

''वह वापस कब जाएगा?''

''हमने नहीं पूछा। लेकिन उसने वादा किया है कि वह अकेला आएगा और किसी को अपने आने का कारण नहीं बताएगा।''

''इसका मतलब हमारे पास अपना काम करने के लिए सिर्फ 20 की रात है। इस बार रावण दहन एक दिन पहले होगा।''

''क्या मतलब?'' बबुआ ने पूछा। ठाकुर दुर्योधन सिंह बबुआ के पास आए और उसकी आँखों में देखते हुए बोले, ''हम उसका झोंपड़ा जला देंगे। हमारे आदमी झोंपड़े को घेर लेंगे और अगर वह भागने की कोशिश करेगा, तो उसको मार डालेंगे।''

बबुआ इस विचार से डर गया। वह अपने ससुर के पास कोई उपाय पूछने आया था, लेकिन वो तो एक अतिवादी कदम उठाने की सलाह दे रहे थे। वह चुपचाप खड़ा रहा।

''क्या हुआ? बस यही एक तरीका है, वरना आप अपनी बहन उसे दे दीजिए, लेकिन फिर हम लोग आपके परिवार से संबंध तोड़ लेंगे। उसे मारकर हम अपने धर्म का पालन कर रहे हैं। भगवान् श्री कृष्ण भगवद्गीता में कहते हैं कि दुष्ट और विश्वासघाती लोगों को सजा देना, भले ही उसका मतलब उनकी जान लेना हो, पाप नहीं है। बल्कि यह तो हमारा धर्म है। गोदना अपने धर्म और

अपने कर्म के रास्ते से भटक गया है। उनका सदियों पुराना कर्म है—हमारी सेवा करना। हमारी औरतों की ओर नजर उठाकर उसने पाप किया है। इसलिए उसे सजा देना हमारा धर्म है।''

''दो महीने पहले उसकी गाड़ी पर हमला हुआ था। उसके सेठ को गोली लगी थी। दस दिन के अंदर पुलिस ने सभी अपराधियों को पकड़कर सलाखों के पीछे डाल दिया। मामले की सुनवाई चल रही है। बाबूजी, वह राज्यसभा का सदस्य है। राज्य सरकार उसके साथ है। पूरे राज्य की पुलिस सक्रिय हो जाएगी। दो दिन के अंदर हम सब जेल में होंगे।''

''बेवकूफों की तरह बात मत करिए। आपको सांसद राम आसरे प्रसाद याद है, जो सिवान कोर्ट के बाहर धमाके में मारा गया था? घटना के तीन साल बाद भी पुलिस किसी को पकड़ नहीं पाई है। विधायक मणिलाल गौतम पिछले साल अपनी गाड़ी पर हुई गोलीबारी में मारा गया था। अभी तक कोई गिरफ्तारी नहीं हुई है। आप जानते हैं क्यों? क्योंकि वह दलित थे। इनकी कोई परवाह नहीं करता। हम इस काम के लिए बिहार से आदमी बुलाएँगे। उनका उत्तर प्रदेश में कोई रिकॉर्ड नहीं होगा। घटना के दिन आप सुहागपुर से बाहर रहेंगे, लखनऊ में या बुंदा में किसी सरकारी कार्यक्रम में शामिल होने के लिए। ढूँढ़ लीजिए कुछ। दशहरे के पहले वाली रात को हमारे 10–20 आदमी नदी के रास्ते सुहागपुर में घुसेंगे। सुहागपुर में आपका कोई विश्वासपात्र है? उसे उन आदमियों को गोदना के झोंपड़े का रास्ता दिखाना होगा।''

''हाँ, एक है, भुलवा।''

''हमें भुलवा की जरूरत गोदना के आने की खबर देने ले लिए भी पड़ेगी, क्योंकि हमारा असली निशाना वही है। अगर उसके आए बिना हम झोंपड़े में आग लगा देंगे, तो हमारा उद्‌देश्य पूरा नहीं होगा।''

''भुलवा यह काम कर देगा। एक बात और, सुहागपुर में रुक–रुककर बरसात हो रही है। अगर उस रात भी बरसात हो रही होगी, तो वह लोग आग कैसे लगाएँगे?''

''हमें आपकी बुद्धि पर गर्व है। उस स्थिति में हमारे आदमी उसके झोंपड़े को बम से उड़ा देंगे। अगर वह धमाके में बच जाएगा और भागने की कोशिश

करेगा तो वह लोग उस पर दूसरा बम फेंक देंगे।''

''हम पापा से इस योजना के बारे में बात कर लें?'' उनकी योजना से रोब खाए बबुआ ने पूछा।

''नहीं, वह न तो हमारी इस योजना को स्वीकृति देंगे और न ही हमें इस पर अमल करने देंगे।''

निर्धारित कार्यक्रम के अनुसार गोदना रात को 9 बजे सुहागपुर पहुँच गया। माई–बाबा को पहले ही सूचना मिल चुकी थी, इसलिए दोनों उसका इंतजार कर रहे थे, माई घर पर और बाबा टोले के मोड़ पर। गोदना ने उन्हें देख लिया और गाड़ी में बैठा लिया। जब वह घर पहुँचा, तो पानी नहीं बरस रहा था। माई ने अपने बेटे के लिए रोहू मछली पकाई थी, गोदना को दूर से ही खुशबू आ गई। हालाँकि टोले में सब लोग सोने की तैयारी कर रहे थे, फिर भी गाड़ी की आवाज सुनकर कुछ लड़के वहाँ इकट्ठा हो गए, लेकिन फिर जल्दी ही चले गए। कार या मोटर अब उनके लिए उतने कौतूहल की वस्तु नहीं रह गई थी, जितनी 4–5 साल पहले थी। खाना खाने के बाद ड्राइवर गाड़ी लेकर स्कूल चला गया। जब भी गोदना अपने माई–बाबा से मिलने आता और रात को उनके पास रहता, तो ड्राइवर स्कूल में रुकता था। खाने के बाद माई–बाबा और बेटा कुछ देर शेड के नीचे खाट पर बैठकर बात करते रहे। कुछ ही देर में बरसात शुरू हो गई। गोदना के घर में दरवाजे के सामने छाया के साथ एक चबूतरा था, जिसकी वजह से वह टोले के अन्य घरों से अलग लगता था। गोदना चाहता तो गाँव में अपने परिवार के लिए एक हवेली बनवा सकता था, लेकिन वह उसके समानता के लिए न्याय के सिद्धांत के खिलाफ होता।

हवेली के अंदर भुलवा की पत्नी तुलसी बबुआ की पत्नी मधुवंती की मालिश करने आई थी। दूसरे बच्चे के जन्म के बाद से वह सोने से पहले अपने पेट और जाँघों की नियमित रूप से मालिश करवाने लगी थी। पहले सुखू उसकी मालिश करती थी, लेकिन अब उम्र हो जाने के कारण उसमें मालिश करने की ताकत नहीं रही। हालाँकि भुलवा का परिवार पिछड़ी जाति का था, लेकिन वे अछूत नहीं समझे जाते थे और हवेली में प्रवेश कर सकते थे। जब मधुवंती

मालिश करवा रही थी, तो चिंता से भरी बबुनी भी वहाँ मौजूद थी। बबुनी को अगले दिन की चिंता हो रही थी। वह जानना चाहती थी कि अगले दिन बबुआ गोदना से मिलेगा या नहीं।

''बहूजी, गोदना अपने माई-बाबा से मिलने आया है क्या?'' बबुनी की ओर देखते हुए तुलसी ने मधुवंती से पूछा। उसे बबुनी और गोदना के संबंध का आभास था। जवाब में मधुवंती भी बबुनी को देखने लगी, जिसे इस बात की जानकारी थी लेकिन उसने चुप और अनजान बने रहना ठीक समझा।

''तुम क्यों पूछ रही हो?'' मधुवंती ने पूछा।

''छोटे मालिक ने उनको (भुलवा को) मोबाइल पर 2-3 बार फोन करके गोदना के बारे में पूछा था। हर बार वह बाहर जाकर देखते और आकर छोटे मालिक को बताते कि गोदना अभी नहीं आया।'' गाँववाले बबुआ को छोटे मालिक कहते थे।

''हमें नहीं पता,'' मधुवंती ने जवाब दिया, ''लेकिन गोदना छोटे मालिक के जी का जंजाल बन गया था। जब वह सवेरे लखनऊ गए, तो बहुत परेशान थे। यह हमारी शादी के बाद का पहला दशहरा होगा, जब हम लोग साथ नहीं होंगे।''

''भैया कल यहाँ नहीं रहेंगे?'' बबुनी ने हैरानी से पूछा।

''नहीं, उनको कल लखनऊ में किसी सरकारी समारोह में शामिल होना है। खतम होते-होते देर हो जाएगी। हम जानते हैं आप क्यों पूछ रही हैं। हवेली में सब लोग जानते थे कि दशहरे की सुबह गोदना हवेली में आनेवाला था। उन्हें कारण भी मालूम था, कल रात को भी वह बहुत परेशान थे। जब उनको नींद नहीं आई, तो टहलने चले गए।''

''लेकिन कल रात को तो पानी बरस रहा था,'' बबुनी ने हैरानी से कहा।

''हम जानते हैं। फिर भी वे गए, छाता लेकर। इस सबके लिए कौन जिम्मेदार है, यह सब जानते हैं,'' मधुवंती ने बबुनी को ताना मारा और पेट के बल लेट गई। बबुनी अपने कमरे में जाने के लिए खड़ी हो गई। उसे अपनी भाभी का ताना अच्छा नहीं लगा। पीछे से उसने तुलसी को कहते सुना, ''बहूजी, हम आज जल्दी घर जाएँगे। उनको बाहर जाना है। छोटे मालिक ने उनको कोई काम दिया है, इसलिए वह हमको जल्दी आने को बोले हैं।''

अपने कमरे में बबुनी गोदना के बारे में सोच रही थी। वह सोच रही थी कि पता नहीं वह आया या नहीं। पता करने का कोई तरीका नहीं था। उसे यह भी लग रहा था कि पता नहीं अगले दिन की मुलाकात का कोई नतीजा निकलेगा या नहीं। बबुआ हवेली में नहीं होगा और ठाकुर साहब को इस मामले में कोई फैसला करने का अधिकार नहीं था, वह उसके पक्ष में फैसला लेना चाहते, तो भी नहीं। एक बात उसको परेशान कर रही थी कि जब बबुआ गोदना से मिलने ही नहीं वाला था, तो वह उसके आने की जानकारी क्यों चाहता था? अगर वह उससे मिलना नहीं चाहता था, तो उसे उसके लौटने के बारे में पूछना चाहिए था, आने के बारे में नहीं। उसे तुलसी की कही बात याद आई कि उसे जल्दी घर जाना था, क्योंकि भुलवा को छोटे मालिक के बताए किसी काम के लिए बाहर जाना था। क्या इन बातों में कोई संबंध था? वह जितना सोच रही थी, उतनी ही उसे हर बात रहस्यमय लग रही थी। क्या गोदना के खिलाफ कोई षड्यंत्र चल रहा था? वह अपने बिस्तर पर उठकर बैठ गई। क्या बबुआ गोदना के खिलाफ कोई षड्यंत्र रच रहा था? बबुआ के जाने के बाद से हवेली में छाई असामान्य शांति तूफान के पहले की शांति प्रतीत हो रही थी। इस विचार ने उसे बेचैन कर दिया। उसने दरवाजा हल्का-सा खोलकर बाहर झाँका। मधुवंती का कमरा आँगन के पार तिरछी ओर बना हुआ था। तुलसी घर जाने की तैयारी कर रही थी। बबुनी ने उसके पीछे उसके घर तक जाकर भुलवा पर नजर रखने का फैसला किया। वह मेन गेट से बाहर नहीं जा सकती थी, क्योंकि ठाकुर साहब बाहर बैठक में सोते थे। हवेली से निकलने का और कोई रास्ता नहीं था। फिर उसे हवेली के पीछे बने पुराने शौचालय का खयाल आया, जो अब इस्तेमाल नहीं होता था।

सात साल पहले हवेली में आधुनिक शौचालय बनने के पहले हवेली के पिछवाड़े ऊँची दीवारों से घिरा एक पुराने ढंग का शौचालय उपयोग में आता था। पुराना शौचालय पिछवाड़े के पूर्वी हिस्से में था, जबकि नया शौचालय पश्चिमी कोने में था। हवेली के मर्दों को पुराना शौचालय तुड़वाने का समय नहीं मिला, इसलिए उसे अपने आप नष्ट होने के लिए छोड़ दिया गया। पुराने शौचालय में नीचे एक बड़ा सा कंपार्टमेंट था, जहाँ मेहतर हाथ से सफाई करके मानव मल

को सिर पर ढोकर मैदान में फेंकने जाते थे। समय के साथ नमी और पुरानेपन के कारण शौचालय की सीट टूट गई और उस जगह एक बड़ा सा गड्ढा बन गया, जिसमें से एक आदमी आराम से गुजर सकता था।

जब मधुवंती शौचालय से निकलकर अपने कमरे में चली गई, तो बबुनी पिछवाड़े चली गई। उसने पुराने शौचालय का दरवाजा खोला, तो उसे जोरों की उबकाई आई। दुर्गंध से नहीं, क्योंकि दुर्गंध तो पिछले सात सालों में खत्म हो गई थी—बल्कि उस रास्ते से निकलने के खयाल से। किसी तरह वह नीचे उतर गई। जब वह कंपार्टमेंट से बाहर निकली, तो पानी बरस रहा था। वह भुलवा का घर जानती थी।

भुलवा के घर से कुछ दूरी पर वह एक पेड़ के पीछे छुप गई। घर का दरवाजा बंद था। क्या भुलवा चला गया? उसने सोचा। जब आधे घंटे तक कोई हलचल नहीं हुई, तो उसने गोदना के घर जाने का फैसला किया। जैसे ही वह पीछे मुड़ी, दरवाजा खुला और भुलवा बाहर निकला। उसका चेहरा ढका हुआ था और उसके हाथ में एक छाता था। वह टोले की ओर जाने लगा।

'क्या यह गोदना को कोई नुकसान पहुँचाने जा रहा है?' उसने सोचा। उसे बरसते पानी में भी पसीना आने लगा। लेकिन जब भुलवा गोदना के घर की ओर मुड़ने की बजाय सीधे नदी की ओर जाने लगा, तो उसने राहत की साँस ली। वह उसके पीछे तटबंध तक गई और अँधेरे में छुप गई। भुलवा दूसरी ओर उतर गया। यह वही जगह थी, जहाँ सालों पहले वह और गोदना मिले थे। उसने भुलवा को एक सफेद कपड़ा लहराते देखा। उसने नदी के पार देखा। उसे नदी पार करती दो नावें दिखाई दीं। नाव में सवार एक आदमी ने जवाब में सफेद कपड़ा लहराया।

'हे भगवान्!' वह बुदबुदाई और टोले की ओर वापस भागी। वह पहले कभी इतनी तेज नहीं दौड़ी थी। आज वह अपने प्रियतम की जान बचाने के लिए दौड़ रही थी। वह जानती थी कि उन लोगों को नदी पार करने में मुश्किल से पंद्रह मिनट लगेंगे।

''गोदना,'' उसने गोदना को पुकारा, जो शेड के नीचे सो रहा था।

''कविता! इस समय आप यहाँ कैसे? सब ठीक है न?'' गोदना आँखें

मलते हुए उठ गया। वह मुश्किल से एक घंटा सोया था। तभी दरवाजा खुला और माई-बाबा बाहर आ गए।

''हम सब समझा देंगे, लेकिन अभी यहाँ से भागो। तुम्हारी जान खतरे में है।''

''लेकिन हुआ क्या?''

''गोदना, पहले यहाँ से भागो। वह लोग किसी भी समय यहाँ आ सकते हैं।''

गोदना समझ गया। वह बबुआ हो सकता था।

''हम सुमेसर काका के घर चलते हैं,'' उसने प्रस्ताव रखा।

''नहीं, वह लोग तुमको वहाँ भी ढूँढ़ लेंगे। गाँव में रहने में खतरा है। यहाँ से भाग जाओ,'' बबुनी को उनकी योजना के बारे में नहीं पता था, लेकिन वह सही थी।

''ठीक है। हमारी गाड़ी स्कूल में है। हम ड्राइवर को यहाँ बुला लेते हैं या फिर हमें जल्दी से स्कूल पहुँचना होगा। हम पुलिस को भी फोन कर देते हैं।'' गोदना ने अपना फोन उठाया, लेकिन नेटवर्क गायब था। तेज बारिश के कारण मोबाइल नेटवर्क बाधित हो गया था।

''माई-बाबा, चलिए, यहाँ से भागना है।'' उसने अपने दोनों हाथों से माई और बबुनी के हाथ पकड़ लिये और भागने लगा। इससे पहले, वह अपना बटुआ और पहचान-पत्र लेना नहीं भूला। माई टिन का बक्सा भी लेना चाहती थी, लेकिन समय नहीं था। रास्ते में बबुनी हवेली के पिछवाड़े की ओर मुड़ गई और उनसे अलग हो गई। दौड़ते-दौड़ते जैसे ही तीनों जामुन के पेड़ के पास पहुँचे, पहला धमाका हुआ। बबुनी ने उनकी जानें बचा ली थीं। व्यग्र गोदना ने ड्राइवर को जगाया। जैसे ही ड्राइवर ने गाड़ी का इंजन चालू किया, दूसरा धमाका हुआ। माई रोने लगी, ''हमारी जीवन भर की जमापूँजी चली गई।'' उसका इशारा टिन के बक्से और पक्के मकान की ओर था। गोदना उसकी भावनाएँ समझ रहा था; इसलिए उसने खुद को यह कहने से रोक लिया कि जो कुछ भी माई ने अभी गँवाया है, वह उसकी प्रति घंटे की कमाई से भी कम था।

गोदना सलेमपुर पुलिस थाने पर रुका और उसने ड्यूटी पर मौजूद हवलदार

से थाना प्रभारी को फोन लगाने के लिए कहा। जब उसने अपना परिचय दिया तो थाना प्रभारी उसे पहचान गया। वह दस मिनट के अंदर थाने आ गया। आते ही उसने एक पुलिस दल सुहागपुर रवाना कर दिया। फिर गोदना ने थाने के फोन से ही जिला कलेक्टर को फोन किया और उसे घटना की जानकारी दी। उसने कलेक्टर से यह भी कहा कि वह अपने परिवार के साथ उस रात देवरिया के सर्किट हाउस में रुकना चाहता है।

अगली सुबह जब मोबाइल नेटवर्क बहाल हुआ, तो भुलवा ने सुहागपुर लौट रहे बबुआ को सूचना दी कि उनका काम पूरा नहीं हो पाया। जब दो धमाकों के बाद भी उन्हें कोई चीख–पुकार या हलचल नहीं सुनाई दी, तो वे समझ गए कि घर पहले ही खाली हो चुका था। बिहार से आए आदमी डरकर भाग गए।

बबुनी सच्चाई जानती थी, लेकिन उसने चुप रहने का निर्णय लिया, क्योंकि सवाल उसके भाई का था। वह खुश थी कि गोदना और उसके माई–बाबा बच गए थे।

सुबह तक यह खबर पूरे राज्य में फैल गई। जिला कलेक्टर और एस.पी. सुहागपुर पहुँच गए। तब तक बबुआ भी सुहागपुर पहुँच गया था। गाँव के मुखिया के रूप में ठाकुर साहब और विधायक के रूप में बबुआ उनके साथ मकान के मलबे को देखने आए। फोरेंसिक टीम अपने काम में लग गई। हवेली की बैठक में लौटकर ठाकुर साहब ने बबुआ से पूछा, ''बबुआ, तुमको अंदाजा है कि इसके पीछे कौन हो सकता है?'' उनके स्वर से लग रहा था जैसे वे जानना चाहते हों कि कहीं इसमें बबुआ का हाथ तो नहीं था।

''हम नहीं जानते इस घटना के पीछे किसका हाथ है? यह पता करना पुलिस का काम है। हमारी चिंता कुछ और है। हमने बाबूजी को यहाँ बुलाया है। वह आते ही होंगे। हमें कोई उपाय निकालना है।''

बाबूजी, ठाकुर दुर्योधन सिंह, 3 बजे आए। उन्होंने पहले भोजन किया फिर सब लोग बैठक में आ गए। मधुवंती के पिता ने समाधान बताया; एक साधारण सी समस्या का विचित्र समाधान।

''ठाकुर साहब, क्षमा करिएगा, लेकिन आपसे उम्र में छोटा होते हुए भी दुनियादारी के मामलों की समझ हमें आपसे अधिक है। यह समस्या पैदा ही

नहीं होती, अगर आपने 21 साल पहले परंपरा का पालन किया होता।'' ठाकुर साहब चुप रहे।

बबुआ ने पूछा, ''क्या मतलब, बाबूजी?''

''मान लीजिए कि बबुनी अपने पति की मौत के बाद भी अपने ससुराल में ही होती और गोदना से उसका संबंध होता, तो ज्यादा चिंता की बात किसके लिए होती, आपके लिए या शाही परिवार के लिए?''

''बेशक शाही परिवार के लिए, इससे उन्हीं की बदनामी होती,'' ठाकुर साहब के कुछ कहने से पहले बबुआ ने जवाब दे दिया।

''आपने तो सुना ही होगा कि एक बार जब बेटी की डोली पिता के घर से विदा हो जाती है, तो ससुराल से उसकी अरथी ही निकलती है, चाहे उसका पति जीवित हो या नहीं। बलवंत शाही की मौत के बाद बबुनी को रुद्रपुर से यहाँ लाने के लिए राजी होकर आपने बहुत बड़ी गलती की,'' वे एक पल बाप-बेटे की प्रतिक्रिया देखने के लिए रुके। कोई प्रतिक्रिया नहीं आई। ठाकुर दुर्योधन सिंह आगे बोले, ''खैर, मामला अभी भी सुधारा जा सकता है। बबुनी अभी भी शाही परिवार की जिम्मेदारी है, आपकी नहीं। अगर वह उनके घर से गोदना के साथ भाग जाती है, तो उनकी बदनामी होगी, आपकी नहीं। तो हम यह कहना चाहते हैं कि हमें उनकी जिम्मेदारी उन्हें लौटाकर इस मामले से विरक्त हो जाना चाहिए।''

दूसरी ओर देवरिया के सर्किट हाउस में भकोला गोदना के जीवन पर हुए इस हमले का कारण जानने की कोशिश कर रहा था। वह इस हमले के तार गोदना पर सलेमपुर रेलवे क्रॉसिंग पर हुए असफल हमले से जोड़ रहा था, हालाँकि सिर्फ गोदना जानता था कि दोनों हमलों के पीछे के कारण बिल्कुल अलग थे। उसने माई से कहा कि वह बाबा को सबकुछ समझा दे। जब माई ने बाबा को बताया कि गोदना और बबुनी एक-दूसरे से प्यार करते हैं, तो वह गुस्से से आगबबूला नहीं हुआ, बल्कि शांति से सुनता रहा। अंत में, वह बोला, ''हम लोग हवेली चलते हैं। हम मालिक से बात करेंगे। अगर बबुनी भी हमारे बेटे से प्यार करती है, तो इसने उससे प्यार करके कोई पाप नहीं किया है। दोनों को साथ रहने का हक है। हम लोग बहुत त्याग कर चुके हैं। चलो, हवेली

चलते हैं। आओ गोदना।'' माई भी उनके साथ जाना चाहती थी। वह पिछली रात की घटना के बाद डर गई थी।

''माई, तू यहीं रुक। हम दोनों को कुछ नहीं होगा।''

''तुम लोग अपने साथ पुलिस ले जाओ।''

''नहीं माई, हम पुलिस नहीं ले जा सकते। हम हंगामा नहीं खड़ा करना चाहते। इससे बबुनी के परिवार की बदनामी होगी, भरोसा रख, हमें कुछ नहीं होगा।'' गोदना और भकोला सुहागपुर रवाना हो गए। देवरिया से सुहागपुर का रास्ता 45 मिनट का था।

उधर हवेली में बबुआ को अपने ससुर का सुझाव पसंद आया। गोदना ने उसकी दोनों शर्तें पूरी कर दीं। बबुआ को डर था कि अब उसके विरोध करने पर उसकी बहन गोदना के साथ भागकर शादी कर सकती थी। बबुनी पर पूरे साल हर पल नजर रखना संभव नहीं है। अगर वह भाग जाएगी, तो परिवार की बहुत बदनामी होगी। उसे यह डर भी था कि गोदना उसकी बहन से शादी करने के लिए कानून की मदद ले सकता है। ऊपर से गोदना को रास्ते से हटाने का पहला उपाय असफल हो चुका था। ठाकुर साहब अपने समधी के सुझाए समाधान के बारे में बिल्कुल नहीं सोच रहे थे। उन्हें बबुआ की चिंता थी। वे अब तक समझ चुके थे कि भकोला के घर में हुए धमाके के पीछे बबुआ का हाथ था। बबुआ नासमझ था, लेकिन वे नहीं। वे जानते थे कि मामले की पूरी जाँच होगी। समय के साथ, बबुनी उनकी प्राथमिकता नहीं रही, वह उन पर बोझ बन गई, लेकिन बबुआ अभी भी उनकी प्राथमिकता था।

बबुआ तीनों मर्दों द्वारा संयुक्त रूप से लिये निर्णय की घोषणा करने हवेली के अंदर चला गया। ठकुराइन और बबुनी ने रोना शुरू कर दिया। बबुआ ने बबुनी से सामान बाँधकर आधे घंटे में तैयार रहने के लिए कहा। जवाब में बबुनी ने कह दिया कि वह मर जाएगी, लेकिन हवेली छोड़कर नहीं जाएगी। बबुआ को इस बात का अनुमान था। वह बंदूक निकाल लाया और अपने खुद के बच्चों की ओर तानकर धमकी देने लगा कि बबुनी के इनकार करने पर वह अपने सहित सबको गोली से उड़ा देगा। उसने कहा कि बदनामी सहने की बजाय वह परिवार सहित मरना पसंद करेगा। या फिर वह गोदना को मारकर

खुद को पुलिस के हवाले कर देगा। उसने बबुनी के रुद्रपुर जाने से मना करने की सूरत में यह दोनों विकल्प उसे देकर दुविधा में डाल दिया। बबुनी इनमें से कोई भी विकल्प कैसे चुन सकती थी? रोते-रोते वह अपने कमरे में गई और सामान बाँधने लगी।

जब भकोला और गोदना हवेली पहुँचे, तो तीनों ठाकुर बैठक में थे और बबुनी के बाहर निकलने का इंतजार कर रहे थे। भकोला सीधे बैठक में चला गया। गोदना बैठक के बाहर खड़ा रहा, जैसे कि उन्नीस साल पहले, होली से एक दिन पहले खड़ा था, जब वह दोनों ठाकुर साहब से उसके आई.ए.एस. के इंटरव्यू के लिए आशीर्वाद लेने गए थे।

भकोला ने बैठक में प्रवेश किया, चप्पल की तीनों जोड़ियों को छुआ, और फिर फर्श पर बैठ गया और हाथ जोड़कर विनती करने लगा, "मालिक, हमारा परिवार बरसों से आपकी सेवा कर रहा है। हमारे पुरखे आपके पुरखों की सेवा करते थे। आपने जो कुछ भी हम लोगों के लिए किया है, उसके लिए हम आपका उपकार मानते हैं। हम लोगों का जीवन आपका कर्जदार है। उन्नीस साल पहले आपने गोदना को कलेक्टर बनने की इजाजत नहीं दी। कलेक्टर बनना उसका पहला प्यार था। वह अपने सपने के इतना पास आ गया था, लेकिन केवल हमारी बात रखने के लिए और आपकी बात रखने के लिए, उसने अपने पहले प्यार का त्याग कर दिया। हम लोगों ने कभी शिकायत नहीं की। लेकिन अब उसको उसके दूसरे प्यार से हम किसी को अलग नहीं करने देंगे। वह आपके परिवार को बदनाम नहीं करना चाहता, इसलिए वह पुलिस या मंत्री लोग को लेकर नहीं आया। हम चाहे कितने भी मूरख और अनपढ़ हों, लेकिन इतना समझते हैं कि हमारा बेटा अब एक बड़ा आदमी है। हमको उस पर नाज है, क्योंकि उसने यह सब बहुत सी बाधाओं से लड़कर पाया है और आप जानते हैं कि वह बाधाएँ क्या थीं। वह इतना सरल है कि अभी भी टोले में हमारे साथ एक कमरे में रहता है, जबकि वह चाहे तो महल बना सकता है, इस हवेली से कई गुना बड़ा। वह इतना अमीर है कि एक बूँद पसीना बहाए बिना इस गाँव की सारी जमीन खरीद सकता है। लेकिन उसने ऐसा नहीं किया,

क्योंकि वह किसी को नीचे नहीं गिराना चाहता, बल्कि जो इतने बरसों से नीचे हैं, उन्हें ऊपर उठाना चाहता है। गोदना और बबुनी एक-दूसरे से प्यार करते हैं। दोनों वयस्क हैं। सरकार और कानून उनके साथ है। वह चाहते तो भागकर शादी कर सकते थे, लेकिन वह दोनों अपने प्यार की और आपके परिवार की मर्यादा बनाए रखना चाहते थे। इसलिए वह आपके आशीर्वाद का इंतजार करते रहे। आपने उसका पहला प्यार छीन लिया, लेकिन कृपा करके उसका दूसरा प्यार मत छीनिए। यह हमारी विनम्र प्रार्थना है।''

बैठक में सन्नाटा छा गया। बाहर खड़ा गोदना रोने लगा। उसने अभी-अभी अपने पिता के प्यार की गहराई देखी थी। उसने हमेशा अपने बाबा को गलत समझा था। फिर उसने लकड़ी के दरवाजे के खुलने की आवाज सुनी। उसने बबुनी को देखा। उसके पीछे ठकुराइन और हाथ में सूटकेस लिये तुलसी थी।

कुछ पलों के बाद बबुआ ने एक सफेद झूठ बोला, ''भकोला, हम तुम्हारी भावनाएँ समझते हैं, लेकिन अब बात हमारे हाथ से निकल चुकी है। शाही साहब को उनकी गलती का एहसास हो गया है। उन्होंने बबुनी को वापस बुलाया है। बबुनी रुद्रपुर जा रही है।'' गोदना का दिल डूब गया। वह जानता था कि एक बार बबुनी रुद्रपुर में शाहियों की हवेली में चली जाएगी, तो पूरी तरह से नया खेल शुरू हो जाएगा। उसके सामने उन्नीस साल पहले जैसी स्थिति थी। उसे जल्दी ही कुछ करना पड़ेगा। समय बीता जा रहा था। उसके पास मुख्यमंत्री या समाज कल्याण मंत्री को फोन करने का समय नहीं था, और वह उनको फोन करके कहता भी क्या। बबुआ कानून के बाहर जाकर कुछ नहीं कर रहा था। गोदना खड़े होकर अपने दूसरे सपने को टूटता हुआ नहीं देख सकता था। हताशा के उस पल में, उसे मदद के लिए सिर्फ मास्साब का खयाल आया। वह उसी तरह स्कूल की ओर भागा जैसे उन्नीस साल पहले भागा था। उसे गाड़ी लेने का ध्यान नहीं आया। वह यह भी भूल गया कि स्कूल में दशहरे की छुट्टियाँ चल रही थीं। स्कूल से वह मास्साब के घर की ओर भागा। हाँफते हुए गोदना ने 58 वर्षीय मास्साब को पूरी कहानी सुनाई, जो उसे देख अभिवादन की मुद्रा में हाथ जोड़कर खड़े हो गए थे। मास्साब सुनते रहे पर एक शब्द भी नहीं बोले, बल्कि उनकी आँखों से आँसू बहने लगे। वह गोदना के प्यार के बारे में जानते थे। वह

यह भी जानते थे कि बीच में पड़ने के लिए वह बहुत छोटे आदमी थे। गोदना पुलिस से मदद मिलने की अपेक्षा में टोले में अपने घर की ओर भागा। मलबे के पास दो हवलदारों को छोड़कर पुलिस अधिकारी वापस चले गए थे। चूँकि उनसे वैसे भी कोई मदद नहीं मिल सकती थी, इसलिए गोदना वापस हवेली की ओर भागा। आधे घंटे बाद जब वह हवेली पहुँचा तो बबुनी बबुआ, भुलवा और ठाकुर दुर्योधन सिंह के साथ रुद्रपुर रवाना हो चुकी थी। गोदना अपने बाबा के साथ गाड़ी में बैठ गया और ड्राइवर से बबुआ की जीप का पीछा करने के लिए कहा, लेकिन बबुआ की जीप काफी आगे निकल चुकी थी और दृष्टि से ओझल हो चुकी थी। भकोला रुद्रपुर का रास्ता जानता था। 21 साल पहले उस एक साल की अवधि में वह दो-चार बार रुद्रपुर जा चुका था।

''ड्राइवर, गाड़ी तेज चलाओ, हमें उनके हवेली पहुँचने से पहले उन्हें रोकना है,'' गोदना ने हताशा में ड्राइवर को आदेश दिया। जबकि वह जानता था कि हवेली पहुँचने के पहले रोक लेने पर भी वह कुछ कर नहीं पाएगा।

रुद्रपुर सरयू नदी के किनारे बसा था। आपको एक छोटा-सा पुल पार करना पड़ता है, जो वाहनों के लिए उपयुक्त है, और फिर दाएँ मुड़ना पड़ता है। पचास मीटर के बाद बाएँ मुड़ने पर गाँव शुरू हो जाता है। पुल आने के कुछ पहले ड्राइवर ने विपरीत दिशा से बबुआ की जीप आते देखी। वह लोग बबुनी को शाही साहब की हवेली में छोड़कर लौट रहे थे।

''सर,'' जीप ड्राइवर चिल्लाया, ''मैं जीप को ब्लॉक कर लूँ?''

''नहीं, उन्हें जाने दो। तुम गाड़ी रोको। हमें देखना है कविता जीप में है या नहीं। बाबा, आप भी जीप के अंदर झाँकिए। वह पीछे बैठी होगी। अगर वह जीप में होगी, तो हमें उनका पीछा करना होगा।''

गोदना और भकोला गाड़ी से उतरकर सड़क के किनारे बेचैनी से इंतजार करने लगे। जीप उनके बगल से गुजर गई। बबुनी जीप में नहीं थी। गोदना का दिल टूट गया। वह जानता था कि अगर बबुनी हवेली के अंदर चली गई होगी, तो बात खत्म थी। कुछ देर बाद वे भारी मन से गाड़ी में बैठ गए। ड्राइवर ने, जिसे अब मामला समझ में आने लगा था, गोदना से पूछा, ''चलें सर?''

गोदना के पास कोई जवाब नहीं था। उसने अपने बाबा की ओर देखा।

उनके पास भी कोई जवाब नहीं था। अचानक, ड्राइवर ने अपने आपसे कहा, ''यह औरत कौन है ?'' उसे पुल के दूसरे छोर पर एक औरत दिखाई दे रही थी। शाम का समय था इसलिए पहचान पाना मुश्किल था। उसने गाड़ी थोड़ी आगे बढ़ाई। गोदना बुदबुदाया, 'कविता!' बाबा भी बुदबुदाए, 'बबुनी!'

''यह यहाँ क्या कर रही है ? यह नदी में कूदने तो नहीं जा रही है ? ड्राइवर, गाड़ी रोको।'' गोदना को लगा कि वह नदी में कूदने जा रही थी। गोदना गाड़ी से बाहर कूदा और पुल के दूसरे छोर की ओर दौड़ने लगा। वह चिल्ला रहा था, ''कविता, रुको!'' बबुनी ने उसको देखा तो वह भी दौड़ने लगी। दोनों अपनी आजादी की ओर दौड़ रहे थे। वे पुल के बीच में मिले और एक-दूसरे से लिपट गए। दोनों खुशी के मारे रोने लगे। तब तक गाड़ी भी वहाँ आ गई। भकोला गाड़ी से उतरा। बबुनी ने उसके पाँव छुए। जब गाड़ी सर्किट हाउस की ओर जाने लगी, तो बबुनी बोली, ''हमारा सूटकेस, वह शाही साहब की हवेली के बड़े फाटक पर रखा है।''

''जाने दो। हम आपको नए कपड़े खरीद देंगे,'' गोदना बोला।

''लेकिन उसमें हमारे कंगन और अँगूठी है, उस सूटकेस में और गहने भी हैं।''

''ड्राइवर, गाड़ी को शाही की हवेली ले चलो,'' गोदना ने ड्राइवर से कहा।

हवेली पहुँचकर बबुनी ने उनसे गाड़ी में ही बैठे रहने को कहा। जैसे ही वह गाड़ी से उतरी, शाही परिवार के लोग फाटक बंद करने लगे। बबुनी फाटक तक गई, अपना सूटकेस उठाया और गाड़ी में वापस आ गई। गोदना यह जानने के लिए उत्सुक था कि हवेली में क्या हुआ था।

बबुनी ने बताया, ''जब वह लोग शाहियों की हवेली पहुँचे और बड़े शाही साहब से अपने आने का उद्देश्य बताया, तो उन्होंने बबुनी को स्वीकार करने से मना कर दिया। बबुआ ने उसे जबरदस्ती जीप से उतार दिया। भुलवा ने उसकी अटैची फाटक पर रख दी। बबुनी को जबरदस्ती शाही साहब के गले मढ़कर वह लोग जीप को भगा ले गए। जब बबुनी हवेली की ओर बढ़ने लगी, तो वे सब शाही साहब और उनके भाई जल्दी से अंदर चले गए और मेन गेट बंद कर लिया। बबुनी जीप को देखने के लिए पीछे भागी। दौड़ते-दौड़ते वह

पुल पर पहुँच गई, जहाँ उसे गोदना मिल गया।''

रात को 8 बजे वह लोग सर्किट हाउस पहुँच गए। चिंता से भरी माई गाड़ी की आवाज सुनकर दौड़ते हुए बाहर आई। बबुनी ने उसके पाँव छुए। माई ने उसे गले लगा लिया। जैसे ही वे अपने कमरों की ओर जाने लगे, पटाखों की आवाज आने लगी। गोदना आसमान में पटाखों की रोशनी देखने लगा। रावण दहन शुरू हो चुका था।

□□□